NICOLAS VANIER

Amoureux du Grand Nord qu'il a découvert dans les romans de Jack London, Nicolas Vanier, né en 1962, explore depuis toujours les grands espaces vierges, du Labrador à la Sibérie en passant par l'Arctique, à cheval, en canoë ou en traîneau à chiens. Écrivain, photographe, réalisateur, il a livré ses découvertes, ses rencontres et ses émotions dans une vingtaine d'ouvrages (albums, romans, et récits de voyage), et dans des films comme *L'enfant des neiges* ou *Le dernier trappeur*. Son dernier roman, *Loup*, paru aux Éditions XO en 2008, a connu un immense succès. Son adaptation au cinéma, un grand film d'aventures tourné par Nicolas Vanier en Sibérie, sera sur les écrans le 9 décembre 2009.

Retrouvez toute l'actualité de Nicolas Vanier sur son site : www.nicolasvanier.com

LOUP

DU MÊME AUTEUR
CHEZ POCKET

L'Odyssée blanche
L'or sous la neige
Mémoires glacées
Loup

Le chant du Grand Nord

1. Le chasseur de rêve
2. La tempête blanche

Nicolas Vanier
et Jean-Philippe Chatrier

LOUP

Le papier de cet ouvrage est composé de fibres naturelles, renouvelables, recyclables et fabriquées à partir de bois provenant de forêts plantées et cultivées durablement pour la fabrication du papier.

Le Code de la propriété intellectuelle n'autorisant, aux termes de l'article L. 122-5, 2° et 3° a, d'une part, que les « copies ou reproductions strictement réservées à l'usage privé du copiste et non destinées à une utilisation collective » et, d'autre part, que les analyses et les courtes citations dans un but d'exemple et d'illustration, « toute représentation ou reproduction intégrale ou partielle faite sans le consentement de l'auteur ou de ses ayants droit ou ayants cause est illicite » (art. L. 122-4).
Cette représentation ou reproduction, par quelque procédé que ce soit, constituerait donc une contrefaçon, sanctionnée par les articles L. 335-2 et suivants du Code de la propriété intellectuelle.

© 2008, XO Éditions.
ISBN : 978-2-266-19482-2

PREMIÈRE PARTIE

LA MEUTE

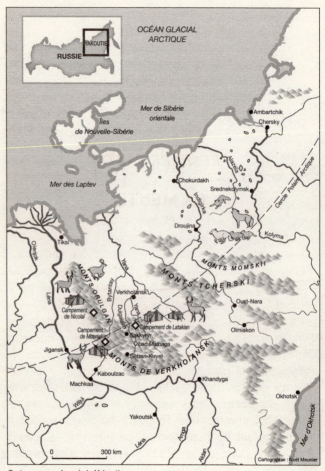

Carte « romancée » de la Yakoutie

1.

Lancée au triple galop, la grande harde de plus de deux mille rennes était comme une avalanche : une force capable de détruire à peu près n'importe quoi sur son passage. Le tonnerre de ces milliers de sabots frappant le sol résonnait comme une incantation à la nature, portée par le vent glacial de Sibérie, de vallée en vallée, entre les chaînes enneigées des monts Verkhoïansk.

L'énorme masse de chair, de cuir et de bois en mouvement dégageait un nuage de vapeur blanche si vaste et si épais qu'on n'y voyait plus rien.

Pourtant, Nicolaï, un Sibérien râblé et tout en muscles, dont les traits typiquement évènes évoquaient à la fois les Mongols et les Inuits, n'avait pas hésité une seconde à plonger dans cette tourmente blanche, dans ce torrent de muscles chauds et de fourrures grises de sueur, mais surtout de bois dressés et entremêlés comme une forêt de lances, risquant à chaque instant de l'embrocher, ou pire : de le jeter à terre. Dans cette éventualité, il serait piétiné à mort avant d'avoir eu la moindre chance de se relever.

Mais, pour l'instant, c'était le cadet de ses soucis. Fonçant à contresens de la grande harde au milieu de laquelle il se débattait de toutes ses forces, Nicolaï avait l'impression de livrer un combat de boxe contre un bulldozer. Ce soir, il ne serait plus qu'une immense contusion. S'il survivait. Sans cesse percuté comme un vulgaire sac, il récupérait de justesse son équilibre et recommençait à lutter contre le courant. Il ne sentait pas les coups, n'éprouvait pas la moindre douleur. La seule chose qui comptait, la seule à laquelle il pensait, c'était à ce renne que les loups avaient réussi à isoler et qui, s'il arrivait trop tard, allait périr sous leurs crocs acérés.

Encore un.

Maudits loups.

Les bêtes, prises de panique, s'étaient mises à courir, emportées par une même dynamique, au moment précis où les fauves avaient attaqué.

Nicolaï s'était élancé, lui aussi. En sens inverse. Contourner le troupeau lui aurait pris trop de temps. Un temps dont chaque seconde était précieuse. S'il y avait la moindre chance d'arriver avant que les loups aient égorgé un autre de ces animaux qui assuraient sa subsistance, celle de sa famille et celle de son clan depuis près d'un millénaire, alors, cela valait le coup de prendre un tel risque.

Nicolaï avait commencé à courir en direction des prédateurs, sans se poser de questions ni se préoccuper de Serguei. Le petit garçon était resté en arrière, emmitouflé dans le traîneau en bois de bouleau et cuir de renne. Il suivait son père du regard en ouvrant ses grands yeux, légèrement étirés en amande. Mais aucun affolement ne se lisait dans ses pupilles sombres, où transparaissaient déjà un calme et une maîtrise de soi étonnants chez un enfant de cinq ans. Comme si, pour un futur éleveur de rennes, destiné à passer sa vie au milieu d'eux, se retrouver subitement au cœur d'un grand troupeau pris de panique était une chose parfaitement naturelle.

D'ailleurs, en un sens, ça l'était.

Ni le fracas assourdissant résonnant autour de lui, ni la nuée de neige soulevée par des milliers de sabots affolés et plongeant toutes choses dans un épais brouillard ne semblaient l'inquiéter. Pourtant, le petit Serguei était dans une situation périlleuse, à un point dont il n'avait sans doute pas conscience. Les grands cervidés frôlaient son traîneau ou le bousculaient carrément, lui imprimant de violents soubresauts, de gauche ou de droite. L'attelage était secoué comme une barcasse en pleine tempête. Mais l'enfant accompagnait ses mouvements avec des réflexes naturels, une sorte de gestuelle innée de futur cavalier. Et son visage rond, enveloppé dans une chapka en fourrure de carcajou qui se rabattait de chaque côté, ne trahissait aucune peur. La seule « larme » perlant au coin de ses yeux était la tache de rousseur que, depuis la naissance, il avait tout près de l'œil droit.

Nicolaï fendit la totalité du troupeau, jusqu'à ce que les derniers rennes s'écartent enfin. Haletant, il découvrit soudain le spectacle dans toute sa froide cruauté.

Trois ! Ils étaient trois loups, dont les silhouettes gris et noir, à la fois élancées et puissantes, se découpaient sur la neige. Quant au malheureux renne qu'ils avaient cerné, il était trop tard. L'animal gisait à terre, baignant dans son sang. Une seule de ses pattes battait encore l'air, faiblement et inutilement. L'un des fauves achevait de l'égorger, pendant que les deux autres lui ouvraient le ventre à coups de crocs. Il n'était pas tout à fait mort que, déjà, les prédateurs plongeaient leurs gueules affamées dans ses entrailles fumantes.

Et tout ça devant lui ! Presque sous son nez ! Les loups, d'habitude, attendaient que la nuit tombe sur le campement et que la surveillance des hommes se relâche pour s'approcher de la harde et attaquer... Ou bien, lors des transhumances estivales vers les pâturages d'altitude, ils profitaient des distances importantes qui se creusaient parfois entre les cavaliers évènes conduisant la harde et les dernières bêtes du troupeau, les plus faibles...

Mais cette fois, les rennes étaient stationnés à découvert, en pleine vallée, sous la surveillance de Nicolaï, qui ne les quittait pas des yeux.

La chasse avait dû être plus dure que d'habitude, pendant ces longs mois d'hiver, pour que les loups fassent preuve d'une telle audace, pensa-t-il. Ils devaient être plus affamés qu'à l'ordinaire, d'où cette prise de risque insensée : s'aventurer à portée de fusil, ça ne leur ressemblait pas.

Cette guerre sans merci que les hommes et les loups se livraient depuis tant de siècles – tout simplement pour survivre dans ce coin perdu de Sibérie – prenait parfois des aspects inattendus.

Soudain, un des fauves s'arracha à son festin et tourna sa gueule ensanglantée en direction du jeune Serguei, qui se trouvait à une cinquantaine de mètres de lui. Nicolaï distingua plus nettement les yeux jaunes de la bête, légèrement plissés, et son poil hérissé par le vent tout le long de l'échine. Par réflexe, le chef du clan évène suivit le regard de l'animal et rencontra celui de son fils. Là-bas, au fond de son traîneau, l'enfant s'était légèrement redressé, ses grands yeux plus écarquillés que jamais.

Le regard de l'animal et celui de l'enfant restèrent plantés l'un dans l'autre pendant un instant très court, qui parut à Nicolaï une éternité. Il n'y vit aucune menace envers son fils : le fauve avait largement de quoi festoyer et Nicolaï savait que les loups, contrairement à une légende tenace, n'attaquent pas les humains. Au contraire, dans ce bref échange visuel, il crut deviner une sorte de connivence. Comme un lien invisible et inexplicable entre le prédateur et son enfant ! Son propre fils ! Le fils d'un homme dont les loups étaient les ennemis héréditaires !

Ce fut cette chose incompréhensible, cette espèce d'insulte ajoutée à l'égorgement d'un de ses rennes, qui le fit exploser.

Le hurlement jaillit du fond de ses entrailles, en même temps que ses jambes le précipitèrent en avant. Les loups, surpris, se figèrent et tournèrent la tête vers lui. Leur attitude se fit menaçante et leurs crocs dégoulinants de sang étincelèrent au soleil. Ils grognèrent bruyamment en voyant l'homme, gesticulant, se ruer vers eux. Puis, comme toujours lors d'une confrontation avec un humain, ils prirent brusquement la fuite, abandonnant à regret leur festin. Nicolaï, toujours fou de colère, fit sauter de son épaule le vieux Tokarev soviétique qu'il portait en bandoulière et, sans cesser de courir, fit feu dans leur direction. Comme la plupart des Évènes, il était bon tireur. Il toucha un des loups en pleine course et l'animal s'écroula après avoir roulé sur quelques mètres. Les deux autres ralentirent à peine et filèrent sans demander leur reste, abandonnant le cadavre du renne à l'homme qui, épaulant son fusil, s'apprêtait à tirer de nouveau.

Nicolaï se maîtrisa au moment où son index allait écraser la détente de l'arme. Les loups étaient trop loin, à présent. Inutile de gâcher de précieuses munitions.

Il reporta son attention sur le renne. Tombant à genoux devant l'animal, il constata que celui-ci vivait toujours. Dans son gros œil noir et luisant comme une bille d'agate se lisait un mélange de panique et de souffrance difficilement supportable, même pour un homme aussi dur que Nicolaï. Le chef évène sortit de son étui le long poignard effilé qui ne quittait jamais sa ceinture. D'un geste sec, précis, presque chirurgical, il plongea la lame entre les deux vertèbres cervicales du renne, mettant un terme à ses souffrances.

Relevant la tête, il fit un rapide calcul mental. Ce n'était que le quatrième renne que les loups lui tuaient cette année. Allez... on était encore dans une limite acceptable.

Au loin, les deux derniers loups disparaissaient dans la forêt de bouleaux qui bordait la montagne. Nicolaï leur jeta un regard haineux, puis se tourna vers ses bêtes. Les rennes, que plus rien ne menaçait, avaient fini par s'arrêter d'eux-mêmes. Le troupeau, calmé, se trouvait maintenant à environ deux kilomètres et reprenait lentement son souffle dans un énorme nuage de vapeur lactée.

Quant au petit Serguei, emmitouflé sur le traîneau dans des peaux de renne et une parka un peu trop grande pour lui, il se tenait là, tout seul, planté dans l'immensité blanche. Non seulement il ne semblait pas avoir eu peur de la harde emballée, mais son père remarqua qu'il s'était relevé pour mieux voir les loups attaquer le renne. De là où il était, il n'avait rien perdu de cette mise à mort en forme de sacrifice rituel.

Comme tous les jeunes Évènes, Serguei n'ignorait rien des lois féroces de la nature. Il avait appris très tôt que dans le monde qui était le sien chaque vie se paie par une mort, que celle-ci est une autre expression de la vie et que, bien souvent, elles se confondent. À cinq ans, il venait d'en avoir une démonstration fulgurante, qu'il n'oublierait jamais.

Pas plus qu'il n'oublierait les yeux jaunes qui, au-delà des races, des transgressions et des haines millénaires, avaient plongé tout au fond des siens.

2.

Ses jumelles collées au visage, l'adolescent était perché depuis des heures sur un promontoire rocheux, comme un roi dominant son royaume. Celui-ci – une partie, du moins – s'étendait à perte de vue devant lui. Au premier plan : un haut alpage de lichen encadré par des chaînes montagneuses dont les cimes neigeuses semblaient caresser le ciel, tachées ici et là, plus bas, du vert sombre des forêts de conifères. Au loin serpentait une rivière ample et impétueuse dont les eaux scintillaient et couraient de nouveau depuis la débâcle récente.

Quand le regard avait embrassé toute cette majesté, il avait à peine atteint le seuil du royaume. Au-delà de la portée des jumelles s'étendait un territoire grand comme l'Inde, traversé par cinq fleuves et trois fuseaux horaires, allant de la Chine à l'océan Glacial arctique, et couvrant tout le nord-est de l'immense Sibérie.

La Yakoutie.

Au cœur de cette république, la plus vaste de la Fédération russe, la terre du peuple évène était un jardin d'Éden ignoré des hommes et oublié des fonctionnaires de Moscou – la capitale administrative située à huit mille kilomètres de là.

Toutes ces considérations ne préoccupaient guère l'adolescent aux jumelles. Le garçon scrutait l'horizon comme s'il avait voulu y faire apparaître quelque chose par la seule force de sa concentration. Et son expression impatiente et contrariée disait clairement toute sa frustration de ne pas y parvenir.

Soudain, il sursauta. Une main lourde venait de se poser sur son épaule, en même temps qu'il apercevait, au loin, une petite colonne de fumée grise. Il se retourna vers son père, le visage illuminé.

— Ils arrivent ! cria-t-il presque.

Nicolaï sourit à son tour, creusant un peu plus les rides qui soulignaient les courbes de son visage. Âgé d'une petite quarantaine d'années, il en faisait bien dix de plus. Rien d'étonnant, vu la rudesse de la vie dans les monts Verkhoïansk, les vents qui fouettaient les sangs et l'eau glaciale qui brûlait les doigts, le froid qui cuisait la peau, la tannait comme du cuir de renne... Mais si le visage de Nicolaï s'était buriné, en dix ans, sous les assauts répétés des hivers sibériens, il avait toujours l'œil vif, le muscle nerveux, et n'avait rien perdu ni de sa force ni de ses réflexes. Sous sa petite moustache, aussi noire que ses cheveux, son sourire révélait quatre dents en or, plantées au milieu de la mâchoire supérieure. Beaucoup, dans le clan évène, considéraient ce signe distinctif comme un attribut honorifique supplémentaire, digne du chef qu'il était.

Il regarda son fils comme il le faisait souvent, avec un mélange d'affection et de fierté. En dix ans, Serguei était devenu tout ce que Nicolaï rêvait qu'il devienne : habile à la chasse, excellent tireur, presque aussi expert que lui dans la conduite des rennes et plus encore dans leur monte. Il connaissait les moindres secrets de la nature, comme si elle les lui avait soufflés à l'oreille. Il était pur de cœur, généreux de tempérament, courageux comme s'il ignorait qu'on pût se comporter différemment. Ses seuls défauts se manifestaient par une légère tendance à la naïveté et un caractère entier qui pouvait le rendre têtu comme un mouflon. Pas de vrais défauts, en somme... Serguei était la fierté de ses parents, Nicolaï et Anadya, et celle de tout le clan. Quant aux filles, elles n'avaient d'yeux que pour sa silhouette à la fois élancée et virile, son visage aux traits fins et harmonieusement dessinés, balayé par les mèches d'une épaisse toison d'un noir d'encre. Elles trouvaient même irrésistible cette tache de rousseur en forme de larme qu'il avait au coin de l'œil droit, et qui avait grandi en même temps que lui.

Serguei ne détestait pas se laisser aimer, voire désirer, par telle ou telle. À dix-sept ans, il avait déjà eu quelques aventures, accumulé une « expérience » très enviée des autres garçons de son âge, et gagné une réputation de séducteur qu'il portait plus fièrement qu'un trophée de chasse.

Dans l'immédiat, ses pensées allaient à une fille qui ne se trouvait pas au village, mais quelque part de l'autre côté de cette chaîne de montagnes, en amont de cette rivière scintillante... Une fille qu'il avait vue pour la dernière fois deux ans plus tôt, alors qu'elle n'était encore qu'une gamine. Une fille qui, depuis, avait dû devenir une jeune femme et dont le clan allait rendre visite au sien au moment même où, de son côté, il allait vraiment devenir un homme.

Il l'était, à ses propres yeux, depuis longtemps. Mais d'ici une petite heure, il le serait officiellement au regard de tous.

— Ils arrivent ! répéta-t-il, euphorique.

Nicolaï s'empara de ses jumelles, fixa à son tour l'horizon pendant quelques instants, puis secoua la tête.

— C'est un nuage de terre enlevé par le vent, lâcha-t-il. Rien de plus.

Le sourire disparut du visage de Serguei, qui se remit à fixer l'immensité de la toundra. À perte de vue, une végétation rabougrie d'aulnes chétifs frémissait sous les bourrasques. Mais pas la moindre manifestation humaine, encore moins la trace d'une caravane de rennes. Il chercha un signe, quelque chose qui pût lui permettre de contredire son père. En vain. Sur la crête, là-bas au loin, le vent était retombé et, avec lui, la petite colonne de fumée grise avait disparu.

— Ils n'ont pas dû pouvoir passer par Rachtouka, reprit Nicolaï. L'eau était déjà haute quand Wladim est allé les prévenir. Ils ont sûrement fait un grand détour… Ils ne seront pas là avant demain soir. Au mieux.

— On peut les attendre encore un peu ? suggéra le garçon dans une dernière tentative.

Le visage de son père se ferma.

— Tout est prêt, Serguei. On a déjà assez attendu. Tu sais très bien qu'on ne peut pas reporter. Dans deux jours, on aura passé la Lune.

Il tourna les talons et repartit en direction du campement. Serguei ne bougea pas. Au bout de quelques mètres, Nicolaï se retourna.

— Ne tarde pas, dit-il, ta mère va s'impatienter.

Pendant que son père s'éloignait, le jeune homme scruta une dernière fois l'horizon à la jumelle, comme si, pendant ces ultimes secondes arrachées à la volonté paternelle, le miracle espéré allait se produire.

Puis, avec un soupir, il se leva d'un bond et se dirigea vers le village de toile.

Ce décor, Serguei l'avait vu toute sa vie. Il ne bougeait pas, mais se déplaçait souvent, au gré des saisons, des transhumances de la grande harde et des mouvements du clan, d'une zone de chasse à l'autre.

Une douzaine de tentes, pas plus, en forme de petites maisons rectangulaires, avec des toits pentus. La toile écrue des unes tranchait avec les rayures multicolores des autres, mais elles possédaient toutes une ouverture latérale par où dépassait le tuyau du petit *skavarada*, le poêle en aluminium servant à la fois de cuisinière, de chauffe-plat et de radiateur. L'édifice était soutenu par des perches en bois de bouleau que, lors des déplacements, on accrochait au traîneau du renne le plus puissant.

Pour faciliter l'approvisionnement en eau, le campement était installé en bordure d'une petite rivière récemment libérée de sa gangue de glace. Une femme y lavait les intestins d'un renne tué le jour même. Des colonnes de fumée légère répandaient dans l'air sec et ensoleillé le parfum des feux de bois, construits à l'air libre. Deux hommes sciaient des bûches, un autre recousait le cuir de renne recouvrant l'armature d'une selle à l'aide de fil fabriqué à partir des tendons du même animal. À une centaine de mètres au-delà des tentes, quelques poneys et une cinquantaine de rennes évoluaient en semi-liberté. Leur oisiveté paisible contrastait avec l'effervescence qui régnait chez les humains. Entre les tentes, des hommes et des femmes chargés de paniers en écorce de bouleau et de plats débordants de victuailles circulaient en pressant le pas. Autour du grand feu au centre du campement, les uns enfilaient les viandes sur les broches, les autres alignaient les petites tables pour en former une grande, la dressaient et y entassaient les mets. Les femmes qui s'occupaient du festin chassaient les enfants qui venaient dérober un morceau de pain, de viande de renne ou de galette sucrée.

Autour du camp, malgré l'été qui, depuis peu, redonnait vie à la toundra, il faisait un froid mordant. Mais au centre du village nomade, le feu de joie et l'excitation des réjouissances imminentes faisaient régner une chaleur conviviale. Dans quelques heures, cette chaleur deviendrait étouffante et tout le monde transpirerait dans ses épaisses chemises en coton et ses gros lainages.

Serguei bomba instinctivement le torse en prenant conscience – davantage à chaque instant – qu'il était le roi de cette fête qui se préparait.

Mais *elle* ne serait pas là, et cette idée gâchait son plaisir.

Un peu à l'écart du feu, d'autres gamins se poursuivaient autour d'un bâton fiché en terre. Dans son prolongement, on avait tracé au sol une longue ligne blanche. De minute en minute, l'ombre du bâton se rapprochait imperceptiblement de cette ligne, comme l'axe d'un cadran solaire qui ne marquerait qu'une seule heure.

Le regard de Serguei s'arrêta sur l'ombre, puis sur la ligne. Il évalua mentalement le temps qui restait avant qu'elles ne se rejoignent.

Le temps qui restait à son enfance…

— Serguei !

Il sourit en entendant la voix de sa mère qui sortait de la tente familiale avec, à bout de bras, l'habit de cérémonie lui étant destiné. C'était une tunique précieuse en cuir de renne tanné et coloré, agrémentée de franges tressées et ornée de galons de perles, de billes d'argent et de lamelles de turquoise. Anadya la manipulait comme une relique sacrée. Elle la tendit fièrement à Serguei.

— Tu vois, dit-elle avec un rire léger, le premier souvenir que j'ai de ton père, c'est le jour où il a passé cette tunique. Il avait treize ans à peine et les manches lui tombaient aux genoux.

Serguei se renfrogna. Il n'arrivait pas à imaginer son père enfant, et l'idée le mettait plutôt mal à l'aise.

Moins mal à l'aise, toutefois, que les regards masculins qu'il surprenait parfois, posés sur sa mère.

Anadya avait près de quarante ans, un âge où les femmes vivant sous des climats aussi rigoureux étaient souvent usées, prématurément vieillies. Elle, au contraire, avait, par une sorte de miracle, échappé aux morsures du temps. Elle était toujours aussi belle, avec sa peau au teint naturellement hâlé, ses yeux noirs en amande dont avait hérité son fils, sa silhouette mince et sensuelle.

Pour l'occasion, elle avait tressé son abondante chevelure noire à l'aide d'un bijou ciselé dans une défense de mammouth, qui se balançait au rythme de sa démarche et laissait voir son cou gracieux et élancé. Approchant la tunique du torse de Serguei, elle eut une moue de satisfaction.

— Elle t'ira mieux à toi. Vas-y, passe-la.

Serguei hésita, craignant tout à coup d'être un peu ridicule dans cette sorte de « déguisement ». Avec un soupir d'impatience, Anadya entreprit de l'habiller elle-même.

— Il faut cesser de rêver, maintenant, dit-elle avec une douce fermeté. Ce n'est pas le jour.

— Je ne rêve pas.

Anadya le regarda plus attentivement.

— Qu'est-ce qu'il y a ?... Tu n'as pas peur, quand même ?

— Mais non ! se défendit Serguei. Tu sais, j'ai déjà été tout seul, là-haut.

Sa mère le contourna pour ajuster sa tunique du plat de la main.

— Ce n'est pas pareil, lui souffla-t-elle à l'oreille. Toi et moi, nous savons bien que ce ne sera plus jamais pareil, à partir d'aujourd'hui...

Serguei se secoua, agacé :

— Maman, je ne suis plus un enfant !

Avec un sourire indulgent et une émotion mal dissimulée, Anadya lui prit le visage et l'embrassa sur le nez.

— Tu l'es encore pendant cinq minutes, murmura-t-elle.

On ne voyait jamais arriver le chaman. Il avait toujours l'air de surgir comme par magie. De se matérialiser comme un aigle apparaissant brusquement à contre-jour sur un pic, après un long vol silencieux. Il semblait perpétuellement venir d'ailleurs, au terme d'un long voyage, alors qu'il arrivait de l'autre côté du campement.

Cela ne faisait de doute pour personne : les dieux de la nature l'habitaient et il en était une sorte d'incarnation.

S'il voyait plus clair que les autres hommes, s'il distinguait avec une netteté cristalline ce que l'imagination des autres n'arrivait pas à concevoir, c'était parce que ses yeux à lui ne se trouvaient pas au milieu de son visage, mais au fond de son âme.

Le chaman était aveugle, on ne savait plus depuis quand. Mais cela n'avait jamais semblé le gêner, ni pour ses occupations quotidiennes, à l'intérieur de sa tente, toujours plantée un peu à l'écart des autres, ni dans l'exercice de ses fonctions.

Nul ne connaissait l'âge de Moujouk – c'était son nom. On savait seulement qu'il avait plus de quatre-vingts ans, qu'il avait vu naître tous les membres de la communauté, et mourir tous ceux qui n'étaient plus là… même des gens que personne à part lui n'avait connus.

Accroché au bras d'Andrei, un grand gaillard de plus d'un mètre quatre-vingts, qui, quelques minutes plus tôt, était penché sur le contenu d'un chaudron, Moujouk paraissait encore plus voûté qu'il ne l'était en réalité. Comme pour compenser, il se tenait droit, presque raide, et avançait à tout petits pas. Son bonnet, qui flottait sur la foule comme une bouée sur l'eau, était constitué de deux morceaux de tissu aux couleurs vives mais passées, représentant les quatre coins de l'univers. Son costume de cuir de renne tanné, teint à l'aide d'une décoction d'écorce d'aulne, était orné d'un soleil de cuivre et de la silhouette des animaux dans lesquels il s'incarnait. À sa ceinture pendaient des parements garnis de fourrure de renne prélevée à la gorge, siège de l'âme de la bête. Quant à son visage brun et parcheminé, aux contours érodés par près d'un siècle de froidures, il dessinait un sourire et irradiait d'une lumière intérieure que chacun ressentait à son approche.

Quand il pénétra, au bras d'Andreï, dans le grand cercle au centre duquel on avait construit le feu, les conversations s'arrêtèrent et on s'écarta pour lui permettre d'avancer jusqu'à l'extrémité de la table de cérémonie. Avant de s'y asseoir, à la place d'honneur, il en fit le tour et effleura de ses mains noueuses le visage de chaque convive. Les reconnaissant, il eut un mot affectueux pour tous. Enfin, il prit place, posant devant lui le long colis enveloppé de cuir qu'il serrait sous un bras.

Tout le monde s'assit, à l'exception de Serguei, resté debout en face de Moujouk. Le vieil homme fixait le garçon, comme s'il le voyait. Quant à Serguei, profondément troublé par la force de ce regard étrange, pénétrant, presque surnaturel, il ne pensait plus à fanfaronner.

Autour de lui, ses parents le dévoraient des yeux avec une fierté qu'ils ne cherchaient pas à dissimuler. Nicolaï portait la veste en cuir d'élan, cousue à la main par sa femme, qu'il réservait aux grandes occasions. Anadya tâchait de tenir tranquille Ivan et Mikhaël, les deux jeunes frères de Serguei.

— On dirait un prince ! fit Mikhaël.

— Non, un roi ! corrigea Ivan avec toute l'autorité de ses sept ans, trois de plus que son petit frère.

— C'est dommage qu'il manque la reine, souffla Anadya.

Serguei, gêné, détourna le regard.

Tout le monde se tut quand la voix éraillée du chaman s'éleva.

— Serguei, dit-il, ce jour est un grand jour. C'est toi que nous avons choisi pour veiller sur ce que nous avons de plus précieux. Depuis la nuit des temps, depuis que les tribus de nos ancêtres tartares ont émigré vers le nord, le renne est notre animal sacré, le cœur de nos ressources, l'autre moitié de nous-mêmes. Sa viande nous nourrit, sa peau nous habille, enveloppe nos tentes et nous protège du froid, son endurance nous offre un moyen de transport et un véhicule inégalables. Mais les rennes représentent plus encore que tout cela : ils sont le lien de chair et de sang qui nous relie aux éléments. La grande harde incarne les esprits de la nature et les dieux de la vie, ceux-là mêmes qui nous guident, ceux-là mêmes à qui nous rendons grâce chaque jour pour notre subsistance.

Il marqua un temps, pendant lequel on aurait pu entendre un moustique voler. Puis il demanda :

— Es-tu prêt à te consacrer à la grande harde, Serguei ? À t'y consacrer corps et âme, de toute ta volonté et de tout ton savoir ?

Serguei acquiesça d'un signe de tête. Puis, se rendant compte que le vieillard n'avait pu le voir, il lâcha un « oui » étranglé.

— À la défendre ? insista Moujouk.

— Oui.

À deux pas de son frère aîné, le petit Mikhaël gloussa bêtement. Sa mère lui tapota la joue afin de lui rappeler la solennité du moment.

— À la protéger coûte que coûte ? demanda enfin Moujouk.

— Oui, dit Serguei pour la troisième fois, fermement, d'une voix empreinte de gravité.

Tous les regards se tournèrent vers lui. Déjà, on le voyait différemment, comme si les paroles du chaman l'avaient transformé. Il y avait dans les yeux de chacun une once de considération supplémentaire à son égard. À croire qu'en quelques minutes, il était effectivement devenu un homme. Ce qui, après tout, était bien le sens profond de cette cérémonie.

Quelqu'un poussa le jeune Ivan en direction de Moujouk, qui lui tendit le long paquet de cuir qu'il avait apporté avec lui. Le gamin courut le remettre à son frère aîné. Serguei s'en empara avec un respect mêlé d'appréhension. Délicatement, il écarta le cuir, faisant apparaître une longue crosse polie.

— C'est toi, dorénavant, qui veilleras sur la harde, dit Moujouk. Ce fusil est le symbole de cet honneur. Il est désormais le tien. Fais-en bon usage et montre-toi digne de la charge qui t'incombe. Que l'esprit de la Grande-Terre soit avec toi.

Le chaman frappa la table du plat de la main, pour signifier qu'il avait parlé.

L'explosion de joie qui s'ensuivit marqua la fin de la cérémonie et le début des réjouissances. Dans le brouhaha général, Serguei rencontra le regard de son père qui lui souriait, débordant de fierté. Anadya courut embrasser son fils, pendant que Mikhaël et Ivan se battaient pour toucher le fusil, avec une légère anxiété toutefois : l'arme était imprégnée des pouvoirs du chaman et possédait un esprit à elle, qui se manifesterait dans la capacité à viser juste.

Le clan se pressait autour du jeune homme pour lui taper sur l'épaule, le serrer dans ses bras et le congratuler.

Oui, pensait Serguei, c'était un grand jour. Un jour qu'il avait attendu et espéré. Mais l'honneur qu'on venait de lui faire s'accompagnait d'une terrible responsabilité. Que se passerait-il s'il n'était pas à la hauteur ? Pour l'instant, il préférait ne pas y penser.

Son regard tomba sur le grand bâton fiché en terre, dont l'ombre était maintenant sur le même axe que la ligne blanche.

Sa vie d'homme venait officiellement de commencer.

3.

Personne ne fit attention au jeune Alexeiev, seize ans, quand il quitta discrètement la fête pour aller à la recherche de Wladim. Ce dernier, qui avait deux ans de plus que lui, était à la fois son mentor, son modèle, son grand frère et son meilleur ami. Les deux garçons étaient inséparables et n'avaient pas de secrets l'un pour l'autre. C'est pourquoi Alexeiev savait parfaitement pour quelle raison Wladim n'avait pas assisté à la cérémonie, et encore moins aux réjouissances qui s'ensuivaient.

En deux minutes, il fut devant la tente de son ami. Il en écarta le pan de toile qui faisait office de porte et passa la tête à l'intérieur. Comme dans toutes les tentes évènes, cela sentait les aiguilles de pin qui tapissaient le sol, les peaux tannées qui les recouvraient, le feu de bois achevant de se consumer, le cuir, les restes de viande de renne dévorée la veille en famille, et tout un bouquet d'odeurs sauvages et animales.

Un décor olfactif tellement familier qu'Alexeiev n'y prêtait plus attention depuis longtemps.

Dans l'ombre, il ne distingua d'abord personne.

Il appela doucement :

— Wladim ?

Seul le silence lui répondit. Il écarta davantage le tapis de couleur masquant l'ouverture, et un rayon de lumière plongea jusqu'au fond de l'habitation, révélant la *malin'ki stol*, sorte de petite table basse en bois de tremble ou de mélèze, unique pièce de mobilier de la tente évène. Puis, tout à côté, une forme humaine : celle d'un garçon prostré, replié sur lui-même malgré sa silhouette massive, le regard rivé sur un morceau de bois qu'il était en train de tailler à l'aide d'un couteau. Alexeiev l'appela encore une fois. Mais Wladim, sous sa veste en gabardine bleu foncé, partiellement blanchie par l'usure et serrée à la taille par un gros ceinturon de cuir craquelé, se concentrait sur son bout de bois comme si sa vie en dépendait, refusant d'entendre ou de voir quoi que ce soit d'autre.

Alexeiev s'avança jusqu'à lui.

— Tu sais, dit-il, à part moi, tout le monde se moque de ce que tu penses. Les autres, ça ne les empêche pas de s'amuser. Personne ne va venir te chercher. Alors, tu ferais mieux de te joindre à nous.

Il ajouta avec un sourire gourmand :

— Il y a de la viande d'oie et de perdrix dans les brochettes. Les premières de la saison !

Wladim cessa brusquement de taillader son morceau de bois et leva vers son ami ses yeux rougis par les larmes.

— Si mon père était encore là, fit-il, les choses ne se seraient pas passées comme ça !

Il agitait nerveusement son couteau et Alexeiev recula d'instinct en soupirant :

— Ça n'aurait rien changé, tu le sais bien. Ils ont choisi Serguei parce qu'ils pensent qu'il a des qualités que…

Il s'interrompit, comprenant qu'il était mal embarqué.

— Des qualités que je n'ai pas, c'est ça ?

Alexeiev haussa les épaules.

— C'est le chef et le chaman qui décident. C'est comme ça, on n'y peut rien.

— Et comme par hasard, on choisit justement le fils du chef ! Si Serguei a une qualité que je n'ai pas, c'est celle-là, oui !

Alexeiev ne répondit pas. Il n'avait pas envie de contrarier Wladim ; d'autant que celui-ci était un costaud qui ne se maîtrisait pas toujours. Le genre à cogner d'abord – y compris son meilleur ami – et à réfléchir après.

Mais il savait parfaitement que cette impulsivité était justement une des raisons pour lesquelles les autorités terrestres et spirituelles du village avaient choisi Serguei. Certes, il avait un an de moins que Wladim, mais il faisait déjà preuve d'une sagesse, d'une maîtrise de soi, d'une maturité que Wladim ne posséderait peut-être jamais.

Et cela, malheureusement, Wladim était trop obstiné pour le reconnaître, préférant s'abriter derrière la mort de son père.

Celui-ci était décédé d'une maladie inconnue, alors que son fils était encore un enfant. C'est pourquoi le garçon avait manqué à la fois d'une autorité contre laquelle se construire et d'un guide pour le conduire à l'âge adulte. En ce sens, oui, Wladim avait raison de dire que si son père avait été là, les choses se seraient passées autrement. Non, comme il le suggérait, parce que son père aurait pesé sur la décision ; mais parce que lui-même aurait été différent et que ses qualités naturelles l'auraient sans doute emporté.

En attendant, Wladim portait au fond de lui une blessure et une frustration dont il rendait responsable le monde entier. Et aujourd'hui, le monde entier, c'était d'abord et avant tout Serguei, qui lui avait « volé » le plus bel honneur qu'on puisse faire à un jeune Évène : celui d'être nommé gardien de la grande harde.

Alexeiev trouva le seul argument qui pouvait le consoler, et même lui redonner un peu d'espoir. Se penchant légèrement vers lui, il murmura sur un ton de conspirateur :

— Tu sais, il peut s'en passer des choses, là-haut. Et c'est lourd, comme charge...

Pour la première fois, une lueur s'alluma dans le regard sombre de Wladim. Et, dans l'ombre, Alexeiev crut même le voir sourire.

Les rennes galopaient à travers la vallée, sur le lac gelé, à une vitesse incroyable. Serguei avait beau courir à s'en faire éclater le cœur derrière la harde, celle-ci gagnait du terrain et le semait un peu plus de seconde en seconde. Il hurlait pour rappeler les bêtes à l'ordre, mais aucun son ne sortait de sa bouche. Ses bottes doublées en fourrure de chien avaient perdu leur effet calorifique et ses pieds se transformaient rapidement en deux blocs de glace. Bientôt, il serait totalement paralysé, soudé à la surface du lac...

Au loin, les rennes achevaient de disparaître à jamais, dans un nuage blanc…

Les yeux pleins de larmes, crevant de rage et de frustration, Serguei leva la tête et découvrit, sur les crêtes encadrant la vallée, les silhouettes massives de son père, de sa mère, de Moujouk le chaman, et de deux garçons du village, Alexeiev et Wladim (ce dernier, il le savait, lui en voulait à mort d'avoir été nommé à sa place). Ils étaient tous immenses, et ces silhouettes titanesques le fixaient de leurs regards noirs. Leurs mines sévères le jugeaient et la sentence qu'il lut sur leurs visages était irrévocable : un raté ! Il était un raté ! Il avait failli à sa mission sacrée et il était déshonoré à jamais !

De nouveau, il hurla. Cette fois, son cri lui explosa dans les oreilles… et le réveilla en sursaut. Il se redressa d'un seul coup dans son sac de couchage en peau de renne. Le visage et le corps couverts d'une sueur glacée, il haleta longuement, tâchant désespérément de reprendre son souffle. Il mit plusieurs secondes à se rappeler où il était : quelque part sur les hauts plateaux des monts Verkhoïansk, à une grosse journée de marche du campement évène, dans une zone où les pâturages de lichen étaient assez vastes et assez gras pour nourrir la grande harde pendant des semaines.

Il était seul. Absolument seul dans cette immensité.

Ce n'était pas la première fois, loin de là, qu'il voyageait et campait en solitaire dans les plaines, les montagnes ou les forêts de son pays. Mais c'était la première fois qu'il le faisait par obligation, pour une période aussi longue et avec une responsabilité aussi lourde.

Il pensait être à la hauteur, mais il avait peut-être un peu présumé de lui-même. Et dans l'inconscience des rêves, une peur sournoise était venue transformer son repos en cauchemar.

Ce hurlement qu'il avait cru entendre, c'était le sien !

À l'instant précis où cette pensée lui traversait l'esprit, un autre cri résonna, à l'extérieur de la tente, cette fois. Une sorte de glapissement rauque qui lui donna la chair de poule. Le cri se répéta quelques secondes plus tard. Cette fois, c'était à mi-chemin entre le jappement et le grognement.

Serguei croyait devenir fou. Lui qui connaissait chaque animal de la steppe, chaque habitant de ces montagnes et de ces forêts, était incapable d'identifier l'un d'eux.

L'angoisse lui jouait des tours et déréglait ses sens.

En plein milieu de la « nuit », il s'arracha à son sac de couchage et empoigna son fusil pour sortir, jusqu'à ce qu'il se souvienne qu'il était nu. Il enfila à la hâte un pantalon et une chemise en peau. Non par pudeur – personne ne risquait de le voir –, mais parce que, malgré l'été et le soleil nocturne, le thermomètre restait calé en dessous de zéro.

Il disait et pensait la « nuit », comme n'importe quel homme habitué à partager les vingt-quatre heures d'horloge entre jour et obscurité. Si les Évènes avaient conservé cette coutume de langage, c'était pour des raisons essentiellement pratiques. En réalité, cette division n'existait que quelques semaines par an, au début et à la fin de l'hiver. Pendant le court été, le soleil ne se couchait pas et s'obstinait, pendant ce qui tenait lieu de « nuit », à flotter au-dessus de l'horizon, comme une grosse balle incandescente et insubmersible.

Les gens du Sud, qui pour la plupart n'avaient jamais assisté au phénomène, appelaient cela le « soleil de minuit ».

Depuis la petite butte où il avait installé son bivouac, on voyait la grande harde, en contrebas. Les bêtes, indolentes, s'étaient éparpillées dans la toundra et au bord de la rivière. Certaines, les pattes repliées sous elles, dormaient. Visiblement, elles n'étaient en proie à aucune frayeur.

Le regard de Serguei tomba sur le feu qu'il avait allumé avant de se coucher avec des brindilles cassées aux branches basses des quelques arbres rabougris plantés autour de la tente. Ce n'était plus qu'un petit tas de cendres fumant. Il eut le réflexe de s'accroupir pour le raviver. C'est alors que le cri éclata pour la troisième fois.

Il se redressa d'un bond et, le fusil pointé, marcha vers les bois tout proches. Il s'y enfonça et la lumière diffuse du soleil estival qui flottait en permanence au-dessus de l'horizon baissa d'un seul coup. Il avança encore un peu dans la pénombre... et s'immobilisa.

À quelques pas, un carcajou lui faisait face, le dos arqué et la gueule ouverte. Serguei sursauta en découvrant l'espèce de blaireau poilu de près de deux mètres, râblé et tout en muscles, considéré depuis toujours comme l'animal le plus féroce et le plus dangereux des territoires du Grand Nord. Capable de manger n'importe quoi – d'où son surnom de « glouton » –, le carcajou avait des griffes d'ours et une mâchoire plus puissante que celle d'un pit-bull. Quand il avait planté ses crocs redoutables dans une proie, même la mort ne lui faisait pas lâcher prise.

Pas plus que les loups, les carcajous ne s'attaquaient aux hommes. Ils les fuyaient plutôt. Mais, se sentant menacés, ils étaient capables de saisir un bras ou une jambe dans l'étau de leurs mâchoires…

Serguei leva lentement son arme et visa entre les petits yeux noirs et rapprochés qui le fixaient intensément.

À la seconde précise où il allait tirer, l'animal cria une nouvelle fois et disparut dans la forêt avec la vivacité d'un renard des neiges.

Quand, au bout d'une ou deux secondes, Serguei prit conscience qu'il n'y avait plus rien au bout de son arme, il regagna sa tente et se recoucha. Mais impossible de fermer les yeux. Le moindre cri d'oiseau lui envoyait sous la peau des jets d'adrénaline. Le plus petit craquement de branchage lui faisait tendre la main vers son fusil. Jusqu'au souffle du vent dans les épineux, messager de menaces indiscernables…

À croire que la toundra et les montagnes se liguaient pour le déstabiliser.

Il décida d'affronter tous ces fantômes. De les défier comme l'homme qu'il était. Sortant une nouvelle fois de sa tente, il se planta sur la hauteur, fusil en main, la crosse fichée en terre. Puis il cria aux pâturages, à la toundra, à la montagne immense et à tous les vents du ciel sibérien : « Je n'ai pas peur ! Je suis Serguei, gardien de la grande harde, et rien ne m'arrêtera dans ma tâche ! Je suis plus grand et plus fort que vous tous, car j'ai avec moi les dieux de la terre, ceux de la nature et ceux du ciel ! Je suis Serguei, fils de Nicolaï, gardien de la harde, et je n'ai peur de rien, ni de personne ! »

Rassuré par ces mots – surtout adressés à lui-même – et par le son de sa propre voix, fièrement lancée à tous les échos, Serguei trouva assez de sérénité pour s'endormir enfin.

Quand il s'éveilla le lendemain, le soleil était déjà haut dans le ciel et la grande harde avait disparu.

4.

Hébété, transformé en statue de sel, Serguei voulut d'abord se persuader qu'il faisait un nouveau cauchemar. Instinctivement, il leva la tête vers les sommets, s'attendant à y découvrir les silhouettes gigantesques et les regards sévères de ses parents, ainsi que du chaman. Mais cette fois, seul un ciel pâle, où le vent chassait des filaments nuageux, coiffait les monts Verkhoïansk.

Plus de doute possible. Les deux mille têtes du troupeau dont dépendait la survie de son peuple s'étaient évanouies dans la nature.

Une seule chose à faire : les retrouver. Sinon, sa vie était finie. Il ne serait même plus question pour lui de se présenter de nouveau devant les siens. Il aurait le choix entre aller vivre une existence d'ermite pestiféré, caché dans l'épaisseur d'une forêt, et se jeter tout de suite au fond d'un ravin.

Dans l'état de panique où il était, il envisageait plutôt la seconde solution.

Il s'habilla et enfila des bottes plus légères que celles doublées en fourrure de chien, mais avec lesquelles il pourrait marcher – et éventuellement courir –

sur de longues distances. Il emporta dans une musette assez de viande de renne fumée et de galettes aux baies et aux herbes pour se nourrir une bonne semaine. Enfin, il passa en bandoulière la lanière de l'étui qui protégeait son fusil et se dirigea vers les deux rennes qui lui restaient : deux *uchakh*, dressés pour la monte ou la traîne des perches de la tente et le portage du matériel, par opposition aux *oron*, les rennes domestiques constituant la harde. Il sauta sur celui qui lui servait de monture en se plaçant sur son flanc droit et en jetant sa jambe gauche par-dessus le dos de l'animal. Faute d'étriers, les Évènes s'appuyaient généralement sur un bâton pour monter en selle. Mais Serguei avait assez de tonicité dans les jambes pour se projeter sans aucune aide.

Par habitude, le cervidé se mit en mouvement avant même que les fesses de son cavalier ne retombent sur son échine.

La tête de Serguei lui tournait tant qu'il faillit chuter de l'autre côté de l'animal. La peau des rennes n'était pas fixée aux muscles et aux tendons, à la manière de celle des chevaux : elle « flottait » autour de la bête, comme de la crème sur du lait, et il fallait toute l'habileté des Évènes pour tenir assis sur leurs montures. Une de leurs plaisanteries favorites, quand par hasard un étranger s'aventurait jusque chez eux, consistait à lui proposer une chevauchée à dos de renne. Les chutes répétées du malheureux, incapable de se maintenir sur cette glissoire vivante, faisaient leur joie.

Mais, pour l'instant, Serguei n'avait pas envie de rire. Il éperonna des talons les flancs de l'animal qui, docile, dévala dans un galop haché la pente au sommet de laquelle se trouvait le bivouac.

« Hier, ils étaient près de la rivière, dit-il tout haut. Le gué est faible à cet endroit. Le premier qui a eu envie de boire pendant la nuit a dû traverser ; les autres l'ont suivi, et voilà… »

Le soleil faisait scintiller le cours d'eau vers lequel Serguei fonça, plissant les yeux pour tâcher de voir au-delà, le plus loin possible. Mais de l'autre côté de la rivière, seule la toundra allongeait sa surface grise et blanche. Sans ralentir, Serguei entra dans l'eau, que les jambes de sa monture firent exploser en gerbes de cristal. Au creux du gué, il ne devait pas y avoir plus de cinquante centimètres de fond. En deux coups de reins, il projeta son renne sur l'autre rive et continua sa course. L'angoisse lui tordait le ventre et lui donnait le vertige. Il talonna les flancs de l'animal et se jeta à l'assaut de ce tapis râpeux se déroulant à l'infini entre les montagnes, et qui semblait reculer à mesure qu'il avançait, comme si une main géante le tirait à l'autre bout.

Il chevauchait depuis deux heures, peut-être trois – il avait perdu le sens du temps –, quand, brutalement, il s'immobilisa au milieu de nulle part.

Autour de lui, le pays évène s'étendait à l'infini.

« Absurde ! dit-il, à voix haute encore. Absurde ! Ils ne peuvent pas être venus jusqu'ici. Il aurait fallu qu'ils galopent sans s'arrêter, pour arriver aussi loin. Et pourquoi auraient-ils galopé, si rien ne leur avait fait peur ? »

Il avait lui-même été arraché au sommeil par une bête mystérieuse qui s'était révélée être un gros carcajou. Mais il se souvenait clairement, malgré son état d'hébétude, que la harde n'avait rien entendu et passait une « nuit » paisible.

Non, décidément, il s'était lancé sur une fausse piste. Les rennes avaient pris une autre direction.

Il rebroussa chemin au petit galop et retraversa la rivière dans l'autre sens. Au loin, sur la hauteur, il aperçut sa tente, et l'*uchakh* qu'il avait laissé à côté.

Scrutant le paysage des yeux, il s'aperçut qu'entre la rivière et le promontoire où il avait campé, la toundra s'enfuyait en un long chenal vert et brun, invisible depuis son bivouac.

C'était là ! À coup sûr ! S'ils n'avaient pas traversé la rivière, c'est qu'ils s'étaient engouffrés dans ce passage plus étroit.

Pourquoi ? Seul le dieu des rennes le savait. Peut-être l'un d'eux avait-il découvert dans cette direction une zone de lichen un peu plus grasse qu'ailleurs. Peut-être l'avait-il suivie, en broutant, entraînant les autres derrière lui… Si le comportement des rennes était parfois imprévisible, leur côté grégaire n'était jamais pris en défaut.

Pas un instant, Serguei n'imagina que quelqu'un – ou plusieurs personnes – ait voulu lui faire une mauvaise blague en escamotant son troupeau ; encore moins que qui que ce soit lui ait dérobé ses deux mille têtes.

Chez les Évènes, les hardes, sacrées, n'étaient en aucun cas un sujet de plaisanterie. Et les voleurs de bétail n'existaient pas.

Contrairement à la toundra qui s'étendait de l'autre côté de la rivière, on ne voyait pas le bout de cette longue langue de terre légèrement descendante : des bois de mélèzes, d'abord clairsemés, puis plus denses, l'avalaient peu à peu, jusqu'à l'occulter complètement.

Serguei imagina ses bêtes, éparpillées dans une forêt inextricable, les bois accrochés aux branches, le pelage raboté par la rugosité des troncs… Pour les rassembler et les faire sortir de là, il n'était pas au bout de ses peines.

Sans hésiter une seconde, il se précipita dans cette nouvelle direction. Sa monture, qui galopait depuis des heures, obéissait sans rechigner – « un renne, c'est plus endurant qu'un camion », disait toujours Nicolaï –, mais une abondante sueur blanche lui faisait écumer l'encolure.

Parvenu à la lisière des bois, Serguei laissa l'animal souffler et continua à pied.

D'abord en zigzag entre les troncs minces et colorés, puis tout droit, il courut sans s'arrêter, décidé à ne ralentir qu'une fois le premier renne de sa harde repéré. Le sol, couvert de mousse et de petit bois, avait la consistance du sable et de la sciure mélangés. Il avait bien fait de choisir ses bottes légères. Courant de plus en plus vite, il n'entendait que le sifflement de sa respiration et le martèlement de son cœur. Il ne sentait même pas les branchages qui lui fouettaient le visage, laissant sur sa peau de fines zébrures rouges.

Il continua, jusqu'à ce que le souffle lui manque, que son corps exténué refuse de faire le moindre effort supplémentaire, et que ses jambes se dérobent sous lui. Il perdit brièvement connaissance, s'affalant sur le sol humide, face contre terre. Il fut réveillé par une sensation d'asphyxie et se retourna d'un bond, comme une carpe.

Le visage maculé, tourné vers le ciel qu'il apercevait entre les branchages, Serguei s'efforça de reprendre à la fois son souffle et ses esprits.

Il avait couru jusqu'à la limite de ses forces, pénétré si loin dans cette forêt qu'il lui faudrait des heures pour en sortir. Et toujours pas le moindre renne en vue.

« Ils ne sont pas là ! râla-t-il dans un souffle rauque. Ce n'est pas par ici non plus qu'ils se sont échappés. »

Il respira aussi profondément que possible pendant quelques instants encore, avant de se relever. Soudain, il se sentit vaincu. Est-ce qu'il avait fâché Bayanay, l'esprit de la forêt et de ses habitants, pour qu'il s'acharne ainsi contre lui ? Contrarié Hövki, la divinité du ciel ? Le chaman d'un autre clan lui avait-il jeté un sort, une malédiction ? En tout cas, un ennemi invisible et inconnu avait décidé de sa perte… et il avait gagné.

Cela faisait, quoi ?… quatre jours qu'il était seul avec la grande harde dont il avait la charge, et, déjà, il l'avait perdue !

Quatre jours ! Il lui avait fallu quatre jours, pas un de plus, pour faillir à sa mission et prouver à tous qu'il en était indigne !

Qua…

Il se figea net, le corps et le cerveau au point mort. Son regard venait de tomber sur une de ces branches basses dont il constatait quelques instants plus tôt qu'aucune n'était cassée. Ses yeux s'arrêtèrent ensuite sur le sol meuble, à ses pieds, où il n'avait observé aucune trace.

Les traces !

Une harde de deux mille têtes, ça laisse des traces !

Dans son affolement, il n'avait même pas eu le réflexe de les suivre !

C'était sûrement vrai, qu'il devenait fou ! Vrai, que la panique et l'anxiété lui avaient fait perdre l'esprit, au point de faire des cauchemars fantasmagoriques, mais aussi d'oublier les notions les plus élémentaires !

Machinalement, il releva ses mèches et se toucha le front, s'attendant à le trouver brûlant de fièvre.

Il était glacé.

Glacé, comme le vent qui balayait les alpages d'altitude et couvrait de mousse les flancs des mélèzes orientés vers le nord.

Sans courir, cette fois, Serguei regagna la lisière de la forêt et l'endroit où il avait laissé sa monture. Au petit trot, il remonta la langue de terre coincée entre la rivière et le monticule de son campement et poussa jusqu'à la boucle de rivière où, la veille au soir, ses rennes paissaient en toute tranquillité.

Il n'eut même pas besoin de mettre pied à terre pour découvrir ce qu'il cherchait : de longues traînées de lichen, retourné par des milliers de sabots, aussi lisibles qu'une trace de botte dans la neige fraîche. Elles se dirigeaient vers le fond de la vallée, dans le sens opposé à la rivière, c'est-à-dire en direction inverse de celle qu'il avait prise ce matin.

À la fois vexé et furieux contre lui-même, Serguei éperonna une nouvelle fois sa monture en l'encourageant de la voix : « *Da vaï*, fit-il, allez, un dernier effort ! »

Un gros épaulement de terrain coupait la vallée en deux et empêchait de voir au-delà. Les traces y menaient directement, l'escaladaient et se perdaient de l'autre côté.

Serguei se serait giflé ! Dire qu'il aurait suffi qu'il se retourne et qu'il ouvre un peu les yeux pour s'épargner une journée entière de course effrénée, aussi stupide qu'inutile !

Une phrase de sa mère lui revint en mémoire. Elle l'avait prononcée peu avant la cérémonie, alors qu'elle l'habillait en lui faisant des recommandations qui, bien sûr, l'exaspéraient : « Je sais comment tu es, mon garçon. Toujours dans tes pensées, à te laisser bercer par le chant des perdrix, à en oublier tout le reste... »

Serguei poussa un cri de rage et lança son renne à l'assaut de la montée derrière laquelle, logiquement, devait se trouver la harde... et la fin de son cauchemar.

Parvenu au sommet, il eut l'impression que le poids qui lui écrasait la poitrine depuis le matin s'envolait d'un seul coup. Devant lui, presque à perte de vue, l'immense et familière tache brune se contorsionnait lentement, s'ouvrait et se reformait comme une entité vivante, une créature familière et bénéfique, un totem rassemblant deux mille vies en une seule.

Ce fut comme s'il voyait la harde pour la première fois. Plus que jamais, à cet instant précis, il en ressentait jusque dans ses veines toute la force, toute la majesté, toute la générosité nourricière.

Et, plus que jamais, il éprouva physiquement le lien millénaire qui l'unissait à elle.

5.

Les semaines passèrent, rythmées par les montages et démontages de son campement, les déplacements vers un nouveau pâturage, quand le précédent avait donné son dernier bouquet de lichen, la pose des collets et des pièges pour se nourrir, les longs silences de la pêche, les changements de paysage quand la harde passait d'un plateau à une vallée, d'une crête ciselée par les vents à un nœud de rivière. À mesure que Serguei poussait ses bêtes, les tenant par la voix et le muscle, le pays évène déroulait pour lui ses tableaux fantastiques, révélait avec une parcimonie enchanteresse les mystères dont il était jaloux.

Tout en vaquant à ses tâches, le garçon ne cessait d'admirer le fabuleux spectacle qu'offraient ces territoires si difficiles d'accès que le reste du pays avait fini par les oublier, ces régions quasiment inexplorées dont même les cartes, à l'instar de celles du monde au Moyen Âge, comportaient des zones d'incertitude. Il avait conscience, malgré sa jeunesse, que cette terre était le plus précieux trésor du peuple évène. Et qu'il en était responsable, autant que de la harde.

De jour en jour, Serguei sentait sa maîtrise s'affirmer, sa main s'affermir sur les guides de son destin et celui du grand troupeau. À chaque tour d'horizon du soleil d'été, il laissait derrière lui un lambeau d'enfance et endossait un pan supplémentaire de son manteau d'homme.

Près de deux semaines s'étaient écoulées depuis qu'il avait quitté le camp nomade de son clan pour accompagner la grande harde vers les pâturages d'été. Faute de repères précis, le jour commençait quand Serguei le décidait, c'est-à-dire au moment où il s'éveillait. Ce matin-là, en sortant de sa tente, il fit ce qu'il faisait toujours en premier : chercher la harde des yeux, la trouver, puis embrasser d'un long regard circulaire le paysage qui s'étendait autour de lui. Comme d'habitude, il était différent de celui de la veille. Même quand les rennes et lui n'avaient pas bougé, la lumière transfigurait ces hauteurs et jetait sur ces immensités des couleurs nouvelles.

Depuis quelques jours, le jeune Évène et son troupeau étaient installés au bord d'un lac, autour duquel se pressaient des légions de trembles nacrés et de cèdres rouges. Dans le miroir poli de l'eau se projetaient les sommets enneigés avec les nuages, d'un éclat et d'une précision tels qu'on aurait pu confondre les originaux et leurs reflets. Ainsi, Serguei vivait entre deux cieux.

Il quitta son campement – un peu surélevé parce que l'air chassait les moustiques – et descendit faire le tour des bêtes pour s'assurer qu'aucune n'était blessée ou malade. Elles étaient à un kilomètre environ du bivouac, non loin d'une petite cascade qu'on n'entendait pas à cette distance.

À première vue, tout semblait en ordre. Certains rennes broutaient goulûment. D'autres, couchés, tentaient de se débarrasser des moustiques qui les harcelaient à grands mouvements de leurs bois. D'autres encore se secouaient pour tenter, en vain, d'empêcher les taons de pondre leurs œufs dans leur fourrure.

Serguei avançait sur un tapis de myosotis et de lys blancs, s'efforçant de ne pas marcher sur les *niourgouhounes* – les perce-neige –, et traquant machinalement du regard la *sardaana*, fleur mythique incarnant la beauté. Si par hasard il en trouvait une, il la cueillerait et la ferait sécher dans une bourse en cuir, pour l'offrir à Nastazia.

Ce n'étaient pas les occasions qui manquaient de penser à elle. Au cours de ces journées de solitude, Serguei passait des heures à essayer d'imaginer son visage. Depuis deux ans qu'il ne l'avait pas vue, elle avait sûrement beaucoup changé.

Nastazia appartenait à un autre clan, celui de Mouriak, le père de la jeune fille. Nicolaï et lui étaient très liés et saisissaient tous les prétextes pour échanger des visites ou réunir leurs tribus respectives. Serguei et Nastazia, fils et fille de chef, se connaissaient depuis l'enfance. Pour le jeune homme, Nastazia était plus qu'une amie : elle était son premier amour. Petits, ils avaient passé des journées à jouer sous la tente, à explorer la toundra aux abords du campement, à partager de tendres secrets. Certaines images – Nastazia et lui, serrés l'un contre l'autre sous un promontoire rocheux, le temps de laisser passer un orage – étaient restées gravées dans la mémoire de Serguei. Certaines émotions – la main de Nastazia s'emparant de la sienne, le parfum délicat de ses cheveux… – avaient été si intenses qu'il lui suffisait de les évoquer pour les éprouver aujourd'hui avec la même force. Tous ces souvenirs constituaient un trésor secret que personne, jamais, ne pourrait lui enlever.

Sauf elle, peut-être…

Parce que leurs clans respectifs nomadisaient aux deux extrémités du pays évène, Nastazia et Serguei avaient été séparés pendant de longues années. Et puis, deux ans plus tôt, les fêtes estivales avaient de nouveau rassemblé leurs familles. À l'instant où il avait posé les yeux sur Nastazia, devenue une jeune fille de quinze ans, l'amour d'enfance de Serguei s'était transformé en amour majuscule. Il était tombé fou des yeux sombres et malicieux, étirés en amande, de la jeune Évène, de son nez à l'arête fine, de sa bouche à la moue boudeuse, de ses longs cheveux noirs de jais dont les vagues obéissaient aux mouvements de son corps. Un corps à peine sorti de l'enfance, mais d'une féminité qui lui avait mis le feu aux joues.

Quant à Nastazia, son expression et l'éclat de ses yeux, lorsqu'elle s'était retrouvée face à Serguei, n'avaient laissé aucun doute sur la réciprocité de ses sentiments.

Deux clans évènes au grand complet avaient assisté à leur coup de foudre. Deux familles s'étaient réjouies en imaginant la grande fête à laquelle leurs noces donneraient peut-être lieu un jour.

Mais Nastazia et Serguei ne se projetaient pas encore aussi loin dans l'avenir. Ils s'étaient contentés de vivre ces quelques jours d'été comme si le lendemain ne devait pas avoir lieu. Avec une passion dévorante… mais platonique. Leurs familles respectives les surveillaient, et, à leurs yeux, ils n'étaient encore que des enfants.

À peine quelques jours plus tard, la jeune fille avait dû repartir avec ses parents, vers la zone de nomadisation de son clan. Il l'avait attendue pendant deux ans. Elle et les siens devaient être là pour son intronisation, et – il devait bien se l'avouer – c'était surtout pour cette raison qu'il avait attendu ce grand jour avec tant d'impatience. Hélas ! le clan de la jeune fille avait été retardé ; et lui-même avait dû partir assumer sa nouvelle mission…

Il donna une claque machinale sur le cuissot d'un renne qui s'écarta vivement, et soupira. Nastazia devait être arrivée, à présent. Mais c'est lui qui n'était plus là. Et il ne pourrait pas la rejoindre avant que le chef du clan – son père en l'occurrence – décide d'envoyer la relève pour le relayer dans sa tâche de gardien.

Décidément, la vie était injuste, mal faite, cruelle… et il était le garçon le plus malheureux de la terre !

Le temps de traverser la harde, Serguei avait cessé de s'apitoyer sur lui-même. Il s'arrêta au bord du petit cours d'eau alimenté par la cascade et s'y pencha. Aussitôt, il repéra les silhouettes grasses de quelques truites, tournicotant dans les eaux claires.

De quoi apporter un peu de variété à ses menus.

Il sortit de sa musette un fil de pêche confectionné avec des tendons d'élan, un hameçon (également bricolé par ses soins) et une galette de blé dur, dont un petit morceau ferait un appât tout à fait convenable. Il assembla le tout en quelques instants et lança. Presque aussitôt, une truite énorme se jeta sur l'appât et l'avala comme une mouche. Serguei ferra d'un coup sec. Le poisson se débattit violemment, lançant des gerbes ensoleillées en approchant de la surface. Le garçon tira sur la ligne et la truite se mit à rebondir sur l'eau, multipliant son poids par au moins deux ou trois. Ce qui avait commencé comme une banale partie de pêche tournait à l'empoignade. Luttant avec une proie infiniment plus récalcitrante qu'il ne l'aurait soupçonné, Serguei réussit à l'attirer vers le bord. Un dernier coup de poignet pour la projeter sur la terre ferme, et...

Il poussa un juron qui dut s'entendre au bout du plateau.

Son fil venait de casser. La truite avait repris sa liberté.

Serguei s'en voulut d'être allé trop vite. Et de continuer à commettre des erreurs de débutant ! À croire que son apprentissage n'en finirait jamais.

Rageusement, il sortit un autre hameçon de sa musette et arma une nouvelle ligne, en faisant des efforts pour se calmer. Une phrase de son père lui résonna dans la tête : « Toute sa vie, disait Nicolaï, on est l'élève de la nature, car avec elle on n'a jamais fini d'apprendre. »

Chaque fois qu'il faisait une bêtise ou commettait une erreur, il entendait la voix de Nicolaï, prononçant cette même phrase sentencieuse... C'était énervant. Pourtant il devait bien reconnaître que – comme presque toujours – son père avait raison.

Il jeta une deuxième fois sa ligne dans le cours d'eau. Mais les truites étaient devenues méfiantes. À présent, elles tournaient autour de l'appât en l'ignorant complètement.

Serguei relâcha sa concentration et laissa son regard se perdre sur la surface ondulante de la toundra.

Soudain, sa vision devint parfaitement nette et se focalisa sur un point précis. C'était à trois cents mètres environ, à mi-hauteur d'une élévation de terrain recouverte d'une végétation éparse.

Il n'aurait pas pu dire ce qui se trouvait là-bas, mais il était certain d'y avoir vu bouger quelque chose.

Et ce n'était ni un renne, ni un élan, ni un de ces gros lagopèdes que la belle saison habillait de couleurs flamboyantes...

Un renard ? Trop petit et trop furtif pour qu'il l'ait vu à cette distance.

À présent, Serguei était obnubilé par cette « chose » qui bougeait... qui *vivait* là-bas.

Oubliant les truites, il ramena sa ligne sans rien d'autre au bout que le petit morceau de galette imbibé d'eau, et roula le tout dans sa musette. Fusil en bandoulière, il se dirigea vers ce qui avait attiré son attention.

Sur la hauteur, plus rien ne bougeait. Comme si « on » le sentait venir et qu'« on » retenait son souffle...

Il pressa le pas et ne ralentit que lorsqu'il se trouva en contrebas de l'endroit en question. Alors, il saisit son fusil et, plié en deux, entreprit d'escalader la pente, retrouvant les réflexes du chasseur chevronné qu'il était malgré son jeune âge. Serguei était capable de se déplacer avec la souplesse et l'agilité d'un félin, de se fondre dans l'environnement au point de devenir invisible. Et totalement silencieux. Dans ces moments-là, on aurait dit que ses bottes en cuir souple flottaient sur les herbes et les branchages sans les toucher, comme des coussins d'air.

Mètre par mètre, sans faire craquer une branche, il se hissa vers son objectif avec des ondulations de prédateur approchant sa proie. Les derniers mètres, il les parcourut en rampant, les sens aux aguets. Dans l'état d'alerte où il était, affûté à l'extrême, il aurait capté la chute d'une brindille de pin sur de la mousse.

Un frôlement d'origine inconnue le fit s'immobiliser.

C'était un peu au-dessus de lui. Très légèrement au-dessus. Un mètre, peut-être ; et à deux mètres de distance.

Un bruissement de fourrés, à peine perceptible... Il aperçut une paire d'oreilles pointues et grises... et son sang se glaça !

Deux yeux jaunes, trouant la pénombre, venaient de se planter dans les siens.

Le regard du jeune homme et celui du loup restèrent une seconde, peut-être deux, rivés l'un à l'autre. Le temps s'arrêta. Serguei éprouva une sorte de brûlure qu'il eut l'impression fugitive d'avoir déjà ressentie, sans savoir quand : peut-être dans une autre vie...

Comme s'il sortait d'un rêve, il reprit brusquement ses esprits et redevint chasseur. Lentement, sans à-coups, il leva son fusil et le pointa entre les yeux de la bête, qui le fixait toujours d'un regard terrible.

L'index de Serguei comprima la détente de l'arme...

Une fraction de seconde avant que le coup parte, le loup fit volte-face et s'enfuit. Serguei n'eut que le temps de le voir disparaître derrière un gros rocher.

Sans hésiter, il se lança à sa poursuite. Pas question de s'avouer battu aussi facilement. Et puis, s'il réussissait à le tuer, il serait fêté par son clan. Et, aux yeux de Nastazia, il aurait des allures de héros...

Alors qu'il courait derrière l'animal, une sensation étrange s'empara de Serguei. Il lui fallut quelques instants pour comprendre ce qui la provoquait.

Le loup avait cessé de fuir et – tout en gardant ses distances – lui tournait autour. Depuis un petit moment, il apparaissait et disparaissait entre deux arbres, à la saignée d'une tombée rocheuse, derrière un épaulement de terrain... faisant perdre ses repères à Serguei, qui n'arrivait plus à le situer.

Le garçon fut envahi par un début de panique quand il fut certain que c'était le loup, à présent, qui le traquait !

C'était absurde ! Les loups ne se jettent sur les hommes pour les dévorer que dans les légendes qu'on raconte aux enfants désobéissants. Serguei le savait mieux que personne. Mais cette certitude ne suffit pas à calmer son malaise. Au contraire. L'impression qu'il se passait quelque chose d'anormal, peut-être de surnaturel, ne fit que s'accentuer.

Ses jambes se mirent à courir avant qu'il leur en donne l'ordre et il dévala en deux minutes la pente qu'il avait mis une bonne heure à escalader avec des reptations de commando. Malgré lui, il regardait sans cesse par-dessus son épaule, quitte à se prendre le pied dans une racine et à s'étaler dans la broussaille.

Il ne s'arrêta qu'à plusieurs centaines de mètres du monticule, sa respiration rauque lui brûlant les poumons. Cassé en deux, appuyé sur ses genoux, il reprit peu à peu son souffle. Puis, se relevant, il fixa l'endroit d'où il venait, en plissant les yeux pour affiner sa vision.

Perché sur un gros rocher, le loup le regardait.

6.

Serguei laissa passer vingt-quatre heures avant de s'aventurer de nouveau dans la zone où il avait été confronté au prédateur. Cette rencontre lui laissait un goût amer, légèrement humiliant, et il ne pouvait pas en rester là. De plus, la curiosité le rongeait. Que s'était-il passé là-haut, exactement ? Pourquoi le fauve, au lieu de fuir cet humain et son fusil cracheur de mort, lui avait-il fait face, quitte à risquer sa vie ? Et surtout, qu'est-ce qui pouvait bien expliquer cette attitude étrange consistant à suivre Serguei, à le surveiller, voire à le traquer ?

Tout cela n'était peut-être qu'un rêve. Une illusion induite par sa propre imagination. La solitude prolongée finissait par jouer de drôles de tours, c'était connu.

En escaladant l'élévation qu'il avait grimpée la veille avec tant de précautions, Serguei ne chercha pas, cette fois, à se rendre invisible. Il monta aussi vite que possible, en s'aidant d'une main, tenant son fusil de l'autre. En haut, à cause de l'absence de vent, la végétation était immobile et totalement silencieuse. Pas un frémissement de feuille ; pas un craquement de branchage, sauf sous ses propres pieds. De temps à autre, le bruissement d'ailes d'un bruant, voletant lourdement d'un caillou à l'autre, troublait le calme absolu. Dans l'air frais flottaient des parfums de sève sucrée et de genévrier sauvage.

Il s'arrêta, à peu près à l'endroit où avait eu lieu sa rencontre avec le fauve, et fit plusieurs tours sur lui-même, fusil pointé, regard aiguisé comme un silex.

Rien. L'endroit était aussi désert que la toundra environnante. Le loup, sans doute échaudé, lui aussi, par cette rencontre, avait dû quitter les parages définitivement.

Serguei respira profondément pour la première fois depuis un bon moment, et abaissa lentement son arme. Il n'avait plus qu'à ranger l'épisode d'hier au rayon des souvenirs... qu'il raconterait, plus tard, à ceux du clan. Ou à Nastazia. En ne manquant pas d'enjoliver un peu son propre rôle...

Un sourire se forma malgré lui sur son visage, à cette idée.

Et disparut aussitôt.

Il venait d'entendre un bruit étrange, indéfinissable... comme formé de plusieurs sons distincts.

Cela provenait de plus loin que l'extrémité du plateau rocheux et végétal où il se trouvait, au-delà d'une petite paroi de granit située en contrebas.

Il avança dans cette direction, retrouvant d'instinct sa marche silencieuse de chasseur aux aguets, le fusil pointé devant lui. Parvenu au contrefort de pierre, il s'accroupit et s'immobilisa, l'oreille tendue.

Au bout d'une minute environ, le bruit se répéta, presque imperceptible.

Cette fois, Serguei réussit partiellement à l'analyser. C'était un mélange de frottements et de sons plus aigus évoquant des gémissements.

Curieux, il se releva lentement et enjamba la paroi rocheuse. Puis, l'arme toujours devant lui, il se dirigea silencieusement vers l'origine du bruit.

Celui-ci se répéta encore une fois. Sa provenance était précise, à présent : un petit surplomb rocheux, sous lequel des quantités de terre meuble, répandue sur plusieurs mètres, indiquaient qu'on avait creusé profondément. D'ailleurs, Serguei distinguait l'entrée d'une galerie, protégée des intempéries et des regards indiscrets par son chapeau de pierre.

Une tanière…

Son cerveau avait à peine formulé le mot que le faible cri se fit entendre encore une fois. Puis une autre… Au même moment, une boule de poils sombres jaillit de la grotte.

Un louveteau !

Au jugé, il n'avait pas plus de quelques jours. À peine capable de se tenir sur ses pattes, il chuta et roula devant lui comme une balle, sans se faire aucun mal.

Un autre bébé loup sortit de la tanière, quelques secondes à peine après le premier. Il avait le poil plus clair, et semblait mieux ancré sur ses pattes, malgré sa plus petite taille. Il rejoignit son frère et se mit à le pousser du museau avec de petits jappements.

Accroupi à quelques mètres à peine, près d'un massif d'épineux, Serguei ne put retenir un sourire attendri. Posant doucement son arme, crosse vers le sol, il s'y appuya pour mieux profiter du spectacle.

Un troisième louveteau se précipita hors de la grotte familiale et courut se mêler aux jeux de ses frères ! Celui-là était tout noir et semblait plus vif, plus agile que les autres.

Un quatrième surgit et tomba sur les trois premiers ! Gris, avec des taches brunes, il était moins rapide, mais plus puissant.

Les quatre louveteaux ne formaient plus qu'une masse confuse, roulant sur elle-même dans tous les sens, d'où sortaient des cris si faibles qu'on aurait dit des pépiements d'oiseaux. Serguei voyait leurs gueules minuscules s'écarteler pour tenter de saisir, dans les jeux que leur dictait l'instinct, une gorge ou une patte. Quand ils y arrivaient, c'était sans causer le moindre dégât, car leurs crocs n'étaient encore qu'une promesse...

Une promesse qui, d'ici quelques mois, deviendrait une arme redoutable. Une arme dont les premières victimes seraient sans doute les rennes dont Serguei avait la charge...

Il chassa cette pensée de son esprit. Et ferma ses oreilles à la voix qui lui ordonnait de tuer ces ennemis héréditaires, avant qu'ils ne deviennent à leur tour capables de tuer.

Il serait toujours temps.

Pour l'instant, il n'avait qu'un désir : continuer à se régaler de cette tranche de vie dont il était le spectateur privilégié et heureux, inconscient du sourire béat qui lui traversait le visage d'une oreille à l'autre.

Soudain, un grognement sourd et puissant lui envoya des frissons le long de l'épine dorsale. Il se figea, la main serrée sur la crosse de son fusil, sans oser la soulever. Son instinct lui ordonnait de ne pas bouger. Il releva juste la tête, lentement, très lentement, pour diriger son regard vers l'endroit d'où provenait le cri. C'était à la fois en arrière et au-dessus de la tanière des louveteaux…

Planté sur le rocher qui surplombait l'abri, le loup fixait Serguei de toute l'intensité de ses yeux ! Exactement comme il l'avait fait la veille, pendant que le garçon s'enfuyait. À cette différence près que cette fois le prédateur et le jeune Évène se trouvaient à peine à quatre mètres l'un de l'autre.

Le fauve bondit de son perchoir et se dirigea droit vers Serguei, dont la pensée chancela. Ce n'était pas possible ! Il ne…

Non. Le loup s'arrêta presque tout de suite, à la hauteur de la masse de poils formée par ses petits, et s'interposa entre eux et Serguei. Retroussant ses babines sur des crocs étincelants, il se ramassa sur lui-même, la tête dans le prolongement de l'échine, et se mit à grogner plus violemment que jamais.

L'avertissement était clair : en arrière !

Serguei ne se le fit pas dire deux fois. En évitant tout geste brusque et sans même se relever, il se coula jusqu'à un bouquet de pins situé à cinq ou six mètres derrière lui. Là, il rangea ostensiblement son arme dans son étui, bascula celui-ci dans son dos et s'assit par terre, dans une posture aussi peu menaçante que possible.

Le loup continua de le fixer pendant quelques instants qui parurent très longs à Serguei. Puis, jugeant sans doute qu'il se trouvait à une distance suffisante, il se désintéressa de lui pour reporter toute son attention vers sa progéniture.

En tout cas, une chose était évidente, à présent : ce loup était une louve. De la pointe du museau, elle sépara ses petits, avant de se coucher sur le flanc, devant l'entrée de la tanière. Aussitôt, les louveteaux se précipitèrent sur leur mère et, enfouissant leur museau dans la fourrure plus claire de son ventre, se mirent à la téter avec avidité.

Serguei, fasciné, n'arrivait pas à se défaire de ce spectacle à la fois magnifique et attendrissant. De son côté, la louve, tout en nourrissant ses petits, continuait de fixer le jeune Évène. Dans l'intensité presque insoutenable de ses yeux d'ambre, il y avait un mélange d'innocence et de défi. La mère nourricière remplissait son rôle. La prédatrice montait la garde.

Serguei s'arracha à l'espèce d'hypnose où il avait fini par plonger, et se raisonna. La situation était simple : il avait en face de lui cinq loups, dont quatre futurs égorgeurs de rennes. Cinq ennemis héréditaires. Il était tenu par son rôle de gardien de la harde de les abattre tous, immédiatement et sans états d'âme. Cet acte lui vaudrait l'estime et la reconnaissance du clan. Il n'y avait donc pas à hésiter.

En retenant sa respiration, il ramena très lentement son bras par-dessus son épaule, jusqu'à ce que sa main puisse saisir la crosse vernie de l'arme que Moujouk lui avait offerte. Avec d'infinies précautions, il la fit glisser hors du fourreau huilé et la ramena devant lui. Puis il épaula, cala sa joue contre le bois verni et ajusta le bout du canon d'acier sur un point situé entre les yeux de la louve.

Celle-ci le regardait toujours, pendant que ses petits continuaient de se disputer son lait avec des criaillements aigus. « Je n'aurai même pas besoin de gaspiller d'autres cartouches pour les tuer, pensa Serguei. Une fois leur mère morte, j'arriverai facilement à les attraper. Ensuite, dans un sac, et hop ! à la rivière… »

La louve fixait la gueule du canon, avec un mélange d'assurance et de sérénité inébranlables. Un témoin de la scène se serait demandé si la mort lui était indifférente ou si elle était certaine que Serguei ne tirerait pas.

La vérité était moins élaborée : cette prédatrice issue d'un milieu pratiquement vierge n'avait jamais vu d'arme à feu et peut-être jamais d'homme. Dans toute sa sauvage innocence, elle était inconsciente du mal que l'un et l'autre pouvaient faire.

À la fraction de seconde où Serguei allait presser la détente, un jappement plus puissant et plus aigu que les autres fit voler sa détermination en éclats.

Du poil soyeux de la louve, un des louveteaux venait d'émerger. Visiblement repu, une étincelle de satisfaction dans ses petits yeux noirs et brillants, il avait encore au coin de la gueule quelques gouttes de lait qui lui dessinaient une sorte de mimique. Presque un sourire.

Le cœur de Serguei fondit et son visage s'éclaira. Il abaissa son arme et, le menton dans le creux de la main, redevint spectateur attendri des ébats de la meute. Leur repas terminé, les louveteaux reprirent leurs jeux, sous le regard vigilant de leur mère. L'idée de les tuer – elle ou ses petits – devenait à chaque seconde un peu plus insupportable à Serguei.

Il avait bien conscience de commettre une transgression, de violer les lois millénaires qui régissaient son peuple. Certains membres de son clan auraient peut-être même parlé de trahison, s'ils l'avaient surpris à cet instant. Serguei le savait, mais, dans l'insouciance de son jeune âge, se disait qu'il avait tout le temps de « réparer ».

Pas un instant, il ne lui vint à l'idée que sa vie venait de basculer.

7.

Il fallut trois jours à Serguei pour avancer le caillou de deux mètres. Moins d'un mètre par jour. Ce gros caillou blanc, pêché dans l'eau de la rivière et apporté près de la tanière des loups, il l'avait d'abord posé, comme une borne, à l'endroit précis où il se trouvait lui-même quand il avait découvert la meute. Cet endroit, désormais marqué d'une pierre blanche, c'était la frontière fixée par la louve elle-même, la ligne à ne dépasser sous aucun prétexte.

Il l'avait dépassée.

D'environ cinquante centimètres le premier jour. Très lentement. Et en restant toujours derrière la pierre. La louve l'avait vu, bien sûr, mais son attention était focalisée sur le caillou et elle n'avait pas réagi. D'autant que Serguei, couché dans le lichen comme un animal paressant au soleil, évitait tout geste vif, toute attitude menaçante.

Le deuxième jour, il avait avancé le caillou de quatre-vingts centimètres environ, toujours avec la même prudence. Le troisième jour, d'à peu près autant.

C'était ainsi qu'on apprivoisait les animaux : avec du temps et de la patience.

Non que Serguei ait eu l'intention de domestiquer cette meute de loups. C'étaient des bêtes sauvages. Des fauves. Il en avait conscience et n'oubliait pas qu'il ne pouvait exister de vraie familiarité entre lui et eux.

Une trêve, à la rigueur…

Mais déjà Serguei était allé au-delà de la trêve. Sans l'avoir prémédité, jour après jour, il tissait avec la meute un lien dont il ne mesurait pas encore le pouvoir ni les conséquences…

On ne nomme pas les bêtes qu'on traque. On les tue, c'est tout.

Serguei avait donné un nom à la mère.

Voulka.

Et, à voix basse, il lui parlait. « Tu es belle, Voulka, murmurait-il sur un ton enjoué. Tu es magnifique ! Tu es la plus belle louve que j'aie jamais vue ! »

Désormais habituée à sa présence, la louve baissait sa garde et – comme si elle le comprenait – plissait ses yeux d'ambre avec la satisfaction d'une chatte sous les caresses.

Trois jours…

Le quatrième, Serguei abandonna une nouvelle fois la grande harde à son festin de lichen pour venir se poster derrière la pierre blanche. C'était devenu une habitude. Et il commençait à connaître celles de la meute. Peu avant midi, rituellement, les quatre petits jaillissaient de leur tanière et tombaient les uns sur les autres dans des jeux débridés, que leur mère venait interrompre. Elle était à peine couchée sur le flanc que les louveteaux, dans un même élan, se jetaient sur leur festin. En un instant, la faim leur faisait oublier leurs jeux. Ils se bousculaient, se grimpaient dessus pour enfouir leur museau minuscule dans le poil gris clair, presque blanc, du ventre maternel. De là où il était, Serguei apercevait leurs petits derrières ronds, entassés comme des balles et surmontés de minuscules appendices touffus qui se croisaient, s'entremêlaient et semblaient même faire des nœuds.

Une nouvelle fois, fasciné, il se laissa attendrir par le spectacle.

Soudain, il sursauta.

Il avait cru entendre prononcer son nom.

Cela aurait aussi bien pu être une illusion auditive. Un tour que lui aurait joué le vent, murmurant dans les forêts de mélèzes…

Mais non. C'était un cri, il en était sûr. Un cri lointain, presque inaudible, mais un cri tout de même.

Quelqu'un l'appelait.

Il recula en douceur et, après quelques mètres, se mit à courir jusqu'à ce qu'il se retrouve en terrain découvert.

Si quelqu'un arrivait, il ne fallait à aucun prix qu'il puisse soupçonner l'existence du repaire des loups.

Depuis la colline qui surplombait la grande harde, il aperçut les deux cavaliers, loin au-delà de la rivière. L'un des deux chevauchait un renne, l'autre était assis sur un traîneau de cuir et de bouleau. Derrière, les perches de soutien de la tente traçaient leur sillon dans l'herbe humide.

La relève !

Serguei n'ignorait pas qu'on devait la lui envoyer prochainement. Quatre jours plus tôt, il comptait encore les heures, tant son impatience était grande de pouvoir regagner le village nomade et retrouver Nastazia.

Mais à présent… Il devait bien s'avouer que les loups avaient tout changé. Ce lien, qui se développait entre lui et eux, presque malgré lui, échappait à son contrôle.

Et puis, il y avait autre chose…

Le cri se répéta :

— Serguei !

Étouffé par la distance et avalé par le vent, il était à peine audible. Pourtant, le garçon reconnut la voix de Wladim.

Sur le traîneau, il identifia Alexeiev, enfoui dans une parka trop grande et un bonnet qui lui couvrait les sourcils.

Sans enthousiasme, il leur adressa, de loin, un grand signe de bienvenue. Il connaissait les sentiments de Wladim à son égard. Persuadé que le titre de gardien de la grande harde aurait dû lui revenir de droit, il lui en voulait à mort d'avoir été choisi à sa place. Serguei, lui, n'avait rien contre Wladim. Mais il savait qu'il devait s'en méfier comme d'un carcajou, car son rival malheureux saisirait la première occasion pour lui jouer un sale tour.

Quant à Alexeiev, c'était un peu le poisson pilote de Wladim. Son homme à tout faire. Il était totalement sous son emprise. Quoi qu'il arrive, il serait du côté de son mentor.

Serguei pressa le pas et ils furent bientôt à portée de voix.

— *Chto ti delaiech ?* cria-t-il. Qu'est-ce que vous faites ? Je ne vous attendais pas si tôt !

— C'est ton père qui nous envoie ! répondit Wladim. Mouriak et les siens sont arrivés !

Mouriak ! Le chef du clan de Nastazia. Le visage tant de fois imaginé de la jeune fille réapparut devant les yeux de Serguei. Qui s'efforça aussitôt de chasser cette image.

— Enfin ! dit-il avec une feinte indifférence. Ils ont mis le temps.

Il imagina le long cortège traversant la toundra et surgissant au loin, dans les derniers lambeaux de brouillard flottant sur la plaine. Il visualisa les images familières de la colonne de rennes bâtés et sellés s'avançant avec lenteur. Certains traînant de longues perches de bois, d'autres portant des charges – lourds sacs de cuir gonflés de marchandises, petites tables et poêles accompagnant tout voyage, peaux roulées... – ou des enfants emmaillotés dans des couvertures et ficelés à même les selles. Il « vit » son père, Nicolaï, chevauchant à la rencontre de Mouriak et des siens, puis les uns et les autres se tombant dans les bras, échangeant des bourrades et des cris de joie. Enfin, tout le clan sortant des tentes, se précipitant vers les nouveaux arrivants et les accueillant avec l'inévitable *Tchaï koupeit !* – la rituelle invitation à boire le thé.

Mais l'image de Nastazia s'imposait sur toutes les autres. Elle chevauchait fièrement son renne au centre du convoi, la peau dorée par le soleil, rayonnante...

Comme s'il lisait dans ses pensées, Wladim eut un drôle de sourire en arrivant à sa hauteur.

— Ça m'a fait plaisir de revoir Nastazia, dit-il en descendant de sa monture. Je me souvenais d'elle, avant. Elle était mignonne...

— Elle a changé ? ne put s'empêcher de demander Serguei.

Le sourire des deux autres s'accentua.

— Oui, dit Wladim... en mieux. En beaucoup mieux, même.

— Et tu as remarqué ? renchérit Alexeiev. Quand Moujouk le chaman l'a touchée, il lui a dit que sa peau avait l'odeur du mélèze au printemps !

— Exactement ! ricana Wladim, « un parfum doux et puissant à la fois ». Il lui a dit ça en la touchant... comme ça.

Il eut un geste pour effleurer du bout des doigts la poitrine de Serguei, qui se rétracta avec dégoût.

— Je ne savais pas que ça avait cette odeur-là, ironisa Wladim.

Serguei jugula l'envie qu'il avait de lui coller son poing dans la figure et se força à sourire.

— Et à part ça, dit-il, *yav ukchenenni ?* Quoi de neuf ?

Wladim haussa les épaules.

— Pff ! lâcha-t-il, *acha*. Rien. Tout le monde est content de se retrouver... Avec ta mère, c'est comme si Nastazia faisait partie de la famille... Ton père... c'est différent.

Serguei ne releva pas cette dernière remarque, qui ne voulait probablement rien dire. Cette prétendue froideur venait sans doute du caractère peu expansif de Nicolaï. Serguei était plus préoccupé par l'attitude de Nastazia elle-même. Avait-elle demandé après lui ? Et sur quel ton ? Celui de la simple politesse ou... davantage ?

Mais il se serait fait découper en tranches plutôt que d'interroger Wladim là-dessus. Pas question de lui révéler cette inquiétude qui pouvait constituer une faiblesse ; cette angoisse qui, alors qu'approchait l'instant de retrouver Nastazia, le torturait de plus en plus.

Comment allait-elle réagir en le voyant après ces deux années de séparation ?

Les filles changent vite, à cet âge, aussi bien physiquement que psychologiquement. Il avait pu se passer tant de choses, depuis ces miraculeuses journées d'été d'il y a deux ans. Elle avait peut-être rencontré quelqu'un d'autre...

La voix d'Alexeiev le ramena au présent :

— De toute façon, des nouvelles, tu vas pouvoir en prendre toi-même, puisque tu rentres au campement et qu'on te remplace.

De nouveau, Serguei s'assombrit. Mais pour d'autres raisons. Malgré lui, il se tourna vers la vaste colline boisée sur laquelle se trouvait le repaire de « ses » loups. Il se rendait compte qu'il était inquiet à l'idée de les abandonner, et s'en voulait d'éprouver une chose pareille.

Bien sûr, les loups n'avaient pas besoin de lui. Ce qui le préoccupait, c'était que Wladim et Alexeiev risquaient de découvrir leur repaire, eux aussi. Si cela arrivait, ils n'auraient pas les mêmes états d'âme et les abattraient sans hésiter. Mais les choses ne s'arrêteraient pas là. L'incident se retournerait contre lui, car nul, parmi les membres du clan, ne croirait qu'une meute de loups, si près de la grande harde, ait pu échapper à sa vigilance...

— Qu'est-ce qu'il y a ? demanda Wladim en remarquant l'air préoccupé du jeune gardien, tu n'es pas content de rentrer ?

— Pas content de retrouver *ta* Nastazia ? renchérit lourdement Alexeiev.

— Bien sûr que si, répondit mécaniquement Serguei.

De toute façon, il n'avait plus le choix. Peut-être que les deux autres découvriraient la grotte. Peut-être pas. C'était un risque à prendre, voilà tout.

Il tenta quand même une diversion.

— En fait, fit-il d'un ton à moitié convaincu, je m'apprêtais à déplacer la harde.

Wladim eut un air dubitatif. Collant ses jumelles à ses yeux, il se mit à examiner les alentours, en s'attardant sur les rennes. La plupart d'entre eux, l'encolure plongeante, s'affairaient à engloutir consciencieusement le tapis de verdure moussue qui recouvrait la vallée.

— Tes rennes se régalent, remarqua-t-il. Ils ont encore largement de quoi manger, par ici.

Serguei secoua énergiquement la tête.

— Non, non ! Ils sont mal à l'aise. Ils poussent tout le temps vers l'Ouchka.

L'air sceptique de Wladim s'accentua.

— Je t'assure, insista Serguei en pointant la direction opposée à celle où se trouvaient les loups, je sais de quoi je parle. Il faut les emmener là-bas !

Pour achever de convaincre les deux autres, il ajouta :

— En plus, ce coin est un vrai garde-manger. La semaine dernière, j'y ai tué quatre perdrix et pris deux lièvres au collet en une seule journée !

Wladim jeta un coup d'œil dans la direction indiquée par Serguei et eut une moue indifférente.

— Si tu y tiens… Après tout, c'est toi le gardien de la harde.

— Merci de t'en souvenir.

— Et même un vrai gardien, on dirait, reprit ironiquement Alexeiev.

Serguei les toisa fièrement, l'un après l'autre. Oui, il était un vrai gardien. Un grand gardien, même. Et il comptait bien le prouver à tous ceux qui en douteraient encore.

Wladim et Alexeiev l'aidèrent à démonter son campement et à charger son traîneau. Serguei ne leur rendit pas la pareille, car ils étaient deux, ce qui suffisait largement pour monter une tente en moins d'une demi-heure. Quand tout fut prêt, il enfourcha son renne, et saisit d'une main la longue bride de celui qui était attelé.

— Je serai de retour dans moins d'une semaine, lança-t-il avec autorité aux deux autres avant de s'élancer. Déplacez la harde dans la direction que je vous ai indiquée. Et faites-le sans attendre que je sois revenu.

Wladim et Alexeiev ne trouvèrent rien à répliquer, mais échangèrent un regard éloquent : Serguei était devenu terriblement imbu de sa personne, depuis qu'on l'avait nommé gardien.

Ils suivirent longtemps des yeux sa silhouette peu à peu avalée par l'immensité de la toundra.

Serguei, lui, ne se retourna pas.

8.

Mouriak et Nicolaï s'installèrent près de la tente de ce dernier pour boire le thé et évoquer tout ce qui s'était passé dans leurs clans respectifs depuis deux ans. Leur conversation s'entrecoupait de longs silences et se nourrissait de peu de mots. Leur manière de s'exprimer, typiquement évène, empruntait souvent d'étranges détours et s'enrichissait parfois d'une ironie en demi-teinte, comme pour donner des couleurs à la banalité. Elle tourna essentiellement autour des bêtes – les rennes femelles tuées par les loups alors qu'elles étaient pleines, les petits enlevés par les aigles géants, les profits réalisés aux ventes de bétail annuelles de Sebyan-Kuyel, ces idiots de Japonais et leur nouvel aphrodisiaque : la poudre de bois de renne... Mais ils parlèrent aussi des naissances et des décès parmi les leurs. Une double tragédie, en particulier, avait touché de près la famille de Mouriak. Celui-ci y fit allusion, l'air ailleurs, les yeux mi-clos sous sa casquette de laine épaisse dont les rabats lui chauffaient les joues, en murmurant des mots si pudiques qu'ils semblaient parler d'autre chose. Nicolaï sut que Mouriak s'adressait, non plus à lui, mais à ces divinités auxquelles ils croyaient tous : celles de la terre, de la montagne et de la nature ; et qu'il chargeait le vent de leur apporter ses paroles, pour qu'ils veillent sur les deux âmes qui les avaient rejointes...

Anadya, elle, suivit Nastazia pour l'aider à installer sa tente. Après l'avoir montée, les deux femmes ôtèrent soigneusement le moindre caillou du sol, puis y étalèrent une couche de branchages de pin, qu'elles recouvrirent de peaux de renne.

— Serguei était vraiment déçu que tu ne sois pas arrivée à temps pour la cérémonie, lâcha Anadya en disposant dans un coin des sacs de thé, de sucre et de miel. Il a passé des jours à regarder vers l'ouest à la jumelle... Je crois qu'il aurait voulu faire le beau devant toi, avec son habit de cérémonie.

Nastazia eut un rire léger qui atténua l'expression boudeuse de ses lèvres.

— Tu crois ? fit-elle.
— Tu le sais bien.
— Dire que j'ai failli ne pas venir ! Mon oncle voulait que je reste pour les aider. Si Mouriak, enfin... papa ne s'était pas mis de mon côté, je serais encore là-bas !

Anadya se posa au centre de la tente, sur les peaux soyeuses et chaudes, et prit Nastazia par le poignet pour l'inviter à en faire autant. Elle lui caressa furtivement la joue de ses doigts repliés.

— Tu sais, dit-elle, nous avons beaucoup pensé à toi, Nicolaï et moi. Tout le monde ici a pensé à vous. Il n'y a pas de mots pour...

La jeune fille eut un sourire triste.

— Alors, il vaut mieux ne pas en parler.

— Tu as raison, reprit Anadya. Je voulais juste te dire qu'on a tous regretté que tu n'aies pas pu venir l'année dernière à cause de… tout ça.

Les deux femmes se perdirent brièvement dans leurs pensées et Anadya demanda :

— Comment est-ce que Mouriak se débrouille, avec toi ?

Cette fois, Nastazia ne put contenir un petit rire.

— Tu veux dire : comment est-ce que je me débrouille avec lui ? Sorti de tout ce qui concerne le clan, la chasse et la harde, il n'y a rien à en tirer, c'est à moi de tout faire !

— Moi aussi ! gloussa Anadya. Avec Nicolaï, c'est pareil.

Les deux femmes échangèrent un sourire complice, dans l'ombre de la tente.

— Vois-tu… reprit Nastazia, je ne sais pas qui, de ma mère ou de mon petit frère, me manque le plus. Il y a des jours où leur absence est insupportable…

Anadya vit les yeux de la jeune fille s'embuer et sa main serra très fort la sienne.

— J'en ai beaucoup parlé avec notre chaman, dit encore Nastazia. Il m'a dit qu'il les avait vus, tous les deux ; qu'ils veillaient sur nous et sur le troupeau… Maman et Evgueni m'accompagnent et me guident tous les jours.

— On dit que ceux qui nous quittent passent d'abord quarante jours à visiter chacun des endroits où ils sont allés durant leur vie, ajouta Anadya. Puis ils vont dans le monde d'après. Moujouk m'a raconté que ce monde ressemble au nôtre, avec les mêmes paysages et les mêmes saisons, et de grands troupeaux de rennes qui se déplacent entre les pâturages d'été et les pâturages d'hiver...

Le rabattant de la tente s'écarta vivement sur Nicolaï, le poêle sous un bras et la *malin'ki stol* sous l'autre.

— Alors, les femmes, ça complote ? lança-t-il. On n'a pas perdu de temps, à ce que je vois !

— Tu permets ? fit Anadya, cela fait deux ans que je ne l'ai pas vue.

Il n'écoutait même pas.

— Où est-ce que je mets ça ?

Nastazia lui indiqua l'endroit où installer le poêle et poser la petite table. Nicolaï lui jeta un regard en coin.

— Tu as bien changé, toi !

— Je suppose que Serguei aussi ?

Le chef de clan lui adressa un petit sourire plein de fierté. Oui, son fils était devenu un homme.

Mais Nastazia tenait à se faire sa propre opinion. On change beaucoup, à cet âge-là, elle en savait quelque chose.

— Alors, demanda-t-elle sans chercher à dissimuler son impatience, il arrive quand ?

— La relève est prévue dans six jours, fit Nicolaï qui, à genoux, ajustait le tuyau du poêle. Le temps qu'il revienne...

Nastazia se releva d'un bond. Sa tête touchait presque la couverture de toile.

— Six jours !

— Tu as bien attendu deux ans...

— Justement !

Elle réfléchit un instant, une expression contrariée sur le visage.

— Je vais aller le rejoindre là-haut !

Nicolaï se retourna, surpris.

— Toute seule, là-haut ? Ça m'étonnerait que ton père soit d'accord. Et je ne le suis pas non plus.

Nastazia ouvrit la bouche pour dire quelque chose, mais la colère l'empêcha de parler. Elle sortit de la tente comme une furie.

Anadya lança à son mari un regard de reproche.

— Quoi ? grommela Nicolaï. Serguei est gardien, maintenant. Son travail passe avant tout. Il aura bien le temps de voir Nastazia à la relève.

Il hésita un peu et ajouta :

— De toute façon, Nastazia et Serguei, ce n'est pas encore fait.

Anadya cessa instantanément de ranger les dernières affaires de la jeune fille.

— Quoi ?... Qu'est-ce que tu veux dire par là ?

Nicolaï se renfrogna.

— J'ai d'autres projets, fit-il d'une voix sourde.

— On peut savoir lesquels ?

D'un coup de poing rageur, Nicolaï cala la table basse dans le sol et se leva.

— Je te dirai ça quand le moment sera venu, lâcha-t-il avant de sortir.

Nastazia partit bien au-delà des limites du village de tentes et s'arrêta au milieu de la toundra. Elle y resta longtemps.

C'est à la fin de l'après-midi qu'elle le vit.

Une minuscule tache incolore et informe, posée au bout de la toundra comme une barque de l'autre côté de la mer.

Indéfinissable et impossible à identifier.

Pourtant, elle sut tout de suite que c'était lui. Et dans un réflexe qu'elle eut du mal à s'expliquer elle-même, elle éclata de rire.

Serguei éperonna son renne à coups de talons quand apparut l'infime silhouette sortie du campement et arrivant à sa rencontre. Nastazia était difficile à reconnaître à cette distance – même avec sa vue qui le rendait capable de repérer un omble au fond d'un lac –, mais il sut tout de suite que c'était elle. Elle dont il avait rêvé pendant deux ans ! Elle était enfin là, devant lui ou presque, abstraction faite des quelques kilomètres qui l'empêchaient encore de la serrer dans ses bras.

Il redoubla de coups de talons et sa monture, docilement, accéléra encore, dans la limite de ses capacités : les rennes n'étaient pas des pur-sang, ce que Serguei regrettait à cet instant. Ce dernier bout de prairie lui parut interminable. Mais à mesure que la jeune fille s'approchait, sa certitude se confirmait : c'était bien elle.

C'était moins la passion qui le faisait pousser son cervidé au-delà de ses forces que l'impatience d'en finir avec ce qui le torturait depuis des jours.

La hâte de savoir si son amour allait survivre à ces retrouvailles.

Nastazia serait peut-être si différente qu'elle ne lui inspirerait plus les mêmes sentiments. Et bien sûr – c'était ce qui l'inquiétait le plus – l'inverse était également possible.

Ils se rejoignirent enfin. Serguei sauta de sa monture, s'approcha de Nastazia et lui prit timidement les mains. Sans se lâcher, ils se dévorèrent longuement des yeux, en silence, comme pour s'assurer que l'autre était effectivement là. Il fallut plusieurs minutes à Serguei pour se convaincre que Nastazia était bien la fille que ses souvenirs et son imagination faisaient vivre dans sa tête depuis leur dernière rencontre.

Quant à Nastazia, elle n'arrivait pas à détacher son regard des yeux de Serguei, de sa bouche, de la chevelure épaisse et noire qui lui mangeait le visage... Oui, c'était bien lui, le garçon qu'elle avait quitté deux ans avant, même s'il avait beaucoup grandi.

— Ta mère avait raison, dit-elle en glissant une main timide sur les épaules de Serguei, le long de son corps nerveux et athlétique : tu es devenu un homme.

— Et toi, tu es... pas mal.

Elle rit de la maladresse de ce « compliment », pendant qu'il la dévorait des yeux. Nastazia portait un pantalon de gabardine moulant, dans des bottes courtes fourrées en peau de chien, une veste en cuir clair avec des boutons de turquoise, et un pull en laine de mouflon qui ne réussissait pas à dissimuler ses formes.

Le garçon s'attarda moins sur son visage que sur les parties les plus visiblement féminines de son anatomie.

— Toi aussi, tu as grandi, depuis la dernière fois, fit-il, les yeux brillants. Je veux dire... changé.

— Tu es déçu ? fit-elle, taquine.

— Oh non !...

Elle ne réussit pas à conserver son sérieux plus longtemps et éclata de rire.

Ils n'osaient ni l'un ni l'autre faire un geste supplémentaire. Un silence gêné s'installa.

— Je t'emmène ! fit soudain Serguei.

Nastazia monta derrière lui et, collés l'un à l'autre, ils rentrèrent au village. Là, ils hésitèrent, mais Nastazia indiqua à Serguei la direction de sa tente, que Nicolaï et Anadya venaient seulement de quitter..

— Tes parents m'ont aidée à m'installer, dit la jeune fille en précédant Serguei dans l'abri de toile.

Ce dernier entra à son tour et renifla instinctivement. Il avait remarqué que chaque tente avait un « fond » d'odeurs communes – viande posée dans un coin, peaux humides… –, et un bouquet n'appartenant qu'à son – ou sa – propriétaire. C'était ce parfum qu'il traquait. Il l'identifia aussitôt : un mariage de miel, de thé vert et de sève de jeunes branches fraîchement coupées. Un bouquet léger, frais et acidulé à la fois, qui ressemblait à Nastazia.

Serguei lorgna du côté du grand sac de couchage doublé en fourrure de renne, étalé dans le fond, puis il croisa le regard de la jeune fille. Il luttait contre une furieuse envie de la prendre dans ses bras, de la coucher sur les peaux… Mais il n'en était pas question. Pas au village, en tout cas, entourés de leurs deux clans au grand complet.

Puis il ne savait pas trop comment s'y prendre. Nastazia n'était pas une fille comme les autres, qu'on basculait comme ça sur des fourrures… Et il n'avait aucune idée de ce dont elle avait envie.

Il fallait prendre le temps. Ne surtout pas commettre d'erreur irréparable, et contenir ce furieux désir qu'il avait d'elle et qu'il avait du mal à dissimuler.

— Ils ont même fait du feu, dit Nastazia en constatant l'agréable chaleur qui régnait chez elle.

— Quoi ? sursauta Serguei.

— Tu étais où, juste là ? sourit la jeune fille. On vient à peine de se retrouver et tu me quittes déjà ?

Elle le rejoignit sur les peaux de renne et se serra contre lui. Posant son menton sur son épaule, elle lui souffla à l'oreille :

— Tu pensais à quoi, dis ? À tes alpages de montagne ? Ça te manque déjà de ne plus être tout seul, là-haut ?

Ce fut comme un électrochoc. En une seconde, son désir pour la belle Nastazia s'évanouit. Il imagina le surplomb rocheux et la tanière, cachés dans les méandres boisés de la colline, qu'il était le seul à connaître.

Il vit les quatre louveteaux, formant dans leurs jeux une boule de poils d'où s'échappaient des pépiements attendrissants, puis se collant au ventre de leur mère pour la tétée.

Il la devina, elle, protectrice et prédatrice à la fois, ses yeux d'ambre le fouillant jusqu'à l'âme...

Et il prit conscience qu'ils lui manquaient !

Pendant quelques heures, la perspective de retrouver Nastazia lui avait fait oublier la meute. Mais, à présent, elle se rappelait à lui avec d'autant plus de force qu'il la savait en danger. Là-haut, il y avait les deux autres : Wladim et Alexeiev. Et si jamais ils découvraient le repaire de « ses » loups...

Il fit un effort pour penser à autre chose, avant que Nastazia ne remarque son trouble. Heureusement, la jeune fille lui tournait le dos. Penchée sur le petit poêle, elle préparait le traditionnel thé aux herbes.

Serguei eut l'idée d'une « diversion ».

— Tu ne l'as pas encore vu, dit-il en se levant brusquement, il faut que je te le montre.

Il sortit de la tente et alla chercher son fusil de gardien de la grande harde, dans l'étui qui pendait à sa selle. Il le tendit à Nastazia. La jeune fille caressa la crosse vernie avec une expression admirative qui s'adressait moins à l'arme qu'à son propriétaire.

— J'aurais bien aimé être là, dit-elle, rêveuse.

— Ça n'a plus d'importance, fit Serguei en lui reprenant l'arme. Tu es là maintenant, c'est tout ce qui compte.

Mais il ne le pensait plus tout à fait. Il en avait un peu honte, mais n'y pouvait rien. « Ses » loups occupaient son esprit bien plus qu'il ne l'aurait souhaité.

Nastazia se pencha vers la bouilloire pour y jeter une pincée de thé. Elle lui parla de dos, d'une voix réjouie par ce qu'il venait de dire :

— J'ai une idée… Si on allait faire un tour au col de Poutkia ? Tu te souviens ?

Elle se retourna, les yeux brillants. Serguei lui rendit son sourire. Ils n'avaient pas besoin de mots pour savoir qu'ils pensaient à la même chose : deux ans plus tôt, alors qu'ils n'étaient que des adolescents, presque des enfants, ils s'étaient aventurés ensemble sur cette hauteur majestueuse qui dominait un lac de montagne. La tête contre le ciel, ils avaient allumé un feu, fait griller de la viande de mouflon… passé des heures idylliques dans ce jardin d'Éden suspendu, qui semblait avoir été créé pour eux seuls. Là, pour la première fois, ils avaient ressenti profondément l'impression d'être l'un à l'autre, de s'appartenir pour toujours. Et le fait que Nastazia se soit entaillé le poignet en découpant la viande et que, incapable de tenir à dos de renne, elle ait effectué le voyage de retour sur la monture de Serguei, serrée contre lui, n'avait fait que les unir d'une manière encore plus fusionnelle.

Une « fusion » que Serguei eut peur de ne pas retrouver si Nastazia et lui accomplissaient ce... pèlerinage.

Mais ce ne fut pas pour cette raison qu'il rompit le charme en déclarant froidement :

— Impossible. Je n'aurai pas le temps. Il faut que je remonte là-haut, près de la harde. Je ne peux pas la laisser trop longtemps avec Wladim et Alexeiev.

Nastazia argumenta qu'il n'était pas à deux jours près. D'ailleurs, Nicolaï, qui devait partir à l'aube chasser le mouflon, avait déclaré que son fils pouvait attendre son retour avant de remonter vers les pâturages.

— Quand il chasse le mouflon, rétorqua Serguei, ça peut durer longtemps. On ne sait pas quand il reviendra.

— Justement...

Mais le jeune gardien avait pris son air sombre, buté. Nastazia ne se souvenait que trop bien de cet air d'enfant frondeur qui lui venait quand il avait décidé quelque chose. Une vraie tête de bois. Seul son père pouvait l'obliger à céder. Et encore...

— Ma place est là-bas, dit-il. Il faut que tu comprennes... C'est énorme, comme responsabilité.

Furieuse, elle reposa brutalement la bouilloire sur le poêle. Il y eut un choc métallique et un peu d'eau brûlante tomba sur la plaque chaude, produisant un chuintement et une bouffée de vapeur.

— Ne me prends pas pour une idiote, Serguei ! Chez moi aussi, on élève des rennes. Je ne suis peut-être pas gardienne de la grande harde, mais j'en sais assez pour être sûre qu'ils ne vont pas s'envoler, surtout avec Wladim et Alexeiev. Tu as peut-être des responsabilités, comme tu dis, mais pas seulement envers ton troupeau !

Sa voix s'étrangla quand elle ajouta :

— ... qui est apparemment plus important que moi, qui ai fait ce grand voyage jusqu'ici ! Pour le thé, tu te serviras tout seul !

Elle sortit de la tente.

Serguei l'appela, mais n'essaya ni de la retenir ni de la rattraper.

Son attention fut attirée par le récipient dont l'eau à ébullition faisait sautiller le couvercle avec un cliquetis qui semblait le narguer. Il donna un coup de pied rageur dans la bouilloire, qui se renversa dans les flammes.

Comme chaque soir, le clan de Serguei et celui de Nastazia se réunirent sous la grande tente collective pour un dîner commun. L'euphorie des retrouvailles avait fait place au simple bonheur tranquille d'être ensemble et de partager les choses essentielles. Les conversations étaient calmes, parfois chuchotées pour ne pas réveiller les plus jeunes enfants, dont certains dormaient déjà dans les bras de leur mère. Celle de Serguei, de l'autre côté du cercle, chercha les yeux de son fils et les trouva brièvement. Le garçon détourna le regard pour échapper à l'interrogation muette d'Anadya. « Qu'est-ce qui s'est passé ? semblait-elle demander. Pourquoi Nastazia n'est-elle pas à table avec nous ? Et d'abord, où est-elle ?... »

Serguei n'avait pas envie de répondre à ces questions. D'ailleurs, il en avait assez qu'on lui en pose, des questions. Vivement demain, qu'il reparte vers les hauteurs, vers cette solitude qu'il n'aurait jamais dû quitter. Vers « ses » loups…

Son regard se porta machinalement vers la place restée vide, à côté de lui, et vers l'assiette de soupe encore fumante destinée à Nastazia. Il haussa les épaules et replongea la tête dans son bol.

9.

N'ayant pas eu le temps d'installer son campement à cause de l'orage qui avait éclaté la nuit précédente, Serguei avait trouvé refuge sous un saillant rocheux. De toute façon, la toile de son abri n'aurait pas suffi à le protéger des cataractes crachées par le ciel. C'était un de ces déchaînements célestes comme il en arrivait parfois, en été. Court, mais d'une violence inouïe. Une sorte de mousson miniature. Un ciel dégagé, puis gris, puis noir… puis des trombes d'eau d'un poids et d'une densité à noyer un enfant. Enfin, au bout d'une heure, parfois deux, un ciel de nouveau clair, lavé, apparaissait.

La terre gorgée d'eau s'était couverte de petits lacs où Serguei apercevait son reflet, avant que les sabots de son renne ne le fassent voler en éclats. L'herbe, qui disparaissait sur des zones entières, dégageait un parfum aigre auquel se mêlaient les relents huileux de la terre boueuse. Même la vieille veste en cuir de renne de Serguei se rappelait à ses narines. Le bref déluge avait libéré quelque chose. Une odeur musquée chevauchait la crête des vents tournoyants ; comme si les loups, à distance, lui envoyaient un signal au moyen des glandes odorifères de leur peau ; comme si tous les habitants de la haute plaine venaient lui taquiner à la fois l'olfactif et l'imaginaire. Gros lagopèdes rouges, lièvres ventrus, renards, mulots, élans, carcajous... Réunis dans un orchestre invisible, dirigé par les vents, ils lui rappelaient qu'il n'était au fond que l'un d'eux.

Serguei comprenait d'instinct cet appel. Depuis bientôt quatre jours qu'il avait quitté le camp nomade et franchi les premiers cols, il se sentait de plus en plus étroitement mêlé au grand carrousel de la nature, et de moins en moins proche de ceux de sa propre race. Nastazia, qu'il avait aimée depuis son enfance, dont il avait si souvent rêvé, lui apparaissait maintenant comme un obstacle, une entrave à l'accomplissement de son propre destin. Dans la confusion de ses sentiments et de ses émotions, il lui semblait qu'il l'aimait toujours. Il en était même sûr. Mais il était frustré que ni elle ni lui n'ait osé concrétiser ce sentiment, ne fût-ce que par un vrai baiser. Pour le reste... Décidément, il y avait des choses que les femmes ne comprendraient jamais.

Et sa mère, qui avait passé tout le dîner, l'autre soir, à lui faire des reproches muets, à coups de regards douloureux ! De quoi se mêlait-elle ?

Quant à Nastazia... elle n'avait pas reparu entre le moment de leur dispute et celui de son propre départ, le lendemain.

Serguei n'osait pas se l'avouer, mais il était inquiet et s'en voulait un peu. Il aurait sans doute dû essayer de la retrouver. De lui expliquer... quitte à inventer un mensonge pour justifier son comportement...

Après avoir grimpé sans discontinuer pendant toute une journée, la piste se stabilisa. Le plateau où Serguei avait campé la dernière fois s'ouvrit devant son regard, comme si un gigantesque rideau de théâtre venait de s'écarter. De chaque côté de la scène, les escarpements noirs montaient la garde comme des colosses de pierre, contrastant de manière cocasse avec le décor bucolique qui se serrait entre eux. La première chose que Serguei repéra, ce fut la grande harde, dont la tache mouvante et brune épousait toujours la boucle de la petite rivière à truites.

Exactement à l'endroit où il l'avait laissée en partant.

Une bouffée de colère lui mit le feu aux joues.

Ainsi, ces deux idiots de Wladim et d'Alexeiev n'avaient pas suivi ses instructions ! Était-ce par pure bêtise, par provocation… ou bien y avait-il une autre raison derrière tout ça ?

À la fois furieux et inquiet, Serguei talonna sa monture et couvrit les derniers kilomètres au galop – une allure à laquelle, à cause de la peau tournante du renne, tous les Évènes ne réussissaient pas à tenir en selle. En une demi-heure, il se retrouva en contrebas de l'endroit où il avait précédemment installé son bivouac, et où ses deux remplaçants avaient monté le leur. Wladim et Alexeiev dévalèrent la colline à pied pour venir à sa rencontre.

— Alors, fit Serguei en sautant à terre, ce que je dis ou rien, c'est pareil ? Vous vous en moquez, c'est ça ?

— Quoi ? fit Wladim en faisant semblant de ne pas comprendre.

— Ne joue pas à l'idiot, Wladim, s'énerva Serguei. Je t'avais dit de déplacer la harde et de la mettre… là-bas.

Alexeiev, le « poisson pilote », intervint :

— On allait le faire, Serguei. C'est juste qu'on pensait avoir un peu de temps. On ne croyait pas te revoir si vite.

— C'est vrai, embraya Wladim. On se disait que tu ne serais pas pressé de quitter la belle Nastazia. Ça s'est mal passé, entre vous, ou quoi ?

Serguei le fusilla du regard.

— Mêle-toi de ce qui te regarde, lâcha-t-il entre ses dents.

Wladim recula.

— Bon, bon…

Instinctivement, Serguei regarda en hauteur, là où la louve abritait ses petits. Il n'osait pas interroger les deux autres, de peur de se trahir, mais ne pas savoir si oui ou non ils avaient découvert quelque chose était insupportable.

— Et à part ça, lâcha-t-il d'un air aussi détaché que possible, rien à signaler ?

— Non, dit Wladim avec une expression ironique qui donna à Serguei envie de l'étrangler. Enfin… presque rien.

— Quoi ? cria presque le jeune gardien.

Wladim et Alexeiev échangèrent un coup d'œil complice.

Ce fut la goutte d'eau. Serguei explosa :

— Oh, ça suffit comme ça, vos petits secrets !

Avec une satisfaction non dissimulée, Wladim et Alexeiev racontèrent à Serguei que deux jours plus tôt, entre l'endroit où paissait la harde et la colline qui s'élevait un peu au-delà, ils avaient repéré une trace de loup. Serguei tenta de détourner leurs soupçons en leur demandant s'ils n'auraient pas par hasard confondu cette marque avec celle d'un carcajou, mais la description des garçons ne laissait guère la place au doute. Une empreinte en longueur, des coussinets avant nettement détachés des latéraux… c'était bien la signature du canidé, reconnaissable au premier coup d'œil et impossible à confondre, pour quiconque avait grandi dans ces montagnes.

— Alors, on s'est dit qu'avant de déplacer la harde, reprit Wladim sans quitter son air narquois, il était plus urgent de la mettre à l'abri de ce loup. Ou de ces loups, car s'il y en a un, il y en a sûrement plusieurs. On a monté la garde en alternance, avec Alexeiev, pour être sûr de ne pas le rater, si jamais il se repointe…

Serguei aurait hurlé de joie. Ce que venait de dire Wladim prouvait indiscutablement que ni lui ni Alexeiev n'avaient la moindre idée de la nature de la meute, de sa composition, et encore moins de l'endroit où se trouvait son repaire.

— Bien, fit-il aussi gravement que possible. Maintenant que je sais qu'il y a un loup dans le secteur, je vais lui régler son compte avant de déplacer le troupeau. Vous, vous pouvez retourner au campement.

Wladim proposa de rester un peu, ce que Serguei refusa sèchement. Il n'avait plus besoin de personne, et il le fit savoir sans détour. Il ne cacha pas non plus à Wladim qu'il n'aimait pas son côté sournois, ses petits sous-entendus et son air d'en savoir plus qu'il ne voulait en dire… même si ce n'était pas le cas.

— Je vous ai dit de partir ! finit-il par crier. C'est clair, oui ou non ?

Wladim, qui n'attendait qu'un prétexte, l'empoigna par le col.

— Dis donc, pour qui tu te prends ? Tu ne me parles pas comme ça !

— Je te parle comme je veux ! répliqua Serguei. À toi et aux autres !

Face à face, les deux garçons s'affrontèrent longuement du regard. Ce fut Alexeiev qui empêcha de justesse les choses de dégénérer, en tirant sur la manche de Wladim.

— Allez, amène-toi. *Da vaï... Da vaï...* Puisqu'il est le gardien de la harde, eh bien... il n'a qu'à la garder tout seul, sa harde.

Un quart d'heure plus tard, leurs deux rennes étaient attelés et le traîneau chargé.

— *Da vaï !* lança encore Alexeiev en fouettant son animal.

Wladim, lui, se retourna une dernière fois vers Serguei et lui lança :

— Fais gaffe ! C'est en train de te monter à la tête, tout ça !

Serguei, qui se moquait bien des réflexions de Wladim, acquiesça du menton et regarda le tandem s'éloigner à travers l'immensité sauvage, balayée par les vents.

Il grimpa jusqu'au plateau intermédiaire où se trouvait son précédent campement, et entreprit d'installer le nouveau au même endroit. À cette altitude, le vent balaierait un peu les moustiques, de plus en plus nombreux à mesure qu'on progressait dans l'été. Après avoir lié les perches de bouleau en un faisceau de plus de deux mètres de haut, il recouvrit cette armature avec la toile prévue à cet effet, en prenant soin de placer l'ouverture côté vallée. Ainsi, en cas d'intempéries, il n'aurait même pas besoin de quitter son abri pour s'assurer que la harde allait bien. Et, à chaque réveil, elle serait la première chose qu'il verrait.

Depuis son promontoire, il aperçut les minuscules silhouettes de Wladim et d'Alexeiev, plongeant sous l'horizon, au bout du plateau, pour attaquer leur longue descente vers la vallée, puis le village.

Enfin seul !

Dans l'immédiat, Serguei avait le choix entre plusieurs priorités : aller chasser et poser des collets pour se constituer une réserve de vivres ; descendre inspecter la harde afin de repérer les bêtes éventuellement blessées ou malades ; dormir et récupérer de ce long voyage au cours duquel il n'avait pratiquement pas fermé l'œil ; ou encore…

Il n'hésita pas un seul instant. Il entassa dans un sac quelques galettes de blé et de la viande séchée, une gourde d'alcool de genièvre et des cartouches. Il passa le corps dans la bandoulière de son fusil et prit la direction du repaire des loups, à un petit quart d'heure de marche de là.

Rien n'avait changé depuis sa dernière visite. Sauf les louveteaux. Ils avaient grossi, grandi, acquis de la force et de l'indépendance. Visiblement, leur mère avait de plus en plus de mal à les maintenir dans les environs immédiats de la tanière.

Serguei s'installa derrière sa pierre blanche, qui n'avait pas bougé, elle non plus. Avec des gestes ralentis à l'extrême, il l'avança d'une vingtaine de centimètres sans que ni la louve ni ses petits réagissent. Il n'était plus qu'à trois mètres de l'entrée de la tanière, à présent. Il se cala dans le sol broussailleux pour se régaler du spectacle qui lui avait tant manqué : celui des louveteaux se livrant à leurs joyeuses bousculades entre deux tétées. En leur présence, il sentit toute son amertume s'envoler. Il était comme eux : jeune, insouciant, animé par le seul désir de profiter du soleil et de la vie. Il avait conscience que la meute et ses petits avaient sur lui un ascendant à la fois euphorisant et dangereux, qui lui faisait oublier tout le reste : ses ennemis, ses amours et leurs contrariétés, mais aussi son clan, la harde, et les lourdes responsabilités qu'il avait envers les deux.

Tant qu'il s'en rendait compte... ce n'était pas si grave. Et puis, ses responsabilités, il les assumait avec compétence, non ? Il avait bien droit à un peu de distraction, de temps en temps.

Bien sûr, il restait le problème de la transgression. Se lier d'amitié avec les ennemis héréditaires de sa race était tabou, pour un Évène digne de ce nom. Mais, là encore, il se trouvait des excuses : les petits étaient inoffensifs. Quant à leur mère, il ne pouvait décemment l'abattre tant que ses louveteaux avaient besoin d'elle...

L'un d'eux, projeté d'un coup de museau par l'un de ses frères, roula dans sa direction. Il s'arrêta les quatre fers en l'air, tout près du visage de Serguei, de l'autre côté du caillou blanc. Voyant son adorable tête ronde, son petit ventre et ses grands yeux noirs à portée de main, le garçon ne résista pas et avança la sienne au-delà de la pierre, pour le caresser. Aussitôt, la louve, couchée devant la tanière, se redressa d'un coup et se mit à gronder en lui montrant les crocs.

Serguei retira sa main comme s'il l'avait par erreur posée sur un poêle chauffé au rouge.

— Holà, doucement, Voulka ! dit-il. Je le sais, que c'est ton petit. Je ne veux pas lui faire de mal. Compris ?

Il la regarda dans les yeux en écartant les mains dans un geste universel signifiant qu'on était désarmé et inoffensif. Elle sembla comprendre et retrouva une attitude moins agressive. Le louveteau remonta vers sa mère en titubant sur ses pattes encore fragiles. Sa trajectoire alambiquée le déporta de plusieurs mètres. En le suivant du regard, Serguei remarqua une chose qu'il n'avait pas repérée avant.

Une empreinte, plus large et plus profonde que celle des louveteaux et de leur mère.

Effectuant lui-même un grand détour, suffisant pour ne pas faire réagir de nouveau la louve, Serguei alla examiner la trace de près. Quand il releva la tête, un large sourire lui éclairait le visage.

— Dis donc, toi, fit-il, tu me caches des choses ! T'as un fiancé, on dirait. Il est drôlement baraqué, à voir la profondeur de cette empreinte ; et d'après sa fraîcheur, il est passé te voir il n'y a pas longtemps.

La louve, hiératique, ferma les yeux et détourna la tête. Serguei crut deviner un sourire qui s'esquissait dans le prolongement de sa gueule noire.

— Ouais, ouais, d'accord, fit-il, j'ai compris : ça ne me regarde pas.

Son hilarité retomba d'un coup.

Quelque part en arrière de la grotte, dans les fourrés d'épineux, il venait d'entendre un froissement de feuillages, un concassement de petites branches. Puis un souffle rauque…

L'instant d'après, au sommet du promontoire rocheux qui abritait la tanière, se dressa une silhouette majestueuse et impressionnante.

Le grand mâle.

Il se découpait contre le soleil rasant, qui projetait son ombre sur plusieurs mètres et le faisait paraître immense.

D'ailleurs, il l'était, en comparaison de sa compagne. Au jugé, cette dernière devait peser une quarantaine de kilos. Le mâle, lui, en faisait bien soixante-quinze.

Il tourna la tête vers Serguei, que son formidable flair avait repéré bien avant de l'avoir dans son champ de vision. Le jeune Évène eut un choc en découvrant sa tête sculpturale aux oreilles courtes, à la face élargie par les « joues » de poils gris, contrastant avec le pelage d'un noir profond. Et surtout, en croisant les iris du fauve, fascinant mélange de blanc neige et de bleu cobalt.

Sa gueule s'ouvrit sur un grognement sourd, menaçant, et Serguei eut l'impression de voir luire chacune de ses quarante-deux dents.

Reculant tout en douceur, le garçon regagna son poste d'observation, derrière la pierre blanche. La louve alla rejoindre son partenaire sur le promontoire, et Serguei se détendit. Il éprouvait une réelle satisfaction de constater que cette famille avait un père. On avait déjà vu des louves, après la mort de leur compagnon, élever seules leurs petits, comme des mères célibataires.

Serguei les admira, collés l'un à l'autre, se léchant et se frottant mutuellement pendant qu'en contrebas, leur progéniture reprenait ses jeux.

Le couple s'éloigna et disparut dans la broussaille, sans doute pour aller chasser de quoi nourrir la tribu.

En se retrouvant seul avec les louveteaux, Serguei sut que sa relation avec la meute venait de franchir une étape cruciale.

Si les parents s'éloignaient en le laissant près de la tanière, c'est qu'ils s'étaient habitués à sa présence au point de ne plus la considérer comme une menace...

Une heure passa sans que Serguei, tout entier absorbé par cette vie qui le fascinait, s'en aperçoive.

Soudain, l'un des louveteaux se détacha du groupe.

Ce n'était pas le même que tout à l'heure, mais le plus sombre de poil parmi les quatre, celui qui manifestait déjà toutes les caractéristiques d'un chef. Serguei poussa de petits cris, afin d'attirer son attention. Quand le louveteau tourna la tête vers lui, il agita des morceaux de lichen pour exciter sa curiosité. Le petit s'approcha... Quand il fut tout près, Serguei avança lentement la main et le caressa du bout des doigts.

— Je le savais bien, dit-il d'une voix douce, que tu étais le plus brave, le plus courageux ! C'est toi le futur patron, hein ? Pas étonnant que tu sois noir comme ton père...

Serguei alterna les caresses avec les petits mouvements de doigts, pour retenir l'attention du louveteau.

— Je vais te donner un nom, dit-il. Tu t'appelleras Kamar ! Kamar le brave ! Ça te va ?

Pendant que Serguei établissait le contact avec Kamar, ses trois frères s'étaient approchés. Ils y avaient mis moins de spontanéité, mais, à présent, ils se trouvaient à portée de main, eux aussi. Bientôt, ils furent tous autour de Serguei.

À voix feutrée, le garçon s'adressa aux trois autres louveteaux.

— Toi, dit-il à celui qui arborait une fourrure gris anthracite, tu seras Kitnic ! Tu ne dis rien ? C'est que tu es d'accord, alors ? OK, va pour Kitnic !

Le troisième louveteau était d'un gris plus clair, qu'on aurait pu qualifier d'« entre chien et loup », n'était la haine viscérale opposant depuis toujours les deux espèces.

— Tu t'appelleras Amouir ! décida Serguei.

Quant au quatrième, celui dont le poil tirait sur le brun, avec des taches blanches… c'était une femelle. Serguei la baptisa Anouchka.

Dans la foulée, il choisit un nom à consonance forte, quasi guerrière, pour le patriarche de la tribu. Un nom qui évoquait des roches dévalant le flanc d'une montagne… ou le choc d'une hache fendant un billot de bois.

Torok.

Soudain, la louve réapparut, sur le rocher dominant la tanière. Le jeune Évène sursauta, ce qui fit reculer les louveteaux. Ceux-ci, en voyant leur mère, filèrent dans sa direction.

Mais Voulka ne manifesta aucune hostilité envers Serguei, et reporta son attention sur sa progéniture.

Au bout d'un moment, le garçon prit conscience que sa pierre blanche était devenue inutile. Il s'en empara et, en évitant tout geste brusque, la jeta derrière lui, quelque part dans les fourrés.

Une ombre lui traversa le visage comme une sorte de fantôme furtif. Levant la tête, il découvrit la grande silhouette majestueuse d'un aigle. Il l'interpréta comme un augure bénéfique et son euphorie redoubla. Dans une sorte de subite inspiration, il prit son souffle et poussa un long hurlement, que les vents emportèrent au loin.

Voulka et ses petits, interloqués, tournèrent la tête dans sa direction.

Là-bas, Torok lui répondit.

Un sourire béat s'élargit sur la face de Serguei.

Il était entré dans le cercle des loups.

10.

Tout le monde dormait encore lorsqu'elle quitta le campement nomade, chevauchant un poney et tenant un renne bâté par la bride.

Heureusement pour eux !

Si l'un des membres de son clan ou de celui de Serguei s'était avisé, à ce moment précis, de venir la questionner sur ce départ précipité et mystérieux, Nastazia risquait de lui répondre d'un coup de sangle en pleine face !

La nuit n'avait pas réussi à calmer sa colère. Et son père, Mouriak, avait bien entendu été incapable de lui expliquer ou de justifier le comportement de Serguei à son égard. Il n'avait rien trouvé de mieux à répondre que : « Il a de lourdes responsabilités, fais un effort pour le comprendre. »

Les hommes, décidément, il n'y avait rien à en tirer, quelle que soit leur génération !

Il ne fallait pourtant pas être bien malin pour deviner que Serguei n'était pas dans son état normal. Qu'il n'était pas lui-même. Elle avait beau ne pas l'avoir vu depuis deux ans, elle l'avait tout de suite compris, elle.

L'intuition féminine restait le radar le plus efficace qu'on ait jamais inventé.

Et s'il n'était pas dans son état normal, c'est parce que là-haut, dans ces pâturages de montagne où il avait vécu des semaines seul avec la harde, il s'était sans doute passé quelque chose.

Quelque chose d'anormal et d'imprévu.

Quoi que ce pût être, Nastazia était bien décidée à découvrir ce qui faisait obstacle à leur relation. Car, malgré le malaise de leurs retrouvailles et malgré leur dispute, elle n'en doutait plus : elle l'aimait. Pendant deux ans, elle s'était interrogée avec inquiétude. Mais, depuis leur face-à-face, elle savait.

Elle ne doutait pas non plus des sentiments de Serguei à son égard.

Ce n'était qu'une question de temps et de patience avant qu'il en prenne conscience à son tour.

Elle chevaucha tout un après-midi, puis une partie de la nuit, sous un plafond d'étoiles qui refusaient de disparaître tout à fait malgré le soleil. Qui, lui, refusait de se coucher. C'était une drôle de saison : un mélange de nuit et de jour, aucun ne voulant céder la place à l'autre ; un été qui avançait et des températures qui grimpaient régulièrement, faisant sortir par millions les moustiques de leurs œufs. En altitude, on était un peu épargné. Mais, plus bas, les grands élans aux bois majestueux s'immergeaient dans les lacs jusqu'à leur mufle plat pour échapper au harcèlement des infernales bestioles.

Elle fit une halte au bord d'un petit feu construit à la hâte, près d'un bosquet d'épinettes chétives.

Dans son sac de couchage en peau de renne, doublé de fourrure de lièvre, Nastazia rêva les yeux ouverts à sa vie future avec Serguei. Mais quelque chose lui disait qu'il y aurait encore des combats à mener avant d'en arriver là.

Cela ne lui faisait pas peur.

En revanche, le rêve qu'elle fit cette nuit-là l'effraya. Serguei, en équilibre sur un radeau de planches disjointes, était emporté par le bouillonnement furieux d'une rivière en pleine débâcle. Au-dessus de lui, un grand aigle tournoyait, symbole d'une obscure fatalité. Nastazia assistait à la scène depuis la rive, en compagnie des parents du garçon et des membres des deux clans. Sur la rive opposée... une meute de loups, dressés et immobiles, fixaient Serguei de leurs yeux luisants. Et c'était vers eux que le jeune Évène tendait les bras et lançait des appels muets ! Vers eux que son radeau dérivait irrésistiblement, sans que la jeune femme puisse rien faire pour l'en empêcher !

Au réveil, elle chassa de sa mémoire ces images nocturnes qui s'y accrochaient encore, mais le rêve persistait, l'accompagnant sur sa route, tel un oiseau noir perché sur son épaule.

Le lendemain, un peu avant midi, Nastazia déboucha sur le plateau où paissait la grande harde. Bientôt, elle aperçut le campement de Serguei, sur une hauteur, et s'y dirigea. Le gardien n'était pas au milieu de ses rennes. Près de sa tente, il avait laissé s'éteindre le feu. Peut-être dormait-il... Des idées que son père aurait réprouvées vinrent à l'esprit de la jeune fille à la perspective de tirer son « fiancé » du sommeil. Elle fut d'autant plus déçue, en soulevant le rabattant de la tente, de constater que Serguei n'y était pas.

Sans doute était-il parti chasser, ou poser des collets.

L'attendre dans son abri ou aller le surprendre là où il se trouvait ?

Nastazia, ayant envie de bouger, n'hésita pas une seconde. Dans le sol rendu boueux par les pluies récentes, les traces laissées par l'*uchakh* de Serguei étaient tellement lisibles qu'elles ressemblaient à une invitation.

Elle les suivit facilement jusqu'à ce qu'elle parvienne dans une zone rocailleuse où la lecture des empreintes devenait beaucoup plus compliquée. Elle mit pied à terre et patiemment, à l'aide d'infimes indices laissés de loin en loin sur la toundra, reconstitua l'itinéraire de Serguei. Celui-ci s'était dirigé vers une sorte de petite montagne qui surplombait l'extrémité de l'alpage.

Moins d'une heure plus tard, Nastazia escaladait ce terrain rocailleux en se frayant un chemin à travers une végétation constituée essentiellement de broussailles, mais s'élevant à hauteur d'homme et touffue comme une petite forêt. Elle avait laissé son poney en bas, pensant qu'elle se glisserait plus facilement à pied dans cette flore par endroits inextricable.

C'était sans doute le raisonnement qu'avait tenu Serguei, dont la monture se trouvait non loin de la sienne.

Haletante, elle était presque arrivée au sommet, quand elle crut entendre un bruit. Sa provenance se situait assez loin, et un peu plus haut.

Nastazia ouvrit la bouche pour crier le prénom de Serguei, mais elle se ravisa. Sans vraiment savoir pourquoi. Simplement parce que son sixième sens lui avait ordonné de se taire.

Elle continua, progressant toujours entre les rochers et les branchages qui s'accrochaient à sa veste en vieux cuir. Quelque chose de noir traversa son champ de vision. Trop rapidement pour qu'elle sache de quoi il s'agissait.

Il y eut un battement d'ailes et une sorte de sifflement.

Elle leva la tête.

Un grand aigle tournoyait au-dessus d'elle. Le même rapace que dans son rêve...

Pour la première fois, elle eut peur. Peur d'une menace indiscernable...

Elle reporta son attention sur la broussaille qui l'environnait et continua d'avancer. Le murmure entendu tout à l'heure se fit plus précis. Cette fois, plus de doute possible : c'était bien la voix de Serguei.

À qui parlait-il ? Il était censé être seul, ici. Seul avec ses rennes. Wladim et Alexeiev étaient rentrés au camp depuis longtemps. En dehors d'elle-même, il n'y avait personne dans les parages.

L'idée que Serguei se cachait avec une autre fille lui traversa brièvement l'esprit.

Elle la chassa. C'était peut-être un excès d'orgueil de sa part, mais la chose lui semblait inimaginable. Quoique...

Elle avança encore et, au bout de quelques pas, se retrouva en lisière d'une sorte de clairière.

Ce qu'elle découvrit alors lui fit l'effet d'un choc en pleine tête... ou d'un coup de poing au creux du ventre.

Ou des deux en même temps.

Serguei était là, à quelques mètres, accroupi devant un groupe de quatre louveteaux avec lesquels il semblait entretenir des rapports aussi familiers que s'il avait fait partie de leur meute ! Il leur parlait à voix basse – cette voix chuchotée qu'elle avait entendue plus tôt – et les petits fauves, loin de s'enfuir, lui mangeaient pratiquement dans la main !

L'Évène et les loups ! Les ennemis héréditaires qui s'apprivoisaient mutuellement !

La jeune fille se demanda si elle était victime d'hallucinations.

Son délire vira au cauchemar lorsque, soudain, la mère apparut, sur le rocher dominant la tanière !

Le sang de Nastazia se glaça. Elle voulut hurler pour prévenir Serguei de la menace, mais aucun son ne sortit de sa bouche. La louve, elle, ne réagit même pas. À croire qu'elle trouvait normale la présence d'un humain auprès de ses petits !

La tête de la jeune fille tournait. Tout ça ne pouvait être qu'un mauvais rêve. Elle allait bientôt se réveiller…

La scène devint carrément surnaturelle quelques minutes plus tard, lorsque Serguei, après avoir lancé derrière lui un rocher blanc – qui faillit l'atteindre –, se redressa comme un canidé et poussa un hurlement !…

Quelque part, un fauve lui répondit !

Nastazia resta tétanisée un long moment. Est-ce que les dieux de la montagne étaient devenus fous ? Était-ce elle qui perdait la raison ?

Elle hésitait à rejoindre Serguei. Le garçon lui faisait peur, à présent.

Complètement désemparée, elle assista au spectacle inimaginable de cette grande louve se couchant en bâillant dans le lichen, à quelques mètres de Serguei, comme si leur présence respective à cet endroit était tout à fait normale, dans l'ordre des choses.

Est-ce qu'elle rêvait ?

L'aigle au-dessus d'elle s'était mis à rétrécir ses orbes, et la louve se redressa d'un coup, humant l'air dans sa direction. Elle fit quelques pas et se mit à grogner, menaçante. Serguei s'était levé, lui aussi, son regard allant de l'aigle à la louve. Or les deux prédateurs fixaient une même direction. Il crut discerner quelque chose qui venait de bouger dans les broussailles.

Instinctivement, Nastazia recula... puis se mit à courir. Elle dévala la pente à toutes jambes, mais se prit le pied dans une racine et chuta lourdement. Elle se fit mal et laissa échapper un cri.

Serguei n'avait pas perdu de temps. Il apparut un peu plus haut.

— Nastazia ! hurla-t-il.

Elle le regarda avec une stupéfaction dégoûtée, comme si elle avait affaire à un inconnu animé des pires intentions.

Elle se releva et s'enfuit, poursuivie par Serguei. Mais la végétation épaisse la freina et le garçon gagna rapidement du terrain.

— Nastazia ! cria-t-il encore sans même qu'elle se retourne.

Elle courut à en perdre haleine en direction de son poney, malgré les broussailles qui lui griffaient les bras et le visage. Elle chuta encore, à deux reprises, et Serguei fut sur le point de la rattraper. Mais, chaque fois, elle se montra plus rapide que lui. Quand le garçon crut enfin la tenir, elle sauta en selle et lui échappa, s'élançant au grand galop à travers la toundra.

Serguei courut jusqu'à son renne et l'enfourcha. Mais malgré ses cris et ses coups de talons, le cervidé était incapable de galoper à la même vitesse que le poney. Serguei vit la silhouette de Nastazia disparaître peu à peu sur la toundra, et une angoisse terrible le saisit. Allait-elle galoper ainsi jusqu'au campement où se trouvaient leurs deux clans ? Allait-elle, dans la colère et l'émotion qu'il imaginait, le dénoncer sans même lui donner une chance de s'expliquer ?

Serguei dut galoper près d'une demi-heure pour connaître la réponse à cette question. Après le départ de Wladim et d'Alexeiev, il s'était empressé de déplacer la harde – et son propre bivouac – jusqu'à une zone très éloignée du repaire des loups.

À présent, cette distance « de sécurité » lui semblait interminable.

Soudain, alors qu'il en était encore loin, il aperçut une fumée légère, à l'endroit où il avait planté sa tente.

Nastazia était là-bas ! Au lieu d'aller le dénoncer, elle avait choisi de l'attendre à son campement. Et elle en avait profité pour rallumer le feu.

Une fois sur place, Serguei sauta de son renne et grimpa en courant jusqu'à l'endroit où la jeune fille l'attendait en faisant mine de ne pas le voir.

— Qu'est-ce que tu fais là ? lança-t-il d'une voix essoufflée. Qu'est-ce qui t'a pris de venir m'espionner ? C'est mon père qui t'envoie ?

Si les yeux de Nastazia avaient été des armes à feu, Serguei serait mort criblé de balles.

— Non, répondit-elle, personne ne m'envoie. C'est moi qui ai décidé de venir.

— Mais pourquoi ? fit Serguei, quelque peu désarçonné.

Elle se redressa, ce qui eut pour effet de gonfler légèrement sa poitrine.

— On se retrouve après deux ans sans se voir, tu m'adresses à peine la parole… et tu m'annonces que tu dois absolument repartir, sous prétexte que Wladim et Alexeiev ne peuvent pas surveiller tes rennes deux jours de plus ! Et tu me demandes pourquoi je suis venue ?

Elle s'interrompit, comme si elle revoyait soudain la scène de tout à l'heure.

— Mais ça… J'avoue que je m'attendais à tout, sauf à ça ! Tu es devenu fou, mon pauvre Serguei ! Complètement fou !

Elle secoua la tête, consternée, et ajouta d'une voix lourde de reproches :

— Quand les autres vont apprendre ça…

Serguei la prit par les épaules pour l'obliger à lui faire face.

— Écoute…

Elle se dégagea rapidement.

— Quoi ? fit-elle, furieuse. « Écoute » quoi ? Tu vas m'expliquer pourquoi tu as trahi ta race, ta famille, ton peuple… et moi, en plus ?

— Je n'ai trahi personne ! s'emporta Serguei.

— Ah bon ? Pourtant, tu m'as l'air très bien avec eux ! La preuve : tu me lâches pour vite les rejoindre… ces saloperies qui bouffent nos rennes !

— Ne sois pas ridicule !

— Ça n'a rien de ridicule ! Je t'ai entendu hurler en te prenant pour un loup ! C'était tellement convaincant que l'un d'eux t'a répondu !

Elle s'interrompit, comme si le ressort de sa colère venait de se casser. Fixant sur Serguei des yeux désespérés, elle secoua la tête sans pouvoir ajouter un mot. Le garçon en profita :

— Si tu me laissais t'expliquer, peut-être que tu comprendrais ce qui s'est vraiment passé. Peut-être même que tu verrais les choses… comme moi.

Nastazia eut un rire triste.

— Je ne vois pas ce qui pourrait expliquer et surtout justifier ce que j'ai vu là-haut. Quand je pense à ton père… à la charge qu'il t'a confiée !… Tu ne pouvais pas faire pire !

— Je t'en prie, Nastazia, ne lui dis rien ! Tu ne peux pas me faire ça !

Elle lui offrit les deux lacs sombres de son regard.

— Je ne sais pas… Je ne sais plus quoi penser de toi. J'ai l'impression que tu es devenu complètement fou, voilà !

Serguei la fixa passionnément.

— Il n'y a que toi qui puisses me comprendre…

Il ajouta, comme si cet aveu lui arrachait les tripes :

— Je ne pouvais pas les tuer !

Nastazia le regarda sans comprendre et se contenta de secouer la tête.

Ils ne dirent plus rien. Quand le silence devenait trop lourd à supporter, ils proféraient d'une voix absente des banalités sur le comportement de la harde et l'été qui avançait. Le soir, Serguei enfila sur une broche le lièvre qu'il avait pris au collet, deux jours plus tôt, et le fit rôtir. Ils mangèrent sans appétit, comme deux étrangers n'ayant rien à se dire, chacun d'un côté du feu, échangeant de temps à autre des regards vides. Serguei tenta d'expliquer à Nastazia les événements qui avaient abouti à cette étrange et choquante familiarité entre lui et la meute, mais il se rendait bien compte que ses paroles sonnaient creux ; que rien de ce qu'il disait n'avait de sens, pour qui que ce soit d'autre. Au bout du compte, il ne pouvait que s'en remettre à Nastazia, en espérant qu'elle comprendrait d'elle-même…

Le repas terminé, elle voulut reprendre la route du camp nomade. Serguei fut pris de panique, moins à l'idée qu'elle allait tout raconter au clan, qu'à la certitude que si elle partait maintenant, il la perdrait pour toujours.

— C'est impossible, tenta-t-il d'argumenter, il va y avoir de l'orage, là-haut ; c'est trop dangereux. Tu ne pourras pas passer le col.

— Si je ne peux pas passer le col, répliqua-t-elle d'une voix glaciale, je camperai en bas. Tu me prends vraiment pour une gamine, décidément !

Il insista, lui proposant de partager sa tente, ce qui lui éviterait de monter la sienne. Demain, elle y verrait plus clair. Nastazia lui jeta un regard en biais.

— Je t'assure, plaida Serguei, il ne faut pas partir ce soir.

La jeune fille hésita encore un instant. Elle allait refuser, mais le tonnerre gronda au loin, au-delà des grandes montagnes qui entouraient l'immense alpage d'altitude. Sans rien dire, elle alla arracher d'un geste nerveux son paquetage, attaché à sa selle. Elle ôta celle-ci et posa des entraves au poney, qui s'en alla à petites enjambées paître au bord de la rivière. Puis elle retourna s'installer sous la tente.

À l'intérieur, l'atmosphère était aussi lourde qu'à l'extérieur. Si Nastazia avait pu repousser les parois de l'abri pour augmenter encore la distance entre elle et Serguei, elle l'aurait fait. En évitant son regard, elle sortit une couverture d'un sac de tissu. Serguei sauta sur le prétexte pour tenter de renouer le dialogue :

— Ce sac, c'est toujours celui que je t'avais réparé ?
— Comme tu vois, répondit-elle sans même lever les yeux.

Le silence retomba, aussi pesant que la pluie qui s'était mise à pianoter sur la toile enduite.

Comme s'il n'existait pas, Nastazia se glissa tout habillée dans sa couverture et lui tourna le dos.

— Tu n'as pas froid ? lança Serguei dans une ultime tentative. J'ai une seconde couverture, tu la veux ?

Un silence glacial lui répondit.

Il s'étendit à son tour et essaya de trouver le sommeil, sans succès. Il resta les yeux fixés sur la chevelure brune et lisse de la sculpturale jeune fille, des pensées noires défilant dans sa tête aussi rapidement que les nuages dans le ciel, poussés par un vent du nord tenace et glacial.

11.

Serguei, qui avait fini par s'endormir à l'aube, et Nastazia se réveillèrent en même temps. Non pas spontanément, mais parce que quelqu'un venait d'arriver près du campement et que les sabots de son renne sonnaient sur les cailloux.

On sauta à terre. L'instant d'après, le pan de toile s'écarta et le sourire aux quatre dents en or de Nicolaï fit irruption dans la tente.

Le sourire s'effaça aussitôt quand il découvrit Nastazia.

— Ah, te voilà, toi ! grogna-t-il. Tu aurais pu prévenir, au lieu de t'enfuir comme ça !

— Je ne me suis pas enfuie, je... tenta de se défendre la jeune fille.

— Tu expliqueras ça à ton père, qui te cherche partout. C'est pas mon affaire !

Il se tourna vers Serguei.

— Rejoins-moi dehors, toi.

Le temps de s'habiller, Serguei trouva son père accroupi près du feu éteint, en train de casser du petit bois dont le garçon avait constitué une réserve, calée sous des pierres plates. Serguei s'agenouilla et entreprit de l'aider, mais il n'en menait pas large. La visite de Nicolaï n'était pas prévue et, s'il avait fait toute cette route à travers les montagnes, ce n'était sûrement pas pour discuter du cours de la viande de renne au marché de Sebyan-Kuyel.

Pourtant, il n'était pas pressé d'entrer dans le vif du sujet.

— Il est bien sec, ce bois, remarqua-t-il en l'examinant d'un œil de connaisseur.

Serguei acquiesça. Pas la peine de le bousculer. Les choses importantes viendraient à point.

— Avec un peu de lichen, enchaîna le jeune homme, ça va prendre tout de suite.

Joignant le geste à la parole, il bourra la base du feu de quelques poignées de mousse qu'il avait mise à l'abri, protégée de l'humidité sous l'auvent de la tente.

Nicolaï attendit que jaillissent les premières flammes pour demander, l'air de rien :

— Alors, comment ça se passe avec la harde ?

Serguei lui jeta un regard en coin. La question n'était pas innocente.

— Bien. Pas de problème...

— Tu es sûr ?

Cette fois, le garçon perdit patience :

— Écoute, s'il y avait un problème, je te le dirais ! Qu'est-ce qu'il y a ? Wladim et Alexeiev t'ont raconté qu'ils avaient vu des traces de loup, c'est ça ?

— C'est ça... C'est exactement ça.

Serguei se dressa et jeta sur le feu une branche qui traînait derrière lui.

— C'est vrai, dit-il, pas mécontent de couper l'herbe sous le pied de son père, on a repéré une trace de loup, il y a quelques jours... Une seule. Aucun signe depuis. À mon avis, il ne faisait que passer dans le secteur. Il doit être loin, maintenant.

Un sourire ironique souleva la moustache de Nicolaï et les quatre dents en or réapparurent.

— Dis donc, mon garçon, tu me prends pour un *ribionak*... un enfant ! Tu vas me faire croire qu'un loup passerait à côté de deux mille rennes bien gras sans même tenter d'en dévorer un ?

— Je ne te dis pas ça, s'emporta Serguei. Je te dis simplement que si un loup est venu traîner dans le coin, ma présence a dû le décourager, voilà tout ! La preuve : il ne s'est pas approché de la harde.

— Un loup ne renonce pas comme ça, continua Nicolaï. Et la meilleure façon de le décourager, c'est de lui tirer dessus ! C'est ce que tu as fait ?

Serguei hésita, embarrassé. La présence de Nastazia rendait le mensonge moins facile.

— Ben non, je...

— Tu as fait quoi, alors ? C'est un loup qui est venu rôder ! Un loup ! Pas un renard ou une martre. Un loup, Serguei !

— Je sais... Je sais bien.

Nastazia apparut à ce moment-là. Serguei croisa son regard, qui était tout sauf bienveillant. Elle allait tout raconter, ses yeux le disaient aussi sûrement que si elle avait ouvert la bouche pour parler... Il baissa la tête et ses épaules s'affaissèrent. S'il avait pu disparaître sous l'épaisse couche de lichen, il l'aurait fait.

Mais la jeune fille, devant sa mine désemparée, lui trouva l'air d'un animal pris au piège. Elle eut pitié de lui et, à sa grande surprise, vola à son secours.

— Ça ne m'étonne pas que le loup ne soit pas revenu, dit-elle, Serguei ne lâche pas la harde. Pas une minute... Une vraie maladie !

Nicolaï la fixa, l'air de se demander si elle était sincère ou si elle se payait sa tête.

Elle soutint son regard et ajouta d'un air faussement contrarié :

— Nous n'avons fait que ça depuis que je suis arrivée !

Nicolaï les dévisagea tous les deux. Il eut une sorte de hochement de tête et attendit un peu avant de reprendre la parole.

— Il a raison, dit-il enfin. Si un loup traîne dans le coin, il faut avoir l'œil. Il peut réapparaître d'un moment à l'autre.

Nastazia acquiesça, docilement.

À la dérobée, Serguei lui glissa une œillade éperdue de reconnaissance. Elle lui répondit d'un haussement d'épaules qu'il ne sut comment interpréter.

La jeune fille retourna s'affairer à l'intérieur de la tente. Nicolaï en profita pour entraîner son fils à l'écart.

— Il y a encore une chose dont je voulais te parler, dit-il, et il est préférable que Nastazia n'entende pas.

Serguei se tourna machinalement vers la tente, mais celle-ci était à une bonne centaine de mètres.

— Vis-à-vis du clan de Mouriak, attaqua Nicolaï, ça deviendrait gênant si toi et Nastazia... Enfin, si tu lui faisais croire que vous deux...

Serguei regarda son père avec étonnement. Il l'avait rarement vu comme maintenant : gêné, cherchant ses mots, n'osant pas dire ce qu'il avait à dire.

Agacé par sa propre hésitation, Nicolaï s'emporta :

— Écoute, ta mère ne veut pas l'admettre, mais toi, tu peux comprendre : il nous faut étendre notre territoire vers l'ouest, vers celui de Latakian...

Serguei le fixait avec des yeux ronds, s'obstinant à ne pas saisir. Nicolaï finit par lâcher :

— Et pour ça… ce serait bien que tu t'unisses avec sa fille, Oksana.

Serguei en resta la bouche ouverte.

— Tu… tu peux répéter ?

— Tu m'as très bien entendu, Serguei.

— Mais… qu'est-ce que tu as contre Nastazia ?

— Rien du tout, s'empressa de répondre Nicolaï. Elle est très bien, pleine de qualités ; et même… très jolie. Mais ça ne dure pas. Et ça ne suffit pas. Tu le sais bien : nos pâturages s'appauvrissent et le gibier devient plus rare d'année en année, depuis ce satané été où les feux ont ravagé nos pâturages de l'Est. D'ici peu, la situation va devenir grave. Il faut que nous puissions nomadiser sur les territoires de Latakian.

Comme s'il n'avait pas entendu un mot de ce que venait de dire son père, Serguei se contenta de répéter, hébété :

— Moi et Oksana !…

— Toi et Oksana, oui, exactement.

— Jamais !

— Quoi ?

Serguei se sentit rougir, surpris par sa propre audace.

Si son père lui avait tenu ce discours la veille encore, peut-être aurait-il été plus disposé à l'entendre. Mais après le soutien inespéré que Nastazia venait de lui apporter…

Était-ce de l'amour ou de la reconnaissance ? Il préférait ne pas se poser la question pour l'instant.

— Tu as bien entendu : Oksana, je m'en fiche ! Je ne la connais même pas.

— Tu la connaîtras.

— Non.
— Et ton clan ? Et cette harde, tu en fais quoi ?
— Je ne suis pas responsable de ce qui s'est passé. Les feux, les pâturages qui s'appauvrissent... c'est ma faute, peut-être ?

Nicolaï s'avança et l'immobilisa face à lui, ses deux mains puissantes enserrant ses épaules.

— Écoute bien, mon garçon. Quand on t'a nommé gardien de la harde, tu es officiellement devenu un homme. Et un homme, c'est quelqu'un de responsable, qui comprend les choses importantes et qui sait voir l'essentiel. L'essentiel, pour nous, c'est la harde, les pâturages et le gibier, les trois sources de notre survie. Rien n'existe, en dehors de ça. Surtout pas nos petites envies personnelles. Même nos sentiments...

Pour toute réponse, Serguei secoua la tête, les yeux obstinément baissés. Il s'arracha à la poigne paternelle au moment précis où Nastazia sortait de la tente. Si la jeune fille avait perçu les échos de leur dispute, elle fut rassurée par les sourires de circonstance que Nicolaï et Serguei affichaient en revenant vers elle.

Le chef évène repartit le jour même. Par chance, il se dirigea directement vers le sud, dans la direction du camp nomade. S'il avait fait un détour par le nord pour contourner le campement de Serguei, il n'aurait pas manqué d'apercevoir l'une des nombreuses empreintes que les loups de son fils avaient laissées dans cette partie de la toundra.

12.

— Viens ! dit-il.
Elle mit la main dans la sienne, croyant déjà savoir où il voulait l'entraîner. Elle en eut la certitude quand il lui fit escalader la colline boisée où elle l'avait surpris la veille, avec « ses » loups.

— Tu sais, je les ai vus, fit froidement Nastazia. Je te rappelle que je vous ai même vus ensemble.

— Disons que je tiens à vous présenter officiellement, répondit Serguei sans ralentir.

Il sentit son malaise : elle devint brusquement plus lourde au bout de son bras.

Depuis le départ de Nicolaï, ils n'avaient pas reparlé des loups. Serguei avait évité le sujet : le soutien de Nastazia n'était pas totalement acquis, comme le prouvait son attitude encore pleine de froideur. Un mot de trop pouvait tout gâcher.

Il se retourna et lui sourit à travers ses longues mèches noires.

— Au fait, comment tu as fait pour me retrouver là-haut, près de la tanière, alors que la harde et mon campement sont de l'autre côté de la vallée ?

Nastazia retrouva sa frimousse de gamine espiègle.

— Tu as oublié ?
— Quoi ?
— Enfant, je savais déjà repérer certaines pistes mieux que toi, tu ne t'en souviens pas ?
— C'est vrai, admit Serguei en riant. Ça m'énervait.

La broussaille épaississait à mesure qu'ils approchaient du sommet de la colline, et de leur but. Une bouffée de vent glacé fit frissonner Nastazia, sans qu'elle soit tout à fait sûre que c'était l'effet du vent. Elle préféra s'attarder sur leurs souvenirs.

— Tu te rappelles, demanda-t-elle, le jour où nous avons suivi cet élan boiteux, tous les deux ? Il était énorme. Un vrai mammouth !
— C'est nous qui étions petits.
— On l'a traqué jusqu'au bout. Jusqu'à la dernière trace…

Sachant ce qu'elle allait dire, il s'arrêta et acheva sa phrase :
— Celle où le sabot est encore dedans.
— Exactement ! C'est toi qui disais toujours ça : « Allons jusqu'à la dernière trace, celle où le sabot est encore dedans ! » Et tu te rappelles cet ours tout chauve ?

Il lui prit les mains et la regarda soudain plus intensément qu'il ne l'avait fait depuis leurs retrouvailles. Elle frissonna encore. Cette fois, le vent n'y était pour rien.

— Je me souviens de tout, Nastazia.

Le feu aux joues, il avança ses lèvres, mais elle détourna pudiquement les siennes.

— Alors, dit-elle, on y va ?

Ils n'étaient plus qu'à quelques mètres de la tanière des loups quand Serguei s'arrêta à nouveau. Sur un ton presque solennel, cette fois, il demanda à Nastazia de lui promettre de garder le secret, quoi qu'il arrive. Elle lui rappela qu'en ne disant rien à son père, elle lui avait déjà donné de sérieux gages. Mais Serguei insista :

— Ce n'est pas un jeu, Nastazia. Si les autres le découvraient, ce serait terrible !

— Je sais.

— Alors, tu me promets ?

Il y eut un long silence, rompu seulement par le froissement métallique des épineux agités par le vent. Ils restèrent ainsi, à se tenir par les yeux, comme s'ils échangeaient leur sang. Enfin, la jeune femme lâcha dans un soupir :

— Je te le promets.

Serguei l'entraîna sur les derniers mètres, en avançant tout doucement, cette fois. À la lisière de la clairière des loups, il la fit s'accroupir et appela à voix basse :

— Voulka ! Voulka ! Je t'amène quelqu'un.

Nastazia le regarda, interloquée : sa voix était différente... Il était différent.

Sans en avoir le cœur, elle tenta de plaisanter :

— Voulka, c'est une fiancée ?

Pour toute réponse et sans même la regarder, il lui fit signe de se taire.

La louve apparut d'un seul coup, comme si elle s'était matérialisée devant la grotte. Dressée, elle braqua ses yeux d'ambre sur Nastazia et grogna en montrant les dents. La jeune fille, apeurée, se serra contre Serguei.

— Ne t'inquiète pas, dit-il. Elle ne te connaît pas encore, c'est normal. Reste où tu es et ne bouge surtout pas.

Il s'avança à quatre pattes dans la clairière, lentement et en mesurant chacun de ses gestes. Il n'avait pas fait deux mètres que les louveteaux jaillirent de la grotte et se précipitèrent vers lui. Comme s'il était de la même race, Serguei se mit à jouer avec eux, roulant à terre, laissant des mâchoires miniatures mais déjà vigoureuses se refermer sur son nez, ses oreilles, sa propre mâchoire... Il savait que ce jeu, pratiqué entre eux, servait aux petits fauves à mesurer leurs forces respectives, à proclamer leur identité, à esquisser ou confirmer une hiérarchie qui s'affirmerait par la suite. Il comprenait qu'avec lui, il s'agissait davantage de reconnaissance, d'identification. Il s'était absenté, il revenait. Les louveteaux s'assuraient qu'il était toujours le même. Toujours des leurs.

Il l'était. Nastazia ne l'avait jamais vu aussi euphorique. Sauf peut-être à l'époque déjà lointaine de leur enfance.

— Mon brave Kamar ! lançait Serguei entre deux éclats de rire, toujours le chef de la bande, hein ? Ma petite Anouchka ! Oui, tu es belle... Et toi, Kitnic, toujours à faire le clown, à ce que je vois. Mais oui, Amouir, c'est moi, pas besoin de serrer comme ça...

La louve grognait toujours, par intermittence.

Sans se relever, Serguei tendit le bras vers Nastazia.

— Je crois que Voulka aimerait que tu recules un peu.

La jeune fille ouvrit des yeux ronds.

— Ma parole... c'est vrai que tu as l'air de les comprendre !

— Faut bien, dit Serguei avec une pointe de fausse modestie. Recule, s'il te plaît. C'est à cause des petits. Voulka n'est pas encore totalement en confiance. Ça vient probablement de ton odeur.

— Quoi ? fit Nastazia, outrée.

Serguei lui expliqua que les loups étaient capables d'identifier, grâce à leur flair, chaque lieu où un individu était passé ; chaque être – humain ou animal – qu'il avait approché.

— Ton odeur est un peu trop humaine… forcément.

— Forcément… fit la jeune femme d'un ton froid.

Mais elle obéit et recula d'un pas.

Au bout d'un moment, les loups se détachèrent du garçon pour se précipiter vers leur mère. Entre les quatre petits, ce fut à qui enfournerait le premier son museau dans la gueule maternelle, pour se repaître d'une bouillie rougeâtre régurgitée à leur intention.

Serguei rejoignit Nastazia.

— Je suis désolé, dit-il. Sincèrement désolé.

— De quoi ?

— De t'avoir exclue. Dès le premier jour, j'aurais dû t'expliquer… Surtout que tu es la seule personne au monde avec qui je voulais partager ce secret.

Elle le regarda gravement.

— Tu as raison d'être désolé, dit-elle. Et tu sais quoi ? C'est ton manque de confiance en moi qui fait le plus mal.

Du bout des doigts, il lui caressa les cheveux.

— Pardonne-moi…

Elle esquissa un sourire qui lui pardonnait déjà. Il voulut l'embrasser, mais elle se détourna une nouvelle fois avec un sourire indéfinissable. Pour évacuer la tension ambiante, la jeune fille désigna la harde.

— Il ne faut pas laisser les rennes ici. C'est trop dangereux, avec les loups juste à côté.

— La harde se dirige tout doucement vers l'ouest. Quelques centaines de mètres tous les jours…

— Ce n'est pas assez.

Serguei comprit qu'il n'aurait pas le dernier mot.

— Bon, d'accord, sourit-il, on la poussera demain. Mais il faudra déplacer la tente, du coup. À deux, remarque…

— Comment ça, « à deux » ? fit-elle, moqueuse.

Un des louveteaux se mit à crier. Dans leurs jeux, il arrivait que les petites dents mordent un peu trop fort. Serguei et Nastazia restèrent un long moment silencieux, à les observer, puis ils retournèrent tranquillement vers le campement. Le garçon ne savait plus trop à quoi s'en tenir vis-à-vis de Nastazia, qui le repoussait, mais sans trop de conviction. Est-ce que ce « non » voulait dire « oui »… « peut-être »… « plus tard » ?… Partagé entre son désir et la crainte de tout gâter en brusquant les choses, il arborait une mine désemparée qui fit naître un petit sourire sur le visage de la jeune fille.

Ils dînèrent d'une truite et de viande de renne séchée. Cette fois, Nastazia fit honneur au repas en mangeant avec appétit.

Elle fixa soudain un détail du visage de Serguei.

— Qu'est-ce qu'il y a ? fit-il.

— Cette larme…

— Quoi ?… Ah oui, ce truc que j'ai au coin de l'œil. Je l'ai oublié, à force.

— Pas moi, sourit-elle. Jamais. Pendant tout ce temps où nous étions séparés, il m'arrivait parfois de ne plus me rappeler ton visage… Heureusement, je voyais toujours cette tache en forme de larme. En m'accrochant à ça… le reste revenait.

Serguei sourit pour lui faire plaisir, sans trop comprendre où elle voulait en venir, avec son histoire de larme. Décidément, les filles avaient de ces lubies…

Ils laissèrent un moment le feu parler à leur place. Pendant qu'il crépitait, le ciel lançait des sagaies de lumière, la nature immense les enveloppait comme une matrice. Ils avaient conscience d'en faire partie, sans avoir besoin de mots pour dire cette certitude ou traduire cet orgueil.

Nastazia évoqua leur union, « convenue » trois hivers plus tôt entre leurs parents respectifs, avant la mort de Sniejana, sa mère. Serguei faillit lui révéler le projet de Nicolaï de lui faire épouser Oksana, la fille de Latakian, mais se ravisa. Le moment était magique, donc fragile. Il n'avait pas envie de le détruire. En outre, pourquoi peiner inutilement Nastazia, puisqu'il n'avait aucune envie, aucune intention d'épouser Oksana ?

Ce soir, inutile de presser les choses. Ils avaient tout le temps du monde...

Il la regarda. Elle était magnifique. Il ne détourna pas le regard quand elle le fixa à son tour.

— Qu'est-ce qu'il y a ?

— Je te trouve belle, parvint-il à articuler gravement.

— Ah bon ? J'avais l'impression que tu t'en fichais... Qu'il n'y avait plus que tes loups qui t'intéressaient.

Pour toute réponse, Serguei eut un large sourire. Il s'approcha. Cette fois, Nastazia ne recula pas. Leurs lèvres se rejoignirent dans un long baiser amoureux. Le premier qu'ils échangeaient. D'abord, Nastazia ne fit que se laisser embrasser. Puis elle lui rendit son baiser, encore plus fougueusement.

Ce fut elle, cette fois, qui lui tendit la main en murmurant :

— Viens.

Ils n'avaient pas besoin d'un mot de plus.

Elle l'entraîna sous la tente, où le petit poêle à bois faisait régner une chaleur propice. Sans cesser d'embrasser Nastazia, Serguei entreprit de la déshabiller. La lumière douce que prodiguait la bougie sublimait les courbes gracieuses que Serguei découvrait. Il tâchait de se montrer délicat, mais sa hâte le rendait maladroit, presque brutal. Nastazia haletait des « Doucement ! » qui, loin de le repousser, ne faisaient que traduire sa propre impatience.

Elle ôta elle-même sa veste en cuir, et Serguei l'aida à faire passer par-dessus ses cheveux noirs le gros pull qui la protégeait du froid. Dessous, elle ne portait qu'une blouse très fine, fermée sur le devant par une rangée de boutons de corne. Elle fit mine de ne pas s'apercevoir que Serguei les défaisait un à un, en continuant d'embrasser ses lèvres avec une impatience qu'il arrivait mal à contenir. Quand il se débarrassa du vêtement et plongea le visage dans la poitrine de la jeune fille, ses baisers lui arrachèrent des soupirs un peu plus violents…

À son tour, elle déshabilla le haut du corps de Serguei et, pour la première fois, ils collèrent l'un contre l'autre leurs torses nus. Ils restèrent ainsi un long moment, savourant ce premier échange physique qui les étourdissait de bonheur. Puis Nastazia se laissa basculer sur la peau de renne. Serguei arracha ses bottes, et elle l'aida en soulevant les reins pour qu'il achève de la dévêtir. Le garçon découvrit enfin ce corps qui le faisait rêver depuis le retour de la jeune femme. C'était un envoûtement de courbes, de douceur soyeuse, de parfums, qui lui mettait le feu aux sens. Ses yeux rencontrèrent ceux de Nastazia, calme et décidée, dont le regard disait qu'elle était à lui, qu'elle lui faisait ce cadeau.

En toute hâte, Serguei acheva de se déshabiller. Nastazia, dans un ultime sursaut de pudeur, détourna les yeux.

— Va doucement, chuchota-t-elle seulement quand il se coucha sur son ventre, c'est la première fois.

Il se sentait incapable de refréner l'envie qu'il avait d'elle, mais il souffla un « oui » à peine audible pour la rassurer.

— Viens, murmura-t-elle enfin en s'ouvrant pour l'accueillir.

Elle le guida et il plongea en elle, vainqueur, fier de sa conquête, la tête et le corps dans les étoiles.

13.

La quinzaine de petites tentes luisaient dans la nuit claire, comme des lanternes éclairées de l'intérieur et disposées sur le sol en prévision d'une cérémonie secrète. L'ensemble évoquait un village d'êtres féeriques, tout droit sortis d'une vieille légende. Un voyageur non évène, passant par là, aurait douté de sa réalité.

Mais aucun voyageur non évène ne passait jamais par là...

Parvenu devant la tente familiale, Nicolaï sauta à terre, attacha sa monture à l'un des piquets fichés dans le sol et pénétra dans l'abri de toile. Anadya était en train de coucher Ivan et Mikhaël, les jeunes frères de Serguei. Les enfants disparaissaient sous des couches superposées de couvertures et de peaux de renne, au point qu'on ne distinguait plus que leurs yeux et le bout de leur nez ; cette nuit, quand le bois aurait fini de se consumer dans le poêle, il ferait presque aussi froid dedans que dehors et le thermomètre afficherait une température négative.

Nicolaï se pencha brièvement sur eux, ne leur accordant qu'une caresse furtive. Sans prêter davantage d'attention à sa femme, il se laissa tomber sur un petit tabouret et arracha ses bottes avec des grognements sombres.

— Qu'est-ce qui ne va pas ? s'enquit Anadya. Il y a des problèmes, là-haut ?

Nicolaï soupira profondément.

— Ils sont ensemble.

— Nastazia ! Elle est là-bas ?

Le chef de clan haussa les épaules.

— Où voulais-tu qu'elle soit ?

Sa femme l'aida à se débarrasser de sa grosse veste. Nicolaï ajouta, d'un air renfrogné :

— En tout cas, entre eux, tout a l'air d'aller pour le mieux.

Anadya ne cacha pas sa satisfaction :

— Eh bien, tant mieux. C'est une bonne chose, non ?

Il y eut un long silence.

— Il est bizarre, finit par dire Nicolaï.

— Qui, Serguei ?

Anadya ne se laissa pas ébranler par le regard sévère de son mari, qui haussa les épaules.

— Ça ne serait pas plutôt toi qui te fais des idées, dit-elle, à cause de ce que Wladim t'a mis dans la tête ?

Sans répondre, le chef se leva pesamment et se dirigea vers le poêle, sur lequel mijotait une gamelle. Anadya insista :

— Depuis que son père est mort, il inventerait n'importe quoi pour attirer ton attention…

Nicolaï souleva le couvercle du récipient, fouilla le contenu du bout des doigts et attrapa un morceau de viande, qu'il entreprit de dévorer avant de répondre, la bouche pleine :

— Je n'ai pas besoin de Wladim pour me faire une opinion !

Il avait haussé le ton. Anadya mit un doigt sur ses lèvres en désignant les deux petits qui commençaient seulement à s'endormir. Elle s'approcha de son mari et poursuivit à voix basse :

— Ton fils... Il faudra bien que tu finisses par l'accepter tel qu'il est, pas tel que tu voudrais qu'il soit.

Nicolaï fusilla sa femme du regard. Mais ne dit rien. Certaine que sa remarque avait porté, Anadya en profita pour poser la question qui la tenaillait depuis des jours :

— Au fait... à propos de Serguei et Nastazia... Tu pourrais peut-être me dire quels sont ces fameux « autres projets » dont tu m'as parlé ?

Nicolaï se laissa tomber sur un tabouret en soupirant.

Comme s'il n'avait pas assez des deux ados, là-haut, qui contrariaient ses plans en filant le parfait amour... voilà qu'Anadya s'y mettait, elle aussi.

Il n'ignorait pas les sentiments de sa femme à l'égard de Nastazia. Lui parler de son projet d'unir Serguei et Oksana, même s'il y allait de la survie du clan, c'était la certitude de déclencher une tempête sous la tente familiale.

Et Nicolaï, qui arrivait d'un long voyage, n'aspirait qu'à une chose : dîner tranquillement et s'endormir.

Le regard qu'il glissa à sa femme lui confirma ce qu'il craignait : Anadya ne le laisserait pas en paix tant qu'il n'aurait pas parlé.

Il soupira encore, prit sa respiration et se lança...

Quand elle se surprenait à sourire toute seule, la première réaction de Nastazia était de regarder autour d'elle pour s'assurer que Serguei ne la voyait pas. C'était ridicule, ce sourire béat qui lui venait comme ça, régulièrement, depuis que Serguei et elle avaient fait l'amour pour la première fois. Mais elle n'arrivait pas à s'en empêcher. Elle était heureuse, tout simplement. Et ce bonheur irradiait par tous les pores de sa peau et illuminait son visage.

Après tout, pourquoi pas ?

Elle s'arrêta de cueillir des baies et, son petit sac de cuir en bandoulière, regarda autour d'elle.

C'était magique !

Un décor où la nature avait déployé autant de génie que de générosité ; une immensité de sommets bruns comme des ours géants raclant le ciel de leurs pattes griffues, de lacs d'argent et de rivières dont le chant accompagnait celui des vents. Des réserves de nourriture inépuisables et des émerveillements à remplir plusieurs vies.

Et au milieu de tout ça, accrochés au flanc d'une montagne, une tente de toile et un feu éteint qui fumait encore…

S'il n'y avait pas de quoi sourire…

Machinalement, elle regarda en direction de la harde. Les rennes étaient pour la plupart regroupés un peu en contrebas, le long de la rivière. Quelques-uns, plus près d'elle, arrachaient méthodiquement les dernières touffes de lichen d'un espace presque chauve. Leurs mufles plats se tordaient dans un mouvement régulier de mastication qui l'avait toujours amusée. D'autres, couchés par terre, se grattaient l'oreille avec la patte arrière.

Encore une fois, elle sourit.

Décidément, il lui suffisait d'un rien, en ce moment...

Soudain, les bêtes qui étaient à l'écart s'arrêtèrent de brouter. Elles levèrent leur tête couronnée de ramure et se figèrent, les yeux braqués dans la même direction. Quelques-unes se mirent à courir pour rejoindre le reste du troupeau, près de la rivière. Les autres, comme hypnotisées, semblaient incapables de bouger.

Nastazia suivit leur regard et son cœur sauta un battement.

Au pied de la pente boisée, à la limite de la végétation d'où il venait probablement de surgir, un grand loup noir avançait lentement, la musculature tendue comme une catapulte qui, d'une fraction de seconde à l'autre, allait le propulser sur sa proie.

C'était un fauve énorme. Au jugé, il faisait deux fois la taille de la louve que Serguei appelait Voulka.

C'était probablement son compagnon. Le père des quatre petits que Serguei avait pour ainsi dire adoptés.

Serguei... Nastazia aurait bien voulu qu'il soit là, en ce moment. Mais elle n'osa pas tourner la tête pour le chercher des yeux, de peur que le loup n'en profite pour se jeter sur un renne.

Elle soutenait son regard – qui allait et venait entre les quelques bêtes se trouvant à sa portée... et elle, Nastazia –, pressentant que ce contact était la seule chose qui retenait le prédateur.

Chaque fois que les pupilles dorées rencontraient les siennes, la jeune femme frissonnait, se sentant fouillée jusqu'à l'âme.

Sachant qu'elle ne le retiendrait pas longtemps, elle rassembla son courage et se mit à courir en direction du fauve, tout en gesticulant et en poussant de grands cris. Le loup ne bougea pas tout de suite. Mais quand Nastazia ne fut plus qu'à une vingtaine de mètres, il recula, comme à regret, et commença à se replier en direction de la masse végétale.

Sans se presser...

Encouragée, la jeune femme accentua ses gestes et força la voix.

Mais ses cris se bloquèrent dans sa gorge quand, brusquement, le loup s'arrêta et fit volte-face. En la fixant de son regard brûlant, il montra les crocs et se mit à grogner.

Nastazia s'immobilisa, hésitant sur la conduite à tenir.

Instinctivement, elle recula de quelques pas. Quand son pied rencontra une grosse pierre, elle se baissa pour la ramasser, sans perdre l'animal des yeux. Puis elle la projeta de toutes ses forces dans sa direction.

— Va-t'en ! hurla-t-elle. Va-t'en !

Le loup eut un sursaut et un léger mouvement de recul, quand la pierre s'abattit tout près de lui. Alors seulement, après avoir lancé un dernier regard à Nastazia, il tourna les talons et s'éloigna d'une démarche condescendante.

La jeune femme le suivit du regard jusqu'à ce qu'il disparaisse dans la végétation. Puis, d'un seul coup, elle éclata en sanglots.

Des sanglots qui ne s'arrêtèrent que lorsqu'elle se décida à rebrousser chemin pour aller se consoler dans les bras de Serguei.

14.

Torok ne se retournait presque pas. C'était Voulka qui, à intervalles réguliers, s'assurait que leur progéniture ne se laissait pas distancer. Le couple dominant avançait à travers la toundra d'une démarche hiératique, comme s'il avait conscience que les loups régnaient sur ce territoire depuis la nuit des temps. Cette certitude s'exprimait dans leur foulée souple et assurée, dans leur port de tête, dans une attitude générale qui dégageait quelque chose de hautain.

Un seigneur et sa dame, arpentant leur domaine.

Les louveteaux, en revanche, donnaient le spectacle d'un joyeux désordre. Tout en suivant tant bien que mal leurs parents, Kamar, Amouir, Kitnic et Anouchka jouaient à se bousculer, à se mordiller... Leur petit groupe s'étirait et se compactait en accordéon, s'arrêtait, repartait... De temps à autre, Voulka émettait un grognement de rappel à l'ordre ou venait carrément pousser l'un de ses petits du bout de la truffe pour le faire rentrer dans le rang.

Mais elle était indulgente : c'était leur première « sortie ». La première fois qu'ils partaient loin de leur tanière. La première fois qu'avec leurs parents, ils formaient une meute en marche.

Arrivés au sommet d'une crête, les louveteaux s'aventurèrent à l'extrémité d'un promontoire rocheux surplombant un précipice. Sous le regard attentif de leurs géniteurs, prêts à les rattraper par la peau du cou, ils risquèrent l'un après l'autre le bout du nez au-dessus du vide. Et reculèrent, effrayés. Levant la tête, ils restèrent un long moment fascinés par les pirouettes acrobatiques d'une bande de grands corbeaux noirs, qui suivaient la meute depuis le début de son périple. Quand les oiseaux tournoyaient au-dessus d'eux, ils essayaient de suivre leur trajectoire des yeux et, maladroitement, perdaient l'équilibre. Ou sautaient, dans de dérisoires tentatives pour en saisir un au vol…

La meute quitta son promontoire et continua sa progression au creux d'une vallée, entre deux pentes abruptes. Imperceptiblement, la musculature des louveteaux se développait. D'heure en heure, ils étaient moins fragiles sur leurs pattes, plus assurés dans leurs réflexes.

Après une nouvelle escalade, le clan s'arrêta en haut d'une colline. Torok et Voulka se couchèrent côte à côte, flanc contre flanc, pendant que leurs petits, à quelques mètres, se livraient à leurs jeux habituels. Encore une fois, Kamar imposa aux autres sa force et son autorité. Du coin de l'œil, Torok et Voulka le virent rouler tête-bêche avec Amouir, poursuivre Anouchka, affronter Kitnic à coups de mâchoires… Les jappements des quatre louveteaux se mélangeaient, leurs grognements encore à peine audibles formaient une sorte d'aboiement continu.

Soudain, le jeu bascula. Kamar avait saisi Kitnic à la gorge et serrait. Pour le louveteau noir, ce n'était qu'une manière d'affirmer sa supériorité. Mais il se contrôlait mal. Craignant que, dans sa maladresse, il ne blesse son frère, Torok se leva et avança jusqu'à lui, sans se presser. Sa grande ombre enveloppa les deux louveteaux, qui se séparèrent aussitôt. Kitnic, libéré, alla rejoindre les autres. Kamar, à son tour, adopta l'attitude de soumission dont les loups acquéraient le réflexe dès leur plus jeune âge, quand ils étaient dominés par plus fort qu'eux : il se retourna sur le dos et tendit sa gorge à Torok.

Celui-ci se contenta de lui jeter un regard appuyé et de grogner sans grande conviction. Kamar se le tint pour dit. Torok retourna auprès de Voulka, qui avait observé la scène d'un air las, et se recoucha contre elle.

L'heure de la chasse véritable approchait. Les instincts naturels se développaient rapidement, chez les petits, en particulier le goût du sang. Bientôt, il faudrait les aider à répondre à cet appel venu du fond des âges.

Mais, pour l'instant, la vie continuait, tranquille.

Tout était en ordre...

Le jour même, Serguei proposa d'obstruer définitivement la tanière des loups, pour les obliger à aller s'installer plus loin. Il n'en avait aucune envie, mais l'incident de la veille avait affecté Nastazia. Il devait lui prouver qu'il était de son côté.

Ils gravirent la colline jusqu'au repaire de la meute. Torok et Voulka s'étaient absentés, mais Serguei voulut s'assurer que les louveteaux ne se terraient pas au bout de la galerie souterraine qui avait abrité leur naissance et leurs premières semaines. Pas question de risquer de les enterrer vivants ! Il les appela tous les quatre par le nom qu'il leur avait donné, plusieurs fois, jusqu'à ce qu'il soit certain de leur absence. Celle-ci était d'ailleurs prévisible : Kamar, Kitnic, Amouir et Anouchka étaient à peu près à l'âge de quitter la tanière pour participer à leurs premières chasses. Bientôt, ils trouveraient refuge dans des cavernes naturelles, à l'abri de promontoires rocheux, derrière des épaulements de terrain ou sous des toitures de branches basses. Comme leurs parents.

Les scrupules de Serguei se calmèrent : il ne faisait qu'accélérer un processus naturel qui devait déjà être en marche.

Nastazia et lui se mirent au travail. À genoux, ils rassemblèrent des paquets de terre sèche et dure, qu'ils enfournèrent le plus profondément possible dans l'étroite galerie. Pour empêcher les loups de la déblayer à coups de griffes, ils la tassèrent avec des cailloux.

Serguei, harassé et en sueur, se leva pour aller chercher d'autres pierres. Il en avait plein les bras en revenant, deux minutes plus tard.

— J'espère que ça suffira, dit-il.

Nastazia haussa les épaules.

— Ça ne changera rien, et tu le sais encore mieux que moi. Ils reviendront quand même, puisque c'est leur territoire. Et ça, ni toi ni moi n'y pouvons rien.

La mine de Serguei s'assombrit. Comme s'il n'avait rien entendu, il s'affaira à mettre en place son chargement de cailloux, qu'il tassa ensuite avec le pied.

Nastazia s'était arrêtée de travailler et le regardait, préoccupée.

— Serguei… dit-elle doucement.

Il évitait son regard. Elle insista :
— Serguei…
Le garçon leva enfin les yeux vers elle.
— Quoi ?
— Pourquoi est-ce que tu n'expliques pas tout à ton père ? Il comprendra, si tu…
Serguei ne la laissa pas finir sa phrase :
— Arrête, Nastazia ! Arrête ! On dirait que tu ne le connais pas.
Il poussa un long soupir et continua :
— Ils ont abattu dix-sept loups, l'hiver dernier ! Dix-sept ! Ils les ont poursuivis jusqu'en enfer ! Sans leur laisser la moindre chance de s'échapper.
— Je sais… Mais tu es son fils ! Il peut comprendre. Tu peux lui expliquer…
Serguei releva la tête et Nastazia lut dans son regard une détermination nouvelle. Et farouche.
— Tout ce que j'ai fait, avec les loups… je l'aurais fait pour rien. Si je lui parle, mon père lancera tous les hommes du clan après eux et ils les massacreront. C'est comme si on les tuait nous-mêmes. C'est ça que tu veux ?
Comprenant que tout ce qu'elle pourrait dire était inutile, Nastazia ne répondit rien.

Un manteau de grisaille mouillée s'abattit sur les collines. Le vent faisait tourbillonner un mélange de pluie et de neige dont les violentes rafales secouaient par intermittence la toile de la tente. Serguei et Nastazia l'avaient installée au bord de la rivière, à l'abri d'un monticule rocheux, afin de se rapprocher de la harde.

Ils étaient au moins d'accord sur une chose : il était prudent de surveiller le troupeau d'un peu plus près, depuis qu'ils avaient bouché la tanière des loups. Mais pour ce qui était de révéler à Nicolaï leur existence et leurs liens avec son fils… il n'en avait plus été question. Serguei avait clairement fait comprendre à Nastazia que le sujet était clos.

Sous la tente, le seul bruit était le murmure quasi imperceptible du poêle, sur lequel la jeune fille faisait rôtir des galettes de pain. Adossé dans un coin, Serguei mettait toute son application à tresser un long lasso de cuir. Il était absorbé dans cette tâche depuis deux bonnes heures et paraissait loin d'avoir terminé.

Mais peu importait, puisque, au pays évène, le temps n'existait pas.

Dans une conversation entrecoupée de longs silences, ils avaient quand même évoqué les loups. À présent qu'elle partageait son secret, Nastazia en parlait avec la même familiarité que Serguei.

Ainsi que la jeune fille l'avait prédit, obstruer leur tanière n'avait pas fait fuir la meute. Les deux jeunes gens l'apercevaient de loin en loin, au débouché d'un sentier d'épineux, au détour d'un cours d'eau, sur un perchoir de granit… ou aux heures les moins claires de la nuit, quand plusieurs paires d'yeux jaunes et phosphorescents luisaient au loin, sous des branches basses.

Mais les loups gardaient leurs distances. Comme s'ils savaient, pour le rebouchage de leur abri – ce qui était plus que probable –, et qu'ils leur en gardaient rancune – ce qui était compréhensible.

Dans un de ses rares moments d'abandon, Serguei confia à Nastazia l'émotion qu'il avait ressentie lors de sa première rencontre avec le grand mâle. La jeune fille reçut cette confidence comme un témoignage de confiance et une preuve d'amour. Encouragée, elle voulut en savoir davantage.

— Et depuis ce jour-là, tu n'as jamais pu l'approcher ?

— Jamais à moins de cinquante mètres, répondit Serguei. Il reste très méfiant.

Quand le vent fit claquer le rabat masquant l'ouverture de la tente, ils tournèrent la tête dans un même réflexe, comme si quelqu'un entrait.

— J'ai l'impression que Voulka et les petits partent de plus en plus loin, en ce moment, fit Nastazia en surveillant ses galettes.

Serguei sembla réfléchir à la pertinence de cette remarque.

— Je les ai aperçus, avant-hier, en amont du torrent, dit-il. On dirait qu'ils se sont installés dans ce coin-là.

Il ajouta après un court silence :

— Moins ils rôdent autour du troupeau, mieux c'est... Pour nous, comme pour eux.

Mais ils pensaient tous les deux la même chose : « en amont du torrent », ce n'était pas beaucoup plus loin que leur dernier repaire. Pas beaucoup plus loin de la harde...

— Dès que le vent sera calmé, finit par lâcher Serguei, j'irai déplacer les bêtes. De toute façon, il ne reste plus assez de lichen, là où elles sont.

Nastazia sourit, comme s'il avait enfin répondu à sa demande muette. Elle lui tendit une galette qui aurait brûlé les doigts d'un non-Évène.

— Tiens... Commence par prendre des forces.

Serguei laissa tomber son lasso et se mit à dévorer à pleines dents.

Soudain, à l'extérieur, un bruit qui n'était pas celui du vent attira l'attention de Nastazia. Elle souleva la toile, regarda par l'entrebâillement et poussa un petit cri :

— Quand on parle du loup !... fit-elle joyeusement.
— Ils sont là ?

Sans attendre la réponse, Serguei se rua dehors, la bouche pleine.

Voulka et ses quatre louveteaux approchaient en trottinant. La louve avait une allure souple et gracieuse. Ses petits, encore mal assurés sur leurs pattes, zigzaguaient autour d'elle. Ils se précipitèrent sur Serguei et Nastazia, dès qu'ils les virent sortir de la tente. Les deux jeunes gens coururent à leur rencontre et tombèrent à la renverse en riant. Les louveteaux se jetèrent sur eux comme des chiots sur leurs maîtres et se mirent à leur lécher le visage avec des jappements enthousiastes.

— On dirait qu'ils ne nous en veulent plus d'avoir bouché leur tanière ! lança joyeusement Serguei.
— Surtout qu'ils en ont sûrement creusé une autre... lui répondit Nastazia sur le même ton.

Resté à l'écart, Torok observait la scène avec une bienveillance vigilante.

Le grand mâle gardait toujours ses distances.

15.

Une nuit un peu plus sombre que les autres, les premières neiges tombèrent. Passant la tête par l'ouverture de la tente, Serguei et Nastazia découvrirent au matin que leur monde était devenu blanc.

Comme des enfants qui n'auraient jamais vu de neige, ils se jetèrent des poignées de poudreuse au visage en riant aux éclats. Puis le jeune gardien de la harde s'emmitoufla dans sa grosse veste en fourrure de renne pour aller refaire les provisions de bois. Quand il revint, Nastazia lui trouva un drôle de sourire.

— Qu'est-ce qu'il y a, demanda-t-elle, tu as rencontré une autre meute de loups ?

— Justement ! répondit-il sans quitter son air euphorique.

— Justement quoi ?

Il jeta son fagot et désigna d'un grand geste circulaire le paysage étincelant qui les entourait.

— Cette neige… Elle ne va pas tenir tout de suite dans les vallées, mais ici, oui.

— Eh bien ?

Il se jeta sur elle et la serra dans ses bras.

— Eh bien, dit-il, ça veut dire qu'on a gagné ! Pour l'instant, en tout cas. Ça veut dire que les autres vont monter pour le comptage des rennes et qu'ensuite, on ramènera le troupeau au campement.

— Donc, que les loups n'approcheront pas, conclut Nastazia avec un sourire entendu.

Soudain, Serguei se figea.

— Bon sang, dit-il, les loups !
— Quoi, les loups ?
— Les traces…

Nastazia suivit son regard sur l'immense étendue blanche qui les entourait. Et elle comprit.

— Bon sang, les traces ! répéta-t-elle dans un souffle.

— Dans cette neige, elles vont se voir comme un grizzly au milieu d'un troupeau de mouflons !

— Et les autres qui vont arriver…

D'instinct, Serguei et Nastazia regardèrent vers la zone où se trouvait l'ancien repaire de « leur » meute. Bien sûr, c'était au nord du campement, et très à l'écart du chemin que les hommes du clan emprunteraient pour monter jusqu'à elle. Mais il y avait quand même un risque. Il suffisait que, pendant le temps passé ici, Nicolaï ou un autre s'aventure dans cette direction pour y poursuivre une perdrix ou ramasser du bois pour le feu…

— Allons vérifier, décida Serguei.

Nastazia et lui marchèrent jusqu'à la zone en question, qu'ils explorèrent de long en large, sans découvrir d'abord la moindre trace de loup. Puis, tout à coup, Nastazia poussa un cri :

— Par ici ! Viens voir !

Serguei courut jusqu'à elle et découvrit une longue piste d'empreintes dont la profondeur indiquait qu'elles appartenaient à Voulka ou à Torok. Les traces filaient le long de la végétation sur plusieurs centaines de mètres et contournaient la colline avant de se perdre à nouveau sous les broussailles.

Sans même se concerter, les deux adolescents se mirent à balayer fébrilement les traces de leurs mains gantées. Courbés en deux, ils les suivirent sans cesser de jouer les essuie-glaces dans la neige, jusqu'à ce qu'ils soient arrivés au bout. Puis ils se retournèrent... et éclatèrent de rire en découvrant leur œuvre : entre leur « balayage » et leurs propres traces, c'était une véritable tranchée qu'ils avaient laissée derrière eux ! De quoi attirer plus sûrement l'attention de Nicolaï et des autres que de simples marques de loup !

— S'ils voient ça, sourit Nastazia, ils vont se demander ce qu'on a bien pu fabriquer !

Serguei haussa les épaules.

— D'ici qu'ils arrivent, la neige aura probablement tout recouvert. Quoi qu'il en soit, ça vaut mieux que des empreintes...

Alors qu'ils redescendaient vers leur campement, Serguei remarqua un voile de tristesse dans les yeux de Nastazia. Il lui prit la main.

— Qu'est-ce qu'il y a ?

Elle soupira :

— Cette neige, le comptage... les rennes qui vont redescendre... Ça veut dire aussi que les miens vont repartir...

Serguei s'arrêta, la regarda gravement ; puis il posa son front contre le sien et murmura :

— Je veux que tu restes, Nastazia.

Ce n'étaient pas que de simples mots. Si la jeune femme laissait son clan repartir sans elle, cela signifiait qu'elle était publiquement « fiancée » à Serguei, puisqu'elle vivrait désormais avec lui et les siens. En exprimant clairement son désir de la voir rester, le garçon la demandait officiellement en mariage...

Nastazia leva vers Serguei un visage rayonnant, mais grave, lui aussi.

— Tu sais ce que ça implique ?

Il hésita un peu avant de répondre. Puis, avec un sérieux émouvant et un sourire qui lui creusait une petite fossette sur la joue gauche, il lâcha :

— Oui... je le sais.

Quelque part dans les hauteurs majestueuses des monts Verkhoïansk, parmi les sommets couverts de neige et au détour d'un jeu d'enfants, le moment le plus important de sa vie était arrivé comme ça, sans prévenir.

En une semaine, tout changea. Le froid s'empara de la montagne, transformant les forêts en châteaux de givre et emprisonnant les lacs dans une glace si épaisse qu'on y disputerait bientôt des courses de traîneaux. La nature, jusque-là bruissante du coassement des limicoles, des cris des canards, des criaillements des bécasses, des pépiements des courlis et de tout un concert permanent, plongea soudain dans un silence de cathédrale. Les innombrables volatiles venus se reproduire, faire leur nid et nourrir leurs petits grâce aux inépuisables réserves d'insectes de la belle saison repartirent vers le sud. La faune, devenue silencieuse et pratiquement invisible, ne se manifesta plus que par ses traces dans la neige. Même les gros lagopèdes rouge feu et brun toundra devinrent aussi blancs que la nature elle-même, à mesure que les plumes immaculées leur poussaient par en dessous, faisant tomber les autres. Les grands lièvres arctiques, jusque-là couleur fauve, s'habillèrent de blanc, eux aussi.

Serguei et Nastazia s'enveloppèrent de fourrures de renne, comme le faisaient les Évènes depuis toujours.

Entre la jeune femme et les loups, les liens étaient devenus aussi étroits qu'entre Serguei et la meute. Elle avait oublié ses frayeurs et s'était laissé séduire, elle aussi, par le charme espiègle des louveteaux, la stature maternelle de Voulka et la majesté imposante de Torok. Lors d'une visite de curiosité à l'endroit où se trouvait l'ancienne tanière, les deux adolescents constatèrent que celle-ci n'avait pas été déblayée et qu'elle semblait définitivement abandonnée. Cela confirmait ce qu'avait cru deviner Serguei : les louveteaux n'en avaient plus besoin. Comme leurs parents, ils vivaient désormais à l'extérieur, utilisant les branches basses des sapins ou tout autre abri naturel pour dormir, se cacher ou se protéger des intempéries.

Parfois, ils disparaissaient pendant des jours. Serguei et Nastazia savaient alors qu'ils étaient partis en chasse. Pour les louveteaux, dont les instincts carnivores s'éveillaient en même temps que se développait chez eux le goût du sang, l'heure était venue d'apprendre à tuer…

Torok l'avait vu le premier et s'était figé, aplati, les babines retroussées sur un long grognement sourd. Instantanément, toute la meute l'avait imité, s'immobilisant autour de lui comme une garde rapprochée.

Depuis le surplomb rocheux où les loups s'étaient arrêtés, ils dominaient la plaine, recouverte d'une poudreuse épaisse et bordée d'une forêt de saules. La ligne des arbres se trouvait à deux bons kilomètres de la meute, et la forêt était d'une densité qui l'aurait rendue impénétrable à l'œil humain. Mais Torok avait tout de suite vu le grand élan, arrêté sur un sentier filant sous les branches. Il l'avait même flairé avant de le voir. Le cervidé était occupé à arracher des bourgeons de saule et d'aulne avec son imposant mufle plat. Tant qu'il restait dans cette tranchée d'un bon mètre de profondeur qu'il avait lui-même creusée au début de l'hiver, entre deux zones de nourriture, il était pratiquement invulnérable grâce à ses sabots avant, des boulets compacts qu'il était capable de projeter avec la puissance d'un canon. Combien de loups étaient morts ainsi, fusillés d'un de ces coups de masse qui leur avait fait éclater la tête…

Torok passa en revue ses troupes. Voulka, d'abord, qui lui renvoya un regard confiant, solide comme le lien indestructible qui les unissait. Kamar, Amouir, Kitnic et Anouchka ensuite. Les louveteaux n'avaient plus grand-chose en commun avec ces petites boules de poils qui passaient la moitié de leur temps à se poursuivre et à se mordiller, l'autre à téter leur mère. Ils n'étaient pas encore adultes et n'atteignaient pas la taille de leurs parents, mais ils ressemblaient désormais à de véritables loups. Ils en avaient développé tous les instincts. Seule l'expérience leur manquait.

Tout cela allait changer aujourd'hui.

Les louveteaux fixaient la direction de leur future proie avec une avidité qui leur mettait la bave aux lèvres. Ils étaient totalement concentrés sur l'épreuve qui les attendait : leur première grande chasse.

Torok se mit en marche, suivi par la meute attentive et déterminée, ne faisant plus qu'un. Galopant sur la plaine blanche, il ne fallut aux loups que quelques minutes pour en traverser l'étendue et atteindre la forêt. Parvenus à la lisière des arbres, ils se séparèrent en deux groupes distincts, l'un mené par Voulka, l'autre sous la direction de Torok.

Voulka, Kitnic et Anouchka s'enfoncèrent dans l'épaisseur de la végétation, tandis que Torok, Kamar et Amouir restaient en bordure des arbres, sur la surface immaculée. Là, ils se tassèrent sur eux-mêmes pour ne pas être repérés par l'élan.

Une fois sous les saules, Voulka, Kitnic et Anouchka firent un gros détour pour attaquer la bête comme s'ils surgissaient des sous-bois. La stratégie consistait à effrayer l'élan pour le faire sortir de sa tranchée, puis à le rabattre en direction de Torok et des deux autres louveteaux. Quand l'élan se retrouverait face aux loups, il ferait volte-face pour fuir dans l'autre sens, et tomberait alors sur Voulka et ses petits.

C'était la tactique des meutes depuis l'aube des temps : se diviser en deux groupes afin de prendre la victime en tenaille.

Par chance, la neige amortit le bruit de la course de Voulka et de ses louveteaux. Ils arrivèrent à une vingtaine de mètres de l'élan sans que celui-ci se rende compte qu'ils étaient là. Derrière son rideau d'arbres, il était presque immobile, majestueusement couronné d'une ramure immense qui s'agitait lentement au rythme de sa mastication. Bien qu'il ne fût visible que du garrot jusqu'au sommet de ses bois, on se rendait compte en l'approchant qu'il était gigantesque. Plus de deux mètres de haut et presque autant d'envergure. Il devait peser facilement six cents kilos. Les louveteaux eurent une seconde d'hésitation. Et Anouchka poussa un petit gémissement effrayé. Aussitôt, l'élan tourna la tête en direction des loups, prenant brutalement conscience de leur présence. Pour l'effrayer davantage et provoquer le choc qui le ferait réagir comme la meute le voulait, Voulka lança l'attaque en grognant de toutes ses forces. Le cervidé eut un hennissement bref, une sorte d'éternuement, et bondit comme s'il allait s'envoler. Il se lança au triple galop dans le sentier, Voulka, Kitnic et Anouchka sur ses traces. Pour rester hors d'atteinte des sabots meurtriers – les pattes arrière de la bête étaient presque aussi redoutables que ses antérieurs –, les loups suivirent une trajectoire parallèle. Mais Kitnic sauta dans la tranchée et fonça derrière l'élan. Aussitôt, sa mère le rattrapa et l'obligea à remonter sur le talus.

Le cervidé courait à une telle vitesse qu'il allait finir par semer les loups ; ou les obliger à renoncer. Voulka accéléra pour le devancer et revenir face à lui, espérant que la surprise le ferait sauter hors de sa tranchée et atterrir dans la poudreuse. Mais l'élan soutenait une cadence telle que Voulka s'essoufflait sans arriver à le prendre de vitesse.

Sous les branches alourdies par la neige, le galop du cervidé et la respiration de la louve se mêlaient en une sorte de battement funèbre. Soudain, devant l'animal en fuite, se dressa une congère, sans doute formée depuis son dernier passage. Il freina des quatre fers et se retourna. Mais Kitnic, qui avait de nouveau désobéi à sa mère, lui barrait le passage. Anouchka l'avait suivi. Les deux louveteaux grognèrent en montrant les crocs.

Conscient d'avoir affaire à des adversaires encore peu aguerris, l'élan avança sur eux, prêt à frapper. Mais

Voulka sauta à son tour dans la tranchée et s'interposa. Cette fois, l'élan eut la réaction escomptée. Pris de panique, il bondit hors de son sillon et se rua sous les arbres, vers l'espace découvert de la plaine. Dès qu'il y déboucha, Torok, Kamar et Amouir se lancèrent à l'assaut.

La tenaille se mit en place. Voulka, Kitnic et Anouchka d'un côté, Torok, Kamar et Amouir de l'autre enfermèrent le grand élan dans le piège tendu par la meute. Le cervidé, enlisé jusqu'au ventre dans la poudreuse, évoluait avec difficulté, comme au ralenti. Les louveteaux, encouragés par l'imminence du succès et le goût du sang et des entrailles chaudes qu'ils sentaient déjà dans leur gueule, redoublèrent d'audace.

La meute n'était plus qu'à quelques mètres de sa proie...

C'était le moment le plus délicat. Le plus périlleux, aussi.

En poussant des grognements furieux, les quatre louveteaux se mirent à tourner autour des membres postérieurs de l'élan. Ils savaient d'instinct où était son point faible : les tendons arrière, qu'il fallait réussir à sectionner d'un seul coup de dents. Dès lors, l'élan serait perdu ; les loups n'auraient plus qu'à lancer l'assaut ultime, de tous les côtés à la fois. Encore devait-on s'approcher de la bête en évitant ses terribles coups de sabot...

L'animal affolé pivotait sur lui-même dans la neige pour ne pas tourner le dos à ses prédateurs, qui attaquaient les uns après les autres. Torok et Voulka constataient avec satisfaction que leur progéniture ne démérita pas : les louveteaux faisaient preuve d'une férocité et d'un acharnement hérités de leurs ancêtres. Leurs parents avaient de quoi être fiers.

Le drame se joua en une fraction de seconde.

L'élan réussit à prendre pied sur un terre-plein surélevé où, dans une neige moins épaisse, il retrouva la maîtrise de ses mouvements. Amouir, qui l'avait suivi, allait refermer ses mâchoires sur le jarret du cervidé. Mais celui-ci esquiva la morsure et les crocs du louveteau claquèrent dans le vide. L'élan donna un violent coup de patte vers l'arrière, qui frappa Amouir de plein fouet, le propulsant à plusieurs mètres de hauteur comme une simple balle. Le louveteau poussa un cri déchirant et retomba telle une masse inerte. Le reste de la meute demeura un instant paralysé. L'élan profita de ce court flottement pour sauter de son promontoire et, en quelques bonds, regagner l'abri des sous-bois. Les loups le virent courir sous les branches et plonger dans sa tranchée, où il reprit sa course pour disparaître complètement.

La nature imprévisible avait parfois de tels caprices. La mort de l'élan, en principe inéluctable, n'avait pas eu lieu, comme si le grand cervidé avait bénéficié au dernier moment d'une sorte de grâce divine. Et ce qui s'annonçait pour les loups comme une victoire et un festin avait viré en quelques secondes au pire cauchemar que pouvait connaître une meute : la proie s'était échappée et l'un d'eux était blessé. Mort, peut-être.

Torok et Voulka se précipitèrent vers le jeune Amouir, qui semblait avoir cessé de vivre. Mais il respirait. Il avait été assommé et blessé. Une profonde entaille inondait de sang son flanc droit. Voulka le lécha abondamment, et Torok le réchauffa de son souffle. Le sang cessa finalement de couler. Au bout d'un long moment, le louveteau finit par reprendre conscience. Mais quand il voulut se remettre sur ses pattes, l'effort lui arracha des gémissements de douleur. Voulka le repoussa et, avec un mélange d'autorité et de douceur, le força à se recoucher.

La meute allait devoir passer quelque temps ici, en attendant qu'Amouir guérisse de ses blessures.

Si la chasse n'avait pas été couronnée de succès, la leçon, elle, était apprise pour toujours.

16.

Par rapport au silence et au calme absolus qui avaient régné ici pendant des semaines, le contraste était saisissant. Le galop des poneys se mêlait à celui des rennes, les cris des hommes s'interpellant d'une monture à l'autre, d'un flanc à l'autre de la harde, se confondaient avec le choc des ramures. Les bêtes désorientées se jetaient dans toutes les directions à la fois, avant d'être canalisées par les éleveurs et dirigées vers les préposés au comptage. Leurs sabots remuaient une neige fraîche, étincelante sous l'un des premiers soleils de l'automne, et leur sueur dégageait une vapeur de cristal.

À dos de renne ou de poney, une dizaine d'hommes étaient montés jusqu'au plateau où pâturait la harde. Le colosse Andrei, Wladim, Alexeiev, Nicolaï... ainsi que Mouriak et quelques membres de son propre clan. Serguei s'était joint au groupe et accomplissait sa part de travail, sous le regard amusé et amoureux de Nastazia, installée un peu à l'écart sur un poney gris.

Mais Serguei, tout en vaquant à ses tâches, gardait un œil inquiet sur son père, qui s'était éloigné et examinait le sol dans les environs.

À voir l'expression furieuse de Nicolaï, on se serait demandé ce qui lui arrivait.

En baissant les yeux, on aurait compris.

Son poney suivait des traces de loup, qui rejoignaient d'autres traces de loup, qui se confondaient – en restant néanmoins parfaitement identifiables – avec encore d'autres traces de loup !

Un véritable élevage !

Rouge de colère, il leva la tête et chercha son fils. Il l'aperçut, occupé à ramener dans le droit chemin un renne qui s'était détaché de la harde. Il éperonna son poney et galopa jusqu'à lui.

— Serguei !

Il avait hurlé. Craignant de deviner ce qui motivait cette colère, le garçon sentit sa gorge se nouer. Il se retourna et poussa sa monture jusqu'à l'endroit où l'attendait son père.

— Qu'est-ce qu'il y a ?... demanda-t-il aussi innocemment que possible.

Nicolaï le fusilla du regard.

— Je viens de faire le tour du secteur, aboya-t-il sous sa moustache, et tu sais ce que j'ai vu partout ?

Oui, Serguei le savait. De toute évidence, le mal que Nastazia et lui s'étaient donné pour effacer les traces de la meute n'avait servi à rien. Les loups étaient allés s'ébattre ailleurs, tout près de la harde, cette fois.

Il se maudit de ne pas avoir inspecté cette zone avant l'arrivée de Nicolaï et des autres.

Pour gagner du temps, il fit mine de ne pas comprendre :

— Heu... je ne sais pas...

Nicolaï était rouge de colère.

— Ne joue pas les idiots, Serguei ! Ce que j'ai vu, tu as dû le voir toi-même, ou alors tu ne fais pas ton travail : ce sont des traces de loups ! *Volki !* Et je ne parle pas d'une bête isolée : c'est une véritable meute qui a traîné dans le coin !

Serguei n'hésita pas longtemps : le mensonge était la seule solution.

— Ils ont passé deux nuits dans le secteur, pas plus, dit-il avec le maximum de conviction. Bien sûr que je les ai vues, ces traces. Je leur ai même fait la chasse ! C'est ce qui les a fait partir...

Nicolaï lui jeta un regard en biais.

— Et tu n'as pas pu en mettre un seul au bout de ton fusil ? Tu te fiches de moi, ou quoi ?

— Ils n'ont jamais vraiment menacé le troupeau, se défendit Serguei. De toute façon, à cette époque de l'année, ils se contentent de lièvres et de perdrix...

Nicolaï eut un rire amer :

— Ne me dis pas que tu les as vus faire ?

Cette fois, Serguei se trouva à court d'excuses. Nicolaï explosa :

— Mais qu'est-ce que tu as dans le crâne ? « Ils mangent des perdrix ! » Et puis quoi, encore ? Ils mangent nos rennes, oui ! Tu m'entends ? NOS rennes !

Sous son gros bonnet de laine, Serguei avait de plus en plus chaud. Il bredouilla :

— Écoute, je... S'ils reviennent, je m'en occupe. Sérieusement. C'est promis !

Au cœur de la harde tourbillonnante, deux cavaliers lui firent signe de venir leur prêter main-forte. Serguei sauta sur le prétexte pour échapper aux foudres paternelles et fonça dans leur direction.

Nicolaï le regarda s'éloigner.

— Tu as intérêt à t'en occuper, mon garçon... marmonna-t-il. Tu as intérêt.

Le comptage achevé, les Évènes entourèrent le troupeau. Quelques minutes s'écoulèrent, le temps nécessaire aux hommes pour accrocher leurs regards, ajuster leurs souffles et accorder leurs voix. Elles s'élevèrent soudain et leur cri se transmit à la harde, qui fut d'abord parcourue d'un long frémissement. Puis la formidable masse de chair et de corne se mit en mouvement avec la puissance d'un navire à l'assaut des vagues.

Pour la première fois depuis des semaines, Serguei vit le paysage bouger. Les montagnes glissèrent le long des flancs du grand troupeau, son reflet courut sur les lacs, la toundra défila en accéléré. Le nuage de givre qui accompagnait la harde enveloppait bêtes et hommes, donnant à leur transhumance des allures de croisade fantôme. Un meuglement... un cri... un bouquet de ramures enchevêtrées... le trait noir d'un fusil agité dans le brouillard, au-dessus d'une silhouette à cheval... Serguei se sentait fier d'être de cette tribu de cavaliers orgueilleux ; mais inquiet depuis sa conversation avec son père. Par intervalles, la silhouette de Nicolaï surgissait du brouillard, comme un rappel à l'ordre menaçant. Le fils levait son fusil en un signe enjoué, le père répondait mécaniquement... Tout cela n'augurait rien de bon pour la suite.

Le travail des hommes consistait essentiellement à faire en sorte que la harde se déplace d'un seul tenant, sans s'étirer en accordéon, ce qui rendait sa surveillance plus difficile ; et à éviter que des bêtes ne s'égarent ou ne se laissent distancer. Celles-là finissaient trop souvent sous les crocs des loups.

Serguei était le plus vigilant de tous. Torok et sa meute ne résisteraient pas à la proie facile que représentait un animal isolé. Ils surgiraient à découvert et prendraient tous les risques pour lui sauter à la gorge. Et alors, les ennuis que Serguei avait connus jusqu'ici ne seraient rien en comparaison de ceux qui lui tomberaient dessus…

De temps à autre, il croisait le regard de Nastazia, qui suivait le groupe sur son poney gris. Au sourire d'encouragement qu'elle lui adressait de loin, il avait l'impression qu'elle lisait dans ses pensées.

Les hommes et les rennes galopaient comme ils l'avaient toujours fait : ensemble, ne formant qu'un seul grand corps de muscles et de sueur, liés les uns aux autres par la même histoire et le même destin. Arrivés devant une rivière dont l'eau n'avait pas encore gelé, les premiers rennes hésitèrent, créant une bousculade générale et des télescopages en masse. Les gardiens redoublèrent de cris et de coups de pique. Les rennes se lancèrent dans l'eau glacée, qui jaillit en gerbes transparentes. Sous leurs sabots, les cailloux brillants du fond s'entrechoquaient et éclataient, accompagnant les éclats de voix de détonations sonores.

Avalant la prairie, la harde descendit une vallée en déclivité comme elle aurait glissé le long d'une large piste verte. L'altitude diminuant, la toundra retrouva des couleurs et de l'épaisseur. Les épineux cédèrent la place à une végétation plus haute et plus drue. Le troupeau s'engagea dans une forêt de pins. Tout devint plus sombre. Sans que le rythme ralentisse, les rennes, dont la tunique devint zébrée par la fuite des troncs, prirent d'un seul coup un aspect irréel.

La forêt s'éclaircit, puis se clairsema. La harde déboucha dans une vaste clairière piquée de quelques arbres. Au fond s'élevait une petite cabane en bois. C'était la seule construction visible, hormis les deux grands corrals qui occupaient presque toute la surface de la clairière. Les hommes qui galopaient en tête du troupeau sautèrent de leur monture et soulevèrent les barrières. Les autres dirigèrent les rennes vers les ouvertures. Les bêtes, dont la vitesse acquise les rendait difficiles à contrôler, s'y engouffrèrent avec des bousculades et des chocs qui firent trembler les clôtures.

Wladim et Alexeiev, qui s'étaient assis dessus, se cramponnèrent pour ne pas tomber.

À l'intérieur du corral principal, les bêtes tournaient à toute allure, dans une sarabande si bruyante qu'il fallait crier pour se faire entendre. Au centre de la mêlée, Nicolaï et une poignée d'hommes du clan s'efforçaient d'examiner les rennes en vue d'un premier tri. Constamment heurtés et bousculés, ils devaient lutter pour ne pas perdre l'équilibre. Et esquiver les bois, dont certains étaient pointus comme des lances.

Cette étape constituait un moment crucial dans la vie du troupeau et du clan. Le tri des rennes servait d'une part à faire le point sur les naissances de l'année et d'autre part à distinguer les mâles destinés à être montés et à tirer les traîneaux de ceux qui seraient mangés dans l'année. C'était également le moment où Mouriak et les siens choisissaient une vingtaine de mâles reproducteurs dans la harde qu'ils ramèneraient avec eux. Et l'année suivante, ce serait au tour du clan de Nicolaï de faire de même, afin d'éviter les soucis de consanguinité.

Nicolaï cria en direction d'Andrei, qui le dominait de presque deux têtes :

— Marque bien ceux qui te paraissent moins en forme. Et dès que tu vois un peu les côtes… n'hésite pas.

Il accompagna ces mots d'un mouvement sec du poignet, mimant le marquage au couteau. Le géant, qui n'avait pas l'habitude de se répandre en vaines paroles, acquiesça d'un simple signe de tête.

Nicolaï traversa avec difficulté le flot des bêtes en mouvement, pour rejoindre Wladim et Alexeiev.

— Alors, lui lança Wladim en le voyant s'approcher, tu as vu les traces ?

Le chef du clan eut une grimace éloquente.

— Oui. Comme tout le monde.

Wladim désigna Alexeiev d'un coup de menton.

— Maintenant que les rennes sont là, dit-il, on pourrait y aller, tous les deux, non ?

Nicolaï embrassa du regard les milliers de bêtes qui continuaient à tourner dans le corral. À travers cette nuée, il aperçut Serguei, qui s'affairait au milieu d'un petit groupe.

Il n'hésita pas davantage.

— C'est bon, dit-il à Wladim, allez-y.

Wladim et Alexeiev, qui n'attendaient que cette approbation, sautèrent de la barrière et coururent se préparer. Ils firent signe à un autre garçon, un peu plus âgé. Celui-ci s'approcha. Ils échangèrent quelques mots et l'autre alla s'équiper à son tour afin de se joindre à eux.

De là où il se trouvait, Serguei remarqua ces préparatifs, qui se déroulaient sous le regard bienveillant de son père. Comprenant ce qui se tramait, il traversa le troupeau comme un fou et vint se planter face à Nicolaï. Il désigna les trois garçons qui, fusil au dos, vérifiaient leurs cartouchières.

— Qu'est-ce qu'ils fabriquent ? cria-t-il sans chercher à dissimuler sa colère. Où est-ce qu'ils vont ?

— Il me semble que ça se voit, non ?

— Mais c'est à moi d'y aller !

— Toi, tu restes ici ! On n'aura pas le temps de finir le tri aujourd'hui. Ce soir, tu surveilleras le troupeau.

Serguei ne releva même pas.

— Mais je t'ai dit que j'allais m'en occuper ! Je te l'ai dit ! Pourquoi tu ne m'as pas…

— Tu l'as dit. Oui, mais il faut le faire !

Nicolaï s'était mis à crier, mais Serguei soutint son regard.

Il croisa l'œil goguenard de Wladim, qui ne perdait pas une miette de la confrontation. Un sentiment d'humiliation s'ajouta au reste.

— Laisse-moi partir avec eux !

Nicolaï le fixa sévèrement, sans un mot : sa façon à lui de montrer clairement qu'il ne changerait pas d'avis.

— Je reviendrai avant la nuit, insista Serguei.

De l'autre côté des barrières, Wladim et les deux autres lancèrent leurs trois traîneaux sur la neige. N'y tenant plus, et comme Nicolaï ne daignait toujours pas lui répondre, Serguei sauta la palissade et courut vers son propre attelage. Tant pis pour l'autorisation paternelle et les ennuis qu'il ne manquerait pas d'avoir ! Il enfila sa tunique hivernale, coiffa une chapka de fourrure, et se jeta à la poursuite des chasseurs qui s'apprêtaient à tuer ses loups.

Il suivit leurs traces à travers bois. Il les rattrapa à la rivière, au terme d'une course-poursuite d'une bonne dizaine de minutes.

Quand il fut tout près du traîneau de Wladim, celui-ci se retourna en criant :

— On n'a pas besoin de toi !

— Je veux juste savoir où vous allez ! répliqua Serguei.

Avec un air narquois, l'autre accéléra au lieu de répondre. Serguei l'imita. Bientôt, les deux traîneaux filèrent côte à côte.

— Ça ne sert à rien que nous cherchions au même endroit ! lança Serguei.

Les yeux fixés sur l'horizon, Wladim arborait toujours un sourire moqueur et une mine butée. Il fit jouer son bâton et distança de nouveau Serguei de quelques mètres, suffisamment pour se retrouver à la hauteur du traîneau d'Alexeiev.

— On va bifurquer vers Ouchnaka ! lui lança-t-il.

Serguei dissimula son sourire dans la fourrure de sa chapka. Ils ne trouveraient pas les loups là-bas. Il laissa Wladim haranguer son renne et accélérer à nouveau pour rejoindre les deux autres, pendant qu'il se laissait volontairement distancer. Il ralentit et finit par s'arrêter sans qu'aucun des trois chasseurs fasse attention à lui. Un demi-sourire flottant toujours derrière la vapeur blanche de sa respiration, Serguei les regarda s'éloigner jusqu'à ne plus être que trois minuscules points noirs sur l'immensité blanche. Puis il claqua la croupe de son renne d'un coup de lanières.

— *Daiii !... Daiii !*

Aussitôt, l'animal s'élança au grand galop... dans une tout autre direction que celle prise par Wladim et ses acolytes.

Le froid lui brûlait le visage et accrochait à ses sourcils des stalactites de glace. La fourrure de sa chapka évoquait celle d'un animal rescapé d'une avalanche. La plaine blanche et le ciel gris pâle se confondaient dans un même espace sans fin, qui lui donnait le vertige. Par moments, il ne savait plus s'il filait comme le vent ou s'il se traînait comme une vieille bréhaigne à bout de course. Il ne voyait que ses loups, couchés dans la neige rougie de leur sang, tandis que Wladim et Alexeiev les dominaient de leurs armes fumantes et de leurs sourires triomphants. Il avait oublié les interdits, effacé de sa conscience toute notion de transgression. Il n'éprouvait plus que la crainte de voir ses loups assassinés, comme il aurait tremblé pour sa famille. Mais, à cet instant, il se sentait moins proche de sa tribu humaine…

Une ligne noire barra l'horizon blanc, plus fine qu'un trait de maquillage sous l'œil d'une femme. La ligne s'épaissit et s'allongea. Elle avança vers lui de plus en plus vite, jusqu'à dessiner la lisière d'une forêt de conifères. Serguei ne laissa son renne souffler que quand il fut sur le point de plonger entre les arbres. Puis il longea la forêt en filant à peine moins vite qu'il ne l'avait fait pour arriver jusque-là, scrutant attentivement l'épaisseur des sous-bois enneigés.

Soudain, comme s'il venait brutalement de prendre conscience qu'il était sur une fausse piste, il obliqua sèchement et repartit dans une autre direction, laissant la forêt de pins derrière lui.

Les montagnes crevèrent alors la surface blanche de l'horizon. La terre se désaplatit, se bossela et se froissa, semant son décor de sculptures géantes et de rivières emprisonnées sous leurs chapes translucides.

Le long d'une élévation rocheuse, un torrent avait été figé en pleine course par le froid. Serguei y arrêta son traîneau et sauta à terre. Il crut entendre un bruit, un peu plus haut, et, sans même prendre le temps d'enfoncer l'ancre de frein dans le sol durci, s'élança. Il escalada le torrent gelé en une magnifique cascade de glace et se retrouva dans la pente. Fébrile, la respiration courte, les yeux rivés sur le sommet, il avançait le plus vite possible, glissant, se raccrochant aux cailloux qui manquaient rouler avec lui... On aurait dit que son existence dépendait de ce qu'il espérait apercevoir.

— Voulka ! hurlait-il d'un souffle haché. Voulka !...

Il s'arrêta, retenant sa respiration pour mieux entendre, comme si la louve allait lui répondre.

D'abord, ce fut le silence absolu d'un monde retiré dans ses quartiers d'hiver. Pas un murmure de feuille ou de vent, pas une branche gémissant sous le poids de la neige... Et puis, soudain, un craquement ! Ou quelque chose de ce genre. Même l'oreille exercée du jeune Évène avait du mal à identifier le bruit.

Quoi que cela pût être, ça venait d'en haut ! Serguei recommença à grimper comme un fou. Le flanc de la colline se dérobait sous ses pieds, les rochers pointus attaquaient de leurs arêtes saillantes ses bottes fourrées, peu faites pour l'escalade. À plusieurs reprises, il perdit l'équilibre et se rattrapa d'extrême justesse à un relief granitique ou à une racine protubérante. Rageant et pestant de ne pas avancer plus vite, il parvint finalement à prendre pied sur une plate-forme enneigée. De là, on embrassait du regard des dizaines de kilomètres de toundra blanche, un lac recouvert d'un tapis de poudreuse, et des montagnes étirant vers le ciel leurs couvertures boisées. La lumière rasante du jour finissant habillait la neige d'un éclat irisé, donnant à ce paysage immense et grandiose une beauté irréelle.

Mais Serguei avait passé toute son existence dans de tels décors et, pour l'instant, il était incapable de penser à quoi que ce soit d'autre qu'à ses loups.

Qui ne donnaient pas signe de vie. Et n'avaient laissé dans les parages immédiats aucune trace révélant leur présence ou leur passage récent.

Tout à coup, un bruit étouffé, lointain, le fit se retourner. Mais ce n'était pas un loup. Il poussa un cri en apercevant, tout en bas, son renne qui s'éloignait en trottinant, emportant avec lui le traîneau et tout son contenu.

Serguei dévala la pente en hurlant à l'animal de s'arrêter. En vain. Dans sa précipitation, il se prit le pied dans un relief et fit un vol plané, retombant lourdement sur les rochers. Le choc lui coupa la respiration, l'assommant à moitié. L'*uchakh*, lui, continuait son bonhomme de chemin, sans se presser, mais suffisamment vite pour que Serguei, qui s'enfonçait dans la neige, ne puisse pas le rattraper.

Le garçon continua à courir jusqu'à ce que ses forces le trahissent. À bout de fatigue, il se retrouva seul dans la nuit tombante, à des dizaines de kilomètres des corrals et du campement de son clan, sans provisions et privé du minimum nécessaire à un bivouac.

En été, ça n'aurait pas été un problème. La nature lui aurait fourni de quoi compenser aussi bien le manque de nourriture que d'équipement.

Mais maintenant que la température avoisinait les moins trente…

Heureusement qu'il ne faisait pas encore vraiment froid.

Il n'était pas perdu – un Évène en pays évène ne l'était jamais –, il était seulement loin de ses bases. Un peu trop loin pour sa propre sécurité. Mais il ne s'affolait pas. Ce n'était pas la première fois qu'il se retrouvait « en panne » au milieu de nulle part. Dans ces cas-là, lui et les siens savaient qu'il ne fallait surtout pas s'affoler. Les autres finissaient toujours par envoyer quelqu'un récupérer celui qui s'absentait trop longtemps. Il suffisait de ne pas faire d'erreurs, de gérer…

« Dans ces paysages, disait Nicolaï, son plus grand ennemi, c'est soi-même ! »

Conscient d'être dans l'une de ces situations critiques où tout pouvait basculer en un rien de temps, Serguei se mit à réfléchir. Que devait-il faire ? Il n'avait pas de feu : ses allumettes étaient restées dans le traîneau. Il n'avait donc qu'une solution : s'obliger à marcher et à marcher encore, sans s'arrêter, pour ne pas laisser l'engourdissement s'emparer de ses membres.

Il avança pendant des heures, levant les pieds à chaque pas pour les arracher à la neige…

Soudain, un bruit le fit stopper net. Il reconnut instantanément le glissement caractéristique des patins d'un traîneau.

Sauvé ! Finalement, les autres avaient mis moins de temps qu'il ne l'aurait cru à s'inquiéter de son absence. C'était son père, probablement, qui avait donné l'alerte en voyant revenir Wladim et les deux autres sans lui. Son père, qui allait sûrement lui administrer une raclée mémorable !

Mais la seule chose qui inquiétait Serguei, c'étaient ses loups ; et le sort qu'on leur avait réservé.

La silhouette qui sauta du traîneau était tellement emmitouflée de fourrures qu'on ne lui voyait que les yeux. Serguei ne les reconnut que quand ils furent tout près : c'étaient ceux de Nastazia.

La jeune fille se jeta dans ses bras. Mais ce fut elle qui dut le soutenir, tant il était à bout de forces.

— Qu'est-ce qui s'est passé ? demanda-t-elle en l'aidant à s'asseoir à l'arrière de l'attelage. Où est ton renne ?

Serguei leva vers elle un visage tendu par l'épuisement et l'anxiété.

— Wladim ?... interrogea-t-il. Les loups ?

— Wladim ? Il est rentré bredouille, répondit Nastazia. Ils n'ont pas été au bon endroit. Ils n'ont rien trouvé. Pas une seule trace ! Et, de toute façon, le vent avait tout effacé.

17.

Le long hurlement qui s'envola d'un sommet à l'autre venait du fond des âges. En deux millions d'années, il avait affiné ses stridulations jusqu'à devenir un chant, mélancolique et mélodieux, dont les notes culminantes à la fin, mourant sur deux accords profonds, s'entendaient à plus de dix kilomètres.

Une seconde fois, Torok projeta le nez vers les étoiles, sa longue silhouette élancée dessinant une ligne parfaitement droite de la queue à la truffe, et son chant triste, interminable et saisissant, s'éleva dans la nuit glacée. Jeté des hauteurs d'un plateau rocheux, il dévala la montagne, traversa la plaine et survola l'enclos contenant la harde, comme une main qui se serait posée sur toutes ces échines frissonnantes.

Quand la longue mélopée plaintive se tut, le silence ne dura que quelques instants. Voulka et ses quatre louveteaux reprirent en chœur l'appel de Torok, le démultipliant à l'infini, le faisant éclater en une gerbe sonore qui alluma la nuit.

Dans l'obscurité, le poil épais du grand mâle se hérissa sous l'effet du vent. À moins que ce ne fût l'excitation de la chasse...

Alignés dans l'ombre comme des guerriers de bronze, les quatre loups se préparaient à l'assaut.

Cette fois, les proies ne leur échapperaient pas. Les rennes étaient parqués entre de fragiles barrières de bois qui ne constituaient même pas un obstacle. La meute, qui surplombait le troupeau, sentait déjà ses crocs s'enfoncer dans toute cette chair palpitante.

Torok regarda Amouir. Sa blessure, causée par le grand élan, s'était refermée sous le gris clair de sa fourrure et le jeune loup était presque entièrement rétabli. C'était à peine s'il conservait quelque chose d'irrégulier dans la démarche. Mais cette péripétie ne lui avait rien fait perdre de sa hargne ou de son agressivité, au contraire : il y avait dans son attitude une impatience fébrile, une férocité qui n'attendait que l'instant de se déchaîner...

Tout ce qui ne tuait pas un loup le rendait plus fort.

Amouir avait une revanche à prendre, et il la prendrait ce soir.

En bas, pas une lumière ne brillait. Pas un fusil ne luisait non plus sous la pâle clarté lunaire. À croire que les humains avaient abandonné leur bétail à l'appétit des prédateurs.

Bien sûr, c'était peut-être un piège. Torok avait appris à ne jamais sous-estimer les hommes, capables des ruses les plus retorses pour avoir la peau de ses congénères. Il faudrait être prudent. Ne pas se lancer tous ensemble à découvert...

Le grand mâle était conscient de sa responsabilité vis-à-vis de sa meute. Son rôle était aussi de la protéger en évitant de la précipiter dans des traquenards mortels. À lui de les flairer à l'avance...

Mais cette nuit, autour du grand corral, tout semblait tranquille.

Torok se lança dans la pente, suivi par Voulka et les quatre louveteaux. Il y avait deux bons kilomètres jusqu'à l'enclos des rennes : ils les couvrirent en quelques minutes, sans faire plus de bruit qu'un aigle traversant l'espace.

Une fois devant les minces palissades de bois, les loups adoptèrent d'instinct une position « basse », avançant les pattes légèrement pliées, la tête rentrée dans le corps. Ils longèrent ainsi l'enclos, sous la conduite du chef de famille, jusqu'à en faire le tour complet.

Torok s'assura une nouvelle fois qu'il n'y avait pas le moindre humain en vue. Donc pas le moindre danger.

Sauf pour les rennes.

Dès que la meute s'était approchée des barrières, les bêtes s'étaient mises à frissonner, puis à s'agiter sur place. En quelques instants, cette agitation avait tourné à la panique. À présent, les cervidés se heurtaient les uns aux autres, leurs bois s'entrechoquant dans une sarabande qui augmentait de volume à chaque seconde. Les loups pouvaient sentir leur peur, qui se traduisait dans le rauque de leurs respirations saccadées, et jusque dans une modification de leur odeur, imperceptible pour tout autre qu'eux.

Quand certaines bêtes se mirent à pousser de petits hennissements aigus et brefs, ce fut comme un signal. Toute la harde fut saisie en même temps d'une terreur à laquelle plus rien ne pouvait résister. Surtout pas les frêles palissades de bouleau, que la dureté du permafrost empêchait de planter profondément.

Quelques rennes encore plus effrayés que les autres tentèrent de franchir les clôtures, qui cédèrent sous leur poids et s'abattirent dans la neige. Aussitôt, le troupeau tout entier se précipita dans la brèche, comme un raz de marée de chair et de cuir. Complètement désorientés, les rennes se mirent à foncer au grand galop à travers la plaine blanche, sans autre but que d'échapper à la mort.

Mais cette nuit, la mort tenait sa proie et n'avait aucune intention de la lâcher.

Torok et sa meute les prirent en chasse. Selon leur tactique habituelle, les loups formèrent deux bandes : l'une menée par le grand mâle, l'autre par sa compagne. S'adaptant avec une dextérité spectaculaire aux mouvements du troupeau, ils virevoltaient à toute vitesse autour des bêtes, accentuant leur panique et les obligeant à se diviser en une multitude de petits groupes.

Tout en pourchassant les cervidés, Torok et Voulka surveillaient leur progéniture et jugeaient de ses progrès. Kamar tournoyait entre les pattes des rennes avec une énergie impressionnante. Kitnic démontrait un sens aigu de l'anticipation. Anouchka, dont les taches blanches ressortaient dans l'ombre, était sur tous les fronts à la fois. Et Amouir, comme prévu, semblait déterminé à égorger le troupeau à lui seul.

Bref, les louveteaux étaient devenus de jeunes loups.

Dans la nuit glacée, ce n'étaient que roulements de sabots, souffles harassés, grognements sourds, les rennes et les loups se battaient pour survivre, selon un rite millénaire.

Rendues folles par la peur, désorientées par l'épuisement, quelques bêtes finirent par se retrouver à l'écart du reste de la harde. C'était exactement ce que les loups attendaient depuis le début.

Le moment de passer à l'attaque finale était venu.

Torok jeta son dévolu sur un renne un peu plus lent que les autres, qui boitait légèrement de l'antérieur droit. D'un bond, il se propulsa en l'air et retomba sur le dos de l'animal, lui enfonçant profondément ses longues griffes dans l'échine et dans le flanc. Le renne se cabra en poussant un gémissement aigu. Il tenta de se débarrasser du prédateur, mais le fauve lui brisa les vertèbres cervicales d'un seul coup de mâchoires, et il s'abattit comme une masse. Son corps avait à peine touché terre que Kamar et Kitnic se ruaient en avant et lui ouvraient le ventre à coups de crocs. Torok dut calmer leur enthousiasme de quelques grognements pour leur rappeler ses prérogatives de chef de meute : à lui de manger le premier. À lui les morceaux de roi que constituaient le cœur, le foie et les reins de l'animal.

Quand Torok, rassasié et la gueule dégoulinante de sang, releva la tête, il aperçut Voulka, à quelque distance. Sa compagne avait tué un renne, elle aussi. Excités par l'odeur du sang et des entrailles, Anouchka et Amouir, qui avaient rejoint leur mère, s'étaient précipités à sa suite, pour la curée.

Cette nuit, la chasse avait été fructueuse.

Les loups ne repartiraient pas l'estomac vide.

Serguei s'était endormi, vaincu par l'épuisement, sur le traîneau de Nastazia. La buée de sa respiration gelait, à peine sortie de sa bouche, et lui givrait le visage. Régulièrement, la jeune fille lui époussetait la figure pour en faire tomber la gangue de glace. Le garçon ne se réveillait même pas.

Il ne sortit du sommeil qu'en arrivant sur le plateau où se trouvait le corral.

— Ça va mieux ? sourit Nastazia. Tu as un peu récupéré ?

— Ça ira, répondit Serguei d'une voix pâteuse.

Le traîneau s'approcha de l'enclos et Serguei reçut un choc qui acheva de le réveiller.

Le corral était vide !

Le garçon se dressa sur l'attelage pour s'assurer qu'il n'était pas victime d'une hallucination.

Mais non ! La harde avait disparu !

Il se rua hors du traîneau et aperçut la brèche dans l'enclos fracassé. Nastazia et lui examinèrent les traces. Il n'était pas très difficile de reconstituer le drame qui s'était joué ici, alors qu'ils avaient laissé la harde sans surveillance. Serguei vit les empreintes qui fuyaient vers la grande plaine. Ils les suivirent sur quelques centaines de mètres.

Le terrible pressentiment qui nouait la gorge du jeune Évène se confirma quand il aperçut, à quelque distance, le cadavre d'un renne, dont la carcasse ensanglantée se détachait affreusement sur la neige.

Un peu plus loin, un deuxième animal gisait sur le sol, une partie de ses entrailles répandues hors de son ventre, son sang formant une mare autour de lui.

Deux loups adultes et quatre jeunes s'acharnaient encore sur la malheureuse bête, dont les membres étaient secoués d'ultimes soubresauts nerveux. Serguei reconnut instantanément les six membres de « sa » meute.

Le désespoir monta en lui avec la même force que le cri qu'il poussa :

— Nooon !... Nooon !...

Il sauta du traîneau et se mit à courir éperdument en direction des fauves.

— Nooon ! hurla-t-il encore. Nooon !...

Torok, Voulka et les louveteaux s'immobilisèrent, mais restèrent sur place.

Serguei hurlait toujours, sans cesser de courir vers eux.

Torok le fixa de ses yeux bleu cobalt, Voulka de ses pupilles jaunes... Ni lui ni elle ne semblèrent effarouchés. Tout juste surpris par cette réaction, inattendue de la part de cet humain qu'ils avaient appris à connaître.

Quand le garçon ne fut plus qu'à une cinquantaine de mètres, Torok donna le signal du départ. Il arracha un dernier morceau de viande et s'éloigna tranquillement, en trottinant, suivi par le reste de la meute.

Serguei tomba à genoux devant le cadavre du renne.

— Nooon ! sanglota-t-il, fallait pas faire ça ! Fallait pas faire ça !...

Nastazia accourut derrière lui et le prit dans ses bras. Elle chercha des paroles de consolation, mais n'en trouva pas. Il n'existait pas de mots capables d'amoindrir une telle catastrophe.

Quand Serguei releva la tête, il aperçut au loin les traces de la harde, qui se dirigeaient vers l'épaisseur de la forêt où elle devait s'être réfugiée... À travers les larmes gelées qui lui brouillaient la vue, il contempla, hébété, la longue traînée sanglante que les loups, en s'éloignant, avaient laissée derrière eux.

Il avait l'impression que c'était lui qu'ils venaient d'égorger.

18.

Nicolaï étouffait tellement de colère que les mots restaient bloqués dans sa gorge. Quand ils sortirent enfin, le chef du clan évène éructa littéralement :

— Tu nous as menti, Serguei ! Depuis le début, tu nous mens ! À moi, au reste du clan, à tout le monde... Tu ne fais rien d'autre que mentir !

Jugeant plus prudent de se taire, le temps que la fureur paternelle se calme un peu, Serguei baissa la tête sans dire un mot. Nicolaï le fixa, écarlate de rage sous la couche de givre qui habillait sa figure. Il se tut à son tour, attendant que son fils tente au moins de se défendre. Devant le silence du garçon, sa colère redoubla. Comme s'il se retenait de le massacrer, il chercha des yeux un autre défouloir. Son regard tomba sur la carcasse de renne qui gisait tout près de lui. Avec un cri rauque, il donna un coup de pied dans ce qu'il en restait : un tas de chairs où s'accrochaient encore des lambeaux de cuir déchiré, un paquet d'os trempés de sang. Son coup de botte fit voler un mélange peu ragoûtant, dont quelques parcelles éclaboussèrent les hommes rassemblés en cercle autour de lui.

Personne n'osa protester. Une chape de plomb s'était abattue sur le clan.

Serguei leva timidement les yeux vers Nastazia, qui l'observait d'un regard à la fois compatissant et consterné. Serguei savait qu'elle ne le trahirait pas. À présent, ils étaient liés par un pacte, elle et lui. Mais il restait entre eux une distance, un fossé d'incompréhension, qui n'avait fait que se creuser un peu plus, après le drame de la veille et la discussion qui avait suivi.

Serguei entendait encore les paroles de sa « fiancée », alors qu'ils s'étaient réfugiés dans la cabane attenante au corral :

— Tu t'attendais à quoi ? Ce sont des loups, Serguei ! Tu sais ce que ça veut dire ? Des loups !

Oui, bien sûr, des loups, et alors ? Cette évidence impliquait des conséquences inévitables, il le savait. Mais il n'arrivait pas à les accepter.

— Si seulement j'avais pu les emmener loin d'ici... avait-il murmuré pour lui-même. Je n'avais qu'à... un peu plus tôt... Tout ça ne serait jamais arrivé.

Comme un aveu qui lui aurait coûté les pires souffrances, il avait soupiré, la tête dans les mains :

— J'aurais tellement voulu changer... changer les choses.

À ces mots, Nastazia s'était carrément énervée :

— Changer la nature ? Mais tu es devenu complètement fou, ou quoi ?

Un lourd silence avait suivi, troublé seulement par le discret ronflement du poêle. Serguei pensait moins à sa situation peu enviable qu'à « ses » loups, repartis après le massacre vers quelque territoire secret.

Où Nicolaï et le reste du clan les traqueraient jusqu'à la mort.

Nastazia était venue se coller à lui, non pour l'enlacer mais pour le secouer, espérant peut-être lui remettre les idées en place.

— Tu voudrais quoi ? avait-elle demandé. Que les loups arrêtent de dévorer les rennes, c'est ça ? Pour qu'on n'ait plus besoin de les tuer ? Mais dans quel monde tu vis, mon pauvre Serguei ? Sur quelle planète ?

— Même après ce qu'ils ont fait, je n'arrive pas à les détester…

Nastazia en était restée bouche bée. Elle s'était détachée de lui comme s'il l'effrayait et s'était mise debout pour prononcer des mots qui, le lendemain, résonnaient encore dans sa tête :

— Parce que tu crois que ton père et tous ceux de ton clan détestent les loups ? Non, Serguei… Pas plus qu'un loup ne déteste un renne, ou tout autre animal qu'il tue pour se nourrir ! Les hommes, les loups, toutes les autres espèces… chacun lutte pour survivre… tout simplement pour survivre. C'est ainsi, tu dois l'accepter. Nous sommes des éleveurs de rennes, Serguei ! Que nous arrivera-t-il si tu refuses d'accepter ce que tu es ? Si tu renies ta propre identité ? Que va devenir notre vie à tous les deux, notre avenir… Est-ce qu'on en aura encore un, seulement ?

Il y avait des larmes dans ses magnifiques yeux en amande. Elle les avait cachées en venant se blottir contre lui.

— J'ai peur, Serguei… J'aime tes loups autant que toi. Mais je ne veux pas te perdre à cause d'eux.

Il avait longuement caressé son épaisse et soyeuse chevelure noire, qui ondulait sous ses doigts comme un animal vivant.

Mais il n'avait pas su quoi répondre.

— Mais qu'est-ce que tu nous caches, bon sang ? Tu vas nous le dire, à la fin ?

Les vociférations de Nicolaï ramenèrent brutalement Serguei au moment présent.

Un moment particulièrement inconfortable.

Détournant le regard, il croisa celui de Wladim. Son ennemi juré le fixait sévèrement. De toute évidence, il se réjouissait de ses malheurs, qui ne pouvaient que lui profiter d'une manière ou d'une autre, mais n'osait pas trop le montrer : cela risquait de déplaire à Nicolaï.

Comme s'il lisait dans ses pensées, le chef du clan enchaîna :

— Wladim a sans doute raison : tu es encore trop jeune pour assumer les responsabilités de gardien de la harde. Nous avons commis une erreur en te les confiant.

Wladim se hâta d'effacer le sourire qui s'élargissait sur sa figure.

— Et si tu n'es pas encore un homme pour le clan, enchaîna Nicolaï en s'approchant de son fils, tu ne peux pas l'être non plus pour une femme…

Serguei regarda Nastazia, qui semblait plus perdue encore que lui, et remarqua que tous les yeux avaient suivi la même direction.

À la fois surpris et humilié par la réflexion de son père, il ne trouva rien à répliquer.

Nicolaï leva la tête vers le ciel, où un soleil déjà haut rendait la neige aveuglante. Puis il désigna les hommes au visage grave rassemblés autour de lui.

— On va partir sur-le-champ, décréta-t-il.

Pointant un index menaçant vers la figure de son fils, il ajouta :

— Et je peux t'assurer que cette fois on ne les ratera pas !

« Tu crois que ton père et tous ceux de ton clan détestent les loups ? Non, Serguei, pas plus qu'un loup ne déteste un renne. Chacun lutte pour survivre… »

Serguei fit taire dans sa tête la voix de Nastazia. Il se redressa et fixa durement son père.

— Non ! lança-t-il. C'est moi qui dois régler ça ! Moi seul et personne d'autre ! C'est une affaire entre eux et moi !

Légèrement désarçonné par le brutal sursaut d'autorité de son fils qui, jusque-là, avait subi son « procès » en silence, Nicolaï eut un mouvement de recul. Serguei poussa son avantage.

— Tu dois me laisser une chance !

Du regard, il défiait à la fois son père et tous les hommes présents. Y compris Wladim.

Le chef du clan, mâchoires serrées, jaugea son fils d'un regard dur, plongé tout au fond du sien. Il dut y lire une détermination qui le rassura et qui l'encouragea, contre toute attente, à lui faire confiance.

Après un long silence, il lâcha dans un grognement, comme s'il le regrettait déjà :

— Bon… Mais c'est ta dernière chance… Et tu sais ce que ça veut dire ?

En continuant de soutenir le regard paternel, Serguei se contenta d'acquiescer d'un bref signe de tête.

Vu du ciel, on aurait dit qu'un peintre déposait une longue ligne de gouache noire sur une feuille de papier de soie. Une feuille bordée de reliefs, traversée de sinuosités luminescentes, semée de parcelles sombres.

Le pays évène au début de l'hiver.

Emmitouflé dans plusieurs couches de vêtements où se mélangeaient le Polartec en provenance du *ouniviérmak* – le supermarché – de Yakoutsk, la peau de renne et les chaussettes en fourrure de chien, Serguei haranguait ses deux bêtes de trait à s'en déchirer les poumons. Ceux-ci étaient déjà en feu, brûlés par un air à moins trente degrés que son masque isolant n'avait pas le temps de réchauffer.

Deux fois, déjà, Serguei s'était gelé les poumons en respirant trop vite lors d'un effort soutenu, alors que le thermomètre avait plongé sous les moins cinquante. La brûlure intense qui dévorait l'intérieur de la poitrine, ajoutée à l'asphyxie provoquée par le gel des alvéoles pulmonaires, était une véritable torture. Et pour y remédier, la seule solution – à défaut de pouvoir s'abriter au chaud – consistait à s'asphyxier davantage encore en s'obligeant à respirer le plus lentement possible pendant plusieurs dizaines de minutes...

Chaque fois, Serguei avait cru mourir étouffé.

D'ici quelques semaines, quand les températures chuteraient vers les extrêmes, le risque existerait de nouveau.

Pour l'instant, ça allait encore...

De toute façon, il avait d'autres préoccupations en tête que les dangers du froid, avec lequel il vivait depuis sa naissance et qui, en dix-sept ans, n'avait pas réussi à le tuer. Alors ce n'était pas aujourd'hui, au moment où tant de choses étaient en jeu…

Mécaniquement, Serguei donnait des coups de lanières en alternance sur le postérieur de ses rennes, pour les inciter à accélérer. Régulièrement, il brossait le givre qui lui recouvrait le visage et lui emperlait les cils, posant un rideau translucide devant ses yeux.

Au jugé, d'après ce qu'il savait d'eux, de leurs habitudes et de leur « fonctionnement », « ses » loups avaient dû franchir les plus proches contreforts des monts Verkhoïansk, à deux bonnes journées de traîneau, peut-être trois. C'était suffisamment loin du campement des hommes pour être à l'abri de leurs fusils, et assez près pour pouvoir revenir sans trop d'efforts se servir dans leurs réserves de viande.

« Ses » loups… Jamais il ne s'était senti aussi proche d'eux… ni aussi loin. Il avait conscience de s'être laissé emporter par ses sentiments bien au-delà des limites permises. En oubliant les tabous, en faisant fi des interdits, il avait laissé une catastrophe se produire dont il ne pouvait rejeter la responsabilité sur personne d'autre.

À nouveau, il regretta de ne pas avoir entraîné la meute de l'autre côté des montagnes.

La voix de Nastazia résonna encore dans sa tête. « Tu voudrais que les loups arrêtent de dévorer les rennes, pour qu'on n'ait plus besoin de les tuer ? » Elle avait raison, bien sûr. Vouloir changer la nature des êtres et des choses était à la fois une folie et un combat perdu d'avance.

Le sifflement du vent glacial se mêlait au cliquetis fébrile des sabots des rennes ; les patins du traîneau chuintaient en filant sur la neige ; ses armatures de bouleau craquaient, gémissaient à chaque soubresaut provoqué par un relief dissimulé sous la poudreuse, sans inquiéter le jeune Évène : l'ensemble, maintenu par un maillage serré de lanières de cuir, tiendrait, comme toujours.

Serguei fonçait vers ses loups, conscient que son avenir, à présent, était dans la balance. Son père avait été suffisamment clair.

Et pourtant… il savait déjà qu'il ne les tuerait pas.

Il inventerait quelque chose. Il mentirait, une fois encore, il trouverait une ruse pour faire croire au clan qu'il avait réglé leur compte aux fauves une bonne fois pour toutes.

Mais il ne les tuerait pas.

C'était impossible.

Aussi impossible que de tirer sur son père ou sa mère… ou sur Nastazia.

Cette comparaison le terrifia. Était-il vraiment devenu fou ? Comment en était-il arrivé à mettre ses parents sur le même plan qu'une meute de prédateurs, ennemis jurés de tous les siens ?

Voilà où ça l'avait mené, de laisser des sentiments s'immiscer là où il n'aurait jamais dû y en avoir.

« Tu crois que ton père et tous ceux de ton clan détestent les loups ? répéta dans sa tête la voix de Nastazia. Chacun lutte pour survivre, c'est ainsi… Que nous arrivera-t-il, si tu refuses d'accepter ce que tu es ? Si tu renies ta propre identité ? »

Cette question n'arrêtait pas de hanter Serguei. En fonçant à travers la plaine immaculée, il avait la sensation étrange et inquiétante d'aller, non pas à la chasse aux loups, mais mener une guerre contre lui-même.

Une guerre qui risquait d'être longue, douloureuse, et dont l'issue resterait jusqu'au bout incertaine.

Il campa aux abords d'une forêt de mélèzes statufiés par le gel, sur une hauteur dominant un paysage où le temps semblait s'être arrêté. La neige qui s'accrochait aux épineux scintillait sous le soleil d'automne. Un cours d'eau figé dans la glace que le vent avait déblayée luisait de l'intérieur. Serguei dressa sa tente et alluma un feu à l'aide du morceau de bougie que, depuis l'épisode de la « perte » de son traîneau, il conservait toujours sur lui, dans une pochette étanche, avec des allumettes et quelques lamelles d'écorce de bouleau. Il fit réchauffer de la viande de renne déjà cuite et deux galettes sucrées.

Chose qui lui arrivait rarement quand il se retrouvait isolé en pleine nature, il se sentit seul. Il aurait donné cher pour que Nastazia soit là, prête à partager son repas et à glisser sa peau contre la sienne, sous les fourrures moelleuses.

Il regretta de ne pas lui avoir proposé de l'accompagner. Il était parti d'un seul élan, sans se retourner, craignant vaguement que Nicolaï ne change d'avis et ne le retienne au dernier moment.

Il n'avait même pas jeté un regard à Nastazia et s'en voulait terriblement, à présent.

La jeune fille, avec qui il partageait tant de secrets, était la seule personne au monde à pouvoir comprendre les dilemmes qui l'écartelaient.

Et partager l'épreuve qui l'attendait.

Deux jours après son départ du corral, Serguei retrouva la meute.

Ce ne furent d'abord que des traces dans la neige. Des traces qui se chevauchaient et se mélangeaient, mais ne laissaient aucune place au doute.

Il s'agissait bien d'une meute de quatre loups, guidés par un grand mâle aux proportions aussi imposantes que son poids. Il était suivi d'une femelle aux dimensions plus modestes, elle-même talonnée par quatre louveteaux semi-adultes.

Il ne restait plus qu'à suivre ces empreintes jusqu'à la dernière : celle, comme le lui avait rappelé Nastazia, dans laquelle le sabot – ou la patte – se trouvait encore.

Pendant des heures, il garda un œil sur l'horizon et l'autre sur la piste, que les sabots de ses bêtes et les patins de son traîneau effaçaient au fur et à mesure.

Soudain, à travers la buée de sa respiration, il aperçut une minuscule tache sombre qui se démarquait de la maigre végétation ambiante. Dans le jour finissant, par-delà les lourds flocons qui s'étaient mis à tomber, elle était presque imperceptible. Il serra les paupières plusieurs fois de suite pour éclaircir sa vision, et la tache se précisa.

À plusieurs kilomètres devant lui, Torok et sa meute avançaient à un rythme soutenu à travers la toundra enneigée.

Serguei fouetta l'arrière-train de ses rennes d'un coup de lanières.

Peu à peu, il gagna du terrain. La tache sombre se divisa en six taches distinctes.

Il se rapprocha davantage sans que les loups modifient leur formation ou leur allure, signe qu'ils n'avaient pas encore pris conscience de sa présence.

Il était à moins d'un kilomètre quand ils réagirent.

Torok, le premier, s'arrêta et se retourna, imité par le reste de sa meute. Serguei ralentit progressivement et immobilisa son traîneau à une centaine de mètres à peine.

Aucun des loups ne fit mine de s'enfuir.

Ils ne bougèrent toujours pas lorsque le garçon sauta à terre, fixa sa luge en plantant l'ancre dans le sol, attacha ses rennes à l'aide d'une corde et se dirigea vers eux. Il était armé de son fusil de gardien de la harde et du bâton servant à diriger l'attelage. Mais les louveteaux, nullement effrayés, se précipitèrent spontanément dans sa direction, bondissant sur la neige avec entrain, dans l'intention évidente de lui faire la fête. Voulka se joignit à eux. Torok lui-même les suivit, tout en restant un peu à l'écart.

Devant cette démonstration d'amitié, Serguei, fou de joie, oublia complètement son père, son clan, la harde, le massacre des rennes et ce qu'il était venu faire.

Il ne l'oublia que quelques secondes.

Il était déjà en train de s'accroupir pour accueillir dans ses bras Kamar, Kitnic, Amouir et Anouchka, quand tout bascula.

Du coin de l'œil, il remarqua le regard terrible de Torok en direction des rennes, et la nervosité de ceux-ci. Puis il vit dans une sorte de ralenti les quatre louveteaux et leur mère dévier de leur trajectoire initiale pour foncer vers les cervidés.

Il eut l'impression que tout, à l'intérieur de lui-même, devenait aussi glacé qu'à l'extérieur.

Il brandit son bâton et s'entendit hurler, comme dans un mauvais rêve :

— Non ! Pas les rennes !... C'est fini, les rennes !

Torok et Voulka, surpris, firent un écart et hésitèrent brièvement à aller plus loin. Les louveteaux, en revanche, continuèrent sans ralentir. Serguei se précipita, dans le but de s'interposer entre eux et les cervidés. Mais les louveteaux couraient plus vite que lui, fonçant vers un attelage de plus en plus paniqué.

— Nooonn ! hurla encore Serguei, sans aucun effet.

Il n'avait plus le choix.

Épaulant son fusil, il visa… et tira.

La détonation explosa dans le silence, se répercutant à l'infini entre les montagnes.

À travers les larmes qui lui brouillaient la vue, Serguei vit un des louveteaux s'effondrer dans la neige.

Le reste de la meute se figea. Cinq paires d'yeux phosphorescents se braquèrent sur lui, exprimant la même douloureuse stupéfaction.

Pendant une seconde ou deux, le temps s'arrêta. Puis les loups s'enfuirent avec toute la vélocité dont ils étaient capables.

Serguei se rua vers le louveteau, dont le sang colorait déjà la neige autour de lui. C'était Anouchka, la femelle, identifiable à son poil tirant sur le brun, parsemé de taches blanches. Le garçon s'effondra près d'elle et la prit dans ses bras. Sa fourrure était poisseuse, ses yeux étaient vides, et plus aucune vapeur ne s'échappait de sa truffe.

Elle avait cessé de vivre.

Serguei plongea son visage dans le flanc d'Anouchka et le releva couvert de sang, déformé par la douleur. Son gémissement de désespoir fit se retourner une dernière fois les cinq loups de la meute, qui s'éloignaient la queue basse, le dos creusé…

Il s'écroula, la louve morte serrée contre lui.

— Qu'est-ce que j'ai fait ?... Qu'est-ce que j'ai fait ? répéta-t-il indéfiniment, comme une incantation inutile.

Dans l'immensité de la toundra, le corps du garçon et celui de l'animal ne formèrent plus qu'une petite masse sombre, immobile, que la neige, tombant de plus en plus fort, allait bientôt recouvrir.

19.

Le regard de Nastazia oscillait entre les yeux fermés de Moujouk et ses mains, aussi ridées que son visage. Depuis une bonne heure, elles frappaient lentement, sur un rythme immuable, la peau de renne sauvage recouvrant son tambourin sacré. Du temps où il voyait encore, Moujouk avait parcouru la toundra, sillonné les marais, exploré la forêt, pour retrouver chacun des lieux où le renne était passé, depuis l'endroit de sa naissance jusqu'à celui de sa mort. Il avait précieusement recueilli tous les vestiges – brindilles cassées, excréments séchés... – et les avait utilisés pour confectionner une petite effigie de l'animal. Il avait aspergé celle-ci d'une eau aux pouvoirs mystérieux, et le tambour s'était alors animé d'une vie propre.

Les notes graves de l'instrument emplissaient la tente du chaman, où se mêlaient des odeurs de viande, d'herbes, de cuir, de fumées étranges et de potions de toutes sortes. S'y ajoutait son odeur à lui, douceâtre et un peu écœurante. Le vieil aveugle ne se lavait pratiquement jamais. À l'extérieur, ça n'était pas gênant, mais dans cet espace confiné...

De toute façon, ni Nastazia ni Anadya, assise près de sa « belle-fille » sur une peau de mouflon, n'avaient la tête à ce genre de détails. Ce que les deux femmes étaient venues chercher auprès du vieux sage, c'étaient des réponses que personne d'autre ne semblait capable de leur donner.

On disait que c'étaient les arbres qui avaient transmis leurs pouvoirs au futur chaman. Ses parents, dont plus personne ne se souvenait, avaient choisi de le faire venir au monde au cœur d'une forêt de mélèzes surplombant le village de Khonuu, près du confluent de la Moma et de l'Indigirka. Ainsi, tous les éléments de la nature se conjugueraient en lui, lui conférant leur force et leur sagesse.

Derrière le cuir boucané de sa figure, derrière la brume de ses yeux vides, s'agitaient des mondes où les esprits de la montagne lui tenaient des discours, où les divinités des sous-bois dansaient pour lui, où chaque animal avait un langage qu'il était seul à comprendre. En se mettant dans un état de transe, le chaman pouvait se projeter dans ces univers parallèles où vivaient les dieux et les esprits. Chaque année, à l'équinoxe d'été, il se changeait en renne volant et partait à la rencontre du soleil. Il était capable à volonté de se déplacer dans le passé, dans l'avenir… et dans cet « ailleurs » où les morts continuaient d'exister.

Si c'était là que se trouvait Serguei, Moujouk le saurait.

Soudain, quelque chose parut le secouer de l'intérieur. Il se redressa et ses sourcils se levèrent, ridant encore davantge son front sur lequel perlaient des gouttes de sueur. De toute évidence, il venait d'avoir une vision. Nastazia et Anadya attendirent avec une impatience mêlée de crainte les mots qui allaient tomber de sa bouche.

— Un loup... dit le vieil homme.

Les deux femmes échangèrent un regard inquiet.

— Serguei... continua le chaman.

Il laissa passer un long silence et ajouta :

— La mort.

Anadya étouffa un cri d'effroi. Les yeux sombres de Nastazia se remplirent de larmes. D'une voix brisée, elle répéta :

— La mort !...

Puis elle éclata en sanglots. Ses hoquets arrachèrent Moujouk à sa torpeur. Il parut soudain prendre conscience de la présence des deux femmes auprès de lui.

— Qu'est-ce qu'il y a ? demanda-t-il.

— Tu as parlé de Serguei et de la mort ! fit Nastazia.

Moujouk sembla une nouvelle fois regarder en lui-même.

— Un loup... lâcha-t-il enfin. Un loup est mort.

— Et Serguei ? cria presque Anadya. Où est Serguei ?

Les mains tordues du chaman s'immobilisèrent sur la peau de son tambourin. Son visage devint fixe, animé seulement par les ombres jetées par la bougie dont la petite flamme dansait dans la pénombre. Les deux femmes étaient suspendues à ses lèvres. Mais il ne fit que répéter : « Serguei... », avant d'articuler d'une voix lasse :

— Je ne sais pas... Je ne sais plus.

Et il s'affaissa sur lui-même, puis s'allongea, vidé, épuisé...

La moitié du campement avait disparu, transformée en sacs, paquets, ballots et cargaisons de toute nature, chargés sur le dos d'une vingtaine de rennes et entassés dans autant de traîneaux. Les tentes du clan de Mouriak, qui avaient voisiné avec celles du clan de Nicolaï pendant l'été et jusqu'au début de l'hiver, étaient repliées, rangées à côté de leurs longues perches de bouleau, derrière les rennes les plus puissants. Il ne restait, dans la neige, que de gros rectangles de terre nue où traînaient encore les branches de pin qui avaient servi à tapisser le sol.

La grande harde était descendue de ses pâturages d'été, installée pour l'hiver sur un versant ensoleillé et moins exposé au vent. La visite de Mouriak et des siens auprès du clan de Nicolaï était terminée. Jusqu'à l'année prochaine.

Après plus de cinq heures de démontage et de ficelage, la caravane était prête à s'ébranler. On s'agitait autour des traîneaux, on vérifiait la solidité d'une attache, le bon arrimage d'un paquet… On bourrait les paquetages de façon à remplir les vides et à éviter qu'un angle vif ou un objet saillant ne vienne blesser les flancs de l'*uchakh*. On mettait la dernière main à d'ultimes préparatifs.

Les plus jeunes enfants avaient été emmaillotés dans des couvertures, ficelés sur les selles. Protégés du froid par des foulards colorés qui ne laissaient voir que le haut du visage, on apercevait leurs grands yeux noirs qui observaient tout.

Les hommes et les femmes du clan de Mouriak repartaient avec ce qu'ils avaient apporté : la totalité de leurs possessions, dont les plus précieuses étaient les petits poêles à bois en tôle noircie, les *malin'ki stol* et les fourrures de rennes.

Leur véritable trésor était devant eux : ce pays qu'ils s'apprêtaient à traverser.

Mouriak chassa gentiment Mikhaël et Ivan, les deux jeunes frères de Serguei, qui se cachaient entre les ballots qu'il finissait d'entasser sur un traîneau.

— Allez, ouste, vous deux ! Sinon, on va vous embarquer sans le faire exprès.

— Ce n'est pas parce que tu me laisses ta fille que tu dois emmener mes fils, plaisanta Nicolaï en s'approchant.

Mouriak se retourna. Nicolaï souriait, mais le cœur n'y était pas. Il lui claqua l'épaule.

— Ne t'en fais pas : toutes ces histoires, avec Serguei, ça va s'arranger.

Nicolaï secoua la tête avec une moue.

— Je ne sais pas...

— Mais si, je te dis ! À cet âge-là, on n'a que des problèmes avec eux. Ça va aller, tu verras.

— J'espère...

Nicolaï prit Mouriak dans ses bras.

— Prends soin de toi, dit-il. Vous tous, prenez soin de vous.

— Toi aussi... C'était bon de vous voir.

— Tu vas me manquer, jusqu'à l'année prochaine.

— Avec Nastazia, c'est un petit peu de nous qui reste...

— Je veillerai sur elle.

Les deux chefs de clan échangèrent un regard chargé à la fois d'affection et de questions inexprimées. Pas une fois depuis l'arrivée de Mouriak et des siens, Nicolaï n'avait fait allusion au mariage de Serguei et de Nastazia. Et Mouriak, en tant que père de la jeune fille, se serait senti déshonoré d'en parler le premier. Le refus de l'un d'aborder la question, l'impossibilité pour l'autre d'évoquer le sujet s'étaient traduits par les quelques mots qu'ils venaient d'échanger. Des paroles en apparence anodines. En fait, une manière typiquement évène d'effleurer un propos sans l'aborder de front.

Pour Mouriak, l'attitude de Nicolaï ne pouvait signifier qu'une chose : le père de Serguei avait d'autres projets pour son fils, et il ne fallait pas être bien malin pour deviner lesquels. Les pâturages de son territoire étaient en voie d'épuisement, il cherchait forcément à s'étendre pour pouvoir nomadiser ailleurs. La parcelle du clan de Mouriak était plus petite que la sienne et guère plus riche. En outre, elle en était très éloignée. Nicolaï devait donc en chercher une autre, plus grande, plus proche, et de préférence avec une fille à marier. Mouriak ne savait pas sur quelle zone de pâture Nicolaï avait jeté son dévolu – c'était en vain qu'il avait discrètement questionné les uns et les autres –, mais il avait sa petite idée. À l'ouest de son territoire se trouvait celui de Latakian. Celui-ci avait une fille, Oksana, encore célibataire et, s'il avait bonne mémoire, à peu près du même âge que Serguei…

Sachant ce qu'il savait – ou croyait savoir –, Mouriak n'aurait pas dû laisser sa fille s'installer avec Nicolaï et Anadya, comme elle s'apprêtait à le faire. Il aurait dû affronter Nicolaï, le pousser dans ses retranchements et l'obliger à dévoiler ses projets, afin que les choses soient claires une fois pour toutes et qu'on sache à quoi s'en tenir.

Mais pour cela, il aurait fallu aborder le sujet du mariage… et perdre la face, ce à quoi Mouriak n'avait pas pu se résoudre.

Quoi qu'il en soit, il croyait profondément que si on laissait le grand fleuve de la vie suivre son cours sans chercher à le contrarier, les choses finissaient toujours par rentrer dans l'ordre.

Et, pour l'instant, le grand fleuve lui donnait raison.

Serguei avait demandé à Nastazia de rester vivre avec les siens, ce qui équivalait à une demande en mariage dans les formes. Bien sûr, Nicolaï n'avait pas encore officiellement donné son consentement, à la fois comme père et comme chef de clan, mais l'initiative de son fils l'avait pris de court et mis au pied du mur. Désormais, chaque jour que Nastazia passerait dans la famille de Nicolaï rendrait plus difficile pour ce dernier de la répudier au profit d'une autre.

Dans le fond, Mouriak pensait tout simplement qu'au bout du compte, l'amour de Serguei et de Nastazia surmonterait tous les obstacles.

Nicolaï l'étreignit une dernière fois et s'éloigna, pour laisser la jeune femme faire ses adieux à son père.

Mouriak plongea son regard dans celui de sa fille et passa le bout de son gant épais sur sa joue rosie par le froid. Nastazia avait les yeux pleins de larmes.

Il se méprit sur leur signification.

— Tu sais, dit-il, un an, ce n'est rien. Une débâcle et une transhumance… et ce sera à vous de faire le chemin en sens inverse.

Nastazia se força à sourire.

— Tu vas pouvoir te débrouiller, tout seul ?

— Bien sûr ! Ne t'inquiète pas pour moi.

Mouriak n'était pas du genre à exprimer facilement ses émotions. Homme de peu de mots, il en manquait quand il s'agissait de sentiments. Il se contenta de serrer longuement sa fille dans ses bras. Puis, pour ne pas qu'elle voie qu'il avait lui aussi les yeux embués, il tourna les talons et se dirigea vers son attelage, en tête du cortège.

Les autres membres de son clan étaient déjà calés dans leur traîneau, parmi les paquets, ou à dos de cervidé. Mouriak se baissa pour, machinalement, vérifier que la courroie de cuir attelant ses rennes passait librement dans l'arceau de bois servant de pare-chocs : un système d'une efficacité diabolique, qui obligeait les deux bêtes couplées à tirer sans jamais ralentir. Puis il s'installa et fouetta ses *uchakh* en lançant un « *Da vaï !* » qui dut s'entendre à l'autre bout de la vallée.

À sa suite, la longue colonne se mit en branle, sur la neige que le soleil chargeait d'étincelles. Au loin, les montagnes blanches semblaient déjà s'écarter pour faciliter le passage du convoi. Parmi les cris des derniers adieux, hommes et bêtes mêlèrent la buée de leurs souffles, traînant derrière eux cet unique nuage, sous un ciel qui n'avait pas de fin.

Ce ne fut qu'après avoir parcouru une bonne centaine de mètres que Mouriak se retourna pour adresser un dernier geste d'au revoir à sa fille.

Nastazia le lui rendit, mais, dès que son père eut définitivement tourné le dos, elle fondit en larmes.

Wladim, qui l'observait du coin de l'œil depuis un moment, saisit le prétexte pour l'aborder.

— Ne sois pas triste, dit-il, tu le reverras, ton père ! Et ceux de ton clan aussi. Une petite année, ça passe vite.

Il voulut entourer de son bras l'épaule de la jeune fille, qui se dégagea.

— Ce n'est pas pour ça, dit-elle.

— Ah bon ? fit Wladim d'un ton contrarié.

Il devinait ce qu'elle allait dire.

— C'est Serguei, fit Nastazia, confirmant ses craintes. Ça fait déjà plus de trois jours qu'il est parti.

Wladim poussa un grognement :

— Il n'en fait qu'à sa tête, comme d'habitude. C'est toujours comme ça, avec lui. Ça a toujours été comme ça. Les autres, le clan... il s'en fiche. Même toi ! Tu crois qu'il se soucie de toi ?

— Tais-toi ! dit Nastazia.

Wladim insista :

— Il a déçu tout le monde, ton Serguei ! Il a trahi tout le monde ! Il n'est même pas capable d'être un vrai gardien !

— Parce que toi, tu en aurais été capable, bien sûr ?

Wladim soutint le regard noir de Nastazia.

— Oui !

La jeune fille secoua la tête sans répondre. Elle n'avait aucune envie de se lancer dans une discussion sur les compétences de Serguei comparées à celles de Wladim.

— Je me fiche de ce que pense le clan, de ce que pense Nicolaï, et surtout de ce que tu penses, toi ! dit-elle d'une voix plus assurée. La seule chose qui m'importe, c'est de savoir si Serguei est encore en vie !

— Comme tu veux, grommela Wladim en s'éloignant.

Nastazia resta seule, en lisière du campement, à fixer l'horizon blanc et les montagnes qui ressemblaient à l'échine de grosses bêtes bienveillantes.

Là-bas, quelque part, Serguei était en train de livrer un combat dont le reste de sa vie allait dépendre.

Un combat contre lui-même.

Elle aurait donné n'importe quoi pour être à ses côtés.

20.

Nicolaï laissa tomber une grosse bille de bois sur une pile qui s'élevait déjà à la hauteur de sa ceinture. Anadya s'approcha, portant une bûche à peine moins volumineuse. Son mari s'écarta vivement pour la laisser déposer son fardeau sur le tas qui grossissait, et se hâta d'aller ramasser une autre branche.

Nicolaï évitait les yeux d'Anadya. Mais, même de dos, il sentait peser sur lui son regard lourd de reproches.

Il tenta de la rassurer.

— Serguei n'est plus un enfant, dit-il. Ce n'est pas le froid et la neige qui vont lui faire du mal. Il a l'habitude…

Au lieu de répondre, Anadya leva un visage inquiet vers les gros nuages gris qui se poursuivaient avec de brusques écarts de trajectoire.

Hövki, la divinité du ciel, était d'humeur changeante, ce qui n'augurait rien de bon.

— Et ce n'est pas non plus un petit coup de vent qui va le surprendre, insista Nicolaï après avoir suivi le regard de sa femme.

— Il n'a même pas emporté de quoi...

— Qu'il retrouve ses loups, c'est ça l'important ! Moi, j'attends de voir de quoi il est capable ! Et il a intérêt à me le montrer, cette fois ! Il s'est moqué de nos lois, il a cru qu'il pouvait...

Anadya explosa :

— Nos lois ! Nos lois ! Tu ne parles que de ça ! Et tu ne penses qu'à les imposer à tous ! « Nos lois... » Les tiennes, oui !

— Ce sont celles du clan ! protesta Nicolaï. Celles qui le font survivre depuis toujours ! Et grâce auxquelles nous sommes là, toi et moi ! Et ton fils aussi !

Anadya se planta devant son mari et l'affronta du regard.

— Ce n'est pas aussi simple, Nicolaï ! Tout n'est pas figé dans le marbre ! Un chef doit savoir évoluer, comprendre... Ce n'est pas parce que ton fils n'obéit pas toujours à nos lois qu'il a forcément tous les torts !

Nicolaï se redressa, indigné.

— Qu'est-ce que tu sais du rôle d'un chef ? lâcha-t-il d'une voix dédaigneuse.

Anadya haussa les épaules sous sa grosse veste fourrée, et se remit silencieusement à empiler les bûches.

— Depuis que tu es allée consulter Moujouk, continua Nicolaï, tu es devenue superstitieuse et craintive comme une vieille femme. Si tu as des questions, tu ferais mieux de me les poser à moi, plutôt que d'aller voir le chaman...

Sa femme se retourna et lui lança un regard qui ne laissait aucun doute sur ce qu'elle pensait de sa suggestion.

Nicolaï n'insista pas.

Avec un soupir, il laissa tomber la bille qu'il tenait entre ses mains. Sa décision était prise.

Enveloppé dans sa chapka en fourrure de loup, le visage de Nicolaï n'était plus qu'une gangue de glace et de neige, d'où s'échappait la buée de sa respiration. Une buée aussitôt transformée en givre. Sur le traîneau qui filait à toute allure à travers la plaine blanche, le vent, aiguisé par les grands froids de l'hiver sibérien, devenait une arme tranchante, une scie qui entaillait la peau.

Mais le chef évène ne sentait plus depuis longtemps les terribles morsures glaciales sur son visage boucané par tant d'hivers. Et aujourd'hui, elles passaient plus que jamais au second plan. Il n'avait qu'une seule idée en tête, un seul souci : son fils. Et un seul but : le retrouver.

Il s'était bien gardé de le laisser paraître devant Anadya, mais les paroles de sa femme avaient fait leur chemin dans son esprit, au point d'ébranler ses convictions. Pendant leur discussion, le doute s'était insinué en lui. Était-il trop dur ? Trop inflexible ? Avait-il raison de toujours suivre la loi au pied de la lettre ? Et Serguei, comme Anadya le suggérait, avait-il forcément tort de prendre certaines libertés ?

Les réponses à toutes ces questions n'étaient plus aussi évidentes, désormais. La vérité, qu'il avait toujours vue blanche ou noire, se réfugiait maintenant dans un gris de neige sale.

Nicolaï était rongé par le terrible pressentiment que Serguei était en danger. Les loups, le froid ?

Impossible à dire. Le chaman avait évoqué la mort... La mort d'un loup, certes, mais il flottait autour de ses augures un mauvais parfum, plus malodorant que certaines des décoctions du vieil homme.

Qu'il puisse s'inquiéter de ce que disait ce « vieux fou » de Moujouk, ça aussi, Nicolaï s'était bien gardé de l'avouer à sa femme. N'empêche que les paroles du chaman, rapportées par Anadya, lui trottaient dans la tête comme une menace diffuse.

Serguei était en danger, c'était presque une certitude. Et quelle que soit la nature exacte de ce péril, Nicolaï ne pouvait s'empêcher de penser qu'il en était un peu responsable. C'était lui, après tout, qui avait poussé son fils à se lancer dans cette expédition improvisée.

S'il lui arrivait quelque chose... il ne se le pardonnerait jamais.

Anadya le lui pardonnerait encore moins.

Son renne galopait depuis des heures et longeait à présent une forêt de mélèzes, lorsque l'œil du chef de clan fut attiré par une chose qui n'aurait pas dû se trouver là.

Une tache sombre que rien, dans le paysage environnant, ne justifiait.

Son cœur se serra lorsqu'il constata qu'il s'agissait d'une tache de sang.

Il arrêta son traîneau, l'ancra solidement dans le sol et s'avança.

Tout autour de la souillure, la neige, qui aurait dû être vierge à cet endroit, avait été piétinée, fouettée... comme si on s'était battu.

Mais si un combat avait eu lieu ici, il avait opposé un homme seul à plusieurs animaux.

Des loups, à en croire les nombreuses empreintes qui s'éparpillaient dans tous les sens, et se mélangeaient aux traces laissées par une unique paire de bottes…

Celles de Serguei. Nicolaï aurait reconnu entre mille les pieds de son fils, la taille et la forme de ses chaussures d'hiver, bordées d'une fourrure de chien qui « brossait » la poudreuse tout autour de la semelle.

Courbé en deux, le chef de clan arpenta la zone pour tenter de comprendre ce qui s'était passé ici. Il mit ses pas dans ceux de Serguei, essayant de visualiser la manière dont le garçon était positionné par rapport aux fauves…

Au bout d'un long moment, il se releva, toujours aussi perplexe. Il réfléchit encore un instant en tapant des pieds pour les empêcher de geler, puis il regagna son traîneau et repartit en toute hâte.

Le jour, en cette fin d'automne, ne durait que quelques heures. Le moment arriva, pour Nicolaï, de bivouaquer, afin de laisser passer la longue nuit qui s'annonçait. Une nouvelle fois, il ancra son traîneau et attacha ses rennes. Il n'avait pas emporté de tente, mais un carré de grosse toile qu'il accrocha entre quatre troncs de pins, afin de former une sorte d'auvent. Juste devant cet abri de fortune qui ne le protégerait que des chutes de neige, il contruisit un feu avec des brindilles et des branches basses, débarrassées de leur poudreuse. Il y fit dégeler et rôtir un peu de viande et une galette sucrée, qu'il dévora sous son abri après s'être enroulé dans son sac de couchage en peau de renne. Quand il eut fini de manger, il s'allongea, la tête sur un ballot en fourrure de chien, pour s'isoler du sol glacé. Les yeux perdus dans les flammes mourantes du feu qu'il avait eu tant de mal à faire vivre, il se laissa peu à peu glisser dans le sommeil.

L'image de son fils le suivit dans ses rêves. Serguei fuyait à toute vitesse à travers la plaine, calé dans son traîneau, à l'arrière duquel un cadavre était ficelé. Il lançait des « *Da vaï !* » à pleins poumons. Ses patins sifflaient sur la neige. Là-haut, sur les promontoires rocheux entre lesquels il filait, des loups gigantesques, le dos creusé et la tête jetée en arrière, lançaient vers le ciel sombre des hurlements si assourdissants que Nicolaï devait se boucher les oreilles.

Il gagna du terrain et sa vision se précisa suffisamment pour qu'il puisse mieux distinguer le corps, à l'arrière du traîneau de son fils.

C'était Serguei ! La peau bleuie par le froid et le visage emprisonné de givre, le garçon était attaché, nu et sans vie, comme un paquet au dos de son propre attelage !

Le conducteur se retourna. C'était un grand loup noir, dont les yeux jaunes et luisants se plantèrent dans ceux de Nicolaï.

Ce dernier cria, mais personne ne l'entendit. Il cria encore lorsque les loups se mirent à dévorer le cadavre de Serguei. Ils étaient toute une meute, à présent, se disputant dans la neige les morceaux de ce qui avait été son fils ! De leurs crocs acérés, ils décortiquaient des lambeaux de chair avec des grognements féroces. Bientôt, ils furent si nombreux qu'ils cachèrent leur proie.

Nicolaï hurla… hurla encore… Jusqu'à ce qu'une longue plainte lui répondît, montant dans la nuit comme un appel.

« Hooohhh !!! »

L'appel se répéta. Les loups disparurent. Et Nicolaï, brutalement tiré du sommeil, se redressa d'un bond.

« Hooohhh !!! »

Cette fois, il ne rêvait plus ! Quelqu'un approchait.

« Hoohh ! » répondit-il en s'arrachant à son sac de couchage.

Une aube grise commençait à se dessiner au-delà des montagnes, jetant une promesse de lumière sur le paysage environnant. Nicolaï vit presque tout de suite une silhouette qui descendait d'un traîneau et qui se dirigeait vers lui, d'un pas rendu pesant par la neige épaisse. C'était un homme, emmitouflé dans des fourrures, le visage entièrement masqué par une cagoule en peau. Il s'approcha encore. Lorsqu'il fut tout près, il arracha sa cagoule et essuya de la main le givre qui recouvrait sa figure.

— Serguei ! s'exclama Nicolaï.

Il se jeta sur son fils et le serra dans ses bras à l'étouffer.

— C'est toi, c'est bien toi !

— Bien sûr que c'est moi ! Qui veux-tu que ce soit ? répondit froidement le garçon en se dégageant de l'étreinte paternelle.

Nicolaï le regarda plus attentivement. Il avait les yeux rouges et les traits tirés. Mais ça n'avait rien à voir avec le froid.

— Tu es venu vérifier, c'est ça ? demanda Serguei d'une voix tranchante.

— Pas vraiment... À vrai dire, je...

Le garçon, visiblement indifférent à tout ce que pouvait dire son père, tourna les talons avant qu'il ait fini sa phrase et repartit vers son traîneau. Il en revint quelques instants plus tard, tenant par les pattes arrière le cadavre d'un jeune loup de quelques semaines. Il le jeta aux pieds de Nicolaï.

— C'est bien ce que tu voulais ?

Le chef évène regarda le louveteau, puis son fils, et hocha la tête.

— Non, ce n'est pas ce que tu crois. Je ne suis pas venu te surveiller. Je suis venu parce que j'étais inquiet...

Ils se fixèrent sans mot dire.

Serguei désigna d'un geste la forêt de conifères dont la lisière se trouvait au bout de la vallée.

— Les autres loups sont là-bas, dit-il. Ils n'ont plus beaucoup d'avance.

Nicolaï fixa la direction indiquée par son fils, évaluant le temps qu'il faudrait à ce dernier pour trouver le reste de la meute.

Il y eut un silence prolongé pendant lequel les deux hommes, face à face, s'observèrent intensément. Le chef de clan aurait voulu que son fils se confie à lui, mais le garçon était refermé sur lui-même, dans une hostilité à peine dissimulée.

Nicolaï mit un terme au malaise qui s'installait. Il ramassa le louveteau et se fabriqua un sourire.

— Je te laisse. Je vais aller rassurer les nôtres. Tu sais ce que tu as à faire...

Il regarda son fils d'un air entendu, lourd de signification.

Oui, Serguei savait ce qu'il était censé faire. Il ne le savait que trop, et n'avait pas envie qu'on le lui rappelle.

Sans un mot, le garçon rajusta sur son visage sa cagoule en peau, fit volte-face et repartit vers son traîneau.

Il ne se retourna pas.

21.

Le rideau de conifères blanchis barrait l'horizon d'une montagne à l'autre. Torok et ce qui restait de sa meute s'étaient arrêtés devant ce mur, comme s'il les empêchait d'aller plus loin. C'est là que Serguei les repéra : cinq minuscules points noirs sur la neige immaculée, tournant en rond comme des chiens perdus qui auraient égaré leurs repères et oublié leur chemin.

Il fit progressivement ralentir ses rennes, et s'arrêta à quelques centaines de mètres des loups. Une nouvelle fois, il descendit et marcha dans la neige vers « sa » meute. Mais pouvait-il encore l'appeler ainsi ?

Laissant sur son traîneau le bâton et le fusil, il avança, les mains ostensiblement écartées du corps pour bien montrer qu'il n'avait pas d'armes.

Mais Torok resta à l'écart en grognant. Voulka semblait avoir peur de lui. Et les trois louveteaux survivants, loin de se précipiter à sa rencontre, s'abritèrent craintivement derrière leurs parents. Serguei eut beau les appeler les uns après les autres d'une voix aussi douce et rassurante que possible, rien n'y fit. Le lien si fort qui les avait unis semblait définitivement rompu.

Le cœur brisé, le garçon vit « ses » loups se détourner de lui sans même le laisser approcher, et disparaître dans la forêt.

Il regagna son traîneau et fouetta ses rennes. Mais pas pour rentrer au campement. « Ses » loups étaient partis vers le nord, c'est là qu'il irait, lui aussi. Ils avaient pris les chemins difficiles qui serpentent entre les pins, il en ferait autant.

Sans hésiter, Serguei lança son attelage sous les branches alourdies par la neige et les guirlandes de glace formant des voûtes de lumière pâle entre les cimes. Dans cette zone, la forêt n'était pas trop dense et les rennes passaient sans grande difficulté entre les troncs gelés. Le traîneau fila, rebondissant sur les aspérités rocheuses que le matelas blanc estompait en partie. Parfois, les rennes devaient tirer de toutes leurs forces pour faire franchir un muret quasi vertical à leur fardeau ; parfois, Serguei devait descendre pour guider en s'y arc-boutant son attelage dans un couloir étroit dont la pente latérale risquait de le faire chavirer.

Devant lui, les traces fraîches de la meute disparaissaient dans une ombre sans fin, comme un leurre destiné à l'entraîner toujours plus loin, jusqu'à sa perte.

Mais il savait qu'il finirait par les rattraper. Au bout de la route, quelque part, lui et « ses » loups se retrouveraient. Et alors, tout redeviendrait comme avant. Il y mettrait le temps qu'il faudrait, il sacrifierait au besoin ce qui lui restait de liens avec sa famille et son clan, mais il y arriverait.

Parce que, autrement, il ne pourrait pas vivre.

« On va aller loin, se répétait-il à lui-même pendant que sa respiration recouvrait une nouvelle fois de givre sa cagoule. On va aller très loin. Aussi loin qu'il faudra… »

Depuis le sommet d'une colline située à quelques kilomètres, Nicolaï suivit des yeux le traîneau de son fils lorsque celui-ci se lança à la poursuite des loups.

En quittant Serguei, le chef de clan avait repris la direction du campement, le cadavre du prédateur accroché, comme dans son rêve, à l'arrière de son traîneau.

Mais un doute ne cessait de le tarauder. Il y avait quelque chose de pas clair dans le comportement de son fils.

Il avait finalement décidé d'en avoir le cœur net. Et il avait fait demi-tour. Suivre les traces laissées par le traîneau de Serguei n'avait pas été difficile…

Son fils lui ayant déclaré que les loups se trouvaient dans la forêt, Nicolaï avait escaladé une hauteur d'où on avait une vue dégagée sur la plaine et la lisière des bois. De là, il avait vu le garçon rattraper les prédateurs. Mais, au lieu de les abattre, Serguei s'était dirigé vers eux sans arme…

C'était à la fois incroyable et inexplicable ! La vision de la scène à laquelle il avait assisté faisait naître une multitude d'interrogations. Il préférait les chasser de son esprit de peur d'affronter l'évidence.

Au bout de quelques heures, la forêt de conifères fit place à la toundra. D'un seul coup, la lumière du jour retrouva tout son aveuglant éclat, comme à la sortie d'un tunnel, et Serguei plissa les yeux.

Devant lui, les empreintes de la meute dessinaient toujours une ligne sombre, infinie, filant vers son destin.

Il s'arrêta pour nourrir ses rennes, mais ne mangea pas, à la fois pour gagner du temps et parce qu'il n'éprouvait plus la sensation de faim.

Le jour déclinait lorsqu'il repéra finalement la meute. Très loin sur la toundra – si loin qu'un œil moins aiguisé que le sien n'aurait rien vu –, il aperçut la fameuse dernière empreinte.

Mais cette fois, la meute ne s'arrêta pas pour attendre Serguei. Elle continua sa route avec une telle vélocité que les rennes ne gagnaient jamais de terrain. Les loups veillaient à conserver un écart suffisant, adaptant leur allure à celle des cervidés.

La nuit tomba. Les *uchakh* galopaient toujours. Serguei avait les mains engourdies à force de tenir les lanières de son attelage, et le bras à demi paralysé par trop d'heures à manier le bâton. Il ne sentait plus son visage et tout son corps était ankylosé par le froid. Mais pas un instant il ne songea à renoncer. Il continua sans ralentir lorsque les premiers escarpements montagneux l'obligèrent à grimper. Il escalada la pente pendant des heures, longtemps après la tombée de la nuit, à la lumière diffuse et irréelle d'une pleine lune qui semblait un gros œil posé sur lui. Il franchit un col où tout baignait dans une luminescence rappelant certaines légendes – pas toujours rassurantes – évoquées par le chaman et s'attendit à voir surgir des créatures venues du fond de la mémoire évène.

Alors, cette nature avec laquelle, d'habitude, il ne faisait qu'un lui parut hostile, peuplée de divinités malveillantes.

Quand il redescendit de l'autre côté du col, ce fut pour plonger à la suite de la meute dans une autre forêt, que la nuit rendait plus sombre et inquiétante que la précédente. Les arbres filaient de chaque côté de son attelage comme des projectiles tirés par un ennemi, surgissant de l'obscurité à une telle vitesse qu'il avait à peine le temps de les éviter…

Puis les bois s'écartèrent une fois encore, s'ouvrant sur une plaine traversée par une rivière.

Les loups continuèrent à filer en direction du cours d'eau gelé, et ne stoppèrent leur course que parvenus sur la rive.

Serguei fit dévier son attelage pour ne pas leur arriver dessus directement, ce qui, dans la situation actuelle, aurait pu être mal interprété. Il s'arrêta à leur hauteur, sur la berge, mais deux cents mètres en amont. Puis il attacha ses rennes et s'avança vers le bord, sans faire de gestes brusques.

La glace recouvrant le vaste cours d'eau luisait doucement sous la lune. Mais, à certains endroits, de grandes taches noires inquiétantes révélaient que la rivière n'était que partiellement prise, malgré le froid. C'était l'effet des sources d'eau plus chaude débouchant juste en amont.

Les loups avaient repéré Serguei. Ils le regardèrent fixement pendant quelques instants. Dans l'ombre, leurs yeux phosphorescents, posés sur lui comme autant de reproches, lui firent mal.

Puis ils se détournèrent pour reprendre leur course.

Voulka, la première, se lança à l'assaut de la rivière gelée, suivie de près par les trois louveteaux. À plusieurs reprises, elle glissa, ses pattes se dérobant sous elle et lui faisant perdre l'équilibre. Kamar, Kitnic et Amouir dérapaient, eux aussi, d'une manière que Serguei aurait trouvée comique, n'était le danger qui menaçait.

D'où il était, il entendait les craquements sinistres de la glace qui semblait à chaque seconde sur le point de céder. Par endroits, elle devait être fine comme une écorce de bouleau. Pourtant, Voulka et sa progéniture parvinrent sans encombre sur l'autre bord.

Au moment où ils prenaient pied sur la rive opposée, Torok se trouvait encore au milieu de la rivière. Il se figea quand la glace émit soudain une sorte de gémissement, et voulut reculer. Trop tard. Dans un crépitement sinistre, la fine pellicule translucide céda sous son poids et il s'effondra dans l'eau noire et glacée.

Voulka et ses trois louveteaux, impuissants, virent le grand mâle se débattre avec l'énergie du désespoir pour tenter de remonter sur la glace. Mais celle-ci, cassante comme un biscuit, ne cessait de s'effriter sous son poids.

Sur la rive opposée, Serguei assistait, horrifié, à la lente agonie de Torok, dont les mouvements ralentirent peu à peu. Il essayait encore d'accrocher la surface de la glace avec ses griffes qui la rayaient par endroits, mais on voyait bien qu'il n'avait aucune chance d'y parvenir, encore moins de se servir de cet appui trop fragile pour remonter. La panique fit place à la résignation et le loup cessa bientôt de se débattre. Il se laissa aller dans l'eau noire en maintenant seulement sa tête à la surface. De loin, Serguei voyait luire les épis de glace qui s'accrochaient déjà à son crâne et à sa gueule.

À bout de forces, Torok attendit le moment où, vaincu par le froid et l'épuisement, il glisserait lentement vers les profondeurs…

Ce n'était qu'une question de minutes, peut-être de secondes.

L'apparence chétive de son grand Torok, d'habitude si majestueux, le fit bondir. Il se précipita vers son traîneau, en arracha la corde et l'ancre qui le maintenaient, et revint en courant vers la rivière. Sans hésiter, il avança sur la glace encore solide qui bordait les berges et y planta son ancre avec force. Tout en marchant vers le gouffre noir où Torok agonisait, il noua solidement la corde autour de ses reins. Il avait à peine fini de serrer le nœud que la glace céda sous ses pieds et qu'il plongea à son tour.

Il cria de douleur quand le froid referma sur lui son étau incandescent. Suffoquant, la respiration coupée, il parcourut à la nage les quelques mètres qui le séparaient du loup. Dans les yeux de l'animal, la vie se retirait déjà.

— Viens, Torok ! Viens ! cria-t-il d'une voix hachée.

Il lui présenta son dos, tout en empoignant une de ses pattes pour lui faire comprendre de s'accrocher à lui. Torok réagit et, de toutes les forces qui lui restaient, planta ses griffes dans les épaules de Serguei. Le garçon sentit tout le poids du fauve sur son dos, et son souffle dans son cou. Il rassembla son énergie pour tirer sur la corde et les ramener tous les deux vers le salut.

La glace se déroba d'abord sous ses mains, comme elle l'avait fait sous les pattes de l'animal. Mais ils atteignirent enfin la zone où elle était plus résistante, celle où Serguei avait planté son ancre. Elle tint bon quand le jeune Évène se hissa hors de l'eau, en aidant le loup à faire de même.

L'homme et la bête roulèrent chacun de leur côté, mais ne s'accordèrent que quelques instants pour reprendre leur souffle.

Désormais, la survie, pour l'un comme pour l'autre, était une affaire de secondes.

Dans l'eau, même glaciale, la température était largement supérieure aux quelque moins cinquante qu'il faisait dehors.

Trempés comme ils l'étaient, Serguei et Torok allaient mourir en quelques minutes, congelés vivants.

L'animal, lui, avait une recette millénaire. Bondissant sur la berge, il se roula longuement dans la neige, afin que celle-ci absorbe l'humidité imprégnant la bourre épaisse de sa fourrure et lui évite de finir emprisonné dans une gangue de glace.

Pour l'homme, les choses n'étaient pas aussi simples.

Serguei n'avait qu'une solution pour échapper à la mort : allumer un feu. Et l'allumer vite ! Dans trois, quatre minutes au plus, l'hypothermie aurait atteint un stade irréversible.

Il courut vers un bouquet d'épineux qui se trouvait à proximité, tout en fouillant ses vêtements gorgés d'eau à la recherche de la petite pochette en plastique contenant son morceau de bougie, ses allumettes et ses lamelles d'écorce. À chaque seconde, il sentait le froid pénétrer plus profondément sous sa peau, s'emparer des muscles pour les paralyser… Vite ! Trouver des brindilles et de petites branches basses, les débarrasser de la neige qui les recouvrait, gratter une allumette, enflammer la bougie, faire démarrer le feu… sauver sa vie !

Ses mains tremblaient tellement qu'il arrivait à peine à contrôler ses gestes... La première allumette ne fit qu'étaler sa pâte un peu humide sur le grattoir. Le soufre de la deuxième était encore à peu près sec. La flamme jaillit, mais mourut avant même de se transmettre à la bougie... Son visage gourd ne lui communiquait plus aucune sensation. Ses doigts non plus. Ses pieds et ses jambes, pas davantage... Il regarda le petit sachet à l'intérieur duquel restaient quelques allumettes qui auraient pu le sauver. Mais il était maintenant bien incapable de s'en saisir. Ses doigts ne répondaient plus. On aurait dit des petits bâtons blancs, sans vie, repliés au creux de ses mains gelées.

C'est alors qu'il le vit.

À quelques mètres, les yeux bleu acier de Torok le fixaient de leur lueur étrange.

Le regard du fauve semblait désincarné, accroché à la nuit comme deux photophores à une branche d'arbre, tant son pelage noir se confondait avec l'obscurité. Serguei soutint ce regard, sans crainte mais avec étonnement. N'ayant plus vu Torok depuis leur sortie de la rivière, il croyait qu'une fois séché, le grand mâle avait repris sa route, emmenant Voulka et les trois louveteaux à jamais loin de lui.

L'instant d'après, Serguei eut un choc en découvrant que toute la meute entourait son chef. À présent, c'étaient cinq paires d'yeux qui le fixaient en même temps.

Il voulut parler, les appeler par leur nom, mais ses lèvres engourdies n'arrivaient pas à former la moindre syllabe. Il se contenta de les regarder sans faire un geste.

Il ne pouvait plus.

Les tremblements qui l'agitaient avaient cessé. Le froid avait pris possession de son corps. La mort était en train de gagner.

Peut-être les loups n'étaient-ils revenus que pour le regarder mourir...

Il eut le temps de penser que cette fin, si cruelle qu'elle soit, était juste, dans le fond... avant de se laisser lourdement glisser sur le côté.

Couché sur le sol glacé, il vit Torok, Voulka, Kamar, Kitnic et Amouir arriver sur lui.

La meute allait-elle parachever sa vengeance en le dévorant, dès l'instant où il aurait cessé de vivre ?

Peut-être même avant ?

Les loups n'attaquaient pas les hommes, mais s'en prenaient volontiers à leurs cadavres.

Torok prit l'initiative et guida les autres.

Loin de planter ses crocs dans le corps de Serguei, le grand mâle s'approcha avec douceur. Il colla sa tête contre le visage du garçon, qui ressentit la douce chaleur que l'animal exhalait par la gueule. Alors, le jeune Évène avança la masse inerte de ses mains sous le corps du loup et les garda dans ce fourreau protecteur. Le grand canidé ne bougea pas. Au contraire, Serguei eut l'impression qu'il s'approchait davantage, collait son corps au sien pour lui communiquer le maximum de cette chaleur dont il avait tant besoin.

Bientôt, les sensations réapparurent dans ses doigts. Une brûlure sourde, d'abord. Puis l'impression atroce qu'on lui écrasait les extrémités à coups de marteau... Mais Serguei s'en réjouit : cela signifiait que la vie revenait peu à peu dans ses membres...

Il n'était pas sauvé pour autant. Pour ne pas mourir, il devait profiter de l'usage de ses doigts partiellement retrouvé pour se débarrasser de toute cette humidité, que le froid aurait tôt fait de transformer en glace. Tremblant comme un frêne sous la bourrasque, il se leva, arracha avec difficulté ses bottes, ainsi que son épais pantalon doublé de fourrure et son imposante parka, qui lui collaient au corps. Il n'avait qu'une grosse veste de rechange et, pour protéger ses jambes, un sous-pantalon en laine mouillé...

Entre lui et la mort, il n'y avait que quelques heures. Ainsi vêtu, dans la nuit polaire, par une température à laquelle aucun homme n'était capable de survivre, il ne pouvait espérer tenir très longtemps.

Serguei sentit le froid mortel l'envahir de nouveau.

Instinctivement, il se recroquevilla, retrouvant la place qu'il avait brièvement quittée. Torok l'attendait, qui se colla de nouveau contre lui. Serguei replaça ses mains froides dans l'épaisseur chaude des poils et de la bourre épaisse, dans laquelle elles disparurent. Mais il n'avait pas froid qu'aux mains. Le devinant d'instinct, Torok se coucha sur lui, de tout son long. Le garçon sentit aussitôt la chaleur de l'animal se communiquer à son propre organisme.

Voulka imita son compagnon, collant sa chair et sa fourrure chaude contre le dos du garçon.

Prenant exemple sur leurs parents, Amouir, Kitnic et Kamar se plaquèrent contre les ouvertures par lesquelles le froid pouvait encore s'engouffrer, achevant d'envelopper Serguei dans une énorme couverture vivante.

Les loups ne bougèrent plus.

Environné de leur chaleur, sentant leur souffle sur sa peau et leur cœur puissant palpiter sous leur fourrure, Serguei revint peu à peu à la vie. Le sang se remit à couler dans ses veines, les sensations revinrent dans ses membres et dans son visage bleui. Bientôt, il eut aussi chaud que s'il s'était trouvé à l'abri d'une cabane, devant un bon feu de bois.

Il s'endormit.

22.

Ils avaient trouvé le paradis.

Une immense vallée, dominée par la crête d'une haute montagne, quelque part entre les grands fleuves Indigirka et Kolyma, à l'est des montagnes de Belaya Gora.

C'est-à-dire très loin des territoires où nomadisait le clan de Nicolaï. Très loin, aussi, de la plupart des routes empruntées par les rennes des autres clans.

Serguei, qui connaissait aussi bien les itinéraires de sa tribu que ceux des différentes familles évènes, avait conduit « ses » loups jusqu'à une zone qu'aucun être humain ne traversait jamais. Un paysage abandonné, oublié des hommes, une sorte de jardin d'Éden auquel sa solitude et son isolement absolu conféraient une majesté impressionnante.

Il avait décidé d'en faire le territoire de « ses » loups. Leur pays, en quelque sorte. Eux et lui étaient arrivés là au terme de six journées de voyage, pendant lesquelles Torok et les siens avaient suivi son attelage, parfois de très près, sans jamais s'en prendre aux rennes de Serguei.

Cette leçon-là, au moins, avait été apprise…

Lorsque, enfin, ils avaient débouché dans « leur » vallée, ils avaient tout de suite su qu'ils étaient arrivés. Un peu comme s'ils reconnaissaient un endroit familier.

Torok et Serguei avaient échangé un regard qui signifiait : « Oui, c'est bien ici... » À partir de là, les choses avaient tout naturellement suivi leur cours.

Et la vie – une autre vie, pour Serguei – avait commencé.

Les loups avaient pris leurs repères, au cœur de leur nouvelle zone de chasse. Selon leurs déplacements, ils s'abritaient pour dormir sous les branches basses d'un conifère épais, ou sous l'avancée d'un surplomb rocheux. Serguei les suivait parfois, installant son campement dans le même secteur, mais toujours à l'abri du vent qui aggravait la sensation de froid. Pendant que la meute poursuivait un mouflon ou traquait un élan, le garçon chassait de son côté. Ses réserves de nourriture étaient depuis longtemps épuisées et il devait se nourrir aux sources de la nature, lui aussi. Pour ne pas effrayer « ses » loups – et aussi pour économiser ses rares munitions –, il « trappait », posant des collets pour piéger des lièvres arctiques, ou attrapant de grosses perdrix blanches à l'aide d'une longue perche et d'un fil de pêche formant un nœud coulant.

De bonne heure, avant que la nuit tombe sur son immense domaine, il s'armait du seau qui se trouvait au fond de son attelage et partait reconstituer sa réserve d'eau. Le froid extrême donnait plus soif encore que la chaleur et on buvait davantage en hiver. Parfois – très rarement –, il dénichait de l'eau libre, épargnée par le gel. Mais, la plupart du temps, il remplissait son récipient de glace. Une fois fondue, elle donnerait une quantité d'eau équivalente à son volume, alors qu'il aurait fallu dix seaux de neige pour un seau d'eau. Il allumait son feu à l'aide d'un bâtonnet bien sec et d'une planchette entaillée, pour ne pas gaspiller des allumettes susceptibles de lui sauver la vie. Enfin, il préparait son dîner et le dévorait à la chaleur des flammes.

De temps à autre, Torok et les siens venaient lui tenir compagnie. Ils se posaient de l'autre côté du feu et restaient là, pendant que le garçon finissait son repas. Quand il avait fini de manger, il leur parlait longuement, en les appelant chacun par leur nom. Il leur racontait des légendes évènes... ou évoquait simplement ses états d'âme à voix haute. Il parlait de ses parents, de ceux de son clan, de leur haine millénaire des loups... ou de Nastazia et de son amour pour elle. « On va se marier, dit-il une nuit. Qu'est-ce que tu en penses, Voulka ? Est-ce qu'on restera ensemble toute notre vie, comme toi et Torok ?... » De l'autre côté du feu, il vit frémir les oreilles pointues de la louve grise et briller ses beaux yeux jaunes. Il lui sembla furtivement que ses babines noires se retroussaient sur une mimique d'approbation...

Torok et Voulka n'avaient encore jamais vu d'animal aussi énorme. Quant à Amouir, Kamar et Kitnic, ils se figèrent sur place en découvrant, au débouché d'un épaulement de terrain, le gigantesque cervidé qui broutait parmi les aulnes. Amouir fut parcouru d'un frisson qui agita sa fourrure comme si le vent l'avait rebroussée : le souvenir de sa blessure, causée par une bête comme celle-là, était encore vivace dans sa mémoire... et dans sa chair. Et cet élan était encore plus gros que l'autre !

D'instinct, Torok et Voulka se tournèrent vers Amouir. Mais le louveteau s'était déjà ressaisi. Il était prêt à l'attaque, comme ses frères.

Haut perché sur ses grandes pattes, l'élan s'appliquait consciencieusement à engranger les quelque vingt kilos de feuillages et d'épineux dont son immense carcasse se nourrissait chaque jour. Dans sa quête alimentaire, il s'était éloigné du groupe d'une dizaine d'individus avec lesquels il se déplaçait, et que les loups avaient repérés depuis une hauteur située à l'autre extrémité de la vallée.

En outre, le cervidé était sorti de ses chemins habituels et se trouvait dans une neige épaisse qui lui arrivait à mi-jambes. Il serait beaucoup moins mobile, et d'autant plus vulnérable. Même sa vaste ramure, qui constituait une arme presque aussi redoutable que ses sabots avant, était tombée avec l'hiver. En proie à de violentes démangeaisons, l'élan cessait régulièrement d'arracher des feuilles d'aulne pour se gratter la tête contre le tronc.

La chance était avec Torok et les siens.

Ils avancèrent, adoptant d'instinct la formation en deux groupes : celui de la mère et celui du père.

Quand le grand élan s'avisa de leur présence, il était trop tard pour fuir. Il redressa brusquement la tête et adopta une attitude menaçante, chassant furieusement de l'air vaporeux par les narines et grattant le sol de ses sabots pointus, ce qui fit voler la neige autour de lui.

Sachant que les prédateurs cherchaient à le blesser aux membres postérieurs pour le mettre à terre, l'élan fit tous ses efforts pour rester face à eux. Mais les loups l'entourèrent et attaquèrent l'un après l'autre, obligeant le cervidé à se tourner sans cesse dans tous les sens. Ce manège dura pendant plus de vingt minutes.

Soudain, à un imperceptible ralentissement de ses mouvements, Torok et sa meute comprirent que leur proie commençait à se fatiguer. Ils redoublèrent d'agressivité dans leurs assauts... Enfin, le moment arriva où, sous l'effet de l'épuisement, l'orignal relâcha sa vigilance, offrant à Torok une ouverture d'une fraction de seconde. C'était suffisant. Le grand mâle la saisit et plongea sur la patte arrière de l'élan avant que celui-ci ait eu le temps de la retirer. D'un seul coup de crocs, il lui sectionna les tendons. Avec un hennissement de douleur, le cervidé s'effondra sur son arrière-train.

C'était fini.

Il était à peine tombé que toute la meute se rua en avant. Les coups de sabot désespérés et dérisoires qu'il lança dans le vide n'empêchèrent pas les fauves de lui ouvrir le ventre à coups de dents et de plonger leur gueule affamée dans ses organes tièdes.

Bientôt, l'élan cessa de vivre. Les loups festoyèrent.

De loin, Serguei avait assisté à toute la scène. Il avait sorti son fusil, prêt à aider « ses » loups en achevant l'élan à leur place, au cas où les choses se seraient mal passées... Il était heureux de ne pas avoir eu besoin de faire résonner une nouvelle fois ce même tonnerre qui avait tué Anouchka.

Il fonça vers eux à grandes foulées énergiques, ses longs skis de bois recouverts de peaux laissant un double et profond sillon dans la neige. Il déchaussa et fit les derniers mètres à pied, s'enfonçant dans la poudreuse jusqu'à la taille.

Vu de près, l'élan que « ses » loups étaient en train de dévorer était vraiment énorme. Au jugé, il devait bien peser sept cents kilos.

— Bravo, mes chasseurs ! Bravo ! cria-t-il, essoufflé. Alors… c'est pas meilleur que du renne, ça ?

Dans son enthousiasme, il s'abattit au milieu d'eux, les prenant par l'encolure et les caressant, ce qui ne détourna pas les canidés de leur festin. Hilare, il jeta la tête entre les leurs comme pour dévorer sa part de viande crue. Il la releva et sentit une tiédeur sur son visage. Il y porta les doigts et éclata de rire en constatant qu'il était tout barbouillé de sang.

Les loups ne marquèrent aucun signe d'étonnement devant son attitude, aucune velléité non plus de le repousser loin de leur repas.

Serguei eut l'impression que s'il avait plongé la tête dans les entrailles de l'élan et qu'il s'était mis, lui aussi, à lui arracher les tripes à coups de dents, les loups auraient trouvé cela parfaitement naturel…

Un formidable sentiment d'exaltation l'envahit.

Cette fois, il était vraiment devenu l'un d'eux.

Au fil des jours, pourtant, Serguei constata que s'il était désormais partie intégrante de « sa » meute, le loup en lui n'occupait pas toute la place. L'autre moitié était toujours humaine, toujours évène. Il était toujours le fils de Nicolaï et d'Anadya, le frère de tous ceux de son clan… et le fiancé de Nastazia.

Et ceux de sa propre race – Nastazia en particulier – se rappelaient à lui avec de plus en plus d'insistance.

Le temps était venu de retourner parmi les siens.

Par une aube un peu moins grise que les autres, Serguei attela ses rennes, démonta son campement et entassa son chargement sur son traîneau. Il ne s'y installa pas tout de suite et alla chercher « ses » loups là où il savait pouvoir les trouver : près de leur refuge le plus récent, un gros massif d'épineux au sein duquel Torok et les siens s'abritaient pour dormir, depuis que la meute chassait dans cette zone.

Il les aperçut de loin. Les loups avançaient en file indienne sur la neige, où leurs traces se recouvraient et se confondaient, formant une seule piste profonde et brouillée. D'autant que, derrière Torok et Voulka, Kamar, Kitnic et Amouir jouaient à se bousculer pour se déséquilibrer. Poussé par Amouir, Kitnic roulait dans la neige et se relevait, son pelage gris anthracite devenu presque blanc. Il tentait à son tour de surprendre Kamar pour le faire trébucher, mais le louveteau noir au tempérament de chef, le voyant venir, se retournait vers lui avec un jappement furieux et le mordait vivement à l'oreille. Le jeu virait à la bagarre, et les trois louveteaux roulaient dans la neige, d'où émergeaient leurs oreilles pointues, couvertes de givre, et leurs queues entremêlées... Quand ils prenaient trop de retard sur leurs parents, Torok ou Voulka se retournaient et grognaient sévèrement. Le jeu, alors, cessait brutalement et les trois louveteaux rentraient dans le rang, sautillant sur la poudreuse pour rattraper leurs parents.

Ils avaient beaucoup grandi, depuis ce jour où Serguei les avait découverts, ce moment magique dont le souvenir était gravé dans sa mémoire. Ils avaient appris à chasser, à tuer... Mais, dans leur tête, c'étaient encore des bébés.

En le voyant apparaître de loin, les louveteaux et leurs parents quittèrent leur formation et se précipitèrent vers Serguei pour lui faire fête. Tombant à genoux dans la neige, le garçon les entoura de ses bras, leur ébouriffa le col et les joues... Les jeunes, bondissant dans tous les sens, lui léchèrent affectueusement le visage, tandis que les adultes se laissaient caresser avec des grognements de plaisir.

Serguei saisit l'encolure de Torok et plongea ses yeux dans ses pupilles bleu cobalt.

— Il faut que je parte, mon vieux Torok, dit-il. Je dois aller retrouver les miens. Mais je reviendrai bientôt, je te le promets.

Il y avait quelque chose de si profond, de si intense, dans le regard du loup, que Serguei ne douta pas un instant que le fauve le comprenait.

Il saisit les joues grises de Voulka.

— Voulka, ma belle, il faut que je retourne voir ma fiancée. Tu dois comprendre ça, toi, hein ?

La louve le fixait avec, dans son fascinant regard d'ambre, un mélange d'acquiescement et de confiance.

Oui, elle comprenait ses raisons, elle les approuvait...

Et elle ne doutait pas qu'il reviendrait.

C'était du moins ce que Serguei ressentait profondément.

Il se redressa, tourna le dos à « ses » loups, et se mit à marcher dans la neige, en direction de l'endroit où ses rennes et son traîneau l'attendaient. Il s'obligea tout d'abord à ne pas se retourner. Mais l'effort dépassait ses capacités et il finit par jeter un coup d'œil par-dessus son épaule. À travers la fourrure de sa capuche, il aperçut « ses » loups, dispersés et immobiles dans la neige... qui le fixaient comme s'ils attendaient quelque chose de sa part.

Une explication, un changement de programme ?...

Son instinct ne l'avait pas trompé : ils avaient bel et bien compris ce qu'il leur disait.

Mais il y avait dans leur attitude quelque chose qu'il n'avait jamais vu auparavant : une sorte d'hésitation devant une situation nouvelle et profondément anormale.

« Ça passera, pensa Serguei en reprenant sa marche. Je vais partir et la vie continuera sans moi jusqu'à mon retour, c'est tout. »

Il regagna son traîneau, s'y installa, saisit les brides dans une main, le bâton de conduite dans l'autre, et cria : « *Da vaï !* » Les deux *uchakhs* se mirent à trotter d'un pas alerte. Bientôt, Serguei retrouva l'environnement sonore familier à tout Évène filant sur son attelage : le sifflement du vent, mélangé au crissement soyeux des patins et au grincement du cuir jouant contre le bois... Le froid, aiguisé par la vitesse, se mit à trancher dans le vif. Faisant sauter les lanières dans la même main que le bâton, Serguei remonta jusqu'aux yeux son masque de peau...

Il arriva vite aux abords du fleuve Indigirka. C'était la frontière du territoire de « ses » loups, la démarcation au-delà de laquelle les éleveurs de rennes retrouvaient leurs droits. Celui, en particulier, de tuer les prédateurs qui menaçaient leurs troupeaux...

Il allait falloir traverser cette large étendue de glace. Il avait fait très froid, ces derniers temps, ce qui signifiait que, normalement, elle devait être assez épaisse pour permettre de passer en toute sécurité. Mais Serguei éprouvait encore l'horrible sensation de l'eau noire et glaciale se refermant sur lui, quelques semaines plus tôt, quand il avait sorti Torok de la rivière... Par prudence, il décida d'ouvrir la marche, ce qui lui permettrait de scruter chaque mètre de surface gelée avant d'y poser le pied. Les rennes, tenus par leurs brides, le suivraient à son rythme.

Il sauta de son traîneau, et reçut un choc qui le figea sur place.

Torok, Voulka et les trois louveteaux l'avaient suivi !

La meute avait couru derrière son attelage, pour ne pas le quitter !

Et lui qui ne s'était pas retourné une fois !...

Serguei ressentit un mélange de bonheur, d'émotion... et d'angoisse. Cette manifestation évidente d'attachement le bouleversait. Mais lui faisait peur. Pour eux.

Il ne fallait pas qu'ils aillent plus loin. Il y allait de leur vie.

— Torok, Voulka, lança-t-il en se dirigeant vers la meute, il ne faut pas me suivre après cette rivière !

Il désigna les eaux gelées de l'Indigirka.

— Là, dit-il. Non ! Interdit ! Jamais !

Les loups le regardaient, avec l'expression interloquée qu'ils avaient eue en le voyant partir.

Il alla les embrasser et leur parler, un par un.

— Voulka, ma belle Voulka, tu ne dois plus jamais traverser cette rivière. Plus jamais, tu m'entends ?

Torok... Jamais aller de l'autre côté !... Non !... Ou je serai obligé de vous tuer ! Vous m'entendez ?... De vous tuer !

Il courut chercher son fusil dans le traîneau et le brandit comme une menace, en désignant successivement le fleuve et les loups.

— Il ne faut pas me suivre, sinon...

Il attrapa les liens des rennes et fit un pas sur la glace.

— Je reviendrai au printemps, dit-il en se retournant vers la meute. Avec Nastazia. Promis...

Il continua sa progression. Au bout de quelques mètres, il se retourna encore, pour s'assurer que les loups lui avaient obéi.

Mais ils continuaient d'avancer derrière lui.

— Non ! cria-t-il. Noonn !

Il pointa son arme dans leur direction. Les fauves eurent un mouvement de recul.

Il recommença à marcher. Les loups en firent autant.

Cette fois, Serguei épaula... et tira. La balle fit exploser la glace, juste devant Torok, qui fit un bond en arrière.

Effrayés par ce tonnerre qui leur rappelait la mort d'Anouchka, les loups reculèrent précipitamment jusque sur la rive.

Mais ils ne s'enfuirent pas, car la voix de Serguei était douce, même s'il répétait :

— Non. Il faut rester ici. Maintenant, c'est chez vous ici !

Quand Serguei se mit en marche une nouvelle fois, ils le regardèrent s'éloigner, immobiles et impassibles.

Ils avaient compris.

Lorsque le garçon arriva de l'autre côté de l'Indigirka, « ses » loups étaient toujours sur la rive opposée. Serguei les félicita. Ils ne bougèrent toujours pas. Cette fois, le message était passé. Euphorique, Serguei mit ses mains en porte-voix et poussa un long hurlement qui imitait leur chant.

Au loin, Torok et les siens lui répondirent…

23.

Tog Muhoni était un vieil homme pour certains, un jeune lutin fantasque pour d'autres, une femme, encore, pour certaines... Chacun, en fait, habillait de sa propre image l'esprit du feu, qui avait un seul nom – Tog Muhoni – et de multiples apparences... mais une exigence à laquelle personne n'aurait songé à se soustraire.

La première chose que fit Nicolaï, en pénétrant sous la tente de Kesha, fut de nourrir Tog Muhoni en ouvrant le poêle et en y jetant le contenu d'un bouchon d'alcool de myrtille. Une grosse flamme s'échappa du réchaud, projetant une lumière violente sur le visage du maître des lieux, avant que celui-ci ne soit de nouveau avalé par l'ombre.

Kesha sourit, ce qui creusa les sillons de son visage tout en longueur, comme si on l'avait pressé à la manière d'un fruit.

— Tu es chez toi, maintenant, dit-il.

Nicolaï remercia d'un signe de tête.

— Je n'ai oublié qu'une fois, dit-il. J'ai fait des cauchemars et le ventre m'a brûlé toute la nuit...

En temps normal, il n'aurait fait ce genre de confidence à personne. Mais il avait besoin d'installer une relation personnelle avec Kesha, qu'il rencontrait pour la première fois.

Son hôte tourna son visage maigre vers le poêle.

— Tog Muhoni m'a prévenu de ta visite il y a plusieurs jours. Je mangeais, et puis…

En lançant les doigts devant lui, il produisit avec les lèvres une sorte de chuintement aigu, censé imiter le bruit que le *tog* – le feu – avait fait à ce moment-là.

Nicolaï approuva. C'était bien ainsi – ou en projetant au sol une poignée de cendres – que Tog Muhoni avertissait de l'arrivée prochaine d'un visiteur venu de très loin.

Mais Nicolaï n'était pas venu de très loin. Trois jours de traîneau à peine, à travers la toundra étouffée sous la neige, entre les montagnes figées dans l'hiver, lui avaient suffi pour rejoindre le territoire de Latakian. Il était situé en bordure du sien, au nord-est, entre les monts Verkhoïansk et le fleuve Yana, au nord du petit village de Sakkyryr.

Faute de moyens de communication, il ne s'était pas fait annoncer. Mais l'hospitalité n'avait pas besoin de préliminaires. Un Évène était toujours prêt à en recevoir un autre. Surtout quand il s'agissait de chefs de clan.

Arrivé au campement à la nuit tombée, Nicolaï avait retrouvé un environnement familier : tentes de toile éparpillées non loin d'un cours d'eau, fumées légères s'élevant dans le ciel, odeurs de viande de renne en train de griller… La première personne qu'il avait rencontrée était un garçon d'une dizaine d'années, à qui il avait demandé où se trouvait Latakian. L'enfant avait froncé les sourcils sans comprendre. Son père, arrivé un instant plus tard, avait expliqué à Nicolaï que Latakian était mort depuis de nombreux hivers. Il l'avait conduit auprès de son successeur, Kesha.

— Quand as-tu vu Latakian pour la dernière fois ? demanda celui-ci.

Nicolaï réfléchit.

— Presque dix ans, je crois.

— Au moins dix ans... Il y a huit ans que Latakian est mort et que je suis le chef de ce clan.

— Qu'est-il arrivé à Latakian ? demanda Nicolaï, qui gardait le souvenir d'un homme vigoureux, dans la fleur de l'âge, paraissant indestructible.

La conversation s'interrompit d'elle-même quand Ioulia, l'épouse de Kesha, s'approcha. C'était une petite femme à la peau hâlée comme celle des Inuits, dont la rondeur contrastait curieusement avec la morphologie étroite de son mari. Elle plongea deux gobelets dans la marmite de viande de renne mijotant sur le poêle, et les tendit aux hommes. Kesha et Nicolaï reniflèrent avec plaisir le bouillon gras qui constituait à la fois un délicieux apéritif et une véritable armure de calories contre le froid. Ils savourèrent en silence le liquide brûlant, qu'on sentait descendre jusqu'au ventre et réchauffer le cœur.

Nicolaï attendit sans impatience la réponse à sa question. Il savait qu'elle viendrait à son heure... de même que le moment précis de poser l'autre question : celle qui concernait Oksana.

Ioulia déposa à même le sol, sur les peaux, une lourde planche de bois ; elle y étala l'imposant quartier de viande de renne qu'elle sortit de la marmite, puis le contenu d'un autre faitout : les tripes fumantes du même animal.

Les deux hommes s'armèrent chacun de leur couteau et Kesha invita du geste son invité à attaquer le premier. Nicolaï ne se fit pas prier. Sa dernière journée de route, par un froid presque insoutenable, avait été particulièrement harassante, et il se sentait capable de dévorer un renne entier.

Ce ne fut qu'après avoir longuement mâché sa première bouchée que Kesha se décida à répondre :

— Latakian... commença-t-il. Il a laissé son manteau dans sa tente.

Nicolaï hocha la tête, satisfait. D'une manière typiquement évène, Kesha lui avait donné à comprendre l'accident de Latakian.

Latakian était parti chasser très loin du campement. Il avait bivouaqué seul, en pleine nature. À un moment donné, il était sorti ramasser du bois pour nourrir son poêle ou récupérer un ustensile dans son traîneau. Malgré le froid extrême, il n'avait pas pris la peine de se rhabiller et il était resté en tenue d'intérieur, ce qu'on pouvait faire sans risque, à condition que ce soit pour un temps très court : une ou deux minutes tout au plus. Latakian avait commis une erreur fatale en laissant son épais manteau de renne à l'intérieur de la tente, au lieu de le déposer à l'extérieur. Pendant sa courte absence, une braise éjectée du poêle avait sans doute mis le feu. Les flammes avaient dévoré l'abri et la totalité de son contenu. Latakian s'était retrouvé en sous-vêtements, par moins cinquante, à des jours de marche du campement de son clan.

— Il a essayé de revenir avec son attelage, continua Kesha. Les rennes ont retrouvé le chemin... Latakian tenait toujours les brides et le bâton... Son corps était comme de la pierre...

Le silence retomba, troublé seulement par les bruits réguliers de mastication et les piétinements discrets d'Ioulia qui, au fond de la tente, préparait une couche pour le visiteur. Quand elle eut terminé, elle vint s'accroupir près du poêle, où elle puisa du bout des doigts quelques reliefs de viande. Elle les mangea en braquant sur Nicolaï un sourire un peu figé.

Pour Kesha, de toute évidence, le sujet Latakian était épuisé. Quant à Nicolaï, il voyait s'écrouler ses projets d'union entre son fils et la fille du défunt. Certes, à sa connaissance, Oksana n'était pas morte. Mais elle n'était plus la fille du chef. Son mariage avec Serguei n'avait donc plus d'intérêt.

Pourtant, il voulait savoir... Il n'avait pas fait tout ce chemin pour repartir sans connaître le fin mot de l'histoire.

Afin de ne pas violer les règles de courtoisie évènes en abordant de front un sujet, il l'évoqua d'une façon détournée.

— Tous ces hommes encore jeunes qui meurent... dit-il. Toutes ces femmes seules. C'est difficile. Surtout pour la femme d'un chef.

Il avait dit cela en rendant son sourire à Ioulia. Kesha, lui, eut un hoquet méprisant :

— Tu veux parler de Pavlina ?

Nicolaï fit un effort de mémoire. Oui... c'était bien ainsi que se prénommait la femme de Latakian.

— C'est ça... Pavlina.

Kesha sembla n'avoir rien entendu. Il se pencha et, à l'aide de son couteau, trancha un autre morceau de viande de renne. Il saisit avec les doigts une pincée de tripes et enfourna le tout dans sa bouche. Le gras lui coula sur le menton.

Nicolaï se tourna vers Ioulia, visiblement ravie d'être enfin l'objet d'un peu d'attention. Elle ouvrit la bouche pour dire quelque chose, mais, à l'ultime seconde, se ravisa et consulta son mari du regard. Kesha lui adressa un bref signe du menton signifiant qu'elle avait sa permission.

Il y avait dans son attitude une sorte de dégoût. À croire que parler de Pavlina lui aurait souillé la langue et qu'il refusait de s'y abaisser.

— Pavlina... Elle a beaucoup pleuré la mort de Latakian, commença Ioulia d'une voix flûtée que Nicolaï entendait pour la première fois. Elle est restée seule avec sa petite Oksana pendant un an... presque deux... Et puis, il y a eu l'hélicoptère...

L'hélicoptère, et surtout son pilote. Un de ceux que le gouvernement de Moscou envoyait encore, à cette époque-là, dans les régions les plus reculées de l'empire, avec un groupe de musiciens folkloriques pour donner l'aubade – et le sentiment qu'on se préoccupait de leur sort – aux populations inaccessibles. Nicolaï se souvenait d'un de ces groupes, venu dans son enfance. Un guitariste, un accordéoniste, un violoncelliste... Des petits hommes maigres, paraissant très vieux dans leurs costumes fournis par le gouvernment, leurs cravates en nylon, leurs cols trop larges d'où émergeait un cou ridé. Un an ou deux après la mort de Latakian, un de ces groupes était venu jusqu'ici. Entre le pilote de l'hélicoptère et Pavlina, il s'était passé quelque chose que le reste du clan n'avait pas remarqué. Ce n'est que quand il était revenu, quelques semaines plus tard, qu'on avait compris. Cette fois-là, Pavlina était repartie avec lui, en emmenant sa petite Oksana.

— On a su qu'ils s'étaient installés à Yakoutsk, continua Ioulia. C'est tout. On n'a plus jamais eu de nouvelles.

Nicolaï eut un geste fataliste de la pointe de son couteau, sur lequel il venait de piquer un morceau d'intestin. Franchement, il ne voyait pas pourquoi Kesha faisait une montagne de cette histoire. Pavlina était devenue veuve avec une petite fille, et elle avait retrouvé un homme pour s'occuper d'elle et de la gamine. C'était une bonne chose. Beaucoup de femmes, dans sa situation, n'avaient pas cette chance...

Une image lui revint fugitivement en mémoire : celle de la fillette, jouant avec Serguei lors d'un de ces grands rassemblements claniques qui avaient lieu tous les deux ou trois ans, sur un vaste lac gelé, suspendu entre les montagnes. Les deux enfants devaient avoir cinq ans, pas plus... Cette vision inattendue, surgie d'un passé lointain, le fit sourire.

— Et la petite Oksana, lâcha-t-il distraitement, pas de nouvelles non plus ?...

Il sursauta légèrement quand Kesha arracha son bonnet de feutre et le jeta violemment au sol en criant :

— Assez ! Ça suffit comme ça, avec cette histoire !

Sans regarder son hôte, il se gratta furieusement la tête, libérant un désordre d'épis grisâtres.

Le regard déconcerté de Nicolaï alla du chef de clan à son épouse. Ioulia avait perdu son sourire et lui adressait de petits « non » affolés en secouant la tête.

C'était clair : dans ce clan, on ne devait plus prononcer le nom d'Oksana, sous peine de s'attirer les foudres du chef... et de tous les autres, probablement.

Nicolaï n'insista pas. Chaque clan, chaque famille avait ses mystères et ses secrets. Il était toujours préférable de les ignorer.

En tout cas, cette histoire – quelle qu'elle soit – ferait les affaires de Serguei et de Nastazia. Nicolaï ne voyait pas comment, désormais, il pourrait les empêcher de s'unir.

— Pardonne-moi, Kesha, dit-il, je ne savais pas.

Le chef hocha la tête. L'instant d'après, le feu émit un petit sifflement qui lui fit esquisser un sourire.

— Pour Tog Muhoni, dit-il, tu es toujours le bienvenu... Pour moi aussi.

Ils burent du thé, puis Kesha offrit à son hôte un verre d'alcool de genièvre. Enfin, Nicolaï se coucha sous le monceau de fourrures de renne préparé à son intention par Ioulia, sans avoir abordé la question qui le préoccupait le plus : la possibilité de nomadiser sur les terres de Latakian, devenues celles de Kesha. Puisqu'il n'y avait plus de mariage en vue, il faudrait trouver un autre moyen d'arriver à ses fins...

Il serait toujours temps d'en parler demain... ou après-demain. Il en avait assez fait pour une journée.

Nicolaï s'endormit paisiblement, sachant que l'esprit du feu ne laisserait pas les mauvais rêves s'approcher cette nuit.

24.

La nuit était si noire que Serguei distinguait à peine les bois de ses rennes. Tout juste entendait-il leur souffle régulier, un peu haletant, et le martèlement feutré de leurs larges sabots fourchus dans la poudreuse. Par intervalles, la corne se mettait à sonner plus clair, sur la glace d'un cours d'eau gelé. Mais à aucun moment les bêtes ne dérapaient. Jamais elles ne perdaient l'équilibre ni ne paraissaient moins assurées sur leurs pattes.

Tout en pilotant son attelage, Serguei se remémora la devinette qu'on se transmettait de génération en génération et qu'il avait entendue cent fois : « Ce vieillard barbu habite entre deux falaises. Il ne bouge jamais de chez lui ; pourtant, il court très vite. Qui est-il ? » Il s'agissait de la touffe de poils drus, nichée dans la fourche des sabots des rennes, et qui leur permettait d'adhérer, même en pleine course, aux surfaces les plus glissantes.

« Le vieillard barbu... le vieillard barbu... » chantonna Serguei dans sa tête, faute de pouvoir remuer ses lèvres congelées.

S'abandonner à toutes les idées, même les plus farfelues, aux pensées les plus improbables qui pouvaient traverser l'esprit... c'était un bon moyen de faire paraître moins longues les heures passées à voyager ; c'était aussi efficace pour lutter contre le froid.

Son cerveau cessa de vagabonder quand la faible clarté lunaire lui révéla soudain un groupe de silhouettes massives, tapies tout au fond de la vallée.

Les tentes du *dyu*, le campement actuel de son clan.

Il donna un coup de lanières sur l'arrière-train de ses *uchakh*, pour les faire accélérer, mais les bêtes conservèrent le même rythme. Les derniers kilomètres – alors qu'il voyageait pourtant depuis six jours – lui parurent interminables.

Il se dirigea tout naturellement vers la seule tente encore éclairée : la grande yourte centrale, qui faisait office de salle commune. Quand son attelage s'immobilisa enfin devant l'entrée, Serguei, paralysé par le froid, n'arriva pas tout de suite à bouger. Quelqu'un, alerté par le bruit des sabots, passa la tête à l'extérieur.

— Serguei ! C'est Serguei ! cria l'homme en rentrant précipitamment.

D'autres voix, à l'intérieur, reprirent l'exclamation. Quelques silhouettes apparurent. Parmi elles, le géant Andrei, qui les dépassait de deux têtes. Ses bras puissants se refermèrent sur le garçon et le soulevèrent de son siège pour le déposer à terre. On se précipita sur lui pour lui donner l'accolade, pour le serrer dans ses bras ou lui taper sur l'épaule.

Soudain, Wladim se matérialisa devant Serguei et l'accueillit avec un large sourire.

— Va te réchauffer, dit-il en lui administrant une bourrade faussement amicale. Je m'occupe des rennes.

Serguei se doutait que la sollicitude de Wladim cachait des arrière-pensées peu amicales. Mais il n'eut pas le temps d'objecter. On le porta littéralement à l'intérieur, pendant que, sous les autres abris de toile, les bougies s'allumaient une par une. Tout le monde sortait de chez lui pour se précipiter vers la tente commune. Serguei, à qui la tête tournait un peu, avait l'impression d'être à lui tout seul la distraction la plus importante que le clan avait connue depuis des années.

Pendant ce temps-là, Wladim soulevait la toile qui protégeait le chargement de son traîneau, et examinait attentivement son contenu. Il ne vit pas ce qu'il cherchait. Il afficha un sourire satisfait, une fois son inspection terminée.

On installa Serguei au centre du chapiteau, près du poêle, afin qu'il se réchauffe et que le sang se remette à circuler dans ses veines. Quelqu'un lui mit entre les mains un bol de bouillon de renne brûlant, qu'il commença à déguster à petites gorgées.

Du coin de l'œil, Serguei voyait tout le clan envahir peu à peu la tente commune, qui allait bientôt devenir trop petite. Les uns apportaient un instrument de musique, les autres un gâteau, d'autres encore une marmite fumante... À croire qu'on connaissait la date précise de son retour, et qu'on s'était préparé à faire la fête à cette occasion.

— Enfin !

Nastazia venait de se coller contre lui et murmurait à son oreille.

— J'ai eu peur, tu sais ! dit-elle dans un souffle.

Elle l'entoura de ses bras et il la regarda, souriant faiblement.

— Il ne fallait pas, dit-il. Je suis là.

De l'autre côté des flammes, Andrei fit la grimace.

— Il y en a qui pensaient que tu conduisais déjà les hardes de l'autre monde...

Une seconde étreinte féminine succéda à la première. Anadya avait fait irruption et s'était précipitée sur son fils.

— Trois semaines, Serguei ! s'écria-t-elle. Trois semaines ! Par ce froid, avec cinq jours de nourriture ! J'ai cru que...

Elle avait les larmes aux yeux. Serguei pencha la tête et son front toucha celui de sa mère, comme pour se faire pardonner et la rassurer tout à la fois.

— Tout va bien..., dit-il. Tout va bien.

Son jeune frère Mikhaël le regardait fixement, comme s'il revenait d'entre les morts. Serguei lui caressa la joue avec un sourire, et l'enfant retrouva son expression enjouée.

Lorsqu'une main s'abattit lourdement sur son épaule, Serguei reconnut son père sans même se retourner.

— Heureux de te revoir, fils ! lança Nicolaï en prenant place en face de lui.

Enroulé dans un bras, il portait Ivan, le plus jeune de ses enfants, à moitié endormi. Il le posa près de lui, sur les couvertures.

— C'est vrai que tu nous as fait un peu peur, continua-t-il. Surtout à ta mère. Je suis moi-même rentré il y a trois jours seulement...

Serguei calcula rapidement que si Nicolaï, après leur dernière rencontre, était revenu directement au *dyu*, il aurait dû être ici depuis quinze jours au moins. Il avait donc fait un autre voyage ?

Le garçon n'eut pas le temps d'interroger son père, qui reprit :

— Trois semaines ! J'espère au moins que tu es venu à bout de ces maudits *volki* ?

Il se tut. C'était le signal : à Serguei de parler. On attendait de lui un récit en règle, ce qui consistait à narrer les faits sans jamais se mettre en avant, en insistant surtout sur ses maladresses et en faisant preuve d'autodérision. Mais surtout, à faire durer le récit en détaillant la manière dont il avait traqué et tué ces bêtes fauves.

Sous la tente commune s'était fait un silence absolu. On retenait son souffle...

— Ils étaient six ! attaqua Serguei. Deux adultes et quatre jeunes. C'est un de ces quatre-là que j'ai tué en premier. Mon père a dû vous le rapporter...

Tout le monde acquiesça d'un signe de tête. Serguei jeta un coup d'œil circulaire à son auditoire : une foule de visages au type asiatique et à la peau brunie par les rigueurs du climat, jeunes et vieux, ridés ou lisses comme des galets, tous enfouis sous d'épais bonnets de laine... tous arborant la même expression fascinée.

Serguei ressentit toute l'importance qui était la sienne à cet instant. Elle l'envahissait comme la chaleur du feu. Instinctivement, il se redressa. Le fait que son père ait ramené le cadavre du premier loup donnait de la crédibilité à toute l'histoire qu'il avait inventée.

— Les autres se sont enfuis. Je les ai poursuivis pendant des jours et des jours... Ils ne s'arrêtaient jamais, sauf quand moi, je m'arrêtais... Des fauves infatigables !... Alors que moi...

Les yeux de l'assistance brillaient. Après une pause pour soigner ses effets, Serguei poursuivit :

— Ça aurait pu continuer pendant des semaines, comme ça !

Le garçon croisa brièvement le regard de son père. Nicolaï le fixait, impassible, sans que son visage ou ses yeux sombres trahissent le moindre sentiment. Serguei but une gorgée de bouillon de renne et avala une bouchée de viande, piquée dans le plat qu'on lui présentait, avant de reprendre :

— Finalement, au bout de je ne sais combien de jours... on est arrivés dans une zone que les loups n'avaient pas l'air de connaître... et moi non plus.

— Où ça ? l'interrompit Nicolaï.

Serguei réfléchit très vite. Il s'agissait de ne pas trahir le refuge de « ses » loups, tout en restant crédible... pour le cas où Nicolaï aurait l'idée d'aller vérifier sur place.

— Là-haut, dit-il, dans le nord de la chaîne... presque à la hauteur de Tiksi.

La seule évocation de cette région particulièrement hostile et inhospitalière, qui se trouvait au nord du cercle polaire, découragerait les curiosités. Du moins, il l'espérait.

Nicolaï hocha la tête, satisfait.

— Ils ont fini par se prendre au piège eux-mêmes, continua Serguei, dans le fond d'une vallée... une vallée qui débouchait sur un précipice.

Wladim eut une moue dubitative, que Serguei remarqua ; mais il continua comme si de rien n'était :

— Il y en a un qui s'est tué tout seul. Il s'est pratiquement jeté dans le précipice. Une chute de cent mètres, au moins. Les trois derniers, c'est moi, dit-il avec une modestie calculée... Je les ai tirés l'un après l'autre. Blessés ou morts, ils sont tous tombés, eux aussi. Comme des pierres...

En face de lui, Nicolaï demeurait imperturbable. Serguei l'interpréta comme un signe favorable.

— Tu as rapporté les peaux ? intervint Wladim.

— C'est moi qui pose les questions, ici ! trancha le chef de clan.

— Elles sont au fond du ravin, avec leurs propriétaires, répondit Serguei d'un ton railleur. Mais tu peux aller les chercher, si tu veux. Il faudra juste attendre l'été, que les parois dégèlent...

Cette fois, les rieurs furent de son côté. Même Nicolaï esquissa un sourire.

Enveloppés de fourrure de renne des pieds jusqu'à la tête, le fils et le père avaient l'air de deux géants, émergeant du brouillard de givre et de sueur blanche qui dissimulait leurs poneys.

La voix forte de Nicolaï domina soudain le tonnerre du troupeau, galopant sous le soleil.

— Cette harde... je l'ai vue grandir en même temps que moi... Elle m'accompagne depuis mon enfance... Mon cœur bat au rythme de leurs sabots. C'est comme si... elle faisait partie de moi...

Serguei tourna vers son père un visage étonné par ce soudain accès de lyrisme.

— C'est pour ça, continua Nicolaï... que je ne supporte pas l'idée qu'on l'attaque.

Le garçon devinait où le chef de clan voulait en venir.

Nicolaï marqua un temps et continua :

— Tu vois, Serguei, tes loups...

Il se tourna vers son fils et plongea ses yeux dans les siens :

— ... je n'aimerais pas qu'ils reviennent.

Serguei resta un instant figé, le regard accroché à celui de son père.

Nicolaï n'avait pas besoin d'en dire davantage.

Serguei avait compris.

Il savait que son père savait. Comment ? Cette question était secondaire. Ce qui importait, c'était ce pacte qui, désormais, existait entre eux.

Quand le dernier renne fut passé, Nicolaï fit obliquer son poney en direction des tentes, que l'on apercevait au loin, derrière un épaulement rocheux. Serguei le suivit sans rien dire.

— Le lichen commence à manquer, par ici, dit soudain Nicolaï. Il ne faudra pas trop tarder à installer l'*erimken*, le prochain campement, au bord du lac.

Il remarqua les regards hésitants que lui jetait son fils.

— Qu'est-ce qu'il y a ? demanda-t-il.

— Nastazia ira rejoindre son clan avant la lune des grands vents, répondit Serguei... Je partirai avec elle.

Comme son père ne répondait rien, il ajouta :

— On voudrait se marier là-bas...

Nicolaï gardait les yeux fixés devant lui, sans prononcer un mot. Serguei interpréta ce silence comme un refus.

— Je sais ce que tu m'as dit, s'empressa-t-il. Tes projets de nomadisation sur les terres de Latakian... Moi et sa fille Oksana... Mais je te répète que...

— On va commencer par fêter ça chez nous, non ?

— Quoi ?

Serguei avait cru mal entendre ce que venait de lui dire son père, avec un petit sourire en coin.

— Ton mariage avec Nastazia, répéta Nicolaï, je propose qu'on le célèbre d'abord avec ceux de notre clan.

— Euh... oui, bien sûr, mais...

— Oksana ? Elle vit à Yakoutsk, avec sa mère. Quant à Latakian, il est mort depuis huit ans. Beaucoup de choses ont changé, dans ce clan-là... Et moi aussi, j'ai changé d'avis.

Serguei avait les yeux écarquillés.

— Comment sais-tu tout cela ?

Les quatre dents en or apparurent, sous la moustache.

— Pendant que tu étais prétendument en train de chasser ces loups... j'ai fait un petit voyage, moi aussi. J'ai partagé la viande de renne avec Kesha, le successeur de Latakian.

Serguei acquiesça :

— Mais alors, tes projets pour les rennes ?...

— Tout s'est arrangé, fit joyeusement Nicolaï. Kesha a accepté que notre clan nomadise sur une partie de ses terres, dès l'été prochain. En échange de la pâture, j'ai accepté qu'ils aillent chasser le mouflon sur les crêtes du lac Malhaga.

Ils échangèrent un regard complice puis, talonnant sa monture, Serguei rejoignit son père qui s'était élancé vers la grande harde, dont une partie, qu'il fallait ramener, était en train de se diriger vers le col.

25.

Malgré le froid intense, il faisait de plus en plus chaud, au centre du campement. Et Nicolaï se demandait si cela venait du soleil, du grand feu sur lequel rôtissait un renne entier, ou de la mixture alcoolisée qu'il ne cessait d'avaler depuis midi. Peu importait, d'ailleurs. C'était la fête et c'était tout ce qui comptait. Serguei et Nastazia allaient se marier, ils s'aimaient depuis l'enfance, et le clan était sauvé, grâce à la visite « diplomatique » qu'il avait eu la bonne idée de faire à Kesha. Même Anadya, qui se refusait à lui depuis qu'il lui avait parlé de ses projets de mariage entre Serguei et Oksana, était revenue à de meilleures dispositions.

Sa femme était là, plus attirante que jamais, tout près de la bête tuée deux heures plus tôt par son fils et son mari. Tournant le dos à Nicolaï, elle s'affairait à verser un seau de jus de viande dans une vaste gamelle où chacun, ensuite, puiserait de quoi arroser son morceau.

S'approchant discrètement, Nicolaï saisit Anadya par la taille. Elle se redressa avec un petit cri de surprise, manquant renverser son récipient. Elle se retourna vivement, la main levée pour gifler celui qui avait osé… et se radoucit en reconnaissant son mari.

— Tu es belle, dit-il.

— Tu es sûr que ce n'est pas l'alcool qui parle ? fit-elle sans pouvoir s'empêcher de rougir sous le compliment.

— Tiens, justement… dit-il en lui tendant son verre vide.

Anadya prit un air faussement sévère.

— Tu as les yeux brillants. Je crois que tu as assez bu comme ça.

— Mais non. C'est la fête…

Il désigna Serguei et Nastazia, que l'on apercevait au milieu d'un groupe d'où provenaient des rires et des éclats de voix.

— Et puis, c'est à leur santé.

Anadya remplit le verre de Nicolaï, qui le vida d'un trait.

— De toute façon, dit-il d'une voix qui commençait à devenir légèrement pâteuse, le lait de renne, ça n'a jamais fait de mal à personne. Au contraire.

Sa femme eut un petit rire moqueur.

— Mélangé à de l'alcool de myrtille, si ! Surtout quand il y a plus d'alcool que de lait !

Nicolaï s'éloigna pour se mêler aux réjouissances. Autour des feux secondaires, allumés un peu partout, les groupes s'étaient formés en fonction de l'âge, des affinités ou du sexe. Les enfants se poursuivaient avec des cris, les vieilles complotaient entre elles, les chasseurs parlaient gibier, pièges et traque en reluquant le méchoui qui dégageait un parfum irrésistible.

Les jeunes, eux, étaient presque tous rassemblés autour des fiancés. Nicolaï fit quelques pas dans leur direction, histoire d'aller une nouvelle fois féliciter les futurs mariés, puis se ravisa. Debout face à face, Serguei et Nastazia ne semblaient ni voir ni entendre le groupe – pourtant bruyant – qui les encerclait. Ils étaient loin, dans leur monde à eux, sur une île où personne d'autre ne pouvait aborder.

Nicolaï se souvenait de cette période magique, pour l'avoir vécue, autrefois, avec Anadya. Il aimait toujours sa femme, mais des instants comme ceux-là étaient fragiles et éphémères, il le savait.

Il ne voulut pas en priver Serguei et Nastazia, même une minute, et rebroussa chemin.

Anadya annonça d'une voix forte que la viande était prête. Aussitôt, les uns et les autres accoururent d'un peu partout, sortant leur couteau pour découper une première lamelle... Le groupe où se tenaient Serguei et Nastazia ne se précipita pas tout de suite vers le méchoui. L'un des jeunes s'était mis à jouer d'une balalaïka, un deuxième d'une flûte en bois, et tous les autres avaient entamé une danse désordonnée, joyeuse, qui n'obéissait à aucun code précis.

Un peu à l'écart, Moujouk accompagnait la mélodie en frappant son tambourin de ses mains décharnées. Pour une fois, les battements caverneux de l'instrument n'évoquaient pas de sinistres présages, mais participaient à l'euphorie collective. En observant les futurs mariés de son étrange regard voilé, le vieux chaman arborait même un rare sourire...

La nuit tombée, l'animation se transporta sous la grande tente centrale. Regroupé dans un espace clos, le clan continua à faire la fête à l'abri des ténèbres glacées. À l'extérieur, les feux achevaient de se consumer. La dernière braise éteinte, l'océan noir au milieu duquel on se trouvait, et qui paraissait ne pas avoir de fin, prendrait complète possession du pays évène.

L'embrasement d'étoiles qui remplaçait les feux mourants ne jetait qu'une faible lueur dans cette obscurité. Mais c'était assez pour Serguei et Nastazia, qui n'avaient besoin pour s'éclairer que des yeux de l'autre. Ils sortirent de la yourte collective pour s'isoler un moment et se dirigèrent vers la tente de la jeune fille, devant laquelle une poignée de cendres rougeoyantes vivaient encore. Ils y jetèrent de quoi ranimer un petit brasier, et se serrèrent l'un contre l'autre devant les flammes, sous l'auvent de toile. Pendant un long moment, le silence ne fut troublé que par les échos lointains de la musique, s'échappant par bribes de la tente commune, et les crépitements du feu. Nastazia et Serguei regardaient fixement le *tog*, qui en retour projetait ses ombres dansantes sur leurs visages.

Nastazia commença d'une voix douce, presque hésitante :

— Depuis que tu es rentré, tu ne m'as pas encore parlé d'eux…

Serguei fit semblant de ne pas comprendre. La jeune fille précisa :

— Tes loups, Serguei… « Nos » loups… Surtout les jeunes… Ils doivent avoir beaucoup grandi.

À l'évocation de leurs loups, Serguei sourit à son tour et l'embrassa longuement. Dans l'intensité de cet instant partagé, ni l'un ni l'autre ne s'aperçut qu'une silhouette s'était approchée sans un bruit et que, dans l'angle, derrière la tente, une ombre silencieuse les écoutait.

— Alors, insista Nastazia, ils ont grandi ?

— Oui. Surtout Kamar. Il a pris de l'assurance... Il fait sa loi... Tu l'aurais vu, quand je suis parti...

La jeune fille posa sur lui un regard qui lui rappela celui de son public de l'autre soir : un regard impatient, qui attendait la suite.

Serguei ne se fit pas prier.

— Kitnic et Amouir sont encore très attachés à Voulka, dit-il.

Son enthousiasme retomba soudain et un voile de tristesse passa dans ses yeux.

— Anouchka, malheureusement...
— Quoi ?
— Cette partie-là de mon histoire était vraie... Je l'ai tuée.
— Mais... pourquoi ?

Le garçon secoua la tête, accablé par ce terrible souvenir.

— Ils se jetaient sur mes *uchakh*. Obligé de tirer...

Le silence retomba. Nastazia se serra un peu plus contre Serguei, pour lui rappeler qu'elle était là, avec lui ; que, quelles que soient les épreuves, ils étaient deux, désormais, pour les affronter.

— C'est loin ? demanda-t-elle au bout d'un moment.
— Quoi ?
— Leur nouveau pays. Là où tu les as emmenés.

Serguei ne put s'empêcher de sourire. Décidément, elle comprenait tout. Elle savait tout de lui, avant même qu'il le lui dise.

— Oui. Très loin.
— Tant mieux.
— On ira les voir cet été, dit-il. On passera par la rivière ou par les hauts plateaux ; ça dépendra des pluies.
— Et tu crois qu'ils n'auront pas bougé ?

Serguei revit la meute, sagement arrêtée sur l'autre rive de l'Indigirka, alors qu'il venait de la franchir.
— Il faut espérer, dit-il avec un peu d'anxiété.
Ils recommencèrent à regarder le feu, sans parler.
Wladim, qui en avait assez entendu, s'éloigna en silence.

26.

L'hiver touchait à sa fin. Déjà, le froid était moins rude et, quelques heures par jour, un pâle soleil diffusait une lumière rasante sur le lac gelé, les tentes du campement et la grande harde couverte de givre. Les bêtes et les hommes semblaient tout étonnés de sortir enfin des ténèbres, et conservaient dans leur allure, surgissant de la brume glacée, quelque chose d'hésitant et de fantomatique.

Comme chaque fois que c'était possible, le campement avait été installé près d'une réserve d'eau potable. Le lac, même gelé, constituait une source inépuisable, doublée d'un généreux garde-manger. Un groupe d'hommes avait percé sa surface dure comme de la pierre, afin d'immerger plusieurs filets. Mais pas question de s'éloigner en attendant que le poisson vienne se prendre dans les mailles. Depuis des heures, Andrei le géant et plusieurs autres nomades cassaient régulièrement la glace qui ne cessait de reboucher l'ouverture et, dans les intervalles, dansaient d'un pied sur l'autre pour que le sang continue de circuler dans leurs veines. Ils commencèrent à remonter leurs filets avec des efforts visibles, tant ils étaient alourdis par leur contenu frétillant et par la glace qui se formait instantanément au contact de l'air.

Ce soir, pour une fois, on mangerait autre chose que de la viande de renne, pensa Serguei, qui observait machinalement le groupe depuis la rive, tout en malaxant une pâte argileuse dans un récipient de bois. Ses gestes étaient précis, mais sa pensée était ailleurs : à des centaines de kilomètres du campement, au-delà des rives de l'Indigirka...

Un gémissement de son jeune frère Ivan le ramena aux réalités du moment.

— C'est bientôt prêt, Serguei ? demanda Moujouk.
— Je crois que oui.

Le chaman palpa une nouvelle fois la cheville de l'enfant, dont le visage était crispé par la douleur.

— Oui, dit-il, c'est bien ce que je pensais... Une vilaine entorse... Avec l'argile que prépare ton frère, je vais emprisonner le mal. Quand il n'en pourra plus, il se transmettra à l'argile... Ensuite, Serguei, tu iras déposer cette glaise entre deux branches, le plus haut possible, au cœur d'une forêt de pins, pour que Bayanay la purifie.

Avec un tendre sourire, Anadya caressa les cheveux d'Ivan, dont la tête reposait sur ses genoux.

— Ça va aller, *lioubof*... amour, dit-elle d'une voix douce. Il faut être courageux.

Moujouk plongea les mains dans le bol que lui tendait Serguei, et en ressortit une masse gluante qu'il appliqua uniformément sur la cheville d'Ivan, arrachant de petits cris au garçon quand il appuyait un peu fort.

Soudain, le feu au bord duquel ils étaient installés se coucha, comme si un pied géant avait marché dessus, avant de rebondir avec vivacité. Moujouk n'avait pas pu le voir, mais il sentit la chaleur se déplacer. Et il entendit les crépitements furieux, signe que Tog Muhoni piquait une brusque colère.

Il leva la main, pour mesurer la force et la provenance de la rafale.

— Préviens les autres, dit-il à Serguei. C'est le Monackii... Il sera là bientôt.

L'arrivée du Monackii, le gros blizzard qui annonçait la fin de l'hiver, était généralement considérée comme une bonne nouvelle. C'est pourquoi Anadya et Serguei se demandèrent ce qui motivait cette expression inquiète, sur le masque tanné du vieux chaman.

— C'est le hurlement du vent qui te fait peur, Moujouk ? voulut plaisanter Serguei.

— Je n'entends pas que le vent, répliqua gravement le sorcier.

Chacun tendit l'oreille, tentant de deviner ce qui se cachait derrière le mugissement lointain du Monackii.

Là-bas, les pêcheurs avaient délaissé leurs filets. Immobiles, le visage tourné vers le fond de la vallée, ils écoutaient, eux aussi.

Soudain, abandonnant sur place le fruit de leur pêche, ils se mirent à courir vers le campement.

À son tour, Serguei entendit.

Une longue plainte sourde et lointaine, à peine audible...

Son visage se décomposa. Oubliant le chaman, Ivan et Anadya, il fonça en direction des tentes.

Celle de Nicolaï s'ouvrit au moment où il y arrivait. Son père en sortit fou de rage, son fusil à la main.

Lui aussi avait entendu.

Les deux hommes s'arrêtèrent face à face. Le regard que le chef de clan jeta à son fils lui donna envie de rentrer sous terre.

— Va chercher ton arme, ordonna-t-il. Cette fois, je te promets que les peaux ne vont pas disparaître au fond d'un ravin !

D'un peu partout, les hommes surgissaient, emmitouflés de fourrures de renne, armés. Prêts pour la chasse. Certains chargeaient leur fusil en courant vers Nicolaï. D'autres tenaient leur *uchakh* par la bride. Un ou deux retardataires attachaient une toile supplémentaire sur l'ouverture de leur tente, que le blizzard commençait à secouer.

Quand ils furent rassemblés autour de lui, le chef de clan distribua les tâches et les secteurs de battue.

— Moi, je vais sur leur flanc droit avec Serguei, lança-t-il. Toi, Wladim, tu dirigeras l'équipe de gauche. Tu pars devant avec un traîneau. Les autres suivront à pied. Il faut que vous soyez au moins quatre ou cinq !

Wladim fit signe qu'il avait compris. Alexeiev, Andrei le géant et deux garçons à peine sortis de l'adolescence l'imitèrent.

Au moment de s'élancer, Wladim s'approcha de Serguei jusqu'à ce que leurs visages soient sur le point de se toucher.

— Tu pensais les retrouver cet été… dit-il de façon à n'être entendu par personne d'autre. Tu vas les revoir plus tôt que prévu. Mais peut-être pas dans le même état…

— Allez ! cria Nicolaï, il ne faut pas perdre de temps !

Obéissant à cette injonction, Wladim tourna les talons et disparut. Serguei resta quelques instants sous le choc. Ainsi, il savait, lui aussi ! Comment ? Ni son père ni Nastazia ne l'avaient trahi, c'était certain.

Alors ?... Il faudrait que Wladim et lui se parlent sérieusement. Mais plus tard. Dans l'immédiat, il avait d'autres priorités : « ses » loups, que le clan s'apprêtait à massacrer.

Massacre auquel il allait prendre part.

— On y va ! hurla Nicolaï.

Serguei se mit en marche, au côté de son père.

Le Monackii gagnait en intensité de minute en minute. Le vent était d'une violence à coucher un ours. La neige qu'il soulevait et faisait tournoyer fouettait le visage comme des milliers de griffes, et aveuglait en noyant tout dans une pâleur totale. Bientôt, on ne distingua plus le sol du ciel, les montagnes disparurent, la toundra s'effaça, et chacun se retrouva seul, prisonnier d'un interminable hurlement blanc.

Courbés en deux, Nicolaï et Serguei avançaient en tâchant de repérer, sinon un loup, tout au moins une silhouette, une ombre qui en suggérerait la proximité. Mais eux-mêmes, à deux mètres de distance, étaient presque invisibles l'un à l'autre. Parfois, ils tendaient le bras pour se toucher l'épaule, seul moyen de s'assurer de leur présence respective. Parfois encore, Nicolaï se retournait, pour essayer de distinguer, au loin, la masse sombre de la grande harde. Entre deux tourbillons, il réussissait fugitivement à l'entrapercevoir. Les rennes n'avaient pas bougé, signe qu'ils n'avaient encore perçu aucune menace.

Ils continuèrent, se dirigeant avec difficulté vers la zone boisée qui commençait au-delà du lac, au fond de la vallée.

Soudain, un coup de feu claqua, vite étouffé par le blizzard.

Puis un second...

Nicolaï et Serguei se figèrent sur place et se regardèrent, sans un mot.

De l'autre côté de la grande harde qu'il fallait protéger, Andrei et Alexeiev s'étaient arrêtés et se questionnaient du regard, eux aussi. Quelque part devant eux, au fond du blizzard, se trouvait la réponse à leur interrogation muette. On ne distinguait rien à plus de quelques dizaines de mètres, mais ils n'avaient pas besoin de voir pour être sûrs que c'était Wladim qui avait tiré.

Quelques instants plus tard, ce dernier surgit de la tempête, calé dans son traîneau, les brides dans une main, le fusil dans l'autre.

— Ça va ? cria Andrei.

— J'en ai eu un... Peut-être deux !

Il s'approcha de ses équipiers, transformés en statues de neige.

— Prenez à gauche, lança-t-il le souffle court. Ils tournent autour de la harde. Il faut leur couper la route !

Avant que les autres aient le temps de réagir ou de répondre, il fit demi-tour et disparut à nouveau dans le blizzard.

D'abord, ce ne fut qu'une impression. Une tache sombre dansant sur une rétine exposée au soleil. Une ombre aperçue et déjà disparue.

Deux ombres, en fait...

Nicolaï fut le premier à les deviner, dans le grand tourbillon blanc qui effaçait tout. D'une tape sur l'épaule, il attira l'attention de son fils.

Serguei suivit des yeux la direction que pointait le chef de clan et, à son tour, devina les longues silhouettes élancées qui filaient dans le brouillard.

À portée de fusil.

— Qu'est-ce que tu attends ? fit Nicolaï.

Le garçon eut un moment de flottement. Puis, avec des mouvements mal assurés, il saisit son fusil et épaula. Il sentait le poids du regard de son père, posé sur lui. Un regard qui l'obligeait à faire des gestes qu'il refusait de toutes ses forces... et qu'il accomplissait en dépit de sa propre volonté.

Il aurait voulu hurler... Hurler, pour appeler « ses » loups et leur dire de fuir le plus loin possible...

Il cala son fusil contre sa joue aussi lentement qu'il le pouvait, comme pour mieux ajuster son coup. Sa vision était troublée, non par la neige, mais par les larmes qui lui envahissaient les paupières. À cet instant, s'il avait tiré, il aurait sans doute raté sa cible.

Il se concentra.

Mais son index n'arrivait pas à serrer la détente...

Pendant une seconde ou deux, le temps s'arrêta.

Il ajusta enfin son tir. C'est à ce moment-là que Nicolaï lui enleva le fusil des mains.

— Les autres vont s'en charger, dit-il. Toi, va protéger la harde. Elle en a besoin.

Il lui rendit son arme. Le garçon et son père échangèrent un regard bref, mais intense.

Les rennes avaient fini par prendre conscience de la proximité des prédateurs, et la panique s'était emparée du troupeau. Celui-ci avait réagi comme il le faisait fréquemment en pareil cas. Les bêtes s'étaient d'abord tournées dans la direction d'où provenait le danger, pour mieux le « fixer » ; puis elles avaient formé une masse circulaire, galopant dans le sens contraire à celui des aiguilles d'une montre. Les petits étaient ramenés au centre pour être hors d'atteinte des loups.

Quant aux bêtes qui se trouvaient à l'extérieur, elles bousculaient les autres pour forcer le passage vers le cœur du carrousel. Celui-ci, labourant le sol de ses milliers de sabots, soulevait un second blizzard au cœur du premier. Dans ce tourbillon où roulait le tonnerre, on ne distinguait plus qu'une masse indistincte de cornes et de fourrure brune.

Serguei s'aperçut tout de suite que quelques rennes, réagissant trop tard, n'avaient pas réussi à se mêler à la ronde collective. Privés de repères par la peur, ils erraient à quelques centaines de mètres, tournant sur place ou galopant dans tous les sens.

Des proies toutes désignées…

Il courut dans leur direction, pour leur couper la route et les ramener vers la harde. En arrivant à leur hauteur, il entendit trois coups de feu tirés au loin par les hommes du clan. Chaque détonation lui faisait mal. Il s'efforça de ne plus les entendre, et se concentra sur sa tâche…

Mais impossible d'être sourd au cri qui domina brièvement le hurlement du vent.

Un hurlement d'agonie !

Serguei abandonna les rennes et se mit à courir dans la direction d'où, au jugé, provenait l'éclat déchirant qui venait de lui parvenir.

Au loin, sur sa droite, la lisière de la forêt de conifères apparaissait par intervalles. Derrière lui se trouvait le lac de l'autre côté duquel était installé le *dyu*. Loin devant, il y avait un sommet, invisible dans le blizzard. C'étaient ses seuls repères, et ils n'existaient que dans sa mémoire ou son imagination. Pour le reste, il évoluait toujours dans un blanc absolu. Quant aux autres membres du clan, leurs coups de feu avaient cessé, les rendant impossibles à situer.

Serguei ne savait même pas ce qu'il cherchait.

Soudain, il l'aperçut. Fugitivement, d'abord, entre deux bourrasques, puis plus nettement.

Le traîneau de Wladim. Les deux *uchakhs* le tractaient toujours à une vitesse soutenue.

Mais Wladim n'était pas dessus.

Serguei le repéra presque aussitôt. Il était tombé et une de ses jambes s'était prise dans les longues brides de cuir. Son attelage le traînait comme un paquet dans la neige.

Un paquet... ou un appât.

À cause des peaux de renne qui l'enveloppaient, un loup l'avait pris pour un des animaux de la harde et s'était jeté sur lui. À moins que, vu sa position, il ne l'ait cru mort, ou agonisant.

Le fauve qui avait sauté sur le corps de Wladim l'attaquait à coups de crocs, mordait dans ses membres à travers l'épais manteau de peau. Wladim avait beau se tortiller frénétiquement dans tous les sens, il n'arrivait pas à se débarrasser du prédateur, ni à lui faire lâcher prise.

Un coup de feu mit fin au drame.

Serguei avait tiré, juste au-dessus de l'étrange créature hybride formée par la bête et sa victime. Aussitôt, les mâchoires relâchèrent leur prise, le loup bondit loin de Wladim et disparut en direction de la forêt.

Le tout n'avait duré qu'un instant, trop court pour que Serguei puisse savoir s'il s'agissait ou non d'un de « ses » loups...

Il courut pour rattraper les rennes et les stopper. Puis il libéra Wladim et l'aida à se relever. Son fusil tomba à terre et il le ramassa. Son éternel adversaire était choqué, à bout de souffle... dans un état second. Sa grosse veste en fourrure de renne était déchirée et tachée de sang, mais il n'avait aucune blessure grave. Serguei lui tendit son fusil, et l'autre s'en empara machinalement.

Quand son sauveur tourna les talons, Wladim agrippa sa manche. Les deux garçons restèrent un moment face à face, les yeux dans les yeux, sans dire un mot. Wladim voulut parler, mais sa voix, trop faible, fut étouffée par le blizzard.

Serguei s'arracha à sa prise et retourna s'occuper des rennes.

27.

— Alors ?...
— Je ne pense pas qu'il en reste un seul !

C'était la voix de Wladim, répondant à un autre chasseur.

Serguei regretta presque de lui avoir sauvé la vie. Il se recroquevilla un peu plus devant le poêle. Nastazia, serrée contre lui, l'enveloppa d'une épaisse couverture de laine et lui frotta le dos. Son fiancé tremblait comme une feuille, sans qu'elle puisse dire si c'était de froid, de haine ou de douleur.

Probablement les trois.

Quelqu'un d'autre interrogea Wladim :
— Et Andrei ?...
— Il arrive. Il en a chargé deux sur le traîneau !

Une larme roula sur la joue de Serguei. Nastazia lui essuya tendrement le visage.

— Tu as fait tout ce que tu pouvais... Ça ne pouvait pas finir autrement.

Serguei ne répondit pas. Prostré, il fixait d'un regard vide le feu qui dansait à l'intérieur du poêle.

La voix de son père, à présent, résonna tout près de la tente :

— Wladim !...

Un silence, le temps que le garçon s'approche.

— C'est bien, Wladim... Ton père aurait été fier de toi.

Et en plus, il le félicitait d'avoir massacré « ses » loups !

Un autre chasseur interpella le chef de clan :

— Nicolaï, viens voir !...

Serguei entendit les pas de son père qui s'éloignait et le silence retomba.

La battue était terminée. Personne ne se préoccupait de lui. Ses loups étaient morts, et lui... avait l'impression de l'être un peu, aussi.

Le pan de toile s'écarta brusquement et Wladim fit irruption à l'intérieur de la tente.

— Serguei, lança-t-il, tu devrais aller voir dehors... les loups !

Serguei lui jeta un bref regard. Wladim était toujours dans l'état où il l'avait laissé, quelques heures plus tôt : la parka déchirée, le visage meurtri, couvert d'ecchymoses... Mais il était totalement remis et débordait d'enthousiasme.

— Quoi, cracha Serguei, tu veux que je vienne admirer les cadavres, c'est ça ?

— Je te dis que tu devrais aller voir ! insista Wladim.

Serguei se retint de justesse de ne pas lui envoyer son poing dans la figure.

— J'ai dit non, c'est clair ? Et maintenant, tire-toi !

À sa grande surprise, Wladim ne bougea pas. Serguei fut même un peu déconcerté en constatant que quelque chose avait changé dans son attitude. Il n'avait plus cette expression ironique et agressive, cet air de défi qu'il arborait toujours devant lui.

— Six ! fit-il en écartant les doigts d'une main et en levant le pouce de l'autre. Il y en a six !

Cette fois, Serguei accorda toute son attention à Wladim, qui continua :

— On en a tué six ! Tes loups, il en restait cinq, non ?

Il avait dans les yeux quelque chose de lumineux, de franc, qui ne mentait pas.

Soudain, une sorte d'éclair traversa le cerveau quelque peu embrumé de Serguei. Les deux garçons échangèrent un regard de connivence. Wladim, de toute évidence, était heureux d'apprendre cette grande nouvelle à Serguei. Ce dernier lui rendit son sourire.

— C'étaient pas nos loups ! dit-il à Nastazia qui avait compris en même temps que lui. C'étaient pas nos loups !

Elle ouvrit de grands yeux, refusant encore d'y croire.

Serguei se rua dehors et courut jusqu'à l'endroit où les chasseurs avaient aligné leurs trophées. Il y avait bien six cadavres, qu'il examina rapidement. Aucun n'appartenait à « sa » meute.

Il aurait hurlé de joie. Le bonheur et le soulagement lui donnèrent des ailes ; il se précipita, presque sans toucher terre, jusqu'au bord du grand lac gelé. Le Monackii s'était calmé, il n'y avait plus un souffle de vent et, au fond de la vallée, la couche nuageuse achevait de se dissiper, laissant passer les derniers feux du soleil couchant.

— C'étaient pas nos loups... répéta-t-il pour lui-même.

— Moi aussi, je suis content.

Il se retourna d'un bond. Son père se tenait juste derrière lui.

Le malaise qui s'empara de Serguei ne dura pas longtemps. Nicolaï lui souriait.

Lui aussi avait quelque chose de changé.

— Rassure-moi, dit-il, tu ne vas quand même pas passer ta vie avec les loups ?

Il avança et, sans attendre de réponse, prit son fils dans ses bras et le serra contre lui.

Sans un mot, Serguei et Nicolaï firent quelques pas ensemble jusqu'aux rives du grand lac, où ils restèrent debout, un long moment, à regarder les montagnes glisser doucement dans la nuit.

— J'ai compris une chose, dit soudain Serguei, ça ne finira jamais.

— Quoi ?

— Cette guerre... entre les loups et nous... On n'en aura jamais fini avec eux.

Nicolaï réfléchit longuement à ce que son fils venait de dire, avant de répondre :

— Pourquoi veux-tu qu'on en finisse ?

Serguei voulut l'interroger du regard, mais le chef évène fixait le lointain d'un air aussi sombre que les pensées qui semblaient s'agiter sous son crâne.

Serguei et lui reprendraient cette conversation plus tard.

Au-delà de l'Indigirka, quelque part entre Chokurdakh et le fleuve Kolyma, un promontoire de granit dominait une vallée blanche. En bas, la neige luisait à l'infini, sous la clarté laiteuse d'une lune énorme. Quand Torok avança sur le saillant rocheux, sa puissante et majestueuse silhouette se découpa sur le disque luminescent. Elle fut rejointe presque aussitôt par quatre autres formes : celle de Voulka, effilée et souple, celles de Kamar, Kitnic et Amouir, agiles et furtives. Le grand loup se posta au bord du vide, griffes plantées dans le sol. Sa tête carrée, aux joues de poils gris, pivota de gauche à droite comme s'il guettait quelque chose ; ses oreilles pointues captèrent les sons de la nuit comme un radar, et ses yeux bleu cobalt scrutèrent l'obscurité, au-delà des montagnes noires. Il était d'une fébrilité dont il n'arrivait pas à identifier la cause. Derrière lui, sa compagne et ses petits étaient troublés, eux aussi. Kitnic laissa même échapper un petit jappement craintif, qui fit se retourner sa mère.

Soudain, Torok jeta la tête en arrière et, levant la gueule vers le ciel noir, projeta un long hurlement à travers la vallée, en direction des sommets avoisinants.

Très loin, après un col et au-delà d'un lac, un autre hurlement lui répondit.

Le grand loup resta un moment immobile, prostré.

Aux inflexions de voix de son congénère inconnu, aux modulations de son chant triste, il comprit que l'autre loup avait perçu la même chose que lui.

Une menace.

DEUXIÈME PARTIE

LES GRANDS FUSILS

28.

Tout là-haut, entre les fleuves Indigirka et Kolyma, les grandes plaines caressées par les vents arctiques avaient retrouvé des couleurs. Un soleil espiègle et froid s'était remis à flotter sur l'horizon comme un bouchon refusant de couler. La toundra s'était débarrassée de son épaisse couverture blanche et l'on marchait de nouveau sur un mélange de rocaille, de lichen et de broussaille épineuse. Le silence avait pris fin ; les montagnes recommençaient à vibrer du criaillement aigu des bernaches, du croassement des corbeaux et du vrombissement des nuées de moustiques. La végétation elle-même, ébouriffée par les vents, résonnait de notes légères et argentées.

Désormais, Nastazia partageait la vie de Serguei et le suivait partout, y compris sur le territoire de « leurs » loups. Même si, en tant que gardien de la grande harde, Serguei ne pouvait pas s'y rendre aussi souvent qu'il le souhaitait.

Pour les loups, ce n'était pas la meilleure saison. Faute de neige, les grands élans étaient difficiles à piéger, et les prédateurs devaient se contenter de perdrix, d'oies, de mulots… voire de charognes, quand ils ne trouvaient rien de mieux à se mettre sous les crocs.

Aujourd'hui, pourtant, la chasse semblait fructueuse. Serguei, qui suivait ses loups à une certaine distance, les vit soudain s'acharner sur une proie. Un gros morceau, apparemment.

En s'approchant, il constata qu'il s'agissait, non d'un gibier, mais d'une carcasse abandonnée aux corbeaux. Celle d'un gros mouflon mâle qui devait approcher les cent kilos. Il pensa tout d'abord que l'animal avait été victime d'une autre meute de loups. Puis il s'étonna que ceux-ci aient laissé toute cette viande derrière eux. Ça ne leur ressemblait pas.

Pendant que Torok, Voulka, Kamar, Kitnic et Amouir se disputaient les entrailles, Serguei l'examina d'un peu plus près.

La tête avait été tranchée net, à l'aide d'une longue lame effilée, probablement un couteau de chasse.

C'était incompréhensible…

Les Évènes ne tuaient pas les grands mâles reproducteurs, dont la viande était couenneuse et saumâtre. À chaque expédition, on chassait une dizaine de jeunes d'un an ou deux. Leur chair était tendre et la disparition de quelques bêtes ne compromettait pas les équilibres naturels. D'ailleurs, on réduisait les prélèvements si un hiver particulièrement dur avait décimé les hardes. En revanche, on les augmentait au printemps suivant, si les naissances avaient été nombreuses.

Mais, dans tous les cas, c'était le haut de la tête de l'animal, avec ses imposantes cornes en spirale, qu'on abandonnait aux rongeurs de la toundra. La seule partie de la bête dont on ne faisait aucun usage. Le reste était trop précieux pour être perdu : viande, intestins, abats, ligaments... tout était soigneusement emballé dans la peau, cousue comme un sac.

Ce que Serguei avait devant les yeux, c'était à la fois un lamentable gâchis... et un mystère.

Aucun Évène ne pouvait avoir fait une chose pareille.

Mais alors, qui d'autre ?

Plusieurs jours s'écoulèrent sans que ni Serguei ni ses loups ne rencontrent d'autre cadavre de mouflons sans tête. Le garçon, qui, à présent, se partageait entre le campement de son clan et le territoire de sa meute quand ses obligations de gardien le lui permettaient, oublia l'incident.

Tout cela était si loin de ses préoccupations que, le jour où il entendit l'hélicoptère, Serguei ne reconnut même pas le bruit.

Il en avait vu un, un jour, à Sebyan-Kuyel, où des Japonais étaient venus négocier des bois de renne, mais l'engin s'était posé près du village, moteur arrêté.

Les premières secondes, Serguei et Nastazia, enfouis dans leurs sacs de couchage, sous leur tente, crurent au bourdonnement d'un de ces taons qui pondaient leurs œufs dans la fourrure des cervidés.

Puis ils identifièrent l'appareil, et se ruèrent au-dehors.

Dans l'immensité du ciel bleu, il avait la taille d'un insecte. De là où ils se trouvaient, Serguei et Nastazia le virent grossir en se rapprochant, puis surplomber une crête et en longer l'arête à petite vitesse, comme s'il cherchait ou suivait quelque chose...

Les mouflons !

Une quinzaine d'entre eux se déplaçaient le long de la crête, où ils se gavaient tranquillement d'herbe grasse.

Soudain, un homme armé d'un fusil sauta de l'hélicoptère, suivi par un autre… puis par un troisième. Pris de panique, les grands ovins cornus se mirent à courir en ordre dispersé. Certains foncèrent droit devant eux, sans quitter le sommet. D'autres dévalèrent la pente, bondissant de rocher en rocher… Horrifié, Serguei vit distinctement l'un d'eux déraper sur un éboulis instable et entraîner l'un de ses congénères dans sa chute. Les deux animaux tentèrent de se rétablir, mais la pente était trop forte, et sans doute verglacée. Ils tombèrent en rebondissant sur chaque saillant rocheux, avant de s'écraser tout en bas…

Négligeant cette péripétie, les chasseurs se focalisèrent sur les bêtes restées dans leur ligne de mire. Ils levèrent leurs armes et deux mouflons s'abattirent presque simultanément, l'un blessé et l'autre tué net.

Une fraction de seconde plus tard, à cause de la distance, la double détonation parvint aux oreilles de Serguei. Le jeune Évène sursauta sous la violence de ce tonnerre, qui se répercuta en écho entre les montagnes.

Là-bas, sur la crête, les trois hommes se dirigèrent vers les mouflons qu'ils venaient d'abattre. Chacun d'eux sortit un long couteau de chasse et Serguei sut aussitôt ce qu'ils allaient en faire. Soulevant les bêtes par leurs énormes cornes en kératine, les chasseurs tranchèrent les têtes et les emportèrent, abandonnant le reste aux corbeaux qui tournoyaient déjà au-dessus d'eux.

Ils remontèrent dans l'hélicoptère, qui s'éleva aussitôt et s'éloigna en direction d'un autre sommet...

Le ciel fut de nouveau éclatant et vide, le silence retomba sur les montagnes... À croire que rien ne s'était passé.

Serguei chercha ses loups du regard. Ils avaient fui, effrayés par les coups de feu, mais se cachaient non loin, dans les broussailles.

— C'est rien, Torok ! cria-t-il. N'aie pas peur, Voulka ! Les petits... pas peur ! C'est fini. Ils sont partis.

Les loups quittèrent leur cachette et s'approchèrent timidement, pas vraiment rassurés. Ni tout à fait convaincus que les humains aux bâtons cracheurs de mort soient bel et bien partis.

Nastazia s'accroupit et se joignit à Serguei pour les rassurer. Tour à tour, elle enlaça le col des trois louveteaux. Affectueusement, elle enfouit son visage dans la fourrure hérissée de leurs joues, en souriant de contentement.

Mais, entre deux caresses, elle leva vers Serguei un regard inquiet, plein de questions muettes auxquelles le garçon ne sut quoi répondre.

29.

L'hélicoptère revint au milieu de l'été, le jour même où, selon la tradition, les chamans se transformaient en rennes volants pour traverser le ciel.

Peut-être Hövki, l'esprit des airs, était-il d'humeur ironique…

L'engin se posa à l'est de Chokurdakh, au bout d'une vallée cernée de plateaux découpés par le vent et traversée par une rivière en lacet.

À l'autre bout de cette vallée, Serguei avait établi son dernier campement ; non loin du surplomb rocheux sous lequel ses loups s'abritaient depuis quelques jours.

Toute la meute était près de lui. Le garçon entoura de son bras l'encolure de Torok, et ils regardèrent dans la direction de l'engin, dont les pales immobiles pendaient comme les longues feuilles d'un arbre étrange.

Très vite, Serguei prit sa décision.

— Je vais y aller… Comme ça, on saura qui ils sont et ce qu'ils veulent…

Il ébouriffa affectueusement la fourrure de Torok.

— Toi et ta famille, vous allez rester ici, compris ? Cachez-vous. Qu'on ne vous voie surtout pas. Qu'on ne puisse même pas deviner que vous êtes là !... C'est compris ?

Mais le loup ne comprenait qu'à moitié.

Serguei se leva, fit quelques pas, suivi de près par le grand mâle.

— Non ! Non ! Surtout pas. Tu ne viens pas avec moi.

Il ajouta, pensif :

— Dommage que Nastazia ne soit pas là. Elle serait restée pour veiller sur vous...

Nastazia était repartie quinze jours plus tôt, sur le traîneau de Nicolaï. Le père de Serguei, qui avait fini par accepter malgré lui cette cohabitation contre nature entre son fils et ses loups, savait où se trouvait leur territoire, mais avait toujours refusé d'y mettre les pieds. La surprise des deux jeunes gens avait été d'autant plus grande de le voir arriver, deux semaines auparavant, conduisant son attelage à travers la toundra.

Nicolaï était porteur de nouvelles inquiétantes. Mouriak, le père de Nastazia, était tombé malade, sans qu'on sache de quel mal il souffrait. Il avait demandé à voir sa fille, et, ne sachant où la trouver, avait envoyé un émissaire à Nicolaï. Celui-ci avait justement prévu de lui rendre visite, pour organiser le prochain mariage de leurs enfants.

Aller d'abord chercher Nastazia constituait un énorme détour, puisque le « pays des loups de Serguei » se trouvait à l'opposé de la direction des territoires de Mouriak.

Mais le temps des voyages ne comptait pas. Seule importait la destination... et le fait d'y arriver.

Nastazia n'avait pas hésité une seconde. Nicolaï avait eu beau tenter de la rassurer en lui affirmant que la maladie de Mouriak n'était pas très grave et que ses jours n'étaient pas en danger – ce dont il n'était pas certain –, la jeune fille lui avait à peine laissé boire le verre de *tchaï* – de thé – que son fils lui avait servi selon la coutume. Le temps qu'il vidât un gobelet du liquide brûlant, elle avait rassemblé ses affaires, jeté son sac dans le traîneau et l'y attendait.

Le pauvre Nicolaï avait dû reprendre les rênes sans même s'accorder une journée de repos.

Serguei avait offert à sa fiancée de l'accompagner sans trop d'enthousiasme, et avait caché son soulagement lorsqu'elle avait décliné sa proposition. C'était une affaire de famille, disait-elle, et Serguei n'en faisait pas encore officiellement partie. En outre, Mouriak serait sûrement heureux d'avoir sa fille rien que pour lui... peut-être pour la dernière fois.

Serguei avait éprouvé des sentiments mélangés en voyant sa fiancée disparaître au loin, emportée par le traîneau de son père : la tristesse de la séparation, bien sûr, mais aussi une secrète euphorie à la perspective de se retrouver seul dans la grande nature, avec ses loups.

Rien qu'eux et lui... comme avant.

Et depuis deux semaines, il ressentait de nouveau ce bonheur des premiers temps, cet émerveillement de la découverte. Un peu comme si la meute et lui refaisaient connaissance. Comme si tout ce qu'ils vivaient ensemble, ils le vivaient pour la première fois...

Une dernière caresse à Torok et il se mit en marche, se retournant de temps à autre pour s'assurer que ses loups ne le suivaient pas.

Monté sur un des *uchakh* de son traîneau, il lui fallut presque une heure pour atteindre le campement des hommes de l'hélicoptère. Il les vit déplier et monter deux grandes tentes qui avaient la forme des maisons en bois de Sebyan-Kuyel, et presque la même taille. Elles possédaient une avancée évoquant une sorte de vestibule, des angles correspondant sans doute à des pièces, et une longue cheminée de métal par laquelle la fumée ne tarda pas à s'échapper. À l'extérieur, les étrangers déplièrent des tables, des fauteuils, et installèrent une sorte de gros panier métallique sur pied qui servait sans doute à cuire le produit de leur chasse...

Serguei se dit qu'il pourrait peut-être les aider, si jamais ils avaient du mal à allumer leur feu.

De loin, il vit des hommes qui portaient des tenues kaki, des bottes militaires et des bonnets noirs roulés. Ils étaient beaucoup plus vieux que lui : une bonne quarantaine d'années. Se pouvait-il que ce soient ces fous qui aient tiré sur des grands mâles et laissé la viande aux corbeaux ? Il le découvrirait.

Serguei arriva à cent mètres du campement, sans qu'aucun de ses occupants s'aperçoive de sa présence. Il ne put s'empêcher de sourire : avec une oreille aussi fine, ils avaient intérêt à avoir des armes sophistiquées...

Enfin, un des étrangers l'aperçut. Sa réaction stupéfia Serguei. Au lieu de venir à sa rencontre, il se précipita dans la tente et en ressortit avec son fusil, une arme dotée d'un viseur optique.

— *Halt !* cria-t-il.

Serguei continua d'avancer, mais plus lentement, en souriant et en écartant les bras pour montrer que ses intentions n'étaient pas hostiles.

L'autre aboya quelque chose, dans une langue que le garçon ne comprenait pas. Aussitôt, les deux autres chasseurs apparurent. Ils étaient habillés comme le premier et armés du même genre de fusil.

D'une main, Serguei tira sur la bride et immobilisa son renne.

La tension ne retomba que lorsqu'un quatrième homme sortit de la seconde tente et cria quelque chose aux trois autres, qui hochèrent la tête en signe d'acquiescement et se détendirent enfin.

Ce nouveau venu, un blond à la coupe de cheveux militaire et aux pommettes saillantes, portait une combinaison de pilote et semblait avoir quarante ans à peine. Il fit un signe au garçon.

— Amène-toi ! lança-t-il en russe, une langue suffisamment proche de l'évène pour que Serguei la comprenne.

Le jeune Évène s'approcha du groupe, qu'un cinquième individu venait de rejoindre : un homme plus âgé, barbu, en parka rouge et grosses bottes fourrées. Celui-là braquait sur lui, non une arme, mais un appareil photo qui avait presque la taille d'un petit poêle à bois.

Serguei descendit de sa monture.

— D'où tu sors ? demanda l'homme en combinaison de vol.

Le jeune gardien eut un geste circulaire et un sourire.

— D'ici.

Il montra, derrière lui, l'immensité.

— Qu'est-ce que tu me racontes ? Il n'y a pas un village à moins de huit cents kilomètres.

— Notre harde et notre campement sont à quelques jours d'ici, en traîneau.

L'homme eut une moue inexpressive et traduisit aux autres, qui acquiescèrent avec condescendance.

— Et vous ? demanda timidement Serguei.

— Nous, on vient de Yakoutsk. Cinq heures d'hélico et pas un patelin, pas une cabane... Que des montagnes.

— Oui, répondit candidement le jeune Évène.

Sans se départir de leur attitude méfiante à son égard, les chasseurs en tenue kaki le firent pénétrer sous leur tente.

Le barbu en parka rouge continuait de le photographier sans lui dire un mot, comme un animal rare.

— Je suppose qu'ils veulent te questionner, puisque tu connais si bien le pays, expliqua le blond en combinaison de vol.

Il se prénommait Astrov. Il était russe, originaire de Saint-Pétersbourg. À la fois pilote et guide de grandes chasses, il travaillait pour une société moscovite qui organisait ce genre d'expéditions. Les fusils les plus riches d'Europe payaient des fortunes pour traquer l'ours ou l'élan au Kamtchatka, le mouflon ou le loup en Sibérie... dans des conditions de confort proches de celles d'un hôtel de luxe.

Serguei fut ébahi par le bivouac où il se trouvait. Les sacs de couchage ressemblaient à de véritables lits, posés sur des sommiers pliants. Un générateur fournissait chauffage, eau chaude et électricité pour alimenter glacière, lampes, « aspirateur » à moustiques, toilettes de campagne... et même une douche, laquelle avait sa propre tente, séparée des autres.

— Faut bien, rigola Astrov. Les femmes, elles ont leur pudeur.

Serguei ne comprit pas ce qu'il voulait dire et reporta son attention sur les appareils qu'on lui mettait sous le nez en riant de son étonnement : radio VHF, GPS, téléphone satellitaire, chauffe-mains, allume-feu, appareil photo et caméra numériques, ordinateur portable... Le jeune Évène posait des questions ; les chasseurs lui répondaient par l'intermédiaire d'Astrov. Le garçon s'émerveillait de toute cette technologie qui, pour l'essentiel, lui était inconnue. Mais il ne comprenait pas vraiment son utilité. Il se tourna vers le pilote.

— Demande-leur pourquoi ils ont besoin de tout ça pour tuer des mouflons.

Astrov parut surpris. Il eut un rictus qui voulait dire : « Toi, mon petit gars, tu es plus rusé que l'on croit », et traduisit.

La question de Serguei fut accueillie par un silence de mort. Les trois étrangers et le photographe se regardèrent... puis éclatèrent de rire et se mirent à parler entre eux, en lui jetant des coups d'œil obliques.

Sur une table en métal, les trois fusils à viseur optique étaient alignés, à côté de trois immenses couteaux dont la lame étroite devait bien mesurer quarante centimètres.

Serguei repensa aux mouflons décapités.

— Ils disent que tu n'es qu'un paysan, expliqua Astrov. Un petit nomade complètement ignare...

Le garçon ignorait le sens du mot « paysan », mais « nomade » lui semblait un titre de noblesse.

— D'où est-ce qu'ils viennent ? demanda-t-il. Cette langue, c'est quoi ?

— Ils sont allemands. Un pays très loin d'ici, à l'ouest de Moscou. Chefs d'entreprise, tous les trois. Et riches comme tu ne peux pas imaginer.

Serguei les fixa d'un œil sévère, tout en s'adressant au pilote :

— Dis-leur qu'ils sont ici chez nous et qu'ils ne peuvent pas faire n'importe quoi. Dis-leur aussi qu'il y a quelque temps de ça, j'ai assisté à un horrible spectacle. Un hélicoptère comme celui-ci qui poursuivait des mouflons, des grands mâles, ceux que nous épargnons parce qu'ils sont les reproducteurs et qu'ils nous donnent chaque année de jeunes mouflons à la chair tendre, celle qui nous nourrit et que nous n'imaginons pas laisser pourrir. C'est un crime de faire ça et j'espère qu'ils partagent cette opinion.

Serguei avait dit cela d'une seule traite, sentant la colère monter en lui au fur et à mesure. Cette assurance surprit Astrov qui, se régalant d'avance de la réaction de ses clients, traduisit. Mais, loin de s'offusquer, les trois Allemands éclatèrent de rire encore une fois. Ils sortirent des gobelets en métal et une bouteille de vodka du congélateur. Ils remplirent les tasses et en mirent une dans la main de Serguei.

— *Za zdarov'ié !* lancèrent-ils en lui tapant sur l'épaule. *Za zdarov'ié !*

« Santé ! » C'était probablement le seul mot de russe qu'ils connaissaient.

Le liquide brûla la gorge de Serguei, qui n'avait pratiquement jamais bu d'alcool de sa vie. Au bout de deux ou trois rasades, la tête lui tournait déjà et il refusa fermement qu'on le resserve.

Une question continuait à le tarauder.

— Qu'est-ce que vous en faites de ces têtes sans corps, sans viande ?

Astrov traduisit et l'un des chasseurs s'adressa au photographe. Celui-ci s'approcha de Serguei et lui montra l'écran, au dos de son appareil. Il y fit défiler les images prises depuis le début de l'expédition.

Toutes représentaient un ou plusieurs des hommes en kaki, posant fièrement avec un animal mort sur lequel son fusil était appuyé. Quand la victime était un mouflon, le chasseur soulevait sa tête en l'attrapant par les cornes, pour la tourner vers l'objectif. Les élans, trop lourds, restaient le nez planté dans le sol, ramures déployées. Les ours étaient vautrés dans des postures ridicules, ou écartelés verticalement, pour que le spectateur juge de leur envergure et mesure l'exploit de ses prédateurs.

Les images continuèrent à défiler, mais Serguei cessa de les regarder.

Si tout cela avait un sens, il lui échappait.

— Et lui, dit-il en désignant le photographe, pourquoi est-ce qu'il prend toutes ces images ?

Astrov eut un rire méprisant :

— Ce sont des sportifs, des hommes qui chassent pour le plaisir de chasser, des collectionneurs. C'est normal qu'ils veuillent des souvenirs, non ? En plus, celui-là (il désigna le photographe) travaille pour une grande revue de chasse, en Allemagne. Ils auront tous leur photo dans le prochain numéro.

Serguei était abasourdi. La chasse avait toujours fait partie de son quotidien ; mais tuer pour tuer... pour se faire prendre en photo... pour rien... Il ne comprenait pas.

— Et les têtes de mouflons... et les autres animaux... Ils en font quoi ?

— Des trophées, évidemment !

— Des quoi ?...

Astrov secoua la tête.

— Décidément... il n'y a rien à tirer de toi.

Avant que Serguei ne puisse répliquer, un des chasseurs posa une question, que le pilote transmit :

— Il veut savoir ce que tu fais, dans la vie.

— Notre peuple élève des rennes depuis toujours. Mon père est le chef de mon clan, et je suis le gardien de la grande harde.

Il avait dit cela avec orgueil. Mais, quand Astrov traduisit, le chasseur et lui ricanèrent.

— Autrement dit, tu es une espèce de berger, lâcha le pilote avec mépris.

— Mais laisse-le donc tranquille, à la fin !

Tout le monde se tut. Dans le dos de Serguei, une voix féminine venait de s'exprimer en russe.

Il se retourna et son cœur manqua un battement.

La fille qui venait de pénétrer sous la tente était la plus belle qu'il ait jamais vue.

30.

Même les carcasses de mouflons décapités, partiellement rongées par les corbeaux, qui jalonnaient la crête et s'étendaient devant lui n'arrivaient pas à lui faire oublier la fille.

Elle n'avait pas vingt ans. Elle portait un pantalon de toile serré sur ses longues jambes, des bottes fourrées, et un pull moulant qui révélait des formes dont il ne pouvait détacher le regard. Elle avait les cheveux noirs, très longs, et un visage qui rappelait à Serguei les filles de son peuple.

Cette apparition, il continuait de la voir devant les yeux, bien que l'hélicoptère des chasseurs occidentaux soit reparti depuis deux jours.

Pour un peu, elle aurait adouci le spectacle des carcasses sans tête abandonnées aux charognards.

Mais l'odeur lui rappelait l'horrible réalité.

Accentuée par la relative chaleur estivale, elle était fétide, nauséabonde... insupportable. Elle s'atténuait quand le vent se mettait à souffler un peu plus fort, et revenait, plus prégnante et plus pénible encore, entre deux rafales.

Depuis des heures, Serguei suivait la crête le long de laquelle il avait vu les grands fusils traquer les mouflons, quelques jours plus tôt. Les distances entre les carcasses permettaient de reconstituer facilement leur méthode de chasse : arrivés en vue d'un groupe d'ovins cornus, ils sautaient de l'hélicoptère, carabine en main, et n'avaient que quelques centaines de mètres à faire à pied pour que leur cible soit à portée d'arme.

Avec la précision que donnaient les viseurs optiques, les pauvres bêtes n'avaient aucune chance...

Les chasseurs coupaient les têtes et remontaient dans l'hélicoptère, qui suivait une autre crête, jusqu'à arriver en ligne de mire du groupe de mouflons suivant... Et le massacre recommençait.

Quelques jours plus tard, le spectacle était désolant.

Outre les cadavres abandonnés de ces bêtes mortes pour rien, le plateau surélevé et tout en longueur était parsemé de déchets. Chemises de cartouches à balle, bouteilles de bière vides jetées entre les rochers, où certaines avaient éclaté, semant des morceaux de verre... sacs plastique voletant dans la brise. En bas de la pente, Serguei repéra même un jerrican d'essence usagé, qu'on avait dû jeter de l'hélicoptère.

En redescendant, il passa par l'endroit où les Occidentaux avaient installé leur campement. Avant de partir, ils avaient vidangé dans l'herbe leurs toilettes chimiques. Autour de l'emplacement du « barbecue » (comme ils appelaient leur feu), Serguei découvrit des emballages encore partiellement pleins de cubes allume-feu, et des quantités de boîtes de conserve que les insectes achevaient de nettoyer.

C'était malheureusement la seule chose qu'ils nettoieraient.

Un bidon de gaz liquide, troué, répandait le reste de son contenu dans l'herbe grasse. Quant aux bouteilles de soda ou de vodka vides, on ne les comptait plus. Serguei en trouva tout autour du bivouac, parfois à une certaine distance. Il se rappela avoir vu les chasseurs ivres faire des concours de lancer de bouteilles.

Heureusement qu'ils étaient partis ! Il imagina des centaines d'expéditions comme la leur, tout au long de l'année... Son pays finirait par ressembler à l'échantillon qu'il avait sous les yeux.

Serguei chassa cette terrible perspective de son esprit, et pensa aux traces laissées par les siens, lorsqu'on démontait les tentes, qu'on chargeait les traîneaux et que le *dyu*, le campement présent, devenait l'*amdip*, le campement précédent...

Quelques carrés d'herbe couchée, qui se relèveraient vite, et des cercles de terre noircie par le feu, que la neige effacerait bientôt...

« Passer sur le paysage en le caressant... » C'est ce que disait une chanson évène qu'on apprenait enfant.

Passer sur le paysage en le caressant.
Les patins du traîneau, les hommes et les rennes caressent le lichen.
Ils se nourrissent de ce que ces paysages donnent
Et l'Évène remercie pendant que le renne engraisse.
Et le soleil chauffe.
Et l'eau coule.
Et le lichen repousse, indéfiniment.
Et tout est harmonie.
L'homme, la harde et les grands alpages...

Serguei reprit le refrain : « Passer sur le paysage en le caressant »...

Il repensa à ces hommes étranges qu'il avait rencontrés.

Et son esprit revint à cette fille qui ne cessait de le hanter.

Elle ne se contentait pas d'être belle.

Elle était gentille, attentionnée, et, contrairement aux autres, ne l'avait pas traité avec condescendance ou mépris. Au contraire, elle avait fait preuve à son égard de considération, de courtoisie...

Et elle parlait sa langue !

C'était une Évène, comme lui, qui travaillait pour la même société qu'Astrov. Elle était interprète et, en tant que telle, accompagnait régulièrement des expéditions de chasse à travers toute la Sibérie.

Il avait eu un choc, quand elle lui avait dit son prénom.

Oksana.

Celle-là même dont le père, Latakian, était mort de froid, et dont la mère, Pavlina, était partie vivre à Yakoutsk avec un pilote d'hélicoptère !...

Lequel, s'était-elle empressée de le rassurer, n'avait rien à voir avec Astrov.

Celle-là même qui avait partagé ses jeux d'enfant et qu'il n'avait pas revue depuis plus de dix ans...

Celle-là même que son père avait voulu lui faire épouser !

Et qu'il avait rejetée, sans la connaître, au profit de Nastazia.

Oksana avait ri de bon cœur quand il lui avait raconté l'histoire.

Serguei, un peu moins.

Maintenant qu'il avait sous les yeux cette fille belle comme le jour, totalement à l'aise avec les Occidentaux, à la fois gracieuse et délurée comme une citadine... il s'était demandé s'il avait fait le bon choix.

En outre, Oksana s'était révélée une alliée précieuse. Elle avait sèchement remis Astrov à sa place, quand il avait une nouvelle fois traité Serguei de « berger ». Elle avait fait le même genre de remarque aux Allemands. Dans leur langue ! Qu'elle était allée apprendre chez eux, lui avait-elle dit.

Sa présence à son côté avait été un bonheur et un soulagement, à peine assombris par le sentiment de lui être un peu inférieur, elle qui savait tant de choses et avait tant voyagé. Mais le malaise s'était vite dissipé : Oksana et lui avaient évoqué leurs clans respectifs, leurs souvenirs communs, sa vie de gardien de la harde… Sur ce terrain familier, Serguei retrouvait toute son assurance. Quant à Oksana, elle l'avait écouté parler avec émotion. Il avait même cru voir s'embuer ses magnifiques yeux mauves…

Une fois ou deux, leurs mains s'étaient frôlées et ils avaient échangé un regard appuyé. Dans les yeux d'Oksana, Serguei avait cru lire quelque chose qui allait bien au-delà du simple plaisir de retrouver un ami d'enfance…

Au rythme régulier du pas de son renne, il entreprit de retraverser la vallée pour rejoindre son propre campement.

Le visage d'Oksana dansait devant ses yeux.

Et les mots d'Astrov résonnaient à ses oreilles :

« Toi et les tiens, vous n'êtes qu'une bande de nomades. Vous en êtes encore à mettre des semaines pour parcourir des territoires que je survole, moi, en quelques heures… »

Serguei avait tenté de plaider la cause de son peuple en évoquant les traditions. Le pilote russe avait balayé l'argument d'un geste méprisant : « Les vestiges d'un passé révolu et complètement obsolète, c'est tout ce que vous êtes. Dans l'avenir, il n'y aura plus de place que pour les hommes comme nous. »

Il avait désigné les trois chasseurs allemands en ajoutant : « Et comme eux. »

Serguei, à court de mots et un peu humilié, n'avait pas su quoi répondre.

Alors que les eaux de la rivière en lacet jaillissaient sous les sabots de son *uchakh*, Serguei fut brièvement tenté de croire ce qu'avait dit le pilote russe.

C'était un voyou, mais n'avait-il pas raison ?

Peut-être que son monde, le seul qu'il connaissait, avait commencé à s'enfoncer dans la nuit ; et que lui et les siens étaient déjà morts… sans même le savoir…

Ces sombres pensées se dissipèrent quand il se rapprocha de son campement et de la zone où l'attendaient ses loups. Sa tente, si « primitive » qu'elle soit, lui sembla solide, accueillante et protectrice. Le feu qu'il se hâta de construire et d'allumer lui parut plus chaud et rassurant que les flammes artificielles produites au moyen de cubes chimiques ; la viande de renne et les galettes sucrées, plus goûteuses et nourrissantes que toutes les conserves du monde… et il crut de nouveau en lui, en son avenir et en celui de son peuple.

Même si, pensa-t-il en caressant la crosse vernie de son fusil, il faudrait sans doute un jour se battre pour les défendre.

La tête noire du grand mâle apparut à travers les flammes.

— Alors, mon Torok, vous avez fait bonne chasse, pendant mon absence ?

Le loup le fixait, de toute l'intensité de ses yeux cobalt, comme s'il attendait quelque chose.

— Oui, je les ai vus, mon Torok... Des chasseurs... mais pas comme nous. Ils ne respectent rien...

Il jeta une branche d'épineux dans le feu, qui se mit à crépiter en agitant ses flammes.

Voulka et les trois louveteaux apparurent à leur tour, et vinrent se coucher près du brasier.

— Tu sais quoi, Voulka ? Il y avait aussi une fille... Une fille très belle. Et de chez nous, en plus.

Dans le regard de la louve, il lut un reproche qui n'était que le reflet de sa propre mauvaise conscience.

— Oui, je sais... Nastazia. Tu ne lui diras pas, hein ? Promis ? De toute façon, la fille, les chasseurs, la bande... Ils sont tous partis. On ne les reverra sûrement jamais.

À cette idée, une sorte de nœud lui tordit l'estomac.

Torok contourna les flammes et vint se placer près de lui. Serguei passa son bras autour de son encolure, en un geste devenu familier. Ensemble, ils contemplèrent la vallée baignant dans le soleil nocturne estivale.

Tout était calme, splendide... immuable.

31.

L'hélicoptère revint trois jours plus tard.

Cette fois, la machine volante se posa au nord de la rivière en lacet, à moins d'un kilomètre du campement de Serguei.

En bordure de la zone où, depuis quelque temps, évoluaient ses loups.

Au moment où les étrangers arrivèrent, la meute était heureusement partie en chasse et se trouvait loin de là, aux abords du plateau Ioukaguir, au-delà du fleuve Kolyma.

Oksana fut la première à descendre de l'appareil. Laissant les autres installer leur bivouac sophistiqué, elle marcha tranquillement jusqu'à la tente de Serguei.

En la voyant venir vers lui, le garçon sentit son cœur faire un bond dans sa poitrine.

Oksana était plus belle encore que dans le souvenir qui n'avait cessé de le hanter. Sa silhouette longue et gracieuse, prolongée par ses bottes montant jusqu'aux genoux, était d'une féminité presque provocante. Elle avait remplacé son gros pull par une combinaison moulante, faite d'une matière inconnue, dont le zip était partiellement baissé. Son abondante chevelure noire mettait plus que jamais en valeur l'ovale magnifique de son visage et la profondeur de ses yeux mauves.

Elle lui sourit de toutes ses dents étincelantes.

— Bonjour, Serguei ! Contente de te revoir.

— Moi aussi. Par contre, les autres…

Oksana parut surprise.

— Tu sais, ils ont l'air de brutes, mais, dans le fond, ils ne sont pas méchants. Et puis, côté pourboires, ils sont plutôt généreux.

— Pour boire ? dit Serguei. Pour boire quoi ?

La fille eut un rire léger.

— Décidément, tu ne comprends rien, Serguei. Et c'est ce qui fait ton charme… outre le fait que tu es très joli garçon, bien sûr.

Le jeune Évène se sentit rougir jusqu'aux oreilles.

— Oksana !

De loin, le pilote russe faisait signe à l'interprète de le rejoindre.

— Ils m'ont chargée de t'inviter à partager leur repas, dit-elle.

Serguei secoua la tête. Elle insista :

— Viens… ça me fera plaisir.

L'attitude des trois chasseurs occidentaux avait changé du tout au tout. Ils étaient devenus amicaux, presque chaleureux. Ils accueillirent Serguei en visiteur de marque, l'interrogeant sur son clan, multipliant les questions sur la grande harde… Cette curiosité inquiéta le jeune Évène, mais ses interlocuteurs le rassurèrent : les rennes n'étaient pas au programme de leur chasse et ne faisaient pas partie de leur gibier habituel.

— Tant mieux ! fanfaronna Serguei pour paraître à l'aise. On a déjà assez de problèmes avec les loups !...

Quelque chose se produisit quand il prononça ce dernier mot. Un bref silence dans la conversation ; un éclair dans le regard d'un des Allemands, un dénommé Rutger ; un imperceptible coup d'œil des autres dans sa direction...

Rutger alla chercher dans la glacière un pot contenant une sorte de pâte noire et gluante. Il le tendit à Serguei avec une cuiller.

— Tiens, dit-il, goûte-moi ça. Tu n'as jamais rien mangé d'aussi bon. Ça s'appelle du caviar.

Serguei en prit une bouchée et hocha la tête.

— Ce sont des œufs d'esturgeon, dit-il. Les paysans de la région de Chersky ne mangent que ça. Ils sont très pauvres. C'est tout ce qu'ils ont.

Devant l'air pantois de Rutger, les autres éclatèrent de rire.

— Je savais bien que tu étais plus malin que tu n'en avais l'air, glissa Astrov.

L'un des chasseurs lui parla en allemand et il acquiesça.

— Écoute, dit-il à Serguei, ils veulent te demander un truc...

Le garçon eut un sourire entendu. Il se doutait bien que cette soudaine cordialité cachait quelque chose.

— L'agence pour laquelle je travaille, continua le pilote russe, leur a promis une aventure exceptionnelle : des territoires vierges, quasi inexplorés, des paysages grandioses...

— S'ils n'aiment pas le décor, le coupa Serguei, ils peuvent aller chasser ailleurs.

— Pas du tout, fit Astrov. Le paysage est comme on leur avait dit. Ton pays est magnifique. C'est plutôt un problème de gibier.

Serguei fronça les sourcils.

— Ils n'ont pas tué assez de mouflons ?

— Si. De ce côté-là non plus, ils n'ont pas été déçus. Mais on leur a promis aussi des loups...

En entendant le mot en russe, Rutger s'anima :

— *Da*, fit-il, *volki !*

Il fit examiner à Serguei sa carabine à viseur optique. Sur la crosse était gravée l'image d'un fauve aux yeux fous de tueur sanguinaire, ouvrant une gueule aux crocs démesurés. Un vrai monstre de cauchemar !

Serguei était partagé entre l'envie d'éclater de rire devant cette caricature grotesque, et la colère à l'idée que ces barbares pourraient s'en prendre à ses loups.

Il se tourna vers Oksana. La belle interprète lui sourit distraitement. Elle semblait ailleurs, perdue dans ses pensées, comme si toute cette conversation ne la concernait pas.

— Il ne leur manque que les loups pour être totalement satisfaits, continua Astrov. On leur a dit que ceux de cette région étaient de fort belle taille et que leur fourrure était magnifique !

Serguei haussa les épaules.

— C'est ridicule. Ils sont comme partout...

Le pilote désigna le dénommé Rutger.

— Tu vois celui-là ? dit-il. C'est un fou furieux. Ça fait des années qu'il est obsédé par je ne sais quel grand loup mythique, une espèce de fauve dont parleraient les légendes sibériennes. Il ne pense qu'à ça. C'est son « Moby Dick » à lui !

— Son quoi ?

— Peu importe. L'essentiel, c'est que s'il réussit à le mettre à son tableau de chasse, il me donnera une prime d'au moins deux cents dollars !

Serguei regarda le pilote russe en se demandant qui, sous cette tente, était le plus fou.

— Tant mieux pour toi, dit-il sèchement.

— Et je partagerai cet argent avec toi !

— De l'argent ! Et j'en ferai quoi ?

Oksana ouvrit de grands yeux étonnés. Elle traduisit et les chasseurs se mirent alors à proposer toutes sortes de choses : jumelles, vodka...

Serguei répondit par un haussement d'épaules.

Il y eut un silence lourd comme du plomb. Les trois hommes ne quittaient pas Serguei des yeux. Astrov l'empoigna par un bras.

— Écoute... Pour les mouflons, c'est facile, je n'ai qu'à suivre les crêtes et je les repère à vue. Pour les loups, c'est une autre paire de manches : je peux tourner pendant des jours, des semaines, sans en apercevoir la queue d'un ! Et au prix du litre de kérosène, ça nous côute une vraie fortune !

Serguei fit semblant de ne pas comprendre :

— Et alors ?

— Et alors, on a besoin de toi. Un vrai pisteur, un type qui connaît ce pays comme sa poche ! Les loups, je suis sûr que tu sais où les débusquer. Avec toi, ça sera du gâteau ! Et je te rappelle qu'il y aura des cadeaux à la clé ! Alors... qu'est-ce que tu en dis ?

Serguei, qui avait de plus en plus de mal à se contenir, explosa :

— J'en dis... j'en dis que je ne veux rien avoir affaire avec des types comme vous ! Vous êtes des salauds, des barbares ! Vous vous croyez supérieurs à tout le monde, vous me traitez de paysan, de... « nomade », mais vous ne connaissez rien ! Vous ne savez rien ! Vous ne respectez rien ! Et maintenant, vous me demandez de vous aider à massacrer pour vous amuser !... C'est vous que je vais massacrer, si vous ne partez pas tout de suite de mon pays ! Partez, ou je tire sur votre hélicoptère ! Et moi, je n'ai pas besoin de viseur optique pour atteindre ma cible !

Il s'arrêta, rouge, essoufflé, à bout de mots, lui qui n'avait pas l'habitude de tant parler. Instinctivement, il chercha un soutien du côté d'Oksana. Mais la belle traductrice le regardait d'un air à la fois surpris et navré.

Les chasseurs, à qui Astrov venait de traduire ses propos en les atténuant, discutèrent brièvement entre eux. Puis l'un d'eux rattrapa Serguei, qui sortait de la tente, furieux. Avec un large sourire, il lui tapa sur l'épaule en lui faisant signe de revenir.

— Ils me chargent de te dire qu'ils s'excusent, plaida Astrov. Ils ne se rendaient pas compte que les loups étaient un sujet aussi... sensible pour toi. On croyait que tu serais content qu'on t'aide à te débarrasser de ces bêtes qui bouffent vos rennes.

Il échangea quelques mots en allemand avec l'un des chasseurs et ajouta :

— C'est d'accord. Ils partiront demain matin.

— Et ils renoncent à leur chasse aux loups ? demanda Serguei, méfiant.

Après un autre bref conciliabule, Astrov répondit :

— Ils s'y engagent sur l'honneur ! Pour cette fois, en tout cas. Pour la suite, je ne peux rien te promettre.

Serguei restait sur ses gardes, hésitant sur l'attitude à adopter. Les deux autres Allemands lui adressaient des sourires un peu forcés et lui faisaient signe de venir les rejoindre.

— Viens, insista Astrov, ils veulent t'inviter à une petite fête, pour faire la paix.

La colère de Serguei s'envola ; sa méfiance retomba. Les chasseurs avaient donné leur parole : il n'en demandait pas plus.

Il se laissa servir un gobelet de vodka. Puis un autre... Aidé par l'alcool, son naturel convivial et chaleureux reprit le dessus. Sa langue se délia. Encouragé par les étrangers, il évoqua son clan, ses habitudes, ses coutumes... Il raconta les transhumances de la grande harde, son intronisation en tant que gardien, les fêtes de trois jours rassemblant plusieurs clans sur un lac gelé : les défilés en tenues d'apparat, les courses de rennes attelés...

Les trois chasseurs et le pilote semblaient passionnés par chaque mot tombant de ses lèvres... ce que confirmaient les sourires qu'ils échangeaient régulièrement. Quant à Oksana, elle n'avait plus cet air absent et l'écoutait avec un plaisir évident, elle aussi. En évoquant leurs racines communes, il lui rappelait cette époque, pas si lointaine, où ils avaient partagé l'innocente complicité de l'enfance...

Serguei se sentait fier de son peuple, fier de ses traditions... heureux de faire découvrir à ces Occidentaux un monde qu'ils ne soupçonnaient même pas.

Dans son euphorie, il ne put s'empêcher de parler des loups… en prenant garde, toutefois, de ne rien dire qui puisse suggérer qu'il connaissait une meute.

Malgré les effets de l'alcool, il remarqua que l'évocation des fauves suscitait toujours le même intérêt chez ses interlocuteurs, en particulier chez Rutger.

Pas de quoi s'inquiéter. Les vieux réflexes avaient la vie dure, voilà tout.

À sa demande, on lui expliqua le fonctionnement des appareils qui avaient attiré son attention. Celui que les chasseurs nommaient GPS éveillait particulièrement sa curiosité. Le cadran de ce petit engin indiquait la longitude et la latitude, permettant ainsi de se situer géographiquement. Serguei, qui n'avait jamais eu besoin d'un quelconque instrument pour se repérer, admira poliment les performances techniques de celui-ci.

Il ne remarqua pas que l'un des Allemands avait pris Oksana à part et lui parlait à voix basse en le regardant.

Le troisième chasseur insista pour que Serguei prenne son arme en main et jette un œil dans la lunette. Ils sortirent, le garçon épaula en visant un sommet avoisinant… et eut un mouvement de recul.

En une fraction de seconde, la balle avait été projetée à deux kilomètres !

L'effet était stupéfiant. Pas étonnant, pensa-t-il, qu'ils abattent leurs proies avec une telle facilité.

Quand Serguei quitta le campement des étrangers pour rejoindre le sien, à moins d'un kilomètre, Oksana l'accompagna, sous le prétexte de bavarder encore un peu. Ravi, il la laissa lui prendre la main et se frotter à lui en marchant. Il ne protesta pas davantage quand, arrivée devant sa tente, elle l'embrassa fougueusement sur les lèvres. Mais il ne réagit vraiment que lorsque le corps de la fille se colla entièrement au sien, lui transmettant sa chaleur, imprimant ses formes dans sa peau. Submergé par un désir brûlant, irrésistible, Serguei l'entraîna à l'intérieur et la renversa sur les fourrures de renne.

L'image de Nastazia lui traversa fugitivement l'esprit. Bien sûr, c'était mal de faire ce qu'il s'apprêtait à faire. En couchant avec Oksana, il allait trahir la femme qu'il aimait, commettre un acte impardonnable... Mais la culpabilité qu'il éprouva s'effaça très vite devant l'envie violente qu'il avait du corps d'Oksana... Et puis, sa fiancée ne serait pas de retour avant plusieurs jours. D'ici là, l'hélico et ses occupants se seraient envolés et toute trace de sa faute aurait disparu. Il n'en resterait que le souvenir, dans un coin de sa mémoire, un « jardin secret » auquel lui seul aurait accès...

Il chassa Nastazia de ses pensées et l'oublia... pour l'instant.

Malgré les vapeurs de la vodka, qui lui embrumaient le cerveau, il s'étonna de voir Oksana se dévêtir si vite. À peine allongée, elle était déjà nue et le déshabillait avec une habileté qu'il n'avait connue chez aucune autre fille.

Après l'avoir débarrassé de ses vêtements, elle l'entraîna dans un ballet amoureux dont l'audace et l'inventivité lui firent perdre la tête. Serguei, qui avait l'habitude de prendre l'initiative dans ces circonstances, ne pouvait s'empêcher de songer à la réserve, à la pudeur timide d'une fille comme Nastazia... Oksana, en comparaison, était un véritable volcan.

Elle l'abandonna enfin, épuisé, bras en croix sur la fourrure, un sourire béat sur le visage.

Dans l'euphorie sirupeuse qui l'enveloppait, la voix de la belle interprète lui parvint comme un écho lointain :

— Pourquoi tu ne le fais pas ?

— Hein ?... Quoi ?

— Ce qu'ils te demandent... pourquoi tu ne le fais pas ? Tu les aides à tuer un ou deux loups, tu gagnes beaucoup d'argent, tout le monde est content... Où est le problème ?

Serguei s'arracha à sa torpeur comme si on venait de lui vider un seau d'eau glacée en plein visage. Se relevant sur un coude, il fixa Oksana comme une extraterrestre.

— Mais... tu n'as pas entendu ce que je leur ai dit ?

Elle eut une petite moue indifférente.

— Si, mais franchement, je ne comprends pas pourquoi tu fais tant d'histoires. Ce ne sont que quelques loups. Et... je croyais que c'étaient vos ennemis, des animaux dont on est content de se débarrasser, non ?...

— « Vos ennemis » ! Tu te rends compte de ce que tu dis ? Tu devrais dire : *nos* ennemis.

Serguei secoua la tête en la regardant, consterné.

— Qu'est-ce qu'ils t'ont fait, à Yakoutsk, pour que tu deviennes comme eux ?

Oksana haussa les épaules et répondit, agacée :

— On m'a fait que je vis dans la vraie vie, Serguei. Celle où si tu n'as pas d'argent, tu n'existes pas. D'ailleurs, à propos d'argent, on m'a chargée de t'offrir un de ces GPS que tu admirais tout à l'heure, en plus des cadeaux qu'Astrov t'a déjà proposés. Qu'est-ce que tu en dis ?

Serguei sentait la colère monter en lui.

— Non, dit-il d'une voix glaciale, je ne changerai pas d'avis ! Tu peux aller leur dire. Et rappelle-leur aussi ma promesse de leur tirer dessus, s'ils ne s'en vont pas assez vite !

Oksana était déjà rhabillée. Serguei eut un sourire méprisant.

— On dirait que tu te doutais de ma réponse...

Elle acheva d'enfiler ses bottes et enchaîna sans même le regarder, occupée qu'elle était à retoucher son maquillage à l'aide d'un petit poudrier de poche :

— Franchement, non, je t'aurais cru plus raisonnable. C'est juste que je dois m'en aller, de toute façon.

— Pourquoi, tu es fatiguée ? fit Serguei, qui regrettait déjà de la voir partir.

Oksana planta son magnifique regard mauve dans le sien.

— Non, Serguei. C'est que j'ai du travail, figure-toi.

— Du travail ? Mais ils ont Astrov pour traduire.

Elle eut un imperceptible sourire.

— Il y a des choses qu'Astrov ne peut pas faire à ma place.

Devant l'air égaré de Serguei, elle précisa :

— Tu as passé un moment agréable, avec moi, non ?

— Bien sûr. C'était même...

— Eh bien, les autres aussi, ils ont envie de passer un moment agréable avec moi. Et eux, ils vont payer.

Serguei en ouvrit la bouche de stupéfaction. Il voulut dire quelque chose, mais aucun mot ne sortit de ses lèvres.

— Je t'avais dit que j'étais dans la vraie vie, Serguei. Moi, je n'ai pas de mouflons à vendre, mais j'ai ça ! (Elle montra sa poitrine.) Et ça vaut cher ! fit Oksana en le laissant seul.

32.

Tout lui revenait, à présent. Les conciliabules entre adultes, les confidences chuchotées avec des airs de conspirateurs, quand les parents et les autres parlaient de « ces filles-là »...

« Ces filles-là », il avait fini par le comprendre en grandissant, c'étaient ces prétendues « traductrices » qui accompagnaient systématiquement les expéditions de chasse des Russes ou des Occidentaux en Sibérie.

Elles étaient effectivement traductrices – Oksana ne parlait-elle pas plusieurs langues ? –, mais elles étaient surtout là pour offrir des « services sexuels » aux chasseurs, pendant leurs moments de détente.

C'était donc ça qu'Oksana était devenue, à Yakoutsk ! Une « fille perdue », selon l'expression qu'il avait entendu sa mère utiliser un jour.

Voilà qui expliquait que son père n'ait pratiquement pas parlé d'elle, quand il était revenu de chez Kesha.

Voilà qui expliquait aussi ces quelques occasions où, se souvenant de la fillette qui avait partagé ses jeux d'enfant, Serguei avait demandé après elle. On lui avait répondu sèchement qu'on n'avait aucune nouvelle. Mais le ton laissait soupçonner un vilain secret qu'on refusait d'évoquer...

Tous ces incidents, auxquels il n'avait guère prêté attention, s'éclairaient à présent d'une lumière glauque...

La petite fille aux yeux mauves, la complice espiègle et toujours souriante des premiers moments de sa vie... voilà ce qu'elle était devenue !

Et lui qui n'avait rien vu, rien compris ! Dire qu'elle avait dû lui expliquer les choses en termes précis pour qu'il ouvre les yeux !

Ils avaient eu bien raison, tous, de le prendre pour un naïf et un idiot !

Il comprenait à présent leurs sourires échangés, leurs rires étouffés quand ils faisaient mine de l'écouter. En fait, ils se moquaient de lui ! Ils n'avaient rien fait d'autre, depuis le début.

Serguei se sentait humilié... Humilié et sale.

Comme si, en faisant l'amour avec Oksana, il s'était lui-même trempé dans cette boue.

Partagé entre les larmes et la rage, Serguei se retourna toute la nuit dans son sac de couchage, sans arriver à trouver le sommeil. Ce ne fut que très tôt dans la matinée que, vaincu par l'épuisement, il sombra enfin dans l'inconscience.

D'abord, il crut que la voix qui l'appelait faisait partie de son rêve.

Puis elle devint plus distincte, plus proche.

— Serguei ! Serguei, tu es là ? Serguei !

Il s'arracha péniblement à un sommeil trop court. La vodka ingurgitée la veille lui donnait l'impression que son crâne allait exploser. Il voyait flou. Mais suffisamment clair pour reconnaître Nastazia, qui venait de pénétrer sous sa tente.

— Qu'est… qu'est-ce que tu fais là ? réussit-il péniblement à articuler.

— Surprise ! Ça ne te fait pas plaisir ?

Il sourit, malgré sa gueule de bois. Il était si heureux de revoir Nastazia qu'il en oublia brièvement l'hélicoptère, les chasseurs… et Oksana. Pendant un court instant, ce fut comme si sa fiancée était partie la veille et que rien ne s'était passé entre-temps.

— Bien sûr que ça me fait plaisir, fit-il en lui ouvrant les bras.

Elle s'y jeta en riant comme une enfant.

— Ce n'était pas si grave que ça. Le chaman m'a dit que papa guérirait tout seul, à condition de faire attention. C'est pourquoi je suis restée un peu avec lui, au calme.

Elle recula pour que Serguei puisse la regarder.

— Et toi, demanda-t-elle, je t'ai manqué ?

Cette question mit le garçon mal à l'aise, lui rappelant les moments passés dans les bras d'une autre, la nuit précédente.

— Bien sûr, répondit-il en se forçant un peu.

Nastazia fronça les sourcils.

— Qu'est-ce qu'il y a ? Tu n'as pas l'air bien.

— Je suis crevé, fit Serguei en se secouant. Je me suis couché tard. Je… j'ai mal dormi.

La jeune fille lui caressa tendrement la joue.

— Mon Serguei. Je vais te faire un bouillon de viande de renne, ça va te redonner des forces.

Elle se retourna

— Tiens… c'est quoi, ça ?

Serguei sentit son estomac se nouer. Nastazia tenait le petit miroir-poudrier à coque de nacre dont Oksana s'était servie quelques heures plus tôt pour se refaire une beauté. Dans sa hâte de partir, elle avait dû le laisser.

Il réfléchit à toute vitesse pour trouver une explication crédible.

— Ah, ça ?... fit-il d'une voix encore pâteuse, je l'ai ramassé un peu plus bas dans la vallée. Un hélicoptère est venu. Ils ont laissé un tas de trucs...

— Pour moi ?

Il fit oui de la tête, surpris de la tournure que prenait la chose. Nastazia semblait ravie. Elle se regarda coquettement dans le minuscule miroir.

— C'est gentil.

Serguei sourit de soulagement. C'était inespéré. Nastazia lui fournissait elle-même une justification à laquelle il n'avait pas pensé et qui, en plus, lui donnait le beau rôle.

Elle examinait l'objet avec des yeux de petite fille éblouie.

— C'est la première fois que j'en vois un aussi beau, dit-elle. Ça doit venir de Yakoutsk... peut-être même de Moscou.

Soudain, elle fronça les narines, le nez en l'air. Serguei songea qu'il devait empester la vodka. Il s'habilla à toute vitesse et sortit, suivi par sa fiancée.

— Les gens de l'hélicoptère, demanda celle-ci, c'étaient les chasseurs qu'on a aperçus de loin, l'autre fois ?

— Je ne sais pas, répondit Serguei en évitant de la regarder dans les yeux. J'ai juste entendu le moteur. Le temps que j'arrive, ils étaient partis.

Nastazia réfléchit.

— J'ai envie d'y aller, moi aussi !

— Où ça ?

— Là où l'hélicoptère s'est posé. Tu m'as dit qu'ils avaient abandonné un tas de trucs...

Elle montra le poudrier, les yeux brillants.

— Il y a peut-être d'autres choses intéressantes... Tu as bien regardé ?

La dernière chose au monde dont Serguei avait envie était de retourner là-bas avec Nastazia. Il avait l'impression qu'une fois sur place, tout l'accuserait. Comme si l'endroit où les chasseurs avaient installé leur campement pouvait parler, raconter sa beuverie... et la suite.

— Allons plutôt voir nos loups, dit-il, c'est plus important. Et puis, ils seront contents de te retrouver. Ils vont te faire la fête.

Mais Nastazia avait décidé d'aller visiter la zone d'atterrissage de l'hélicoptère, et Serguei n'était pas de taille à la faire changer d'idée. À contrecœur, il l'emmena jusqu'au lieu où il avait festoyé la veille avec les chasseurs allemands, le pilote et la belle interprète. Comme la première fois, l'expédition avait laissé derrière elle une incroyable quantité de déchets de toutes sortes. Astrov avait même trouvé le moyen de vidanger son huile sale.

— C'est dégoûtant, constata Nastazia. Une vraie décharge !

— Oui. Si j'avais su...

Il s'interrompit trop tard. Ça lui avait échappé.

Nastazia éclata de rire.

— Décidément, tu n'as pas les yeux en face des trous, ce matin ! C'est bien ici que tu as trouvé mon cadeau, non ?

— Oui, oui, bien sûr, s'empressa de répondre Serguei.

Il tenta de rattraper sa gaffe :

— Je voulais dire : je ne m'étais pas rendu compte que c'était aussi sale.

Nastazia ramassa une des nombreuses bouteilles de vodka vides qui jonchaient le sol. Machinalement, elle porta le goulot à ses narines et eut une expression dégoûtée.

— Beurk !

Presque aussitôt, elle sembla avoir une révélation.

— Mais... c'est cette odeur que j'ai sentie dans la tente, tout à l'heure... Tu en as bu, toi aussi ?

— Mais non !

Serguei dansait d'un pied sur l'autre comme un ours au bout d'une laisse.

— Enfin, oui... dit-il, un peu.

— C'est pour ça que tu avais mal à la tête, ce matin ?

Il hésita de nouveau.

— Oui, lâcha-t-il enfin. C'est quand j'ai trouvé le poudrier. Il y avait aussi une bouteille pleine... J'ai eu envie de goûter.

Pour la première fois depuis son retour, Nastazia le regarda d'un air soupçonneux.

— Et tu as bu toute la bouteille, toi qui détestes l'alcool... qui n'en bois jamais ?

— Je... je voulais juste voir quel effet ça faisait.

— Eh bien, tu as vu.

Elle ramassa une boîte d'allumettes, une conserve non entamée et une poignée de cartouches neuves.

— Et tout ça, demanda-t-elle, pourquoi tu ne l'as pas rapporté ? Ça peut servir.

— Je ne les avais... pas vus.

Il prit un air étonné.

Elle fronça les sourcils, réfléchit un moment et demanda d'un ton inquisiteur :

— Ça ne serait pas plutôt parce que les propriétaires du campement étaient là quand tu es venu ?

— Mais non, répliqua Serguei un peu trop vivement, pourquoi tu dis ça ?

— Parce que ces objets n'auraient pas pu échapper à un œil aussi pointu que le tien, voilà pourquoi.

Cette fois, le garçon ne sut pas quoi répondre.

— Tu les as rencontrés, n'est-ce pas ?

— Oui, enfin... pas longtemps.

— Alors, pourquoi mens-tu ?

Serguei se mura dans un silence embarrassé. Nastazia crut comprendre pourquoi :

— C'est avec eux que tu as bu, pas vrai ?

— Oui, avoua Serguei en poussant nerveusement un caillou de la pointe de sa botte.

— Je te trouve vraiment bizarre, Serguei, ce matin. Qu'est-ce que tu me caches ?

Le jeune Évène haussa les épaules et tâcha de se donner une contenance en fouillant machinalement dans les déchets.

— C'étaient les chasseurs de mouflons de l'autre fois ? demanda Nastazia.

— Oui. Je leur ai expliqué pourquoi il ne fallait pas tuer les grands mâles, ni...

Nastazia ne l'écoutait plus. Brusquement saisie d'un affreux pressentiment, elle l'interrompit tout en examinant son poudrier :

— Il y avait des filles avec eux ?

— J'en sais rien, répliqua Serguei un peu trop hâtivement.

— Il y en avait forcément, insista Nastazia en lui mettant sous le nez l'accessoire de maquillage, aucun homme ne se sert de ça.

Le garçon, de plus en plus gêné, fit semblant de chercher dans sa mémoire.

— Il y en avait une, je crois, lâcha-t-il d'un air vague. Une seule. Je ne l'ai pas vue : elle n'est pas sortie de sa tente.

— Comment sais-tu qu'il n'y en avait qu'une, alors ?

Empêtré dans ses mensonges, Serguei se sentit pris au piège comme un lièvre dans un collet : à chaque mot qu'il prononçait, la lanière se resserrait davantage autour de son cou. Et Nastazia ne lâcherait pas prise avant de tout savoir.

Il craqua. Autant prendre les devants et tout lui avouer. De toute façon, il n'avait plus le choix.

En évitant d'entrer dans les détails, il résuma à Nastazia sa rencontre avec les chasseurs et la manière dont ceux-ci avaient tenté de l'acheter pour qu'il les aide à débusquer les loups, allant même jusqu'à utiliser les charmes de leur interprète pour le convaincre.

Avant qu'il ait terminé, Nastazia avait compris.

— Et tu as couché avec cette fille, Serguei !... dit-elle, les larmes aux yeux. Ce n'est pas possible ! Tu as couché avec cette...

Il ne pouvait plus se dérober. Tout cela était trop lourd, comme un poids immense dont il voulait se débarrasser au plus vite.

— J'avais bu, ça ne voulait rien dire !... tenta de se défendre le garçon.

— Et tu t'es associé avec ces gens qui salissent notre pays, qui massacrent pour s'amuser ! Non seulement tu m'as trompée, mais tu nous as tous trahis ! Moi, ton père, tous ceux de ton clan... Tous !

Elle le regardait avec ce qu'il n'avait encore jamais vu dans ses yeux : du mépris. Prenant conscience qu'elle tenait toujours le poudrier, elle le jeta violemment au sol, où il éclata sur une pierre. Puis elle tourna les talons et se mit à courir en direction de la tente, au loin, près de laquelle elle avait laissé son renne.

Serguei s'effondra, assis par terre, la tête dans les mains. Il ne réagit qu'au bout de plusieurs minutes et se jeta à la poursuite de Nastazia. Il la rejoignit alors qu'elle talonnait déjà les flancs de son *uchakh*.

— Ne t'en va pas ! cria-t-il. Pardonne-moi, j'avais trop bu, j'ai fait une bêtise, je... je t'aime !

— Tu nous as tous trahis, Serguei, lança la jeune fille en s'éloignant au petit galop. Puisque tu es si bien avec tes loups, reste donc avec eux ! Parce que moi, je ne veux plus jamais te revoir ! Jamais !

Serguei suivit des yeux la frêle silhouette de Nastazia, s'éloignant à travers la toundra. Elle ne se retourna pas une seule fois avant de disparaître.

Pour la première fois depuis longtemps, les montagnes environnantes lui semblèrent une prison ; la vallée, colorée par l'été, un territoire hostile ; la rivière qui la traversait, un piège mortel...

Jamais il ne s'était senti aussi seul.

Bientôt, Nastazia rejoindrait les siens et leur raconterait sa « trahison ». Il n'osait pas imaginer la réaction de son père...

Sa vie venait d'éclater en morceaux, comme la glace d'un fleuve en pleine débâcle.

Il aurait donné n'importe quoi pour pouvoir remonter le temps ; pour ne pas être allé à la rencontre des chasseurs occidentaux ; pour ne pas avoir fait l'amour avec Oksana...

Mais même le chaman le plus puissant n'aurait pu exaucer ce vœu.

D'un pas mécanique, il retourna vers sa tente, repensant aux chasseurs et à leur hélicoptère...

Assommé par la vodka, il ne l'avait pas entendu décoller.

Apparemment, le groupe mené par Rutger était parti beaucoup plus tôt que d'habitude.

Pourquoi ? Serguei ne se faisait plus d'illusions sur l'efficacité de ses menaces...

Alors ? Il repensa à Rutger et à son obsession des loups, en particulier de ce monstre de légende qu'il rêvait d'accrocher à son tableau de chasse.

Et son sang se glaça.

Il se revit, la veille au soir, en train de parader devant les membres de l'expédition.

Il s'entendit distinctement prononcer les mots « Ioukaguir... Kolyma » !

Les abords du plateau Ioukaguir, situé au-delà du fleuve Kolyma !

Là où, depuis quelques jours, ses loups avaient établi leur territoire de chasse !

Il se maudit ! Grisé par la vodka, il avait lui-même indiqué aux chasseurs le repaire de sa meute !

Et les autres, bien sûr, n'avaient pas perdu une seconde...

Serguei se jeta sur son fusil. En toute hâte, il chargea des couvertures et des vivres sur son traîneau, sauta dedans et cingla l'arrière-train de son *uchakh*.

Quand le renne s'élança à travers la toundra, le jeune Évène avait les larmes aux yeux.

Même sans s'arrêter, il lui faudrait une vingtaine d'heures pour parvenir à destination. Les autres, avec leur engin volant, étaient sûrement déjà sur place.

Son seul espoir était que, malgré ses indications, ils ne réussissent pas à débusquer Torok et les siens.

Rassemblés autour du grand mâle comme une légion en ordre de combat, la meute défiait du regard et de la voix les trois humains qui s'avançaient vers elle. Torok et Voulka montraient les crocs en grognant sourdement. Kamar manifestait une fois de plus son tempérament de futur chef en se portant sans cesse vers l'avant, et Voulka devait constamment le rappeler à la prudence et le retenir à coups de museau. Kitnic et Amouir poussaient des aboiements brefs, aigus et furieux, ouvrant leur gueule aussi grand qu'ils le pouvaient...

Mais, en dépit de ces attitudes menaçantes, les trois humains continuaient d'avancer.

Tôt dans la matinée, alors qu'ils sortaient du bosquet d'épineux où ils avaient établi leur tanière, Torok et sa meute étaient tombés une première fois nez à nez avec eux. Trois hautes silhouettes habillées de tenues de guerre rappelant la couleur des épines de pin et l'écorce des arbres. Trois géants portant chacun une de ces carabines Mauser qui rendaient les humains invincibles...

Tout de suite, ils avaient tiré. Tous ensemble. Par chance, dans leur précipitation, ils avaient manqué de précision et n'avaient touché aucun des cinq loups de la meute. Le sol rocailleux sur lequel filaient Torok et les siens avait explosé sous les impacts, mais aucun canidé n'avait été blessé. L'air avait résonné de cette triple vibration ressentie par les loups jusque dans leurs muscles. Ceux-ci les avaient catapultés hors de portée. L'instant d'après, ils étaient loin.

Ce n'était qu'après une heure de course effrénée, entre les plateaux sculptés par les tempêtes de glace, qu'ils s'étaient enfin arrêtés pour reprendre haleine. Persuadés d'avoir définitivement échappé à ce nouveau danger, Torok et les siens s'étaient alors crus à l'abri.

Le répit avait été de courte durée.

Presque aussitôt, la machine avait surgi d'entre les montagnes.

Un énorme et terrifiant insecte gris, qui vrombissait plus fort qu'une cataracte.

L'engin avait foncé droit sur eux. Et la course avait repris.

Elle s'était terminée dans la clairière où ils se trouvaient maintenant, au cœur d'une forêt d'épineux à hauteur d'homme, que les chasseurs dominaient.

La végétation y était si dense que la meute s'était accroché la fourrure en la traversant. Ils avaient cru pouvoir s'y dissimuler, échapper aux yeux de la machine et à ceux des chasseurs. Mais les humains déguisés en taïga les avaient repérés quand même. Torok et Voulka les avaient vus entrer dans la masse piquante, qui déchirait leurs vêtements, sans que cela paraisse les troubler. En traversant les épineux, ils tenaient leurs carabines au-dessus de leur tête, comme Torok avait vu certains d'entre eux le faire au passage à gué d'un cours d'eau.

Mais les lances mortelles avaient repris leur position, fermement tenues et pointées dans la direction de la meute, dès que les hommes avaient débouché dans un espace dégagé.

Celui-ci s'était soudainement transformé en mur de végétation compacte et quasi infranchissable. Un piège mortel, refermé sur Torok et les siens.

Après des heures de course, les loups étaient épuisés. Les grognements furieux de Torok et de Voulka perdaient de leur puissance ; les jappements hystériques des louveteaux diminuaient en intensité…

Torok regarda Voulka, et Voulka plongea ses yeux d'ambre dans ceux de son compagnon. Ils savaient tous les deux que ce combat était désespéré ; que c'était sans doute le dernier qu'ils livraient ensemble. À présent, il n'y avait plus qu'une chose à faire.

Sauver les louveteaux.

Les petits ne l'étaient plus tant que cela. Ils étaient désormais capables de survivre sans leurs parents…

La meute se consulta du regard et de la voix. En une fraction de seconde, chacun sut ce qu'il avait à faire.

Torok et Voulka s'avancèrent ensemble vers les chasseurs, qui se trouvaient maintenant à moins de cent mètres. Ils ne firent que quelques pas, en montrant les crocs et en grognant de toutes les forces qui leur restaient. Déconcertés par ce qui ressemblait à une attaque, les humains hésitèrent brièvement et se regardèrent, baissant leurs armes. C'était le moment que la meute attendait. Le signal. Les loups s'enfuirent dans cinq directions différentes, longeant le mur d'épineux et y cherchant une brèche.

Pendant une seconde ou deux, les chasseurs hésitèrent. Puis les trois hommes levèrent leurs armes en même temps, comme ils l'avaient fait le matin même. Une nouvelle fois, un triple tonnerre fit trembler la terre et se répercuta sous la peau des loups, au moment précis où Voulka trouvait une brèche dans la muraille végétale. Avant de disparaître, elle eut le temps de voir

Kamar se glisser, lui aussi, dans un interstice épineux ; Kitnic et Amouir s'insinuer dans un autre passage à ras de terre…

Torok, lui, fit un bond désordonné, comme s'il était projeté en l'air par une force surnaturelle. Puis il se figea. Son épaisse fourrure noire parcourue d'un léger tremblement, ses joues de poils gris agitées par une onde inconnue, il fixait sa compagne de ses pupilles blanc et bleu, qui s'éteignaient déjà.

Son flanc était poisseux, ses poils collés par un liquide sombre qui coulait jusqu'à terre…

Il s'abattit comme une masse.

Au bout de la clairière, Voulka vit un des hommes baisser son bâton, surmonté d'une étrange longue-vue, avec un sourire de triomphe.

Il n'y avait rien à faire, elle le savait.

Elle disparut dans les broussailles.

Serguei dut traverser le fleuve Kolyma, couché sur le dos de son renne, toujours attelé au traîneau. Par chance, celui-ci était léger et les cervidés, avec leurs poils gonflés d'air, bons nageurs. Le garçon était trempé en atteignant la rive opposée, mais la relative chaleur estivale le mettait à l'abri de l'hypothermie. Quand il arriva en vue du plateau Ioukaguir, il n'avait pas dormi depuis trente heures et, sans s'arrêter, avait mâchouillé en tout et pour tout deux lamelles de viande séchée.

Ne sachant précisément où trouver sa meute, il entreprit de sillonner la zone. Le territoire s'étendait à perte de vue, sous un ciel immense. Mais, contrairement aux prédateurs occidentaux, Serguei n'avait pas besoin d'aide, ni du hasard, ni d'un pisteur, encore moins d'un GPS : les liens si forts qui existaient entre ses loups et lui les guideraient immanquablement les uns vers les autres.

Dans un état second, il suivit les flancs des parois rocheuses entourant les hauts plateaux ; il fouilla les grottes, examina les cavités, inspecta le moindre surplomb granitique… En vain. Restait la végétation. À cette latitude où les arbres ne poussaient plus, aucune forêt de pins ou de mélèzes n'était susceptible d'avoir donné refuge à ses loups. C'était bien ce qui l'inquiétait : les montagnes de la région n'offraient que des parois lisses ou des sommets plats, les forêts étaient inexistantes… seuls les innombrables massifs d'épineux avaient la surface et la densité nécessaires pour constituer une éventuelle cachette.

Il lui fallut encore une journée – une longue journée au bout de laquelle il crut défaillir de fatigue – avant de trouver l'endroit.

Au centre d'un passage étroit filant entre deux plateaux, c'était une véritable forteresse d'épines, des barbelés tressés par la nature dans un mauvais jour. Une masse apparemment impénétrable, tant par des hommes que par des loups. Il faillit tourner les talons. Mais il entendit soudain une voix qu'il reconnut aussitôt.

Celle de Voulka.

Son chant, une modulation douce et presque imperceptible, était plein d'une douleur infinie.

Serguei se jeta dans les ronces et força le passage, ignorant les déchirures de ses vêtements et les zébrures rouges sur sa peau. Le chant désespéré de Voulka se rapprochait…

Il déboucha dans une clairière à peu près dégagée. L'endroit, sous le soleil rasant, avait quelque chose de sinistre qu'il ressentit immédiatement.

Une arène, faite pour une mise à mort...

Voulka se trouvait à l'autre bout. Près d'elle, ses trois louveteaux allaient et venaient, l'air égaré.

Le cœur et l'estomac serrés, Serguei traversa en courant l'espace qui le séparait de sa meute, ou ce qu'il en restait. Au passage, il repéra des traces de bottes de chasse. En s'approchant de Voulka, il vit le sang noir séché, qui tachait encore le sol...

La louve s'approcha de lui et il tomba à genoux, la prenant dans ses bras.

— Voulka, ma Voulka, fit-il d'une voix brisée, ils l'ont tué, n'est-ce pas ? Ils ont tué Torok !... Ils nous l'ont tué !...

En revenant, comme le faisaient toujours les louves, sur les lieux où son compagnon avait trouvé la mort, Voulka lui répondait plus clairement que si elle avait parlé. Il colla sa tête contre la sienne et gémit :

— Pardonne-moi, Voulka ! Pardonne-moi !... C'est à cause de moi !

Il avait cru toucher le fond du désespoir, quand Nastazia était partie.

Mais le peu qui restait de sa vie venait d'être réduit en cendres.

33.

Lorsque Andrei le géant, suivi de Wladim, puis d'Alexeiev, pénétra dans la grande yourte commune, tous les regards se tournèrent vers les nouveaux arrivants. Moujouk cessa de frapper en cadence la peau de renne de son tambour, et ses yeux aveugles parurent scruter le visage des trois hommes, pour y lire les nouvelles qu'ils apportaient.

Avant de parler, Andrei sortit un flacon d'alcool de myrtille et en jeta un bouchon dans le feu, après avoir ouvert la trappe du poêle. Tog Muhoni cracha une flamme en biais, accompagnée d'un bref sifflement.

Moujouk pointa un index noueux en direction du brasier.

— Mauvaises nouvelles, dit-il d'une voix sombre.

— C'est vrai, soupira Andrei en laissant tomber le poids de son grand corps sur les fourrures de renne. Entre ici et Sakkyryr, il n'y a presque plus un mouflon mâle. Au bout d'une semaine, nous avons cessé de compter les carcasses sans tête.

— Sans tête ? s'exclama le vieux Dima. Tu veux dire qu'ils ne prennent que les têtes ?

— Oui.

— Ils sont fous ! Mais pour quoi faire ?

— Pour les exposer chez eux.

Dima ouvrit une bouche édentée, puis éclata d'un rire aigu. Il s'arrêta net quand Nicolaï, de rage, planta violemment son couteau dans le sol.

Tout le monde attendit que le chef de clan s'exprime ; mais Nicolaï ne lâcha pas un mot.

— Ce n'est pas tout, continua Wladim. Les rennes...

— Les rennes ? fit Moujouk.

— Ils ont aussi tué des rennes. Quatre, dans notre harde...

— Et cinq dans la harde de Kesha, compléta Alexeiev. Les plus grands mâles. Et ils ont fait pareil : coupé les têtes et laissé le reste.

Il y eut un long silence, interrompu seulement par les respirations lourdes et les crépitements du feu. Chacun fixait les flammes, où dansaient de sinistres présages.

— Slavomir, du clan de Kesha, les a vus, lâcha soudain Alexeiev.

— Combien étaient-ils ? demanda Moujouk.

— Trois.

— Seulement trois ? interrogea le chaman après un silence interloqué.

— Trois, avec un hélicoptère, un guide, et des carabines à viseur si puissant qu'on est sûr de toucher sa cible à plusieurs centaines de mètres.

Chacun essaya d'imaginer l'arme en question. Derrière les visages lisses ou ridés s'agitaient des pensées inquiètes.

Moujouk tâta le sol derrière lui et attrapa un petit sachet rebondi. Il le tendit à Wladim en lui ordonnant d'en vider le contenu dans les flammes. Le garçon obéit, et le feu, à l'intérieur de sa cage de fer, se colora de nuances mauves et violettes. Un parfum mystérieux se dégagea, où chacun crut reconnaître un mélange de myrtille, de mûre et d'herbe fraîchement coupée.

Moujouk recommença à frapper son tambour, lentement, pesamment. Sous la tente commune, chacun le regardait, attendant avec respect les mots qui tomberaient de ses lèvres.

— Jamais nous n'avons connu cela, dit-il enfin. C'est une nouvelle menace qui se lève... Un danger venu de l'avenir...

— Comment affronter cette menace, Moujouk ? demanda anxieusement Andrei. Avec quelles armes ?...

Le chaman frappa encore un moment son tambour, dans le même rythme lancinant, avant de répondre :

— D'autres comme eux viendront... Beaucoup d'autres loups à deux pattes... Ce sera à nous de trouver les armes... et de faire face... si nous ne voulons pas disparaître.

N'y tenant plus, Nicolaï arracha son couteau du sol et sortit de la tente, furieux. Anadya, qui avait assisté à toute la séance à son côté, le suivit.

— « Un danger venu de l'avenir » ! grommela le chef de clan entre ses dents. Trois hommes en hélico avec des armes à lunette !... Un danger venu du présent, oui ! Et un expert pour les aider à nous détruire : mon propre fils !

Anadya le rattrapa et le saisit par un bras pour l'obliger à ralentir.

— Calme-toi, Nicolaï ! Ça ne sert à rien de te torturer comme ça !

Le chef s'arrêta net et se tourna vers sa femme, le regard dur.

— Tu crois ? Tu crois que ça ne sert à rien ? Tu as entendu comme moi ce que nous a raconté Nastazia, non ?

— Bien sûr, mais...

— Serguei a trahi sa femme avec une créature qui a déshonoré le peuple évène ! Il s'est allié avec nos pires ennemis ! Il nous a tous couverts de honte ! Toi, moi, son clan, tous ceux de sa race ! Et tu me dis que ça ne sert à rien de se torturer ?

Du menton, il désigna la tente commune.

— Là-dedans, je n'ai même pas pu parler, tellement je me sentais humilié !

Anadya plongea son regard dans les yeux de son mari et fut stupéfaite d'y voir des larmes.

— Serguei n'est plus mon fils, Anadya, ajouta Nicolaï d'une voix brisée. Et je ne sais même pas si je pourrai continuer à être le chef de ce clan...

Il ne pouvait pas vivre caché éternellement, entre le plateau Ioukaguir et la Kolyma, avec Voulka et ses trois louveteaux pour toute compagnie, pour toute famille.

Quoique... Il s'était posé la question, le plus sérieusement du monde.

Devenir un homme-loup, oublié pour toujours de ceux de sa race ; ayant lui-même oublié l'espèce humaine...

Il y avait pensé. Il s'en sentait capable.

Pendant plusieurs jours, il avança sur un fil ténu : rester... ou rentrer.

Une part de lâcheté, dont il avait conscience, le poussait à rester avec les loups. À ne plus jamais revoir les siens ; qui l'avaient sans doute rejeté, de toute façon… Cela lui éviterait les insultes et les humiliations qui s'abattraient sur lui à coup sûr s'il remettait les pieds au campement.

Mais l'autre voix, celle du courage et du devoir, lui ordonnait avec de plus en plus d'insistance de retourner au *dyu* de son clan. D'abord parce que, jusqu'à nouvel ordre, il était toujours gardien de la grande harde, et que cela impliquait des responsabilités qu'il avait l'obligation d'assumer – au moins jusqu'à ce qu'on les lui enlève.

Ensuite parce qu'il avait le droit et le devoir de s'expliquer, de se justifier vis-à-vis des siens. Quitte à passer un mauvais moment, il ne pouvait pas laisser ses parents et le reste de son clan le prendre pour un monstre.

Ce qui était sûrement le cas, après ce que Nastazia n'aurait pas manqué de leur raconter.

Il avait le droit de faire entendre sa version des événements !

Certes, il avait commis des erreurs. Mais il n'était pas le traître qu'ils s'imaginaient et il fallait qu'il le leur dise !

En outre, il devait leur parler des chasseurs occidentaux ; les prévenir de ce nouveau danger ; les aider à s'y préparer…

Pour finir, il y avait Nastazia…

Elle était toujours la femme, l'amour de sa vie.

Même si elle avait rompu avec lui, il n'avait pas cessé de l'aimer. Ce qui s'était passé avec Oksana était un accident, dû à un moment de faiblesse, causé par l'alcool… Ce n'était peut-être pas une excuse, mais il savait que cette « faiblesse » n'avait rien signifié. Que seule Nastazia comptait dans sa vie.

Et, au plus profond d'elle-même, elle le savait aussi, il en était sûr.

C'était pourquoi il ne pouvait pas laisser le malentendu subsister entre eux.

Il devait absolument la revoir.

Laissant son traîneau aux abords du plateau Ioukaguir, il avait finalement attaqué à dos de renne la longue route conduisant jusqu'au campement de son clan.

Il lui fallut une bonne semaine pour l'atteindre.

Quand il aperçut enfin, au bord d'une rivière tombant des monts Verkhoïansk, les meules grises des tentes et les filets de fumée claire qui s'en échappaient, quand il respira les premières odeurs de renne grillé et qu'il reconnut quelques-uns des siens, occupés à scier du bois ou à remplir des seaux, il oublia d'un coup toutes ses angoisses. Il se sentit tout simplement heureux de rentrer chez lui.

Soudain, l'un des hommes le reconnut et cria :

— Serguei ! C'est Serguei !

Il partit en courant répandre dans tout le campement la nouvelle de son arrivée.

Presque aussitôt, Serguei vit ses deux jeunes frères, Ivan et Mikhaël, se précipiter vers lui. Tout près de la première rangée de tentes, les deux petits lui tombèrent dans les bras.

Serguei était bouleversé de voir que pour eux, tenus à l'écart de toutes ces histoires de « grandes personnes », rien n'avait changé et qu'il était toujours le même. Toujours leur grand frère, leur héros...

Pour les enfants, tout était si simple.

— Ivan ! Mikhaël ! Rentrez tout de suite, votre mère vous attend !

La voix de Nicolaï avait résonné derrière eux. À regret, ils se détachèrent de leur frère aîné et s'éloignèrent, non sans interroger leur père au passage :

— On ne peut pas rester un peu avec Serguei ?

— Filez, je vous dis ! ordonna Nicolaï.

Les enfants disparurent et il se dressa, face à Serguei, comme un obstacle entre lui et le campement.

Comme un gardien lui interdisant d'approcher.

— Pourquoi es-tu revenu ? aboya-t-il.

Serguei en resta bouche bée.

— Mais parce que... il fallait qu'on se voie... que je te parle...

— De quoi ? De toutes tes trahisons ? De la manière dont tu nous as couverts de honte, moi et les nôtres ? Déshonoré à jamais ?

Serguei, qui ne s'attendait pas à un accueil aussi violent, était sidéré.

— Tu as tort de croire tout ce que t'a raconté Nastazia.

— Pourquoi ? Ce n'est pas vrai ?

— Si, mais... ce n'est pas aussi simple. Cette fille... Oksana... c'était un accident ; ça ne voulait rien dire...

— Rien dire ! Rien dire ! C'est ce que tu dis ! Et ces hommes qui détruisent nos réserves de viande ! qui s'en prennent même à la harde ! Qu'est-ce que tu as fait pour les arrêter ?

Désarçonné, le garçon chercha ses mots.

— Je... Ils voulaient que je les aide à tuer des loups. J'ai refusé !

— Les loups ! cria Nicolaï. Il n'y a que ces foutues bestioles qui t'intéressent, décidément !

Serguei voulut avancer. Nicolaï l'arrêta d'un geste.

— Pas la peine d'aller plus loin, Serguei ! Tu peux retourner voir tes loups ! Ici, on ne te connaît plus ! Allez, va !

Le jeune Évène croyait vivre un mauvais rêve. Tout ça ne pouvait pas être vrai. Il allait sûrement se réveiller...

Mais son père lui tourna le dos et s'éloigna.

Statufié, Serguei avait l'impression que le ciel, en même temps que la colère paternelle, lui tombait sur la tête.

Nicolaï se retourna une dernière fois pour lui crier :
— Va-t'en !... Tu n'es plus mon fils !
Et il disparut.

Serguei n'osa pas le suivre. À quoi bon ? Si personne d'autre n'était venu à sa rencontre, c'était que tout le monde éprouvait les mêmes sentiments envers lui.

Y compris sa propre mère...

Quant à Nastazia, elle ne s'était même pas montrée.

Dans un état second, pas encore totalement persuadé que tout cela soit bien réel, il remonta sur son renne et repartit.

Il avait hésité entre ses loups et ceux de son clan... Le destin venait de choisir pour lui.

34.

Le monstre, endormi depuis des millions d'années, avait l'air d'être vivant. Couché sur le flanc, le crâne et les défenses partiellement immergés dans l'eau transparente, il paraissait s'être endormi en buvant. La petite rivière Alazeïa avait continué de ruisseler, et son murmure ne l'avait pas réveillé...

Serguei admirait depuis des heures le squelette de mammouth entier qu'il avait découvert au confluent de deux des innombrables cours d'eau irriguant l'immense plaine de la Kolyma. Ce n'était pas le premier qu'il voyait. Dans certaines zones restées vierges de toute présence humaine, on trouvait encore régulièrement des ossements, de grandes défenses recourbées... Mais c'était la première fois que Serguei avait la chance de contempler un animal entier.

Préservé par les températures extrêmes, le pachyderme avait traversé les millénaires sans qu'aucun homme touche à un seul os de sa grande carcasse. Il était là, au milieu de cette plaine verte et mauve, bruissante de caquètements de lagopèdes et de bourdonnements de moustiques, à l'endroit même où la mort l'avait surpris.

Serguei en faisait le tour, ne se lassant pas d'admirer les pièces de ce drôle de jeu de construction, s'émerveillant devant cette tête massive qui projetait dérisoirement ses lances d'ivoire vers un ennemi invisible.

Les mammouths, qui avaient régné sur cette terre des millions d'années avant les hommes, étaient d'une puissance aussi impressionnante que leur taille ; ils n'avaient pas, ou presque pas, de prédateurs.

Pourtant, ils avaient disparu.

Serguei ne pouvait s'empêcher de comparer leur sort à celui des siens. Autrefois nombreux, les Évènes n'étaient plus qu'une dizaine de milliers, divisés en une vingtaine de clans.

Étaient-ils, comme les mammouths, condamnés à disparaître ?

Avaient-ils déjà commencé ?

Ces chasseurs occidentaux, avec leurs fusils à viseur optique, leurs hélicoptères et leur matériel venu de l'avenir, annonçaient-ils le commencement de cette fin ?

Serguei pressentait que oui. Et il se désolait de ne pas être aux côtés des siens, dans les temps difficiles qui s'annonçaient.

Mais les siens l'avaient rejeté. Désormais, il n'avait pas d'autre choix que de vivre jusqu'au bout sa nouvelle vie, sans regarder en arrière.

À mesure que l'été avançait, Serguei s'aventurait de plus en plus haut vers le nord, pour reconstituer ses provisions. Comme si, inconsciemment, il cherchait à mettre le plus de distance possible entre lui et ses mauvais souvenirs.

Ses loups avaient établi leur territoire de chasse un peu plus au sud, dans une zone de taïga située entre le plateau Ioukaguir et les monts Momskii. L'endroit était giboyeux, et le terrain – avec ses forêts de conifères, ses reliefs nombreux et élevés, ses grottes profondes – offrait à Voulka et à ses louveteaux assez de cachettes pour se sentir en sécurité.

Serguei, lui, profitait de la belle saison pour pêcher dans les cours d'eau de la plaine de la Kolyma ; pour attraper au collet perdrix, bernaches et lièvres ; pour, à l'occasion, abattre un grand élan. Avant de le dépecer, il s'agenouillait devant sa dépouille et remerciait Bayanay, esprit de la nature et *khozyayn* – maître des animaux –, de l'avoir favorisé en s'offrant à lui sous cette forme. Ainsi, il était certain que l'élan, une fois réincarné, s'offrirait à nouveau.

Seguei partageait la viande avec ses loups.

Il partageait tout avec eux, lorsqu'il se trouvait sur leur territoire. À commencer par leur tanière. Il lui arrivait de plus en plus souvent, quand il se déplaçait en leur compagnie, de ne pas monter sa tente et de dormir à même le sol, à l'abri d'un surplomb rocheux ou sous les branches basses d'un conifère géant. Là, il se roulait en boule sur le tapis de brindilles, le visage dans la fourrure des loups. Pour le protéger de la fraîcheur nocturne, les fauves se collaient contre lui. L'épaisseur de leur pelage, la tiédeur de leur souffle lui transmettaient la chaleur dont son propre corps risquait de manquer. Ainsi, chaque nuit ou presque, ses loups retrouvaient le réflexe qu'ils avaient eu l'hiver précédent, quand Torok et lui étaient tombés dans l'eau glacée et qu'ils s'étaient mutuellement sauvé la vie.

Ils le flairaient sans aucun motif de méfiance ou de crainte : toute odeur humaine, autre que la sienne, avait quitté sa peau. Il sentait le loup autant que ses vêtements.

Bientôt, ils n'éprouvèrent plus le besoin de le renifler. Serguei et eux avaient la même odeur : celle des proies égorgées, de la viande crue et du sang séché ; celle de la sève des pins et de la terre meuble ; celle de la sueur et de la salive des loups, qui le léchaient pour cicatriser ses écorchures...

Même l'autre blessure, celle contre laquelle cet antiseptique naturel ne pouvait rien, se refermait peu à peu...

Il était devenu l'un d'eux. Il faisait partie de la meute.

Il finit par ne plus aller chasser seul, et ne se déplaça plus qu'avec Voulka, Kamar, Kitnic et Amouir. C'était lui, souvent, qui prenait l'initiative de la chasse ; lui qui menait la traque ; lui, encore, qui donnait le signal de la mise à mort...

À force de parler à ses loups, il avait l'impression de les entendre lui répondre. Il lisait dans leurs yeux la moindre interrogation, la plus petite peur. Surtout, il y reconnaissait la confiance absolue et permanente qu'il avait fini par conquérir, au prix du renoncement ultime, celui auquel nul être humain n'avait consenti avant lui.

L'abandon de tout ce qui, jusque-là, avait fait de lui un homme parmi les hommes.

Entre les sommets écrasés du plateau Ioukaguir, le long des rives de l'Indigirka ou à travers les plaines vivantes et humides de la Kolyma, Serguei et ses loups formaient un cortège qu'aucun homme n'avait jamais vu, sous le grand ciel sibérien. Une colonne dont le meneur marchait sur deux jambes, tandis que ses suiveurs avançaient sur quatre pattes.

Aux yeux de n'importe quel observateur, c'eût été un défi aux lois de la nature et aux règles éternelles de la vie. Quelque chose d'anormal, de stupéfiant, d'unique... Ce n'était rien de tout cela, puisque Serguei et ses loups ne croisaient jamais personne, dans ce pays oublié ou ignoré des humains. Seuls les regards des grands cervidés, des lagopèdes ou des renards se posaient sur eux. Parfois, un grizzly interrompait sa pêche au saumon ou son repas de baies rouges pour lever un œil suspicieux vers cette bande hétéroclite. Elle poursuivait sa route, et les choses rentraient dans l'ordre.

Au fil des jours, le visage furieux de son père, qui l'avait hanté, s'estompa dans la mémoire de Serguei. Les imprécations de Nicolaï, le rejetant et le reniant, s'éloignèrent comme un écho mourant.

Sa mère, ses frères, tous ceux de son clan devinrent des silhouettes familières mais floues, qu'il continuait d'aimer à distance.

Même Nastazia recula peu à peu dans son esprit. Sans disparaître tout à fait, elle s'éloigna suffisamment pour que Serguei ne souffre plus des mots terribles qu'elle lui avait lancés, de son amour devenu haine...

En cessant peu à peu de penser, de réfléchir, de ruminer des souvenirs et des rancœurs qui le torturaient, il trouva la paix intérieure et la sérénité.

Pour les loups comme pour toutes les bêtes, les choses étaient simples. La vie était claire. On naissait, on chassait, on mourait... on souffrait parfois, comme Voulka avait souffert – et continuait sans doute de souffrir – de la mort de Torok. Mais on prenait la vie comme elle venait et on continuait de la vivre, jusqu'à ce qu'elle s'arrête. Sans se poser de questions.

Serguei ne s'en posait plus.

Il était devenu loup.

Pour la vingtième fois de sa vie, il regarda l'hiver endormir son pays.

En quelques semaines, tout fut submergé de blanc ; les rivières cessèrent de couler et le grand silence glacé retomba sur la toundra. Les moustiques disparurent, les animaux devinrent invisibles ou prirent la couleur de la poudreuse ; les grizzlis entrèrent en hibernation et la température, qui frôlait les quarante degrés quelques semaines plus tôt, plongea. En quelques jours, on passa de zéro à moins dix, puis à moins vingt, puis à moins trente...

Serguei reprit l'habitude – jamais perdue très longtemps – de s'emmitoufler de fourrures de renne, de bottes fourrées, de gants épais comme des sacs de couchage, et de capuches bordées de poils de chien. Il revenait de chacune de ses sorties – à pied, en traîneau ou à dos d'*uchakh* – le masque en cuir isolant recouvert de givre, le bord de la capuche constellé de stalactites blanches... méconnaissable.

S'il partageait encore les bivouacs de sa meute, il ne dormait plus dehors avec elle : par ces températures, même la chaleur corporelle des loups n'aurait pu l'empêcher de mourir de froid. Il dressait sa tente et, chaque fin de journée, construisait un feu sur lequel il faisait cuire sa nourriture et autour duquel ses loups se rassemblaient, trouvant eux aussi un peu de chaleur.

Puis vinrent les premiers blizzards de l'hiver.

Régulièrement, la tempête de neige se levait, poussant des masses furieuses entre les plateaux rocheux, balayant tout sur son passage, faisant plier hommes et bêtes sous sa force irrésistible. Les loups s'enfouissaient dans la neige en attendant que la bourrasque se calme. Serguei, lui, renforçait les attaches de sa tente et s'y terrait comme un ours dans sa caverne, priant Bayanay que les vents n'arrachent pas son abri du sol.

Ce fut l'un de ces blizzards qui ramena l'hélicoptère.

Tout était blanc. Ou plutôt, gris. Les montagnes, la toundra, les rivières gelées, la terre et le ciel... tout avait disparu, avalé par une neige qui ne connaissait plus de sens ou de logique, mais tourbillonnait comme une nuée de guêpes hystériques dans un bocal. On était aveugle au-delà du bout de son bras ; et rendu sourd par le hurlement du vent.

Les loups s'étaient couchés en rond, le museau sous la queue, et se laissaient recouvrir de neige sans souffrir du froid. Dans le blanc absolu, Serguei ne les voyait pas, bien que sa tente se trouvât à quelques mètres. Son abri fragile claquait comme une voile, tandis qu'il attendait, dans la touffeur de son sac de couchage, que les éléments se décident enfin à se calmer.

Soudain, il se dressa sur son coude.

Mêlé au hurlement de la bourrasque, il venait de percevoir un bruit qui n'avait rien à voir avec le souffle de la tempête. Celui-ci augmentait et diminuait en intensité, au gré des sautes de vent. Ce fut dans un de ces « creux » sonores que le bruit réussit à parvenir jusqu'à Serguei.

Qui le reconnut aussitôt.

L'hélicoptère !

Il n'en croyait pas ses oreilles.

D'abord parce qu'il n'avait pas imaginé un seul instant que les chasseurs occidentaux, s'ils revenaient, monteraient aussi haut vers le nord. Il s'était cru tranquille avec ses loups, définitivement à l'abri.

Ensuite parce que – pour autant qu'il le sache – il était impossible, pour un tel engin, de voler dans une tempête pareille.

Le bruit de moteur, pourtant, se rapprochait.

Serguei s'habilla à toute vitesse et sortit, en prenant soin d'attacher à son poignet une corde dont l'autre bout était fixé à l'une des perches de la tente.

Trop d'hommes étaient morts de froid, à quelques mètres de leur abri, devenu invisible dans le blizzard.

Il fit quelques pas dans la direction d'où provenait le bruit et tenta de percer du regard la pâleur ambiante.

Soudain, la blancheur absolue se déchira brièvement, laissant apparaître le sommet d'un plateau rocheux.

Serguei aperçut l'engin. Il se balançait dans les airs avec des mouvements saccadés, frôlait dangereusement la montagne... On aurait dit un insecte affolé, privé de ses antennes et complètement désorienté.

Pas besoin d'avoir la moindre notion de pilotage pour comprendre que l'appareil, qui avait dû se faire surprendre par la tempête, était en détresse et voulait se poser.

D'un coup, il plongea, comme si le vent, d'une gigantesque claque, le rabattait vers le sol.

Serguei crut qu'il allait s'écraser, mais il réussit à se rétablir.

Pour combien de temps ?

Quelques secondes plus tard, l'engin disparut totalement. Serguei eut l'impression de percevoir une explosion lointaine, en partie avalée par le rugissement du blizzard, mais rien de certain. Peut-être s'imaginait-il ce qu'il espérait vaguement : que ces criminels, responsables de tous ses malheurs, paient de leur vie leur arrogance. Un cadeau de Bayanay, qui se décidait enfin à intervenir contre les ennemis de la nature et de son pays.

Mais, quelques minutes plus tard, il se sentit mal à l'idée que cette explosion pouvait être bien réelle.

Si tel était le cas, il y avait peut-être des survivants. Et son devoir d'être humain était de leur porter secours. Quels que soient les sentiments qu'ils lui inspiraient.

De toute façon, si l'appareil n'avait pas explosé, il n'avait pas pu aller bien loin...

Il regarda la ficelle attachée à son poignet, puis la direction de sa tente, totalement cachée par les tourbillons neigeux. Il scruta ensuite les profondeurs de la tempête, vers l'endroit où l'hélicoptère avait disparu. Il estima que le blizzard devrait se calmer dans les prochaines heures.

Le temps qu'il arrive sur place.

Il détacha la ficelle de son poignet et plongea dans la nuée blanche.

35.

À mesure que le blizzard devenait moins violent, les montagnes réapparaissaient et le sol se démarquait du ciel. Dans une poudreuse qui lui arrivait aux genoux et en se battant contre les derniers sursauts de la bourrasque, Serguei avançait aussi vite que possible. Il était épuisé lorsqu'il approcha enfin du col au-delà duquel l'appareil avait disparu.

Il distingua bientôt des masses de fumée noire, écrasées et dispersées par le vent, qui jetaient des zébrures sombres sur la blancheur ambiante.

L'hélicoptère s'était donc bel et bien écrasé !

Mais il ne le vit pas tout de suite.

Il lui fallut gravir une sorte d'épaulement de terrain avant de le découvrir.

L'appareil était couché sur le flanc, un peu comme ce mammouth qu'il avait longuement observé quelque temps auparavant. Mais – preuve que les inventions humaines étaient moins résistantes que les créations de la nature ? – l'engin était complètement écrasé.

Il avait brûlé. Sa carcasse était noire, calcinée par endroits.

Elle continuait à fumer.

Serguei eut une pensée compatissante pour ceux qui se trouvaient à l'intérieur. Il ne les portait pas dans son cœur, mais mourir dans les flammes... quel homme méritait cela ?

Quel homme... ou quelle femme ?

Oksana !

Logiquement, s'il s'agissait d'une autre de ces expéditions de chasse, elle aurait dû se trouver à bord.

Il se mit à courir aussi vite que l'épaisseur de la neige le lui permettait. Il escalada les restes de l'appareil pour accéder à l'ouverture latérale, qui se trouvait maintenant au-dessus, et se laissa tomber à l'intérieur.

Il atterrit sur un premier cadavre calciné, celui d'un homme dont la tenue de style commando – ou ce qu'il en restait – rappelait celle des chasseurs allemands. Quant à son visage, ce n'était plus qu'une masse noire informe.

Deux autres cadavres se partageaient l'espace étroit de l'habitacle. Des chasseurs eux aussi, à en juger par leurs vêtements, similaires à ceux du premier, et leurs armes tordues par les flammes, gisant près d'eux.

Mais pas de femme.

Soulagé, mais horrifié par le spectacle, Serguei fut pris d'un début de nausée. Il se hissa hors de l'appareil en se disant que ces trois hommes avaient probablement été tués sur le coup, quand l'hélicoptère s'était écrasé, morts avant d'avoir été dévorés par les flammes.

Même s'il était arrivé plus tôt, il n'aurait rien pu faire pour eux.

Il s'éloigna de l'épave.

Soudain, il s'arrêta net, frappé par une chose dont il venait seulement de prendre conscience.

Dans la carcasse de l'hélicoptère, il n'avait pas vu le cadavre du pilote !

Il scruta la neige aux alentours, et son regard tomba sur des traces fraîches, si évidentes qu'il se demanda comment il ne les avait pas remarquées plus tôt.

Ce n'étaient pas des traces de pas. Plutôt une sorte de large sillon, profond et irrégulier...

Un homme avait réchappé de l'accident et s'était traîné dans la poudreuse !

Peut-être était-il encore vivant !

À ce moment précis, un cri le lui confirma.

Un cri... ou plutôt un gémissement de douleur, lancé comme un appel à l'aide.

Il provenait de derrière un imposant bouquet d'épineux, couvert de neige fraîche et de particules de glace.

Serguei s'y précipita...

L'homme était étalé sur le dos. Sa combinaison de pilote et la grosse parka polaire qu'il avait eu le temps d'enfiler par-dessus étaient noircies par endroits, preuve qu'il avait échappé de justesse aux flammes. Il se tenait un bras en grimaçant de douleur et son visage anguleux, aux yeux bleu métallique, surmonté de cheveux blonds taillés en brosse, était bleui par le froid.

Tout son corps était agité de violents tremblements, sous l'effet d'une hypothermie qui gagnait de seconde en seconde.

Il avait commencé à mourir.

Ce qui ne l'empêcha pas d'avoir un mauvais sourire, en voyant apparaître Serguei.

— Astrov ! murmura celui-ci en s'étonnant de sa propre surprise : il avait pensé à Oksana, mais pas une seconde au pilote russe, dont la présence à bord était pourtant prévisible.

Cela montrait sans doute qu'au fond de lui, il gardait un peu d'affection pour la petite Évène, devenue « fille perdue ». Alors qu'il avait effacé de sa mémoire le Russe arrogant qui l'avait écrasé de son mépris.

— Tu as eu de la chance, on dirait, lâcha-t-il.

L'autre avait du mal à articuler, mais il parvint à lâcher dans un râle :

— Plus que les autres... ça oui.

— Non... de la chance que j'aie entendu ton engin.

Astrov se contenta d'un rictus approbateur.

Serguei tomba à genoux dans la neige et le força à déplier son bras. Il y vit un gros hématome. Rien de grave. Il avait eu beaucoup de chance. Il le plia et le déplia plusieurs fois.

Le pilote poussa un cri de douleur, auquel Serguei ne prêta aucune attention.

— Ça n'a pas l'air d'être cassé. Et les jambes ?

— Je crois que ça va.

Sans un mot, le jeune Évène abandonna le Russe et alla fouiller l'épave de l'hélicoptère. Il en revint avec un maillot de corps, un caleçon long et des chaussettes en laine polaire, ainsi qu'une parka kaki. Il les jeta au pilote, qui les repoussa avec une grimace de dégoût.

Les vêtements, arrachés aux cadavres, étaient souillés de sang séché et de quelques traces brunes qu'avaient laissées des lambeaux de peau calcinée.

— C'est dégueulasse ! gémit Astrov.

— Pas plus que leur argent. Et cette odeur-là ne te gênait pas. Mets ça par-dessus tes habits. Sinon, tu seras mort dans moins d'une heure.

Serguei s'assit dans la neige et attendit. L'autre le regarda, stupéfait : le jeune Évène était prêt à lui sauver la vie ou à le voir mourir. Indifféremment.

Avec des mimiques écœurées, le pilote fit ce que Serguei lui disait de faire. Il eut le plus grand mal à déplier son corps déjà gagné par le froid, engourdi et insensible.

— Et maintenant ? demanda-t-il.

Le garçon se leva et tourna les talons.

— Maintenant, on marche. Ça va te réchauffer.

Il reprit la route de son campement, sans se retourner. À ses halètements réguliers, aux plaintes étouffées qu'il entendait derrière lui, il savait que le pilote suivait. Quant à Astrov, passé les premières minutes, terriblement douloureuses pour ses membres paralysés par le froid, il sentit un peu de chaleur revenir. C'était à la fois douloureux et délicieux. Comme le jour où il avait failli mourir de soif près de son hélicoptère en panne. Lorsqu'il avait enfin trouvé de l'eau, celle-ci lui avait brûlé la gorge à en pleurer, mais une sensation de bien-être avait accompagné cette douleur.

Le blizzard s'était complètement calmé à présent, et le soleil faisait étinceler la poudreuse. Seule son épaisseur rendait la progression difficile.

Ils marchaient depuis une heure quand Astrov lança :

— Où on va ?

Serguei ne lui répondit pas et continua d'avancer.

— Salaud ! râla le Russe dans son dos. Tu en profites, hein ? Tu te venges, maintenant que c'est toi qui tiens le manche ! Tu voudrais me voir crever, c'est ça ? Eh bien, tu seras déçu ! Je suis plus coriace que tu ne crois ! Je vais te coller au cul jusqu'à ce que tu me sortes de là, que ça te plaise ou non !

Serguei n'eut pas l'ombre d'une réaction. Il continua sa route sans paraître manifester le moindre intérêt pour l'homme qui le suivait.

Comme s'il n'avait pas conscience de son existence.

Comprenant que ses insultes et ses imprécations ne servaient à rien, l'autre se tut et se concentra sur sa marche et sur sa douleur au bras, qui le lançait chaque fois qu'il oubliait de le tenir au plus près de son corps.

Grâce à une météo plus clémente, il leur fallut un peu moins de temps pour atteindre le campement de Serguei que ce dernier n'en avait mis pour faire le trajet inverse. Lorsqu'ils arrivèrent enfin devant la tente du garçon, Astrov s'écroula, à bout de fatigue.

Serguei alla creuser la neige pour faire provision d'épineux, de mousses et de lichens. Il construisit un feu et le fit démarrer en utilisant le morceau de bougie et les allumettes qu'il conservait toujours dans une pochette en plastique.

Astrov, qui récupérait doucement, le regarda faire avec un sourire en coin.

— Tu parles d'un chauffage !

Sans plus relever cette remarque que les précédentes, Serguei alla chercher le sac de couchage de rechange qu'il conservait au fond de son traîneau, et le donna au Russe.

— C'est pour toi… cette nuit, dit-il.

Il fit griller un peu de viande de renne et dégela une part de saumon, pêché quelques semaines plus tôt, avant que les rivières de la Kolyma ne soient prises par la glace. Il donna la moitié de chaque au pilote russe.

— Mange… et dors. Cette nuit, tu as intérêt à retrouver un peu de forces.

Avant de s'engouffrer lui aussi dans son épais sac de couchage, Serguei adressa une ultime recommandation à Astrov :

— Oui ! Reprends des forces. Demain, on commence à marcher.

Le Russe trouva l'énergie de ricaner :

— Parce qu'on n'a pas marché aujourd'hui, peut-être ?

— Non.

Le sourire disparut du visage d'Astrov.

— On va loin ?

— Oui.

— Combien de jours ?...

Serguei ne répondit pas tout de suite. Il réfléchit brièvement, puis se décida :

— Assez pour avoir plus de chances de mourir que de vivre.

36.

Lorsque Serguei eut terminé de démonter le campement et de charger le traîneau, il ne resta de son passage que l'empreinte circulaire de sa tente, dans la neige, et le cercle noir du feu. Deux traces qui auraient bientôt disparu.

— Peut-être qu'un hélico va venir par ici, remarqua Astrov. Il ne nous retrouvera pas ! Il faut laisser un signal. D'ici un jour ou deux, ce sera presque impossible de dire que quelqu'un a campé à cet endroit.

Serguei ne put s'empêcher de relever :

— Ce n'est pas comme toi et tes amis. Quand vous passez quelque part, la nature met longtemps à guérir.

— Ce ne sont pas mes amis, dit le pilote. Des clients, c'est tout.

Serguei acheva de remplir le traîneau et y installa le Russe. Il le recouvrit d'une fourrure de renne.

— Pour moi, vous êtes pareils, dit-il.

Il s'assit devant lui. Saisissant le bâton-guide dans sa main droite, les lanières dans sa main gauche, il fit claquer celles-ci sur l'arrière-train de son *uchakh*. L'animal se mit à trotter vaillamment, malgré la quadruple charge : celle du traîneau, de l'équipement qu'il contenait et de ses deux occupants.

Serguei n'était pas inquiet : le renne irait jusqu'au bout de la longue distance qui les séparait du campement de son clan.

L'attelage contre nature qu'il formait avec Astrov le préoccupait davantage.

Combien de temps tiendraient-ils ainsi liés l'un à l'autre ?

Il chassa de son esprit cette interrogation inutile. Il serait toujours temps d'affronter les problèmes quand ils se présenteraient.

Il avait déjà en tête la manière dont les choses se dérouleraient à leur arrivée. Il déposerait son « colis » à l'entrée du campement. Les autres le prendraient en charge, le soigneraient si nécessaire et le garderaient à l'abri, jusqu'au passage du prochain hélicoptère en provenance de Sebyan-Kuyel...

Il ne restait plus qu'à arriver au campement.

Il consentit à s'arrêter quelques minutes près de la carcasse de l'hélicoptère, pour que le pilote y laisse un mot, au cas très improbable où un autre appareil repérerait dans cette immensité montagneuse la minuscule tache grise recouverte de neige de l'engin en morceaux.

Puis il se dirigea vers l'ouest, afin de contourner les monts Momskii. Il redescendrait ensuite au sud, pour atteindre les contreforts de la chaîne Verkhoïansk, où le clan avait installé son *dyu*... en espérant qu'il y soit encore.

En s'éloignant de la région du plateau Ioukaguir, et de la zone du crash, Serguei avait le sentiment d'abandonner son pays : celui qu'il s'était inventé avec ses loups.

Tout en guidant son renne d'une main ferme, il n'arrêtait pas de penser à eux.

Quand Voulka et les trois louveteaux reviendraient de leur expédition de chasse, qui durait déjà depuis plusieurs jours, ils seraient surpris de ne pas le trouver. Peut-être croiraient-ils qu'il était retourné auprès de ceux de sa race ? Qu'il les avait abandonnés ?

Pendant un moment, cette pensée préoccupa Serguei beaucoup plus que les éventuels problèmes que pourrait lui causer Astrov. Puis il se rassura : il sous-estimait ses loups. Voulka et sa progéniture ne manqueraient pas de retrouver sa trace.

À peine avait-il conçu cette idée, qu'elle l'inquiéta encore plus.

S'ils le suivaient, Serguei les conduirait tout droit au campement de son clan : le repaire de leurs pires ennemis !

Ce que Rutger, le chasseur allemand, avait commencé en massacrant Torok, sa propre famille allait le terminer en tuant le reste de la meute !

La solution aurait été de ne pas faire ce voyage, et d'éviter ainsi tout risque pour les loups.

Mais abandonner Astrov à son sort en pleine nature, c'était le condamner à une mort certaine.

Quant à le garder avec lui... cette seule idée lui était insupportable.

D'ailleurs, le Russe la rejetterait sûrement, lui aussi.

Dire qu'ils étaient condamnés à vivre ensemble – pour quelque temps, du moins – et que la seule chose qu'ils avaient en commun était la haine qu'ils s'inspiraient mutuellement.

Il y avait presque de quoi sourire...

Au rythme régulier du trot de l'*uchakh*, ils traversèrent une plaine blanche sur laquelle le vent soulevait des filaments neigeux. Les montagnes, de chaque côté, étaient si éloignées que, malgré leur taille, elles étaient réduites à deux longues arêtes. Ils avançaient entre ces rails, unique point sombre dans l'immensité blanche.

Les journées hivernales étaient courtes. Il faisait presque nuit quand, ayant traversé la plaine, Serguei décida de s'arrêter.

Il repéra un épaulement de terrain juste assez haut pour les abriter du vent. Il y stoppa son attelage et descendit. Pour la première fois depuis leur départ, à l'aube, il regarda Astrov. Le Russe était couvert de givre et de stalactites glacées entre lesquelles on distinguait à peine ses yeux. Ceux-ci brillaient d'une haine farouche qui fit sourire Serguei.

— Puisque tu es toujours vivant, dit-il, tu vas aller chercher de quoi faire le feu.

Il désigna un massif d'épineux, de l'autre côté du contrefort rocheux.

— Là.

Astrov voulut bouger, mais son corps était paralysé par le froid. Il tenta de parler, mais ses lèvres bleues avaient du mal à former des mots.

Pas étonnant que Serguei ne l'ait pas entendu de la journée…

— Allez, ordonna-t-il. Plus vite ce sera fait, plus vite on se réchauffera.

Le Russe parvint à s'extraire du traîneau avec difficulté et se dirigea d'un pas lourd dans la direction indiquée. Pendant qu'il accomplissait sa mission, Serguei monta la tente.

Comme la veille, comme ce soir et les autres soirs tant que durerait leur voyage, il allait devoir y dormir avec Astrov. Il en avait la rage au cœur.

Pour la deuxième fois, ils partagèrent le repas que Serguei fit griller sur le feu. Emmitouflé jusque par-dessus la tête dans ses vêtements polaires, enfoui dans le sac de couchage prêté par Serguei et blotti si près des flammes que la fourrure du sac dégageait une forte odeur de roussi, Astrov retrouva des couleurs. En même temps que le sang se remettait à circuler dans ses veines et que les forces lui revenaient, il retrouva toute sa morgue.

— Combien de temps on va mettre pour rejoindre ton village, paysan ? Hein ? Tu ne veux toujours pas me répondre ?

Serguei prit le temps de mâcher et d'avaler sa bouchée de viande.

— L'important, c'est d'arriver. Peu importe la durée du voyage.

— Tu te fous de moi ? s'emporta le Russe. Il y a des gens qui nous recherchent, moi et les membres de l'expédition ! Ils ont besoin de savoir si on est vivants ou morts !

— Ils sont morts, tu es vivant. Que vos amis l'apprennent maintenant ou plus tard n'y changera rien.

Le pilote secoua la tête, effaré. Dans un réflexe qui le fit lui-même sourire, il regarda sa montre : un objet massif et chromé, retenu par un épais bracelet de caoutchouc.

Serguei désigna l'instrument.

— Vous, les Occidentaux, vous avez toujours des montres, mais vous n'avez jamais le temps.

L'autre le regarda en biais.

— C'est ça, fais le malin ! Mais je te préviens que…

— Neuf jours… Peut-être dix… Ou plus.

Le Russe s'étrangla :

— Quoi ?

— Pour arriver au campement de mon clan.

Serguei, indifférent, regardait les flammes. Il avala une gorgée d'eau, produite à partir d'une quantité équivalente de glace, fondue sur le feu.

— Tu sais combien de temps je mets pour survoler tout ça en hélico ? reprit Astrov.

Le jeune Évène, visiblement, s'en moquait.

— Trois heures à peine ! précisa quand même le pilote.

— C'est pour ça que tu ne connais pas ce pays, dit Serguei. Que tu ne le connaîtras jamais. Parce que tu ne fais que le survoler.

Le Russe ricana :

— C'est vrai que toi, tu prends le temps de le visiter, ton foutu patelin.

Il désigna le renne d'un coup de menton.

— Avec ton espèce de mulet.

Serguei haussa les épaules avec mépris.

— L'*oron*… le renne… est mieux adapté à ce pays qu'aucun humain ne le sera jamais, dit-il. C'est le meilleur véhicule qu'on puisse imaginer. Sans lui, mon peuple aurait disparu, et toi et moi, on serait morts.

— D'accord, d'accord, ricana Astrov.

Il ajouta sournoisement, un ton en dessous :

— Mais heureusement que le monde n'avance pas à la vitesse de tes rennes !

— Aucun renne ne s'écrase comme une vieille boîte de conserve, au premier coup de vent, lâcha-t-il.

Le Russe n'insista pas.

Le silence retomba, troublé seulement par les craquements du feu. Tog Muhoni était en demi-sommeil, pensa Serguei. Il attendait que cette drôle de situation se développe pour se manifester…

Le garçon fouilla le sac qui lui servait de garde-manger. Il était presque vide.

— On ne pourra peut-être pas repartir demain, dit-il.
Le pilote eut un sourire en coin.

— Pourquoi ? Ton renne est en panne ?

— Il n'y a plus rien à manger. Il faudra faire des provisions avant de reprendre la route.

D'un geste ample et dédaigneux, Astrov montra l'immensité vide, tout autour d'eux, et soupira, agacé :

— Et tu vas la trouver où, la nourriture ?

— Tu verras bien.

Le Russe rumina des pensées amères pendant quelques instants, puis lâcha :

— Foutu pays ! Je suis pilote, moi, je suis pas conducteur d'un de ces rennes idiots.

Cette fois, il commençait sérieusement à énerver Serguei, qui le trucida du regard.

— Ici, tu es ce que je dis ! Et tu fais ce que je dis, OK ? Parce que entre nous et le premier village il n'y a pas de route, pas de voie ferrée et encore moins d'aéroport ! Rien que des milliers de kilomètres de montagnes, de vallées, de rivières et de forêts ! Il n'y a que les ours, les élans et les loups qui peuvent survivre ici !... Les ours, les élans... et moi ! Toi, au milieu de tout ça, tu n'es rien, tu m'entends ? Rien ! Ici, il n'y a plus que nous et Bayanay ! Et si tu veux qu'il se montre bienveillant et qu'il te laisse vivre, tu as intérêt à m'obéir sans discuter, c'est clair ?

Astrov ne se départit pas de son sourire ironique, mais leva une main apaisante.

— Eh bien, dit-il, ça va être un sacré beau voyage !...

— Si tu n'étais pas aussi stupide, ajouta Serguei, tu pourrais apprendre plein de choses.

— ... qui ne me serviraient strictement à rien.

— À survivre et à vivre, pour commencer... Mais tu as raison : je me demande si ça vaut le coup que des types comme toi vivent.

Serguei s'installa au fond de la tente, laissant Astrov se coucher près de l'ouverture.

— Tu me laisses la place où il fait le plus froid, c'est ça ?

— Je te laisse la place où tu ne m'arroseras pas avec ta pisse.

— Qu'est-ce que tu racontes ?

Tout en se glissant dans son sac de couchage, Serguei attrapa une gourde métallique et la tendit au Russe.

— Garde ça dans ton sac et pisse dedans, dit-il. Ensuite, tu mets la gourde entre tes pieds pour les réchauffer. Et assure-toi que le bouchon est bien vissé, si tu ne veux pas que ça se répande partout. Quand c'est froid, tu n'as qu'à tendre le bras au-dehors pour vider la gourde. Et tu recommences.

Il acheva de s'enfoncer dans son sac et serra le lacet de la capuche en fourrure de chien. Entre son bonnet et le masque antifroid qui lui couvrait le bas du visage, seuls ses yeux étaient visibles.

— Fais comme moi, dit-il à Astrov.

— Je pourrais aussi bien mettre la tête dans mon sac, suggéra ce dernier.

— Si tu fais ça, avec la buée de ta respiration qui se transforme en glace, tu te réveilleras le visage collé au sac. Et avec ce froid, impossible de les séparer... à moins de te mettre la tête dans le feu.

Astrov soupira et ferma les yeux. Après la journée qu'il venait de passer, il n'allait pas avoir trop de mal à trouver le sommeil. Même dans des conditions aussi inconfortables.

— Tu dois regretter la tente de tes amis, fit Serguei d'une voix déjà ensommeillée.

— Je te l'ai déjà dit : ce ne sont pas mes...

Il n'acheva pas sa phrase.

Un long hurlement venait de traverser la nuit glaciale.

— Ne me dis pas que c'est...

— Un loup, oui, fit Serguei, secrètement amusé par l'imperceptible angoisse qu'il avait décelée dans la voix du Russe.

— Manquait plus que ça !

L'autre fanfaronnait, mais il n'en menait pas large. Serguei ne put s'empêcher d'en rajouter :

— C'est plutôt une meute. Ils sont rarement seuls. Probablement la famille de celui que vous avez massacré, toi et tes amis. Ils ont dû te suivre à la trace.

— Mais... qu'est-ce qu'ils veulent ?

— Ta peau. Dors.

37.

Les deux hommes passèrent une partie de la courte journée à arpenter la toundra dans un rayon de plusieurs kilomètres autour du campement. Serguei était à pied et s'enfonçait dans la poudreuse jusqu'aux genoux. Il avait prêté à Astrov sa paire de skis en bois avec des semelles en peau de phoque, pour que le pilote, qui souffrait d'hématomes sur toute la partie droite du corps, parvienne à le suivre.

Le jeune Évène transportait une longue perche souple qui n'était pas celle qui lui servait à diriger son *uchakh*. Astrov lui avait demandé ce qu'il comptait en faire. « Tu verras bien », avait répondu le garçon.

Le paysage évoquait un océan gris pâle, aux vagues figées par le froid, baignant dans la lumière incertaine d'un jour sans soleil. Celui-ci, avalé par une épaisse couche de nuages, semblait avoir disparu pour toujours.

On était encore trop au nord pour que le moindre arbre puisse pousser. La végétation consistait pour l'essentiel en un mélange de lichens et de mousses. Ici et là, un arbuste rachitique aux racines quasi inexistantes constituait l'exception en surgissant du permafrost.

Dans cette étendue infinie, saisie dans un froid minéral entre la nuit et le jour, entre rêve et réalité, l'Évène et le Russe auraient pu être les derniers hommes sur terre.

Régulièrement, Serguei levait le bras pour désigner les traces laissées dans la neige par des compagnies de perdrix blanches, des lièvres variables ou des renards blancs.

Il y avait quelques empreintes ici et là, de loin en loin dans l'immensité. Isolées, en groupe, filant en ligne droite ou en zigzag, ces traces disparaissaient à l'horizon ou dans l'épaisseur des arbustes…

— Ouais, ironisa Astrov. Ils sont peut-être passés dans le coin, mais ils ne t'ont pas attendu ! Je sens qu'on n'est pas près de manger.

Serguei n'entendit même pas la remarque, trop occupé qu'il était à examiner les différentes traces dispersées autour de lui. Il s'attendait à tout moment à rencontrer celles de sa meute. C'était la voix de Voulka, la nuit dernière, qui avait fait si peur à Astrov. Serguei l'aurait identifiée entre mille. Preuve que la louve et ses petits les avaient suivis et ne devaient pas être bien loin.

Les canidés, qui mettaient une heure en moyenne pour parcourir une quarantaine de kilomètres, n'avaient pas de mal à suivre le traîneau de Serguei. À ce rythme, deux heures leur suffisaient pour couvrir ce qui représentait, pour l'Évène et son *uchakh*, une étape d'une grosse journée.

Mais pour eux aussi, le froid rendait les conditions plus difficiles : l'effort de la course, par ces températures extrêmes, brûlait infiniment plus de calories qu'en été. Comme les hommes, il leur fallait donc trouver deux fois plus de viande pour se nourrir...

Serguei pensa à ses loups avec émotion. Comme lui, ils devaient être en pleine chasse. Il aurait tant voulu être avec Voulka et les trois louveteaux, en ce moment...

Son attention se focalisa sur une piste. Celle-ci se dirigeait tout droit vers une zone où les arbustes, plus nombreux qu'ailleurs, se serraient les uns contre les autres comme de gros champignons hérissés de piquants.

— Par là ! dit-il en prenant cette direction.

Les empreintes traversaient une zone marécageuse où, par endroits, surnageaient des flaques de *slutch*, un mélange liquide de glace, d'eau et de neige. Alors qu'il contournait ces pièges redoutables, son attention fut attirée par un morceau de glace animé de reflets verdâtres, au bord d'une mare gelée. Il le ramassa. Le bloc translucide contenait une grenouille, saisie par le froid en plein élan.

On aurait dit une image arrêtée.

Machinalement, il glissa le batracien congelé dans sa poche.

— Tu as l'intention de préparer des cuisses de grenouille, pour dîner ? ironisa le pilote.

Serguei ne répondit pas. Quand il parvint à la lisière de la forêt miniature, il fit signe à Astrov de s'immobiliser et de se taire. Accroupi dans la neige, il avança sous la végétation et s'arrêta. Il désigna au pilote une sorte de sentier, creusé par d'innombrables petites pattes triangulaires.

— Un vrai boulevard ! fit le Russe. C'est quoi ?
— Perdrix blanches...

Serguei recula et sortit de sa poche un rouleau de fil fabriqué à partir de boyau de renne, qu'il entreprit d'attacher au bout de sa longue perche. Il forma un nœud coulant à l'extrémité du fil, puis recula encore. Enfin, ayant pris suffisamment de distance pour être invisible depuis le « boulevard » aux perdrix, il allongea sa perche de façon que le nœud se trouve juste au-dessus.

Puis il s'immobilisa totalement. Même sa respiration ralentit jusqu'à devenir inaudible.

Astrov manifesta son scepticisme par un soupir bruyant qui lui valut un « Chuut ! » irrité de la part de Serguei.

L'attente commença. Elle dura une bonne heure. Serguei était statufié, comme ces morts d'hypothermie qu'on retrouvait parfois dans les montagnes. Seule la couleur de sa peau trahissait le fait que le sang coulait bel et bien dans ses veines.

Astrov, lui, sentait le froid s'insinuer sous sa peau et les gelures envahir ses extrémités.

Devant les deux hommes, la neige devenait floue ; sous leurs yeux fatigués, les traces de lagopèdes se superposaient, se croisaient, se mélangeaient en un étrange kaléidoscope...

La voix d'Astrov ne fut qu'un murmure à l'oreille de Serguei :

— Je vais crever, si on ne bouge pas.

L'Évène ne cilla même pas. Mais quelque chose s'anima en lui. Comme si sa concentration, soudain, devenait plus intense. Son regard s'alluma.

À quelques mètres, encore partiellement cachée par la végétation, une grosse perdrix ventrue venait d'apparaître.

Sans se presser, en se dandinant de manière comique, elle se dirigea vers le sentier. Bientôt, elle ne fut plus qu'à un mètre à peine du nœud coulant...

Astrov et Serguei arrêtèrent de respirer. Le plus petit tremblement de la perche, le plus infime soubresaut du fil, et la perdrix verrait le piège. Elle disparaîtrait en un clin d'œil, sans qu'il soit question de la rattraper.

Elle avança la tête vers le cercle de boyau et s'arrêta, comme si elle le flairait. Pendant un instant, elle sembla hésiter à faire un millimètre de plus.

Serguei contrôlait son souffle, pour empêcher à son corps de faire le moindre mouvement... Astrov vit le nœud se déplacer, envelopper millimètre par millimètre la tête du volatile...

Une fraction d'instant plus tard, la perche fouetta l'air et l'animal fut arraché de terre. Le cou enserré dans une nasse que chacun de ses soubresauts resserrait un peu plus, il s'agita frénétiquement en poussant des gloussements affolés... Prestement, Serguei le ramena à lui et abrégea ses souffrances en lui tordant le cou d'un geste sec et précis.

— Bravo, fit sombrement Astrov en se frappant le corps pour réactiver sa circulation.

Serguei lui tourna le dos et se remit en marche vers le bivouac, le lagopède pendant au bout du bras. Astrov chaussa ses skis avec difficulté et le rattrapa.

— Dis donc, fit-il, essoufflé, une bestiole comme celle-là, c'est bien, mais ça va pas nous faire lourd...

Le garçon ne répondit pas. Ils avaient presque rejoint la tente lorsqu'il lâcha, comme pour lui-même :

— Demain, on voyage... Après-demain, on chasse.

Il surprit l'expression déconfite d'Astrov sous la fourrure bordant sa capuche, et lui lança le volatile.

— Tiens... Il faut le plumer avant de le manger. Même à Moscou, on doit savoir ça.

Le pilote russe contempla l'animal d'un air vaguement dégoûté.

— À Moscou, dit-il, ça s'achète au supermarché. Ou alors ça se commande au restaurant. C'est prêt à être mangé.

Serguei le regarda pendant un court instant avec indifférence, puis se détourna de lui pour vaquer aux tâches du soir. La première consistait à former un cercle de pierres, pour empêcher le feu de s'étendre. Puis à le construire avec la maigre végétation du pays.

Quant on atteindrait les contreforts des monts Momskii et qu'on repiquerait vers le sud, la forêt réapparaîtrait et on pourrait enfin brûler du vrai bois...

Il alluma le feu. À mesure que celui-ci produisait des braises, Serguei les écartait de la pointe d'un bâton pour constituer, à côté du brasier, un tapis rougeoyant qui permettrait de cuire la viande.

Il jeta encore un paquet de lichens sur le feu, pour s'assurer qu'il ne s'éteindrait pas pendant son absence, et s'éloigna, une petite marmite à la main, pour aller chercher de la glace. Il en trouva, accrochée aux épines de deux arbustes poussés non loin de là, et en remplit son récipient, qu'il revint poser sur les pierres chaudes entourant le foyer.

D'ici une dizaine de minutes, ils auraient de quoi boire. Une urgence encore plus grande que celle de se nourrir, par ce froid qui aiguisait la soif.

Il se souvint de la grenouille congelée, au fond de sa poche. Il sortit le bloc de glace qui l'emprisonnait et le déposa non loin du feu.

Enfin, il regarda où en était Astrov, avec sa perdrix. Le pilote avait réussi à arracher une partie des plumes, mais il s'y prenait si maladroitement que Serguei préféra lui enlever le volatile des mains et finir le travail lui-même.

Il découpa la bête en deux morceaux. Il posa les deux parts sur un croisillon de bois vert, fixé au bout d'une branche et suspendu au-dessus des braises. Une odeur de peau brûlée se dégagea, qui se transforma peu à peu en un parfum de viande en train de rôtir...

Il jeta un regard en coin à Astrov. Le Russe se tenait à genoux, près du feu à s'en roussir le visage. La glace qui s'y était accumulée fondait à la chaleur et il gouttait comme une toiture au printemps. Il ne disait rien, mais la faim devait le tenailler. En témoignait son regard brillant, qui n'arrivait pas à se détacher de la viande...

Quand elle fut cuite, Serguei donna un des morceaux à Astrov, qui se jeta dessus comme un loup affamé.

Un loup... En regardant le Russe dévorer sa viande, Serguei repensa à sa meute et surtout à Torok, massacré par des hommes comme celui qu'il avait sous les yeux.

Celui à qui il avait sauvé la vie.

Et qu'il allait maintenant en vie pendant toute la durée de leur long périple.

Il imagina Rutger, l'Allemand, mettant Torok en joue avec son arme à visée optique et l'abattant froidement, sans lui laisser la moindre chance.

Il avait commis cet acte avec l'aide et la complicité d'Astrov. Pour un paquet de dollars, le pilote russe avait participé à la mort d'un des êtres qui lui étaient le plus cher.

Et si Nastazia et les siens l'avaient rejeté, il n'y était pas pour rien non plus.

Il existait un proverbe occidental que Serguei avait entendu une fois, sans le comprendre tout à fait.

« L'homme est un loup pour l'homme. »

À présent, il savait avec certitude que l'homme était bien pire que tous les fauves de la terre...

— À quoi tu penses, l'Évène ? demanda subitement Astrov.

Serguei fixa les flammes sans répondre.

— Sûrement à rien de très amical me concernant, ricana l'autre, la bouche encore pleine.

Réchauffé, nourri, il se sentait moins vulnérable et retrouvait son assurance.

Il attendit une réponse qui ne vint pas et ajouta :

— Je vais te dire... Je m'en fous... Je me fous de ce que tu peux penser de moi. D'ailleurs, je le sais : tu me prends pour une brute ignorante, un mercenaire qui ne pense qu'au fric... Je vais te dire : c'est vrai. Je suis un mercenaire. Je travaille pour le fric, moi. Uniquement. Mon but dans la vie, c'est d'en amasser le plus possible pour aller finir mes jours dans un petit paradis des Caraïbes où il y a du soleil tout le temps, pas comme dans ce foutu pays. Alors, je prends tout ce que je peux prendre. Et si des types me payent, pas de problème, je peux tout faire ou presque, du moment qu'ils y mettent le paquet.

Il eut un geste circulaire pour désigner le paysage qui les entourait.

— Tu crois que c'est le paradis, ici ? Que c'est un crime de l'abîmer ? C'est ça ? Mais c'est l'enfer, ici ! On crève de faim, de froid, même de soif ! C'est un désert de glace ! Aussi accueillant que le fond de l'océan ou la face cachée de la Lune ! Il n'y a que des espèces d'Esquimaux dans ton genre qui peuvent habiter une zone pareille ! Moi, je vais te dire : si on en fait la plus grande décharge de Russie, ça ne m'empêchera pas de dormir ! Pour moi, le paradis, c'est un endroit où on a chaud ! Un endroit où il y a des bagnoles, des avions, des restaurants, des magasins et des boîtes de nuit avec des belles filles pour claquer son fric et faire la fête... Tu sais, des filles bien roulées et pas trop farouches, dans le genre de celle qui est venue avec nous, la dernière fois... T'as pas craché dessus, si je me souviens bien ?

Serguei lui jeta un regard écœuré.

— Ce serait mieux si tu ne parlais pas, dit-il.

— Je te donne des envies de meurtre, avoue ? rigola Astrov. Ça serait facile, pour toi, de faire en sorte que je crève ici, au milieu de nulle part... Je suis censé être mort, de toute façon. Personne n'en saurait jamais rien...

Le jeune Évène eut une mimique qui voulait dire : « Ne me tente pas. »

— Non, non, poursuivit Astrov, tu ne le feras pas. Parce que tu es un type bien, paysan. Pas une ordure comme moi. Tu es un pur... avec des valeurs... Malheureusement pour toi, ces valeurs-là ne payent pas...

Il laissa passer un temps avant d'ajouter :

— ... sauf peut-être cette fois-ci.

L'expression intriguée du garçon fit sourire le Russe.

— Si tu me ramènes vivant, dit-il, l'entreprise pour laquelle je travaille te donnera une prime... Une très grosse prime. Et pas en roubles : en dollars... Je dis ça comme ça... histoire de t'encourager à faire en sorte qu'il ne m'arrive pas de... d'accident.

Serguei le fixa longuement.

— Je croyais que j'étais un type bien, dit-il enfin, avec des « valeurs », et que ça m'empêcherait de te tuer ?

Le pilote eut un geste évasif.

— On ne sait jamais... Deux précautions valent mieux qu'une...

Serguei secoua la tête.

— Tu vois, fit-il avec un sourire amer, le pire, avec les hommes comme toi... c'est qu'ils pensent que tous les hommes sont comme eux.

— Parce que toi, tu te prends pour un saint, c'est ça ? s'emporta Astrov. Le chevalier blanc de la nature ? L'Alexandrovitch Nevski de Sibérie ?

Serguei n'écoutait plus. Son attention s'était focalisée sur le petit morceau de glace sorti de sa poche et oublié près du feu. La chaleur des flammes l'avait fait fondre et la grenouille, décongelée, venait d'ouvrir ses gros yeux globuleux. Son corps se gonflait à nouveau au rythme de sa respiration...

— Nom de Dieu ! murmura Astrov en constatant à son tour le phénomène.

Il ne put retenir une exclamation quand la grenouille, dans un bond, disparut dans la nuit.

— Ça alors ! fit-il, depuis le temps qu'on parle de congeler les morts...

— Elle n'était pas morte. Juste... endormie.

— Quand même... un truc pareil... je n'y croyais pas.

— Bien sûr, dit Serguei, puisque tu ne crois qu'à l'argent.

Le Russe rétorqua quelque chose que Serguei n'écouta pas. Non loin de là, dans l'obscurité des massifs où le garçon avait attrapé la perdrix du dîner, venait de s'élever un bref concert de grognements : des jappements secs, rauques et violents, accompagnés de claquements de mâchoires. Dans le même temps, le criaillement aigu d'une bernache avait été sèchement interrompu. Sans aucun doute parce que des mâchoires puissantes lui avaient rompu le cou.

Serguei ne put s'empêcher de sourire en pensant que ses loups étaient tout près, et que le menu de leur repas allait être le même que le sien.

« Bon appétit, les enfants ! » pensa-t-il.

Il croisa l'œil inquiet du Russe.

— Ce qu'on vient d'entendre, demanda celui-ci, ce ne seraient pas des loups, par hasard ?

Serguei hocha la tête.

— Ils nous suivent à la trace.

— Mais qu'est-ce qu'ils veulent ? insista nerveusement Astrov. La viande, ou… ou nous ?

Serguei laissa sa réponse en suspens. Là-bas, dans l'ombre, quatre paires d'yeux jaunes luisaient dans la nuit. Le garçon se retint de toutes ses forces pour ne pas courir vers eux.

38.

Serguei se réveilla toutes les heures pour glisser la tête par l'ouverture de la tente et jeter un coup d'œil au ciel. L'air, depuis la veille, sentait la tempête et un nouveau blizzard était à craindre. S'il se levait, son compagnon de voyage et lui se retrouveraient prisonniers sous l'abri de toile pendant une durée indéterminée. Et Serguei, qui ignorait l'impatience d'arriver au bout d'un voyage, ne pouvait s'empêcher d'avoir hâte que celui-ci se termine.

Moins longtemps il aurait à cohabiter avec le pilote russe, mieux il se porterait.

Il venait de se rendormir une nouvelle fois, quand il fut réveillé par les premières lueurs du soleil. Sa lumière rasante, se hissant avec difficulté au-dessus de l'horizon, pénétra dans la tente et frappa ses paupières closes. Il ouvrit les yeux et, avec plus d'enthousiasme que d'habitude, sortit de son sac de couchage. Ce simple rayon de soleil suffisait à rendre moins pénible ce qui était sans aucun doute le moment le plus douloureux d'un voyage à travers les pays d'en haut : la sortie du sac après une nuit de sommeil. La température du corps en avait chauffé l'intérieur et, quand on en sortait, on avait l'impression de plonger dans l'eau glacée. Ce petit enfer durait jusqu'à ce qu'on soit réchauffé par les flammes du premier feu de la journée. Le truc consistait à raccourcir autant que possible ce moment terrible, en construisant son feu la veille, de façon qu'il n'attende plus qu'une allumette.

Avec une synchronisation perfectionnée au fil des années, Serguei attrapa les siennes – posées à portée de main – en sortant de son sac, et se jeta vers son feu en même temps qu'il grattait le bâtonnet de soufre.

L'exercice imposait d'enlever ses gants. Ses doigts, pendant ces quelques instants, commencèrent à s'engourdir sous les premiers effets des gelures.

Les petits lichens, ceux du dessous, s'embrasèrent. Le sang se remit à circuler dans ses extrémités.

Jusqu'à présent, Serguei avait toujours réussi à la première tentative. Heureusement... « Rater » son feu, c'était s'obliger à en construire un autre, dans un délai très court : quelques minutes, pendant lesquelles les doigts devenaient gourds, avant que les mains, gelées, ne soient plus que deux masses inertes, inutilisables, au bout des bras.

Certains hommes étaient morts d'avoir « raté » leur feu.

Réchauffé, Serguei retourna sous la tente chercher deux autres morceaux de perdrix, qu'il déposa sur le croisillon de bois, suspendu sur les braises.

Dans la petite marmite à eau, celle de la veille avait gelé. La chaleur du feu la liquéfierait de nouveau en quelques minutes.

Il prit le temps de savourer le spectacle de la toundra, transfigurée par le soleil. C'était comme s'il avait changé de contrée, depuis hier. Sous un ciel d'un bleu éclatant, la lumière rebondissait sur la poudreuse, la faisant briller aussi loin que portait le regard. Au sud, l'arête déchiquetée des monts Momskii se dessinait avec une netteté de cristal, bien que la chaîne soit distante de plus de cent kilomètres.

On aurait dit un grand escalier conduisant jusqu'au ciel.

Son pays, comme cette neige illuminée, ne cessait jamais de l'éblouir.

Un peu avant les montagnes, l'immense étendue blanche se marbrait de traînées sombres.

Les premières forêts.

S'ils avançaient bien, aujourd'hui, ils atteindraient les limites de la taïga et les arbres seraient de retour dans le paysage. Cela faciliterait les choses, pour monter le campement : une tente était plus simple à installer quand on l'appuyait contre un bouleau ou un tremble. Cela rendrait aussi la chasse plus fructueuse : les zones boisées étaient moins pauvres en gibier, et celui-ci offrait davantage de variété.

Le mieux était de partir sans attendre.

Avant d'aller réveiller Astrov, qui dormait toujours, Serguei scruta le secteur d'un long regard circulaire. Il espérait confusément apercevoir Voulka et ses petits. Profitant du sommeil du Russe, il serait allé les serrer dans ses bras… histoire de leur montrer que, malgré la proximité de l'étranger, il était toujours l'un d'eux.

Mais la meute était invisible. Pourtant, Serguei sentait sa présence, grâce à ce flair animal, infaillible et puissant, qu'il avait développé au contact prolongé des fauves.

Ils étaient bel et bien là… quelque part.

Il alla secouer Astrov, qui se réveilla en râlant et poussa un gémissement de souffrance quand il s'arracha à son sac de couchage.

— Ne te plains pas, dit Serguei, j'ai fait le feu... et j'ai préparé le reste de la perdrix.

Le Russe dévora son morceau en silence, pendant que l'Évène démontait la tente et chargeait le traîneau. Son *uchakh* avait dégagé plusieurs mètres carrés de terrain depuis la veille, à force de fouiller la neige pour débusquer le moindre lichen caché en dessous. Il avait sûrement assez de « carburant » dans le ventre pour tenir une longue journée.

Rassasié, lui aussi, le pilote russe reprit sa place à l'arrière de l'attelage. Serguei saisit les guides et le bâton, puis harangua son renne, qui s'élança au petit trot. Aussitôt, le chuintement des skis sur la neige se mêla au sifflement du vent, dans une harmonie lancinante qui les accompagnerait jusqu'au soir.

Avec la vitesse – même relative –, la température, déjà loin en dessous de zéro, donna l'impression de chuter encore un peu plus. Le vent, sur les visages, était comme un fer rouge...

— Il a de la chance, ton mul... ton renne ! cria Astrov dans le dos de Serguei. Il n'a jamais froid, lui !

— Il a deux couches de fourrure ! répondit Serguei sans le regarder, et des poils remplis d'air qui le protègent du froid ! Il peut même nager dans les fleuves glacés !

— J'aimerais bien être un renne ! lança Astrov.

— Si tu étais un renne, répondit Serguei, je te ferais tirer ce traîneau. Ensuite, je te tuerais pour manger ta viande.

Le pilote lâcha un ricanement sec, mais ne dit plus rien.

Les deux hommes s'enfermèrent dans le silence. L'immense plaine qu'ils traversaient se déroulait sous eux comme un tapis qu'une main invisible reculait sans cesse. Au loin, les monts Momskii agitaient toujours leurs créneaux de pierre, rendus flous à cause du soleil et des tourbillons neigeux. Mais les montagnes semblaient s'éloigner, à mesure qu'ils s'en approchaient.

Bayanay faisait parfois des farces...

Plusieurs rivières gelées leur barrèrent la route.

En traversant la première, Astrov s'étonna que Serguei descende et marche devant l'attelage, tenant celui-ci par les guides, scrutant chaque centimètre de surface gelée.

— Il doit faire moins quarante, dit-il. Par ce froid, la glace ne risque pas d'être fragile...

Le jeune Évène désigna une large étendue d'eau ouverte, à quelques dizaines de mètres de là.

— Source d'eau chaude, dit-il. Juste en dessous.

Sur une surface équivalente à celle qu'occupait la tente collective de son clan, la glace semblait s'être affaissée sur elle-même pour s'effondrer dans la rivière. Les eaux de celle-ci, libérées le temps de traverser cette illusion de débâcle, produisaient un chant doux, unique son de ce monde silencieux.

Parvenu sur la rive opposée, Serguei se rappela le jour où il avait traversé l'Indigirka pour rejoindre les siens, obligeant ses loups à rester de l'autre côté.

Machinalement, il balaya du regard la plaine et ses yeux se plissèrent pour l'aider à mieux voir ce qu'il venait de repérer.

Quatre minuscules points noirs, sur la neige. Si éloignés que seul un œil aussi pointu et exercé que le sien pouvait les discerner.

Suivant le regard de l'Évène, Astrov se contorsionna sur son siège pour scruter l'horizon à son tour. Mais il ne vit que l'immensité blanche.

— Quoi, dit-il, qu'est-ce qu'il y a ?
— Rien.

Serguei se réinstalla sur son traîneau et l'*uchakh* se remit à trotter.

Une fois de plus, Voulka et ses louveteaux avaient retrouvé leurs traces et les avaient suivis.

Et il y avait tout à parier qu'ils continueraient ainsi, jusqu'à la fin du voyage.

Vu la vélocité dont ils étaient capables, les canidés auraient pu les avoir rejoints depuis longtemps. Mais ils gardaient toujours leurs distances, parce que Serguei n'était pas seul.

Et parce que l'homme qui l'accompagnait était de ceux qui avaient tué Torok.

Voulka et sa progéniture ne devaient plus savoir avec certitude si Serguei était toujours des leurs…

Cette idée lui était insupportable, autant que le danger de les faire massacrer en les attirant jusqu'au campement de son clan.

Pour ces deux raisons, Serguei allait devoir renouer le contact avec sa meute avant la fin du voyage. Mais discrètement. À l'écart d'Astrov…

Le sud de la plaine Iana-Indigirka déroula encore pendant plusieurs heures la surface bosselée de sa toundra blanche. Deux ou trois cours d'eau pris dans la glace obligèrent de nouveau Serguei à s'arrêter pour les traverser selon le même rituel précautionneux. Puis, presque en un clin d'œil, les arbres apparurent. Les forêts que Serguei avait distinguées à l'horizon surgirent autour d'eux. D'abord très loin, de part et d'autre de leur sillage, comme les parois sombres d'un long couloir encadrant leur marche et canalisant leur parcours. Puis les forêts de hêtres et de conifères vinrent lécher leur piste et caresser leur traîneau. Bientôt, Serguei dut retenir son renne et imprimer à sa trajectoire des courbes destinées à éviter les obstacles végétaux.

Soudain, Astrov lui frappa l'épaule.

— Quoi ?

Serguei se retourna. Le pilote russe tendait le bras vers la forêt clairsemée, dont la lisière se déroulait à deux cents mètres à peine. Le jeune Évène vit tout de suite ce qui rendait son passager si nerveux : Voulka, dont la longue silhouette grise se faufilait entre les arbres.

Elle était suivie à quelque distance par Kamar, Kitnic et Amouir.

Les quatre fauves galopaient souplement et silencieusement sur la neige, rebondissant avec une grâce que Serguei ne put s'empêcher d'admirer. Ils apparaissaient et disparaissaient, au gré de la densité des sous-bois, filant au côté du traîneau comme une escorte vigilante.

Mais gardant toujours leurs distances, même si cette distance s'était considérablement réduite depuis le matin.

Serguei se retint de leur adresser un signe de reconnaissance. Et dissimula son sourire de satisfaction dans la fourrure de sa capuche.

— C'est la famille de celui que vous avez tué ! lança-t-il par-dessus son épaule. Ceux que tu as entendus l'autre nuit. Il se pourrait bien qu'ils cherchent à se venger... J'aimerais pas être à ta place.

Le Russe ne répondit pas. Il regarda Serguei sans pouvoir déceler, à son expression, la moindre trace d'ironie. Il haussa les épaules.

— S'ils approchent, on les flingue.

— S'ils approchent et que tu fais quoi que ce soit, c'est moi qui te flingue.

Au ton du jeune Évène, Astrov comprit qu'il ne s'agissait pas d'une plaisanterie.

Le soleil qui avait réveillé Serguei le matin replongea derrière l'horizon. Il faisait encore jour, mais il était temps de chercher un bivouac. Sans perdre de temps, mais sans trop se presser non plus. Pour trouver l'endroit idéal, un Évène n'hésitait jamais à voyager une heure de plus... ou à s'arrêter une heure plus tôt.

Serguei stoppa le traîneau pour « sentir » le vent. Un souffle soutenu, mais loin du blizzard que le climat de la veille laissait craindre, tournoyait autour d'eux. Virevoltant sur son siège, il y plongea le visage, cherchant à l'« attraper » comme avec une voile... et décida finalement qu'il venait majoritairement du sud.

— Je dirais même sud, sud-est, dit le pilote russe, comprenant la « manœuvre » du garçon. Pourquoi, paysan, tu envisages de décoller ?

— De camper, répondit sobrement Serguei en faisant repartir son *uchakh*.

— De camper ? fit Astrov derrière lui. Mais... et les loups ?

Pour toute réponse, le garçon haussa les épaules.

Il se dirigea vers le sud, où filait une longue colline boisée. Son flanc permettrait à la fois de s'abriter du vent et de profiter d'un arbre pour accrocher la tente et le bois pour le feu. Un ruisseau d'eau libre serait sans doute trop demander. Mais la neige fondue sur le feu fournirait toute l'eau nécessaire...

Il trouva l'endroit idéal et arrêta l'attelage. Presque tout de suite, il dénicha l'arbre qui convenait : un bouleau dont le tronc comportait une fourche, à environ un mètre cinquante du sol. Du pied, il dégagea la neige sur une surface un peu plus grande que celle qu'occuperait l'abri.

Concentré sur sa tâche, il avait oublié Astrov et fut presque surpris d'entendre sa voix :

— Si la brute ignare peut faire quelque chose pour t'aider...

Serguei leva la tête. À travers le givre qui lui couvrait le visage, le Russe le regardait. Et l'Évène eut l'impression qu'il y avait quelque chose de changé dans ce regard. Quelque chose d'à peine perceptible, mais de réel. Il ne perdit pas de temps à se demander ce que ça pouvait bien être. Sortant une petite hache du fond de son traîneau, il la tendit au pilote.

— On a besoin de branchages de sapin avec les aiguilles, pour couvrir le sol de la tente. *Bystra*... Vite... On n'a qu'une hache et il faut encore du bois pour le feu.

— À tes ordres, *capitan* ! ironisa Astrov sans conviction.

Il se tourna vers les conifères les plus proches, fit un pas... et s'arrêta.

— Qu'est-ce qu'il y a ? fit Serguei.

— Rien... Rien.

— Alors, dépêche-toi, avant qu'il fasse nuit.

Astrov repartit, d'un pas lourd et mal assuré.

Serguei appuya l'extrémité d'une perche sur la fourche de l'arbre, et entreprit le montage de la tente à partir de cette ébauche de structure. Quand son compagnon de voyage revint avec une brassée de branchages de pin, Serguei le renvoya chercher du bois plus solide, pour le feu.

De nouveau, le Russe hésita.

— Quoi, encore ? fit Serguei, qui savait parfaitement ce qui motivait son appréhension.

— Mon arme est restée dans l'hélico... fit le pilote.

Serguei lui jeta un regard furieux.

— Mon fusil est au fond du traîneau, grinça-t-il. Et crois-moi, il vaut mieux qu'il y reste... Si tu y touches, t'es mort. Et ne pense même pas à me tuer avant. Il n'est pas chargé et le temps que tu y mettes une balle...

Il mima le geste de l'égorger avec un couteau.

Astrov eut une grimace fataliste.

— Tu veux qu'ils m'attaquent ? Hein, paysan ? Ça te plairait ?

— Ils ne t'attaqueront pas, lâcha Serguei en achevant de lier la tente à des grosses pierres et des branches d'arbre.

— Et qu'est-ce qui pourrait me convaincre que tu as raison ?

L'Évène retint un sourire.

— Tu verras bien, dit-il.

À moitié convaincu, Astrov disparut entre les conifères majestueux.

Ils mangèrent en silence deux autres morceaux de perdrix blanche. Serguei n'éprouvait pas le besoin de parler à cet homme, à qui il n'avait de toute façon rien à dire. Ils appartenaient à des mondes trop éloignés. Et leur courte expérience de vie commune prouvait que, de toute façon, ils ne se comprenaient pas.

Ce fut Astrov qui rompit le silence.

— Dis donc, fit-il, c'est quoi, cette histoire de rennes qui sont d'accord pour être mangés, dont tu as parlé l'autre jour ?

— Tu ne comprendrais pas.

— Vas-y, raconte quand même.

Le garçon leva vers le pilote un regard soupçonneux.

— Pour quoi faire ? Tu ne crois en rien.

— On ne sait jamais... Et puis, même si on ne s'aime pas, il faut bien se parler un peu, non ? Moi, le silence, ça me rend dingue, à force.

Serguei prit le temps de nettoyer la moindre parcelle de viande accrochée à son bout d'os. Astrov avait fini par se résoudre à ne plus entendre le son de sa voix avant le lendemain, quand il attaqua, en murmurant presque, comme s'il se parlait à lui-même :

— Il y a longtemps... Un vieux chasseur a aidé un jeune veau à naître des entrailles d'un arbre. Plus tard, ce veau, devenu un renne, a trouvé une compagne, qui lui a donné deux petits. Ces petits, devenus adultes, se sont battus contre des loups et les ont tués en les transperçant avec leurs bois. Leurs parents regardaient sans rien faire d'autre que supplier Hövki, le dieu du ciel, d'intervenir. Une fois le combat terminé, les rennes adultes ont eu honte de leur lâcheté... Quand Hövki leur a demandé pourquoi ils n'étaient pas intervenus, ils ont répondu : « Nous n'avons pas la force et les bois aiguisés des jeunes... » Hövki leur a ensuite demandé comment ils comptaient survivre, à l'avenir. Le mâle a répondu : « Un homme, jadis, m'a aidé à naître. Allons vivre avec les humains. Ils nous protégeront contre les loups. En échange, nous les servirons... »

Enfin, Hövki a demandé aux jeunes comment ils voulaient vivre. Les jeunes ont répondu qu'ils voulaient rester libres, malgré les dangers. Les adultes et les jeunes ont suivi chacun leur voie. Depuis ce jour, ceux qui naissent libres le restent. Ce sont les *buyun*. Ceux qui naissent captifs le restent également. On les appelle *oron*...

Serguei cessa de parler. Astrov en conclut qu'il avait terminé.

— Passionnant, sourit-il, les contours de la bouche couverts de graisse de perdrix. Tu en as beaucoup, des histoires comme celle-là ?

— Ce ne sont pas des histoires...

Le sourire du Russe s'élargit. Il s'apprêtait à dire quelque chose quand, soudain, son regard quitta les yeux de Serguei et glissa par-dessus son épaule. Son visage se figea et, de sa bouche ouverte, aucun mot ne sortit.

L'Évène se retourna et sourit.

À l'abri des arbres, quatre paires d'yeux luisaient dans la nuit. Quatre paires d'yeux jaunes, posés sur eux, clignotant par intervalles comme de petites lucioles...

Le Russe se fabriqua une contenance pour tenter de masquer sa peur.

— Puisque tu as un fusil, fit-il d'un ton bravache, c'est peut-être le moment de t'en servir... Tu n'as qu'à tirer dans le tas.

Serguei lui jeta un regard méprisant.

— C'est tout ce que tu sais faire, décidément...

— Non, s'énerva le Russe, je sais faire un tas de choses : je sais piloter un hélico, je sais conduire une voiture, piloter un bateau, utiliser un GPS...

— Vider ton huile de moteur dans la nature, jeter tes bidons vides dans les crevasses, utiliser la montagne comme décharge...

— Non, je sais aussi...

— Compter en dollars ?...

Astrov perdait pied. Il n'arrivait plus à regarder Serguei dans les yeux, tant il était hypnotisé par ceux des fauves.

— Sérieusement, fit-il d'une voix où la panique commençait à transpirer, qu'est-ce qu'on fait, pour les...

Il désigna les loups d'un grand mouvement de menton.

— Fais comme pour le reste, dit froidement Serguei. Tu n'as qu'à les survoler.

— Ne dis pas de...

— Ils craignent le feu.

— Quoi ?

— Ils craignent le feu, répéta Serguei. C'est la seule chose qui peut les empêcher d'attaquer...

— Mais... cette nuit... il va s'éteindre !

— Je te charge de l'entretenir... Il faudra que tu te lèves toutes les heures pour le ranimer.

Les deux hommes n'échangèrent plus un mot ce soir-là. Un peu plus tard, Serguei se glissa au fond de son sac avec l'agréable certitude qu'à son réveil, le feu brûlerait déjà.

39.

La température baissa encore. Avec le vent, lorsqu'on était en mouvement, elle baissait davantage, ou donnait cette impression, ce qui revenait au même. Entre les reliefs, de plus en plus nombreux et escarpés, le terrain accidenté faisait souffrir le long traîneau pointu, dont les armatures de bouleau grinçaient douloureusement au moindre choc.

Calé à l'arrière entre un sac et une couverture, Astrov, qui prenait les à-coups de plein fouet, laissait parfois échapper un gémissement rauque, comme un homme qui reçoit un coup de poing au ventre.

Mais – pour ne pas montrer au « paysan » des signes de faiblesse – il évitait de se plaindre.

Il ne se plaignait pas non plus de la fatigue, consécutive à une nuit presque sans sommeil. Pourtant elle lui alourdissait les paupières et lui faisait tomber la tête sur la poitrine. De temps en temps, Serguei jetait un œil par-dessus son épaule et, quand Astrov s'assoupissait, il le réveillait d'un grand coup de bâton.

— Si tu t'endors, tu es mort ! lui cria-t-il la première fois.

Les suivantes, il se contenta du coup de bâton.

L'équipage acheva de contourner les monts Momskii, et se dirigea vers le sud. Au rythme régulier de l'*uchakh*, l'Évène et le Russe s'engouffrèrent dans un passage étroit, filant entre une colline blanche couverte d'une végétation pelée et un épaulement noir de roches volcaniques sur lesquelles, étrangement, la neige semblait ne pas avoir trouvé de prise. Durant tout le temps qu'ils restèrent dans ce couloir, Serguei et Astrov guettèrent les loups, chacun de leur côté et sans le montrer à l'autre.

Astrov craignait que les fauves ne s'acharnent à les poursuivre.

Serguei aussi. Mais pas pour les mêmes raisons.

Aucun d'eux, cependant, ne repéra les canidés. Le Russe pensa qu'ils avaient renoncé. L'Évène comprit qu'ils suivaient de loin, à leur habitude, à la billebaude : ils chassaient un lièvre, suivaient une piste ou une autre, puis rejoignaient en quelques foulées rapides et souples celle qui les reliait comme un fil aux deux hommes.

Le passage s'élargit enfin et déboucha sur une plaine au bout de laquelle les premiers contreforts des monts Verkhoïansk se devinaient. La taïga avait repris possession du paysage. Désormais, les forêts de conifères jetaient d'immenses couvertures sombres sur les flancs des montagnes. Les bois de hêtres, de trembles ou de bouleaux se succédaient, entre de longs intervalles blancs.

Serguei trouva un endroit propice au bivouac et y dirigea l'attelage. Ils n'étaient partis que depuis quelques heures et le soleil hivernal était encore haut dans le ciel.

— On s'arrête déjà ? s'étonna Astrov.

— Si tu veux manger, il faut trapper, rétorqua l'Évène.

Il posa la longue perche sur la fourche d'un arbre et ordonna au pilote d'achever la construction de la tente, pendant qu'il préparait ses pièges et ses collets. Du coin de l'œil, tout en s'activant, Astrov regarda Serguei confectionner quatre nœuds coulants avec du fil de nerf de renne. Ayant achevé ce premier travail, le garçon alla récolter sur les arbres les plus proches un nombre précis de branches fines, qu'il entreprit d'émonder au couteau pour en lisser la forme et de tailler pour en harmoniser la longueur. Toujours à l'aide de son fil de nerf, et avec des nœuds de brêlage carrés, il lia les branchettes entre elles jusqu'à former une cage de bois, munie d'une porte tombante.

— Et tu vas attraper quoi, avec ça ? demanda Astrov.

— Tu verras bien, répondit Serguei en se dirigeant vers la forêt.

Il se retourna au bout de quelques mètres : Astrov et le campement étaient devenus presque invisibles. Il avança encore... Plus rien n'indiquait la lisière des arbres, ni la présence toute proche d'un bivouac humain. Seules les traces bien lisibles qu'il avait laissées dans la neige lui permettraient de ne pas s'égarer dans ce sous-bois de plus en plus dense, où la lumière du jour, filtrée par les cimes épineuses et les suspensions de givre, devenait crépusculaire.

Il scruta le sol à mesure qu'il marchait, et repéra toutes sortes de traces : mulots, perdrix, renards arctiques, lièvres divers.

Le long d'un sentier fréquenté par de nombreux lièvres, il posa les quatre collets qu'il avait préparés. Il les installa à plusieurs mètres d'intervalle, en les fixant à des branches basses, le nœud coulant suspendu à quelques centimètres du sol.

Le piège, réservé aux animaux dont la tête était plus large que le cou, avait pour principe de se resserrer à mesure que la victime se débattait.

Encore fallait-il qu'elle vienne s'y prendre...

Un peu plus loin, le long d'une piste d'empreintes de renard, Serguei installa son piège-cabane. Il disposa au fond un petit morceau de galette sucrée. Le premier animal qui se laisserait tenter ferait retomber la fermeture à glissière derrière lui.

Soudain, il se releva et s'immobilisa, les cinq sens aux aguets.

D'abord, il n'entendit que le bruit de sa respiration... ne vit que les arbres, dans la lumière rendue encore plus irréelle par la vapeur abondante de son souffle...

Puis un bruit presque imperceptible... Le frottement caractéristique de pattes s'enfonçant dans la poudreuse.

Il scruta les sous-bois à s'en arracher les yeux... et ne vit rien.

Puis, d'un seul coup, ils apparurent.

Voulka, Kamar, Kitnic et Amouir... Comme s'ils s'étaient matérialisés à partir d'un bloc de neige, du tronc d'un arbre.

Les yeux brillants, la gueule entrouverte sur ce qui aurait pu passer pour un sourire, ils étaient alignés tous les quatre, à quelques mètres de lui, derrière un rideau de troncs pâles.

— Voulka ! s'écria Serguei en s'avançant vers ses loups. Ma belle Voulka ! Te voilà enfin ! Et toi... Kamar... Kitnic, Amouir !

Fou de joie, il se précipita vers eux et se laissa tomber à genoux dans la neige, les bras ouverts.

Mais, au lieu de s'y jeter pour se faire caresser, les loups le flairèrent et reculèrent vivement, comme s'ils avaient senti un danger.

Serguei resta interloqué pendant un court instant, puis il comprit.

— Oui, je sais, je sens l'odeur de l'homme qui m'accompagne. Celui qui était avec les autres, les tueurs de loups. Mais ne vous inquiétez pas, c'est juste une odeur... Moi, je suis toujours moi, toujours un des vôtres... Toujours un loup.

Il parlait avec une infinie douceur, conscient que les loups, même s'ils ne comprenaient pas les mots, en saisissaient le sens général par le biais de l'intonation.

Il continua à tendre les bras. Peu à peu, la méfiance des canidés retomba. Voulka fut la première à s'avancer, à se laisser prendre par l'encolure.

— Oui, ma belle Voulka, oui, fit Serguei en enfouissant son visage dans la fourrure grise de la louve. Oui, Kamar, oui, mon Kitnic ! fit-il avec le même bonheur, à mesure que les louveteaux rejoignaient leur mère... Mais oui, Amouir...

Ils roulèrent dans la neige. Serguei, fou de bonheur, oublia tout et s'amusa avec ses loups comme aux premiers temps de leur rencontre.

Kamar, le plus noir des quatre, avait gardé son tempérament de chef. Celui-ci s'était même développé, et le louveteau avait une manière bien à lui de repousser ses deux frères de la pointe du museau, quand ils accaparaient un peu trop Serguei à son goût. Entre son caractère et son pelage d'un noir profond, c'était le portrait de son père : un nouveau Torok, qui serait pour Voulka un précieux soutien dans l'avenir.

Kitnic, au poil gris anthracite rempli de brindilles de pin, était le plus affectueux. Amouir, d'un gris plus clair, le plus joueur.

Pendant un long moment, Serguei eut l'impression d'être revenu en arrière, à l'époque où les trois louveteaux n'étaient encore que des bébés aux dents de lait, où lui-même n'était qu'un gamin.

Ils avaient tous beaucoup grandi, depuis. Beaucoup vécu, partageant des moments de bonheur, et des drames.

À force de les caresser, de malaxer leur chair à travers leur épaisse fourrure, Serguei se rendit compte que ses loups avaient beaucoup maigri depuis leur dernière rencontre. C'était même peu dire qu'ils n'avaient que la peau sur les os.

Pour eux, apparemment, cette interminable course à travers le pays évène était plus éprouvante encore qu'il ne l'avait supposé.

C'est vrai que le gibier était rare, par ces froids terribles.

Il se promit de faire tout ce qu'il pourrait pour les aider, chaque fois que l'occasion se présenterait au long du chemin.

Mais, pour l'instant, l'urgence était ailleurs.

— Écoutez, mes loups ! dit-il en redevenant sérieux. Il ne faut pas approcher du campement, d'accord ?

Les quatre fauves posèrent sur lui des yeux interrogateurs. Visiblement, ils cherchaient à comprendre la signification de ce brusque changement d'attitude.

— Venez ! dit Serguei.

Suivi de sa meute, il se dirigea vers la lisière de la forêt. Parvenu à quelques mètres des derniers bouleaux, il s'arrêta et posa un genou dans la neige.

— Regarde, Voulka ! dit-il en prenant la louve par l'encolure. Regarde !

Il désigna la tente, parfaitement visible à une vingtaine de mètres de là, à travers le rideau d'arbres. Avec maladresse, Astrov s'acharnait à fixer la toile en l'attachant à de grosses pierres.

— Tu vois, ça, fit-il, c'est ma maison. Il ne faut pas vous en approcher... jamais ! C'est à cause de l'homme, là-bas. Jamais approcher ! Jamais !

Il fit quelques pas en direction de son bivouac et mima avec autant de conviction que possible une barrière invisible et infranchissable qui se serait dressée entre les loups et lui. À répétition, il désigna la tente et articula des « Non ! » appuyés en agitant les bras.

Il fit mine de regagner son campement. Les loups le suivirent. Il les repoussa en arrière avec de grands gestes d'interdiction.

Il recommença. La meute le suivit encore...

La troisième fois, les loups comprirent et restèrent sur place.

Serguei revint les caresser et leur parler une dernière fois. Il consacra un temps égal à chacun d'eux, leur murmurant à l'oreille des mots de complicité qu'ils semblaient apprécier.

Il resta un peu plus longtemps auprès de Voulka, à qui il s'efforça de transmettre toute la force et tout le courage possible.

À moins que ce ne fût l'inverse.

Puis, le cœur lourd, il les abandonna.

Avant de rejoindre Astrov, Serguei fit le tour de ses pièges. Un seul, pour l'instant, avait donné quelque chose : un jeune lièvre dont la tête s'était prise dans le nœud coulant. Comme prévu, ses efforts pour se libérer n'avaient fait que resserrer le fil et l'animal gisait, mort, au milieu de la piste.

Serguei s'en empara et rejoignit le camp.

— C'est tout ? ironisa Astrov en constatant la maigreur du gibier que l'Évène rapportait.

— La journée n'est pas finie, rétorqua le garçon. Mais, si tu préfères, chacun d'entre nous mange ce qu'il attrape.

Une fois encore, le Russe répondit par un haussement d'épaules.

Serguei inspecta la tente et corrigea les erreurs que le pilote avait faites en la montant : les liens d'ancrage au sol, notamment, étaient lâches, et certaines pierres trop légères pour lester efficacement l'abri.

La toile risquait de s'envoler à la première bourrasque.

Il construisit le feu et fit dégeler les morceaux d'une perdrix blanche qu'il avait attrapée en chemin.

— Puisque tu as un fusil, interrogea soudain le Russe, pourquoi tu ne t'en sers pas pour chasser ? Ce serait plus simple que de poser tous ces pièges, non ?

— Faire résonner le tonnerre, dit Serguei après un temps, c'est tuer un animal et effrayer tous les autres. Avec les pièges, ils ne s'enfuient pas et restent pour s'offrir à nous.

Il étala les braises de la pointe d'un bâton et ajouta :

— Et puis, il faut économiser les cartouches.

— Remarque, fit le pilote, moi, je serais bien incapable d'attraper la moindre bestiole avec tes machins, là...

— Je sais. C'est pour cela que je ne t'ai pas demandé de le faire.

Ils attaquèrent avec appétit la volaille bien grasse.

— Tu sais quoi ? dit soudain le Russe après un long silence, sans toi, je serais mort de faim.

— Non, fit Serguei, de froid.

L'autre eut un rire bref qui fit tomber du givre de sa moustache.

— Peu importe. Je ne t'ai pas remercié de m'avoir sauvé la vie... Alors voilà... Merci.

L'Évène acheva son morceau avant de répondre :

— Tu es encore loin d'être sauvé.

Il se leva et s'éloigna en direction de la forêt. Astrov le suivit. Le garçon se retourna et le regarda durement.

— Ben quoi ? fit le pilote. Tu vas relever tes pièges, c'est ça ? Je viens m'instruire, c'est tout.

Serguei hésita à le laisser l'accompagner. Et s'ils rencontraient Voulka et les louveteaux ?

Il balaya mentalement cette objection : en cas de confrontation, Astrov serait sans doute mort de frayeur, et cette idée l'amusait plutôt.

— Tu n'as pas peur des loups ? ne put-il s'empêcher de demander.

— Tu nous laisseras pas nous faire bouffer ? fit l'autre dans un brusque regain de confiance.

Ils ne virent pas trace de la meute.

Quant aux pièges... La « cabane » était toujours désespérément vide ; sur les trois derniers collets, deux avaient fonctionné, au détriment de deux lièvres suffisamment corpulents pour fournir deux, voire trois journées de nourriture.

Ils étaient presque rentrés au campement quand Serguei s'arrêta net, fixant le sol devant lui.

De larges traces sortaient de la forêt et y rentraient après un grand détour en terrain découvert. Avec leur forme triangulaire caractéristique – talon étroit et vaste plante de pied –, leurs cinq orteils détachés et leurs longues griffes, on ne pouvait pas s'y tromper.

— Ça m'a tout l'air d'un sacré bestiau ! s'exclama Astrov en rejoignant l'Évène. C'est quoi ?

— Un ours… Un grizzly… jeune.

Le Russe le regarda, incrédule.

— Je croyais que ça dormait, en hiver, les ours ?

— Oui, en principe.

— Alors ? Qu'est-ce qu'il fait, celui-là, à se balader comme ça ?

— Il est jeune… expliqua Serguei en recommençant à marcher. Un an ou deux. Première fois qu'il creuse sa propre tanière. Sait pas encore s'y prendre. Il a choisi un mauvais endroit…

— Et alors ?

— Peut-être qu'une masse de neige est tombée dessus à cause du vent et l'a écrasée, peut-être qu'un arbre à moitié abattu s'est écroulé sur sa tanière…

— Il ne doit pas être content, rigola le Russe.

Serguei s'arrêta net et lui fit face.

— Non… Pas content… Furieux… Affamé, n'ayant pas assez dormi… et donc très dangereux.

— Bien, fit gravement Astrov. Alors, qu'est-ce qu'on fait ?

— On part... immédiatement. Les loups n'attaquent pas, mais un ours... c'est une autre histoire.

— Décidément, j'y comprends rien, à tout ça.

— C'est vrai, fit seulement Serguei, qui, pour une fois, était d'accord avec lui.

40.

La glace sur laquelle ils se trouvaient semblait n'être qu'un reflet du ciel immense et pâle. À quelques centaines de mètres de distance l'un de l'autre, Serguei et Astrov n'étaient plus que deux minuscules taches sombres dans le désert blanc.

Les seuls humains sur des milliers de kilomètres carrés.

À intervalles réguliers, le jeune Évène levait la tête pour surveiller le Russe, à qui il avait ordonné d'aller faire son propre trou dans la glace.

Avec la hache et la ligne qu'il lui avait confiées, même lui devrait arriver à sortir un omble ou une truite. Avec deux fois plus de vivres, ils auraient moins souvent à s'arrêter. Leur périple s'en trouverait raccourci, pour la plus grande satisfaction de chacun.

À travers la buée de sa respiration, Serguei voyait le pilote s'acharner sur la glace à grands coups de hache : un moyen comme un autre de se réchauffer un peu, par ce froid qui donnait l'impression de figer le sang dans les veines, ralentissant les mouvements et enveloppant toutes choses dans une sorte d'irréalité.

De son côté, le garçon entreprit de pratiquer, non pas un trou, mais une tranchée circulaire d'environ cinquante centimètres de diamètre dans la surface gelée. Il l'approfondit régulièrement, sans toucher au gros bouchon cylindrique qui se formait au milieu à mesure qu'il creusait.

Avec ce froid terrible, l'eau du lac s'était solidifiée sur plus d'un mètre d'épaisseur. Il lui fallut une bonne heure pour l'atteindre. Quand elle fut visible, à travers une mince couche translucide, Serguei se releva, reprit son souffle et massa – rapidement, pour ne pas laisser à la glace le temps de se reformer – ses genoux engourdis par le froid. Puis, saisissant sa hache à deux mains comme une masse, il l'abattit de toutes ses forces sur le « bouchon » de glace. Celui-ci s'enfonça avec un craquement sonore, avant de remonter comme un ballon lâché au fond de l'eau. Serguei s'en empara à deux mains, le hissa hors de la surface liquide et le jeta derrière lui.

Retombant à genoux, il sortit de ses poches les deux fils de nylon qu'il avait préparés en fixant un hameçon à leur extrémité. Rapidement, il appâta ses lignes avec deux filaments de viande provenant des restes de la perdrix et laissa glisser le tout dans l'eau noire qui remplissait maintenant l'excavation. Pas trop profondément : la plupart des poissons de lac évoluaient tout près de la surface... c'est-à-dire juste sous la glace.

Le jeu commençait : un « jeu » de vie et de mort, autant pour le poisson que pour l'homme, dont la survie dépendait de cette pêche.

En veillant à ne laisser dépasser que ses gants au-dessus de l'eau, pour ne pas être repéré par les poissons, Serguei imprima de lents mouvements de va-et-vient à ses lignes. Il s'agissait de rendre les appâts plus attractifs, en leur donnant des allures de proies vivantes.

Généralement, les truites s'y laissaient prendre.

Il n'y avait pas dix minutes que Serguei promenait son appât dans l'eau glacée, quand sa ligne subit une brusque secousse verticale. Il permit au poisson de s'enferrer un peu plus et, d'un coup sec du poignet, il ramena la truite à l'air libre.

Une belle bête, d'un bon demi-kilo. Serguei la laissa se tortiller sur la glace, pendant qu'il se concentrait sur sa seconde ligne.

Une autre truite mordit rapidement... et rejoignit la première dans le sac de Serguei.

Le garçon s'intéressa de nouveau à Astrov. Là-bas, le Russe s'acharnait toujours sur la surface gelée. Mais son corps disparaissait partiellement dans l'épaisseur de celle-ci, preuve qu'il progressait.

Preuve, aussi, qu'il s'y prenait de la pire manière qui soit.

Soudain, le pilote poussa un cri – moitié de surprise, moitié de triomphe ! – et recula vivement, tandis qu'un véritable geyser jaillissait du trou qu'il venait de creuser.

Serguei secoua la tête, consterné.

Comment pouvait-on ignorer une règle aussi élémentaire ? Un principe de base tellement évident que... qu'il n'avait même pas pensé à le lui rappeler !

C'était sa faute, aussi. Il aurait dû savoir, depuis le temps, qu'il fallait tout lui apprendre.

Il jeta un œil à l'ouverture dont il venait d'extraire les deux truites. Le temps qu'il revienne, la glace se serait partiellement reformée, mais elle serait encore mince et facile à casser.

Il se dirigea vers Astrov d'un pas décidé, tâchant à la fois d'aller vite et de maintenir son équilibre sur la surface glissante.

De loin, il vit le Russe sortir le fil de sa poche, appâter et laisser glisser sa ligne au fond de l'eau.

Le pilote ne l'avait pas encore vu. Quand il l'aperçut enfin, il lui adressa un signe de triomphe en désignant fièrement l'ouverture qu'il avait pratiquée dans la glace, et son fil qui y trempait. Serguei ne répondit pas et força l'allure.

Soudain, Astrov s'agita fébrilement en désignant sa ligne. Quelque chose avait mordu. Il voulut remonter sa prise, mais le fil se bloqua. Il insista avec des gestes rageurs… mais inefficaces.

Serguei arriva sur lui, sortit son couteau et trancha la ligne d'un geste net. Le Russe tourna vers lui un visage indigné.

— Mais qu'est-ce… ? Tu es fou, ou quoi ? J'en avais pris un ! Il avait l'air énorme, en plus !

— Pas possible de le remonter, ton poisson.

— Quoi ?

Serguei s'irrita :

— Tout le monde sait creuser la glace pour pêcher ! Tout le monde, sauf toi !

— Pourquoi ? Un trou, c'est un trou, non ?

L'Évène haussa les épaules sous sa grosse parka de renne.

— Tu as fait un trou en pointe… large en haut, étroit en bas.

— Et alors ?

— Ton trou est trop petit… Et maintenant, il est au fond d'un mètre d'eau glacée… Impossible de l'élargir. Ton poisson ne peut pas sortir.

Comprenant ce que Serguei voulait dire, Astrov se rembrunit. Le garçon lui expliqua en termes aussi clairs que possible la bonne manière de s'y prendre, et désigna un endroit, à quelques mètres de celui où le pilote venait de creuser :

— Là.

— Là, quoi ?

— Recommence.

Sans s'attarder à écouter les récriminations du Russe, Serguei lui tourna le dos et regagna son propre puits de pêche. Comme prévu, la glace s'était déjà reformée sur la surface noire, mais ce n'était qu'une pellicule friable, que le garçon brisa sans difficulté.

Il immergea encore une fois ses lignes et, de nouveau, la chance lui sourit.

Bayanay était dans un bon jour. Deux autres truites rejoignirent les premières dans sa sacoche.

Estimant qu'ils avaient fait le plein de provisions, Serguei retourna chercher Astrov. Celui-ci, avec des ahanements furieux, était en train de creuser la glace en repartant de zéro.

— Arrête ! lui lança l'Évène en frappant ostensiblement sa sacoche, on a ce qu'il faut.

L'autre ne se le fit pas répéter.

Les deux hommes traversèrent en sens inverse l'immense lac blanc, de l'autre côté duquel se trouvait le campement.

Ils étaient presque arrivés quand Astrov frappa l'épaule de Serguei et désigna quelque chose, à la hauteur d'une rivière gelée qu'ils avaient traversée peu avant de camper :

— Regarde, là-bas...

— Je sais... fit Serguei, des mouflons.

Ils étaient une demi-douzaine, parmi lesquels au moins trois grands mâles, des patriarches aux cornes démesurées, s'enroulant autour de leurs yeux. Ils avaient cette allure puissante et majestueuse à laquelle Serguei était toujours sensible.

— D'habitude, ils se baladent sur les crêtes, non ? insista le Russe.

— Oui. Parce qu'il y a encore de l'herbe en hiver... Et aussi pour que des hommes comme toi et tes amis les repèrent et les tuent plus facilement.

Astrov ne répondit pas, mais soupira ostensiblement.

— Alors, qu'est-ce qu'ils font là ?
— C'est à cause du sel.
— Quoi ?
— Le mouflon est comme l'*oron* : il adore le sel. Le sel qu'il y a dans la terre remonte à travers la glace des rivières. Alors, le mouflon descend des crêtes pour lécher le sel, sur la glace.

— Je vois, dit le Russe. Au fait... fit-il en frappant de nouveau l'épaule de Serguei, ce qui lui valut un regard noir de la part du garçon. Tu ne vas pas me dire que tu ne pourrais pas en tirer un... Peut-être que ça ferait peur aux autres, mais ils finiraient bien par revenir. Et nous, en attendant, ça nous ferait des provisions un peu plus consistantes que tes trois poissons, là...

— Quatre.
— Ça ne change pas grand-chose.

Ils étaient arrivés. Serguei construisit le feu et l'alluma. Sur le croisillon installé en équilibre au-dessus des braises, il posa deux truites et une petite théière qu'il avait dénichée au fond d'un de ses ballots, en même temps qu'une pochette de thé noir et une boîte de sucre. Un vrai cadeau du ciel – ou de Hövki –, qui allait adoucir un peu les heures passées auprès du Russe.

— *Tchaï pit*… Buvons du thé, fit-il en s'installant.

— Avec joie ! dit Astrov. Tout ce que tu veux, tant que c'est chaud…

Ses pommettes saillantes étaient rougies par le froid intense. Sur l'une d'elles, une tache sombre trahissait un début de gelure.

Serguei tendit un gobelet brûlant à son compagnon de voyage. Les deux hommes avalèrent plusieurs rasades qui leur firent descendre un feu bienfaisant dans les entrailles.

— Tu ne crois pas que vous en avez assez tué comme ça ? dit soudain Serguei.

— Quoi ? fit le Russe, qui mit un petit moment à comprendre à quoi il faisait allusion. Ah ! tu parles des mouflons ?

— Oui.

— D'abord, je te rappelle que…

— Tu n'as fait que leur servir de guide et ce ne sont pas tes amis, mais tes clients, je sais.

Astrov eut un petit rire. Mais Serguei avait encore en mémoire les cadavres des mouflons sans tête, éparpillés dans ce vaste charnier qu'était devenu leur habitat naturel. Des cadavres inutiles… Et ça ne lui donnait pas envie de s'amuser.

— Allez, quoi, arrête, avec ça ! fit le pilote devant la mine sévère du garçon. L'espèce n'est pas en voie d'extinction, la preuve…

Il eut un geste en direction de la rivière où deux mouflons s'attardaient encore.

Le jeune Évène avala une nouvelle gorgée de thé brûlant.

— Les gens de mon peuple, dit-il après un long silence, tueront moins de mouflons au printemps prochain. Ils devront se contenter de viande de renne…

C'est toujours comme ça, quand un hiver plus terrible que les autres décime les hardes...

Plus personne ne parla. Ils mangèrent chacun une truite et Serguei remplit à deux reprises la théière.

— Qu'est-ce que tu feras, demanda-t-il soudain, quand tu auras rejoint la... la civilisation ?

Astrov haussa les épaules.

— Reprendre mon boulot, je suppose. En espérant que ma boîte me reprenne...

— J'aurais dû te laisser là-bas, dit Serguei sans cesser de fixer les flammes.

Quarante-huit heures plus tard, parce que le froid les obligeait à consommer deux fois plus de nourriture, leurs provisions étaient épuisées. Serguei alla trapper en lisière d'une forêt de mélèzes, mais ne réussit à prendre qu'un lièvre de petite taille qui ne les alimenterait pas bien longtemps. Il décida de repartir malgré tout, certain de rencontrer ailleurs un terrain de chasse plus favorable.

Soudain, alors que l'attelage filait dans un couloir étroit, entre deux arêtes montagneuses, un grand élan jaillit d'entre les conifères et se planta droit devant eux, en plein espace dégagé, pile sur la trajectoire du traîneau.

De stupeur, le jeune Évène tira sur ses guides et arrêta net son *uchakh*.

Pendant un moment, le grand cervidé et le gardien de la harde se regardèrent fixement, à quelques dizaines de mètres de distance.

Dans le dos de Serguei, Astrov s'avança et lui souffla à l'oreille :

— Cette fois-ci, ça vaut peut-être le coup d'utiliser une cartouche ou deux, tu ne crois pas ? Il est pratiquement venu s'offrir, comme tu dirais. Et puis, comme ça, on aurait de quoi manger jusqu'à la fin du voyage...

Serguei, qui avait fait le même raisonnement, tendait déjà la main vers son fusil en un mouvement silencieux, très lent et parfaitement fluide.

Puis, brusquement, il interrompit son geste et reposa l'arme au fond du traîneau.

— Non, dit-il à voix basse, pas cette fois.

Il donna un coup de guides sur l'arrière-train du renne, et celui-ci reprit son trot régulier. Presque aussitôt, l'élan se secoua, faisant tournoyer son impressionnante ramure, et repartit au grand galop.

Quelques instants plus tard, il avait disparu.

— T'es malade, ou quoi ? hurla Astrov. Qu'est-ce qui t'a pris ? Une tonne de viande sur un plateau, et tu la laisses filer comme ça, sur un coup de tête ! Tu veux nous faire crever ?

— Non, dit Serguei sans même le regarder. Ne t'inquiète pas : tu ne mourras pas de faim... Pas tant que je serai là.

Il sourit sous son masque couvert de glace.

Ses loups, qui suivaient l'attelage à quelques encablures, ne laisseraient pas échapper cette proie magnifique, eux.

Voilà qui leur redonnerait des forces et leur permettrait d'engraisser un peu.

41.

Le traîneau avançait au ralenti, pendant que l'*uchakh* se frayait un chemin sur un tapis de blocs de neige solidifiée. Parfois, le véhicule basculait d'un côté ou de l'autre et Serguei et Astrov se jetaient sur le bord adverse pour faire contrepoids, comme des marins tangués par la houle.

Le paysage devenait plus escarpé. De plus en plus souvent, les deux voyageurs devaient descendre pour soulager le renne, lorsqu'ils gravissaient des pentes abruptes. L'Évène le guidait et le tirait par la bride, tandis que le Russe, à l'arrière, pesait de toutes ses forces sur l'armature de bouleau.

La température ne cessait de plonger vers les abysses. Mais le vent s'était calmé et le soleil, pendant la courte journée, illuminait les montagnes en un spectacle si grandiose qu'il en faisait presque oublier la brûlure du froid.

La faune demeurait, comme à son habitude, invisible, ne trahissant sa présence que par la multitude de traces qu'elle laissait dans la neige. Au milieu de toutes ces empreintes, les pistes de renards se multipliaient. Parfois, même, un renard blanc jaillissait d'un bois de mélèzes et traversait la vallée comme une flèche, avant de disparaître dans la forêt opposée. À plusieurs reprises, Serguei et Astrov se trouvèrent face à face avec un de ces coureurs fuselés, assis en haut d'une montée, sa longue queue touffue enroulée autour de son arrière-train. Les hommes et l'animal se défiaient quelques secondes du regard, avant que le renard ne disparaisse à une telle vitesse que l'œil avait du mal à le suivre.

Astrov, qui n'avait jusque-là manifesté d'intérêt pour la faune locale que dans la mesure où elle se mangeait, ne put s'empêcher de faire la remarque :

— Eh ben... il y en a, des renards, dans le coin. Je connais un fourreur, à Moscou, qui en ferait ses choux gras.

— Et peut-être aussi des chasseurs qui en feraient des trophées, ajouta Serguei.

Ils aperçurent encore plusieurs canidés avant la fin de leur journée de route. Bien sûr, ils fuyaient dès que les hommes approchaient. Mais ils se montraient relativement peu farouches. C'était probablement dû au fait, pensa Serguei, que dans cette partie quasiment vierge des monts Orulgan, qui jouxtaient la chaîne Verkhoïansk, la plupart d'entre eux n'avaient jamais vu un homme. Si leur instinct commandait de s'en méfier, leur curiosité prenait parfois le dessus.

Le soleil se couchait quand Serguei et Astrov atteignirent le col le plus élevé qu'ils avaient eu à franchir jusqu'à présent. Parvenus au point culminant du passage, ils s'arrêtèrent pour reprendre haleine.

Et parce que le spectacle était d'une splendeur à couper le souffle.

Depuis leur position, ils surplombaient un océan de montagnes s'étendant à l'infini. Cette myriade de têtes blanches, rougeoyantes sous le soleil couchant, évoquait une armée de pèlerins, recueillis dans le silence glacé.

Demain, ils avanceraient sous cette garde solennelle, en espérant qu'elle soit bienveillante.

Pendant quelques instants encore, avant de redescendre pour camper dans un endroit moins exposé, les deux hommes contemplèrent cette majesté. Aussi loin que portait le regard, la terre se hissait sur la pointe des pieds pour caresser le ciel. Et dans cette intimité flamboyante où chuchotaient les dieux, l'homme insignifiant n'était que toléré, spectateur silencieux et stupéfait.

— Faut reconnaître que… ça a de la gueule, lâcha sobrement Astrov.

— Pourtant, tu as déjà vu ça depuis ton hélicoptère, non ?

Serguei affichait un petit sourire satisfait que le Russe remarqua. Il se mit à rire, lui aussi.

— Ça n'a pas la même allure, vu d'en haut. C'est… c'est…

Il cherchait ses mots.

— C'est parce que tu l'as mérité, lâcha Serguei.

— C'est vrai, admit le Russe, tout étonné de ce qu'il avait accompli.

Pas tout seul, certes, mais accompli quand même.

Parce que – et il n'en prenait vraiment conscience que maintenant – le seul fait d'être encore vivant représentait un exploit.

Ils entamèrent une lente descente vers la vallée située de l'autre côté du col. Le long de leur parcours, les zones de forêt alternaient avec les espaces blancs, les reliefs accidentés avec les longues tranchées irrégulières, où l'eau s'était figée en pleine chute, presque en plein vol.

En s'engageant dans un couloir boisé, serré entre deux murailles rocheuses, ils aperçurent à quelque distance une perdrix, rendue blanche par l'hiver, qui filait en empruntant une trajectoire inhabituelle. Au lieu de fuir les hommes en disparaissant sous les arbres, elle se dandinait le long d'une arête surplombant une pente de neige épaisse.

Soudain, elle prit son élan et, d'une hauteur de plusieurs mètres, se catapulta comme un boulet dans la poudreuse, où elle s'enfonça profondément.

— Tu as vu ça ? fit Astrov. Elle s'est noyée, ou quoi ? Elle ne remonte même pas !

Instinctivement, pour ne pas troubler le rite qui était en train de s'accomplir, Serguei avait mis son renne au pas.

— Elle remontera demain, dit-il en évitant de parler trop fort.

Ils continuèrent d'avancer le long du passage étroit, au fond duquel le soleil n'arrivait qu'à peine. Soudain, il y eut un choc étouffé, une sorte de froissement moelleux.

Un second lagopède venait de se propulser dans les flancs de la pente neigeuse, où il avait aussitôt disparu, lui aussi.

Un troisième imita les deux premiers.

Un peu plus loin, d'autres perdrix accomplirent le même rituel étrange.

Serguei et Astrov poursuivirent leur chemin, en se faisant le plus discrets possible. À certains moments, l'Évène arrêtait son *uchakh* pour attendre qu'un volatile ait plongé dans la neige. Puis il repartait, un pas à la fois… une perdrix à la fois.

C'était hallucinant. Irréel. Les lagopèdes ne se souciaient même plus de leur présence ; les deux hommes avançaient au cœur d'un ballet de plumes et d'écume soulevée par les masses rondes des volatiles se jetant à corps perdu dans les profondeurs blanches.

Chaque fois, l'oiseau ramassé sur lui-même produisait un « flofff ! » cotonneux au contact de la neige. Et ce bruit, répété à l'infini, donnait l'impression qu'un animal véloce, léger et invisible filait à toute vitesse entre les arbres.

— Qu'est-ce qui leur prend ?

Il y avait toujours la même ironie, chez Astrov. Mais, instinctivement, mû par une sorte de respect, il avait parlé à voix basse.

— Elles se mettent à l'abri pour la nuit, répondit Serguei. Elles choisissent une pente pour pouvoir remonter plus facilement.

— On pourrait en attraper quelques-unes sans difficulté, non ?

— Oui. Demain. Mais pas sans difficulté.

Le Russe eut une moue d'incompréhension.

Ils continuèrent jusqu'à la sortie du corridor, et s'arrêtèrent presque tout de suite après, sur un terrain plat situé en hauteur, mais protégé par une muraille rocheuse. Sur la droite, une chaîne de montagnes noyée dans la brume longeait la plaine.

— Les monts Verkhoïansk, dit Serguei en la désignant. Sebyan-Kuyel est tout en bas… loin vers le sud. Mais le campement de mon clan est plus proche.

— Enfin une bonne nouvelle, fit Astrov. Encore combien de jours ?

— Moins qu'avant, lâcha Serguei après avoir pris le temps de réfléchir à la question.

Ce soir-là, il fit manger au Russe la moitié d'un lièvre et deux grosses galettes de blé. Le pilote souffrait d'engelures au visage et ne sentait plus certains de ses orteils : ses chaussures de pilotage étaient conçues pour le froid, mais pas pour des températures aussi extrêmes. Son corps devait brûler une plus grande quantité de nourriture pour produire la chaleur nécessaire à sa survie.

Une fois rassasié, il se déchaussa pour tendre ses pieds endoloris à la chaleur des flammes. Trois de ses orteils étaient d'un vilain jaune tirant sur le noir. Serguei n'ignorait pas ce que cela signifiait : il allait presque certainement les perdre.

Astrov le savait sûrement, lui aussi. Mais, tout en les massant avec une grimace douloureuse, il plaisanta :

— Même dans ta tribu, je suis sûr que t'as jamais vu des pieds aussi sales, paysan !... Dans ton village, tu crois qu'ils me feront couler un bain chaud ?

L'Évène ne répondit pas.

— Tu sais ce qui me manquera le plus, quand je serai rentré chez moi ? insista le Russe.

Serguei avait la tête ailleurs. Astrov répondit à sa propre question :

— Rien.

Il leva les yeux, réfléchit en regardant les flammes et avoua :

— Enfin, presque rien.

Il attendait que Serguei l'interroge, mais la question à laquelle il avait maintenant envie de répondre ne vint pas.

La première chose que vit Astrov, en ouvrant l'œil, fut la figure de l'Évène, le doigt sur la bouche pour lui intimer l'ordre d'être silencieux. Comme Serguei portait des gants en épaisse fourrure de chien, il avait l'air d'avoir un renard ou une marmotte sur le visage.

Il faisait à peine jour. Le pilote, mal réveillé, traîna les pieds à la suite de son guide, qui les conduisit dans le couloir qu'ils avaient longé la veille. Une neige lourde tombait au ralenti, sur une trajectoire parfaitement verticale, due à l'absence totale du moindre souffle de vent.

En arrivant dans la zone où la plupart des lagopèdes avaient creusé leur terrier, Serguei fit de nouveau signe au Russe d'être parfaitement silencieux.

Ils restèrent immobiles de longues minutes sous les épais flocons. Le silence était tel, entre ces pentes arborées, que leur respiration bruissait comme une forge.

Mais ils étaient apparemment les seuls à l'entendre.

Le premier renard se matérialisa entre deux mélèzes, comme s'il avait toujours été là. Il quitta l'abri des branches et vint se poster sur la pente, où il s'aplatit, à l'arrêt.

Un autre exécuta le même manège, un peu plus loin.

En voyant Serguei s'approcher, l'un des deux renards disparut à regret sous les branchages, et le garçon prit sa place.

Comme la présence des prédateurs le lui avait fait deviner, il n'eut pas à attendre longtemps. Presque aussitôt, une première perdrix sortit la tête de la neige. Une seconde l'imita, crevant la capsule blanche qui s'était formée pendant la nuit sur l'entrée de son abri. Sur toute la longueur du corridor où ils s'étaient dissimulés la veille, les lagopèdes jaillirent simultanément, comme autant de diables de leurs boîtes.

Aussitôt, les renards leur bondirent dessus, les tuant d'un coup de dents et disparaissant en un clin d'œil avec leur proie.

Celle que guettait Serguei n'eut pas plus de chance. Dès qu'elle sortit de son tunnel, le jeune Évène l'attrapa et lui tordit le cou d'un geste sec et précis.

Quand il revint vers Astrov, son gibier au bout du bras, le Russe fixait encore, stupéfait, le paysage constellé de petites excavations.

— Incroyable ! murmura-t-il.

Serguei ne put s'empêcher de sourire.

— Mais je ne comprends pas pourquoi tu ne vas pas directement les attraper dans leurs trous ?

— Parce qu'elles s'enfoncent et tu les perds.

— Ah, bon !

— Ça ne marche pas toujours, dit Serguei. Quelquefois, la neige gèle sur l'ouverture et les perdrix restent prisonnières. Elles meurent de faim, et ça fait des provisions pour les renards.

— Vu le nombre de renards, observa Astrov, c'est étonnant qu'il reste encore des perdrix.

— Les renards ne sont pas idiots. Ils savent qu'ils ont besoin des perdrix et ils adaptent leurs portées en fonction du nombre d'oiseaux. Si l'hiver a été rude pour les perdrix, les renardes ne feront pas ou peu de petits au printemps.

— Tu te fous de moi !

— Non… C'est comme ça que ça marche.

Serguei jeta le volatile à l'arrière du traîneau et entreprit, avec l'aide du Russe, de démonter le campement. La tente était pliée et la luge presque entièrement chargée, quand il se tourna vers le pilote.

— Quand il y a trop de renards, comme maintenant, ajouta-t-il, les gens de mon peuple en tuent davantage. Ça aide les perdrix…

— Ouais, rigola Astrov, et, au prix de la fourrure, ça doit bien vous aider aussi.

L'Évène jeta un dernier ballot dans le chargement.

— Décidément, tu vois le mal partout !

— Non, dit le pilote avec une expression neutre. Je vais même te dire un truc qui va t'étonner : il y a des choses qui m'intéressent, dans tout ce que tu racontes.

— Ah bon ? fit Serguei, dubitatif.

— Ouais… C'est vrai que dans ton foutu pays il se passe des trucs qu'on n'imagine pas, vu d'en haut.

Après un silence, il ajouta, presque gêné :

— Des trucs qui valent le coup.

Serguei chercha le piège dans ces déclarations presque amicales. Mais en plongeant son regard dans celui du Russe, il n'en décela aucun.

42.

Voulka et les louveteaux avaient obéi à Serguei au-delà de ses espérances. Non seulement ils ne s'étaient pas approchés de ses campements successifs, mais ils avaient disparu. Le garçon se demandait s'ils continuaient à le suivre sans se montrer, ou s'ils avaient tout simplement renoncé. Étaient-ils retournés l'attendre dans leur « pays » commun, là-haut, au-delà du grand fleuve Indigirka ? Il commençait à le croire, et cette conviction était renforcée par le fait que, quand il s'aventurait dans les forêts de conifères pour poser des collets ou repérer d'éventuelles empreintes, il ne croisait plus aucune trace de loup.

Mais ils étaient tous là, avec lui... dans sa tête, quand il rêvait – de plus en plus souvent – au jour où ils seraient à nouveau réunis.

Ce jour approchait... même s'il approchait trop lentement à son gré. Serguei s'en voulait de se laisser ronger par cette impatience inhabituelle, contraire à sa nature et à toutes les traditions de son peuple. Et il en voulait à son compagnon de voyage de la lui faire éprouver.

Une raison, parmi beaucoup d'autres, de ne pas le porter dans son cœur.

Même s'il faisait tout pour le maintenir en vie.

Il lui avait confectionné un pansement à la graisse de renne, pour soulager ses engelures, et fabriqué une paire de chaussettes supplémentaires en fourrure de chien. Avec le restant de fourrure, il avait doublé le masque protégeant sa figure, pour éviter que son engelure à la pommette ne s'aggrave. Quand il s'arrêtait pour trapper, il prenait le temps de capturer deux fois plus de gibier – ou de pêcher une double quantité de poisson – pour qu'Astrov puisse bénéficier du supplément calorifique nécessaire pour ne pas mourir de froid.

Rester en vie… Il fallait toute la science d'un Évène comme Serguei pour réussir cet exploit, sur une terre dont la splendeur n'avait d'égale que la cruauté.

Ils longèrent pendant deux jours pleins la chaîne Orulgan, qui flanquait à l'est les monts Verkhoïansk. Leur route s'enfonça dans une forêt de conifères dont on ne voyait pas le bout, un univers étrange et oppressant qui faisait tourner la tête en brouillant tous les repères.

Pendant des heures, l'*uchakh* trottina de son pas régulier comme une horloge, dans des tunnels de glace bleue dont le plafond bouchait le ciel. Les arbres, multipliés à l'infini comme par un jeu de miroirs, les frôlaient avec une malice inquiétante…

Parfois, ils rencontraient une source d'eau chaude qui dégringolait en cascade fumante entre les sapins et faisait jaillir des éclaboussures vaporeuses sous les pas du cervidé. Le relief était si accidenté que les deux occupants du traîneau devaient régulièrement le hisser par-dessus un mur de congères, ou une crevasse dont on ne voyait pas le fond. À certains endroits, le passage se rétrécissait au point d'obliger les deux hommes à marcher devant et derrière l'attelage, tête baissée pour éviter les branches trop lourdement chargées de givre...

La structure de bouleau, fine mais solide, craquait, gémissait sous l'épreuve, mais ne cédait pas.

Même Serguei ne savait plus depuis combien d'heures ils progressaient ainsi, lorsqu'ils débouchèrent enfin sur un espace dégagé. C'était un plateau flanqué à gauche d'une chaîne basse et dentelée, à droite d'une montagne abrupte. Le massif crénelé était couronné d'une froide lumière orangée. Mais l'imposante paroi qui lui faisait face arrêtait le pâle soleil rasant, et la neige, qui s'étendait à l'infini devant le traîneau, était grise, terne, sans aucun relief apparent.

Serguei attaqua sur ses gardes cette étendue ouverte, semée de quelques arbres. L'absence de lumière, et par conséquent d'ombre, masquait les pièges éventuels. À travers son masque protecteur, il écarquilla les yeux pour tenter de deviner à l'avance la moindre chausse-trappe dissimulée sous la surface poudreuse.

Derrière lui, Astrov se tenait comme à son habitude immobile, recroquevillé sur lui-même pour tenter de se soustraire aux terribles morsures du froid. Il ne disait plus un mot pendant les longues heures où le traîneau était en mouvement. Comme si la moindre parole prononcée risquait de lui faire perdre un peu de la précieuse chaleur qui subsistait dans son corps.

Serguei l'entendait simplement gémir, de temps à autre. Une plainte brève et sèche, une sorte de toux rauque – parfois accompagnée d'un juron étouffé –, quand le traîneau subissait un choc qui se répercutait jusque dans ses os.

Il repensa à ses loups... Puis il imagina l'arrivée au campement de son clan. La réaction des siens... le visage que composerait son père, celui de sa mère... et surtout Nastazia...

Plusieurs mois avaient passé depuis les scènes orageuses qui les avaient séparés, son père et lui... Nastazia et lui. Cela ne voulait pas dire pour autant que tout était oublié.

Chez les Évènes, on a la mémoire longue.

Un instant, il imagina qu'une fois arrivé, il laisserait son compagnon de voyage à l'entrée du campement et ferait demi-tour avant de rencontrer qui que ce soit.

Quitte à être un paria pour les siens, autant s'épargner une humiliation supplémentaire.

Serguei chassa ces pensées de son esprit pour se concentrer sur sa trajectoire.

Il leur restait plusieurs jours de voyage.

Et tout pouvait encore arriver, durant ces quelques journées.

Pourtant, il ne put s'empêcher de lancer à son renne un « *Da vaï !* » sonore, accompagné d'un coup de guides sur l'arrière-train. L'animal força l'allure, ce qui se traduisit aussitôt par une augmentation de la vitesse du vent et une chute de la température « ressentie ».

— T'es pressé, ou quoi ? fit Astrov, rompant un mutisme dont il n'était pas sorti depuis l'aube.

— Et toi, tu ne l'es plus ? répondit Serguei.

En disant cela, il s'était pour une fois retourné vers son passager.

Ces quelques secondes où il relâcha son attention suffirent à provoquer la catastrophe.

L'Évène la ressentit une fraction de seconde avant qu'elle ne se produise, au moment précis où le traîneau cessa de reposer sur le sol et flotta dans le vide...

L'instant d'après, il retomba avec une violence terrible au fond d'un creux que le renne, lui, avait évité d'un petit saut de côté.

La luge rebondit lourdement, dans un craquement douloureux, avant de basculer, projetant ses deux occupants dans la neige.

Il y eut quelques secondes de flottement, dans le silence brusquement revenu.

À quatre pattes, Serguei et Astrov récupéraient du choc, reprenant leurs esprits, s'assurant qu'ils n'avaient rien de cassé.

Le Russe se releva lentement, en chassant la poudreuse qui le recouvrait. Au moins, il n'était pas blessé, pensa Serguei avant d'examiner le traîneau.

Celui-ci était couché sur le flanc, en partie planté dans la neige, sa cargaison éparpillée. Le renne, lui, s'était immobilisé et, comme si de rien n'était, fouillait la poudreuse à la recherche de lichen.

L'étendue des dégâts sautait aux yeux.

L'un des patins, une longue perche de bouleau sciée dans le sens de la longueur et huilée à la graisse de renne, était cassé en deux.

Éclaté, comme si un boulet de canon l'avait frappé en plein milieu.

— *Dourak !* Merde ! explosa Astrov. On est foutus ! Comment est-ce qu'on va continuer, maintenant ! À pied, peut-être ?

Serguei l'ignora et continua d'examiner la tige de bois, passant sa main gantée de fourrure de chien sur toute la longueur, comme s'il l'auscultait.

— Si c'est pour vérifier que c'est cassé, continua le Russe, je peux te le confirmer : c'est bel et bien pété. Et complètement. Je ne suis peut-être pas évène, mais je peux te dire que c'est pas réparable.

Serguei fit le tour du traîneau et fouilla la neige, à la recherche d'une de ses deux petites haches. Après l'avoir trouvée, il se dirigea sans un mot vers la forêt de bouleaux dont la lisière se dessinait à quelques centaines de mètres, au pied de la grande paroi rocheuse.

— *Chto ti délaiech ?* Qu'est-ce que tu fais ?... demanda le Russe. Tu pars à pied ?

Il se tut. Serguei continua à marcher.

— C'est ça, cria encore Astrov, laisse-moi crever ici ! Ça t'arrange bien, de toute façon !

Son souffle était rauque, sa voix hachée. Elle monta dans les aigus quand il hurla, hystérique :

— *Ia ouzda !...* Je suis fatigué !... Tu m'entends ? J'ai froid et je suis fatigué ! Tu voulais que je l'avoue ? Eh bien, je te le dis, tu peux être content : je suis fatigué et j'ai froid...

Comme un écho mourant porté par les montagnes, la voix du pilote russe poursuivit longtemps Serguei, avant de s'éteindre.

Le jeune Évène prit son temps pour dénicher la branche de bouleau idéale : droite, suffisamment épaisse pour être robuste, et d'une longueur au moins égale à celle du patin brisé. Il la sépara du tronc en quelques coups de hache, et la rapporta au lieu de l'accident.

Astrov était prostré, effondré dans la neige, le visage enfoui dans ses gants.

Serguei s'arrêta devant lui.

— T'as pas fait de feu ?

L'autre leva vers lui un regard ahuri. Cette idée ne lui avait visiblement pas traversé l'esprit.

— Bouge, ajouta Serguei, sinon tu vas mourir.

Le pilote avait un visage pitoyable. Ses yeux bleu acier semblaient éteints, ses lèvres étaient violettes, et le reste de son visage – le peu qu'on en voyait – était d'une pâleur cadavérique.

Le pilote d'hélicoptère arrogant, qui l'avait écrasé de son mépris et toisé du haut de sa technologie, n'était plus qu'un lointain souvenir.

— Bouge, répéta Serguei avant d'aller se mettre au travail.

Il se cala, assis contre le fond du traîneau, et entreprit de tailler à coups de hache sa branche de bouleau. D'abord en longueur… éliminer le superflu, afin qu'elle corresponde à celle du patin brisé (ce pour quoi il avait volontairement choisi une branche trop longue). C'était la partie la plus facile. Elle lui prit un quart d'heure à peine. Restait l'opération la plus délicate : tailler la branche à coups mesurés dans son épaisseur, petit à petit, patiemment et minutieusement, en prenant garde à ne pas la casser. Surtout pas. Si cela se produisait, il n'aurait plus qu'à aller en chercher une autre et tout recommencer…

Du coin de l'œil, tout en travaillant, Serguei vit Astrov se redresser et se mettre à danser sur place en se frappant le corps avec les bras. Il semblait avoir repris le contrôle de lui-même. Quand le Russe eut un peu rétabli sa circulation sanguine, il s'approcha doucement pour observer le bricolage de l'Évène. Entre les mains incroyablement habiles du garçon, la branche de bouleau prenait peu à peu la forme et la dimension exactes du ski cassé…

Une fois satisfait de son travail, Serguei ôta ses gants pour dénouer les nœuds qui retenaient encore l'ancien patin. Il ne lui fallut que quelques secondes, mais il grimaça de douleur sous la brûlure du froid inhumain. Il se ganta, posa le nouveau ski en place et refit les brêlages carrés, prolongés de surliures pour empêcher les cordes de s'effilocher ou le bois de se fendre. Enfin, il récupéra dans la neige un petit sac en peau, contenant de la graisse de renne, et en étala une partie sur le nouveau patin. Il souleva le traîneau pour le remettre d'aplomb et replaça dedans tout ce qui en était tombé. Le voyant faire, Astrov se précipita pour l'aider.

Serguei remarqua que le pilote évitait son regard.

Au moment de repartir, le Russe lâcha d'une voix étouffée :

— Excuse-moi.

— Il n'y a rien à excuser, dit seulement Serguei avant de fouetter son renne.

— En rentrant, je vais me fabriquer un hélicoptère en bois. C'est plus pratique, pour les pièces !

Serguei pouffa. Astrov en rajouta :

— De belles pales en bois et un moteur tout en bouleau avec des courroies en cuir de renne !

Il éclata de rire à son tour pendant que Serguei se tordait.

— Tu deviens drôle, ironisa Serguei.

Et ils se mirent à rigoler ensemble alors que le renne, étonné par ces sonorités inhabituelles, se retournait en ouvrant de grands yeux ronds.

43.

Pendant les quelques heures quotidiennes où il s'installait au-dessus de l'horizon, le soleil semblait appartenir à une autre galaxie : un astre suffisamment énorme pour être visible à des années-lumière de distance, mais trop éloigné pour produire la moindre chaleur. Son disque était réduit, pâle, flou, comme emprisonné dans un énorme cristal.

Une survivance d'une époque oubliée... avant que la glaciation ne s'empare de la planète.

Entre le feu du matin et celui du soir, Serguei et Astrov avalaient régulièrement des morceaux de viande ou de poisson, qu'ils faisaient décongeler dans leur bouche pour pouvoir les mâcher. Ces quelques calories supplémentaires empêchaient le froid de gagner définitivement une bataille qu'il fallait livrer en permanence.

Le lendemain de l'incident du traîneau, Serguei décida d'utiliser son fusil. C'était contraire à ses principes – et à sa volonté d'économiser les cartouches –, mais la réparation de la veille les avait retardés. En tirant un mouflon, plutôt que de passer des heures à prendre au collet un lièvre ou une perdrix, il gagnerait un temps précieux.

Il s'arrêta peu après avoir aperçu, sur les crêtes de l'Orulgan, les silhouettes à la fois massives et gracieuses d'une petite harde d'ovins. Les bêtes cornues sautaient agilement d'une arête à l'autre, disparaissant dans les rares massifs ombreux et réapparaissant sur le granit nu, ou au débouché d'un épaulement rocheux.

Les arbres tapissaient la pente d'une couche compacte. Le traîneau s'immobilisa tout près de leur lisière.

— Tu te sens capable de monter la tente et de construire le feu ? demanda Serguei à Astrov en sautant à terre.

— Je pense que oui.

L'Évène désigna le sommet.

— Je vais faire des provisions de viande.

Le pilote russe esquissa un sourire qui trahissait sa pensée. Il faillit faire une remarque du genre : « Il n'y a pas que mes clients qui tirent sur les mouflons... », mais, devant l'expression de Serguei, n'osa pas.

— Tu en as pour longtemps ? demanda-t-il.

Le trait d'inquiétude dans sa voix amusa le jeune Évène.

— Je ne sais pas.

Les mouflons n'étaient que d'infimes points noirs. Il ne lui fallut pas moins de deux heures pour atteindre le bas de l'élévation rocheuse où ils évoluaient.

Il la contourna par le nord, vent de face, pour ne pas se faire repérer à l'odeur. Il attaqua ensuite la pente de biais, afin de surprendre les mouflons par-derrière.

L'escalade fut longue et difficile. La pente était raide et Serguei faisait des efforts terribles pour ne pas faire crisser la neige sous ses pas, ou envoyer rouler les pierres instables.

La vieille bréhaigne qui menait la harde se redressait toutes les deux minutes pour scruter du regard les environs. Si elle le repérait, elle donnerait l'alerte et tout serait perdu.

Malgré le froid intense, il transpirait sous ses couches de vêtements.

Et cette transpiration se transformerait en glace, dès l'instant où il ralentirait son effort…

Les mouflons étaient encore invisibles quand il traversa une immense plaque de neige solidifiée, crevassée, veinée de traces d'ovins venus lécher le sel concentré à sa surface.

Il redoubla de prudence à l'approche de la crête… Il y était presque quand, juste au-dessus de lui, surgit soudain la tête de la bréhaigne. D'une brusque impulsion de tout son corps, elle déclencha aussitôt la fuite générale. Serguei n'eut que le temps de gravir à toute vitesse les quelques mètres restants, de mettre en joue… et d'abattre les deux derniers mouflons de la harde, juste avant qu'ils ne disparaissent à leur tour.

À son grand étonnement, il vit soudain le groupe d'ovins ressurgir de la pente où il avait plongé, traverser le plateau à toutes jambes et se jeter dans la déclivité adverse. Il comprit que quelque chose avait effrayé les mouflons, pour qu'ils opèrent une volte-face aussi brutale. Effrayés… et même terrifiés, au point qu'ils aient pris le risque de se remettre à portée de son fusil.

Il soupçonna aussitôt la raison de cette peur… Ses soupçons se confirmèrent quand, quelques secondes plus tard, il vit déboucher sur le plateau Voulka, Kamar, Kitnic et Amouir, déployés en formation de piégeage.

Les loups s'arrêtèrent en découvrant Serguei. Puis foncèrent comme un seul dans sa direction. Le garçon posa son arme et tomba à genoux pour les accueillir dans ses bras. Bientôt, toute la meute frottait ses joues fourrées à sa peau brune, dans un joyeux ballet de retrouvailles. Sachant que son compagnon de voyage était loin, le garçon donna libre cours à son enthousiasme.

— Mes loups ! Ça fait plaisir de vous retrouver ! Alors, ma belle Voulka, tu as repris des forces depuis la dernière fois, on dirait. Toi aussi, Kamar. Toi aussi, Amouir. Mais oui, Kitnic, toi aussi ! J'ai l'impression que la viande de ce bel élan que je vous ai laissé l'autre jour vous a profité, pas vrai ?

Comme si le mot « viande » avait déclenché quelque chose dans leur cerveau rudimentaire, les louveteaux se précipitèrent vers le plus proche des deux mouflons abattus.

Serguei éclata de rire :

— Décidément, c'est comme si j'avais prévu votre arrivée ! Allez, on va dire un pour vous, un pour moi !

D'une certaine façon, cela l'arrangeait, car il savait qu'il aurait mis beaucoup de temps à transporter les deux bêtes jusqu'à son campement.

Il chargea sur son dos le mouflon que la meute avait laissé et reprit son chemin en sens inverse.

Juste avant de descendre et de perdre de vue la surface du plateau rocheux, il se retourna une dernière fois. Ses loups, tout à leur festin, semblaient l'avoir oublié. Pourtant, Voulka se tourna brièvement vers lui, la gueule ensanglantée, et plongea ses yeux d'ambre dans les siens.

Serguei sut que le lien qui l'unissait à sa meute était toujours aussi fort. Plus fort que jamais, même.

Et il repartit, heureux et rassuré.

La descente, avec le poids de l'animal sur son dos, fut presque aussi dure que la montée. La progression dans la neige, ensuite, guère plus facile, à cause de sa charge qui l'enfonçait dans la poudreuse, d'où il devait s'arracher à chaque pas. Il avait bien essayé de le faire glisser, mais la neige était trop molle et la bête creusait un sillon bien trop profond. Il valait encore mieux le porter.

Il avait le souffle court, et le bruit rauque de sa respiration lui résonnait dans la tête.

Mais ce ne fut pas la fatigue qui le fit soudain laisser tomber le mouflon, comme un sac, juste avant d'arriver au bivouac.

Où Astrov ne se trouvait pas.

Le pilote russe était un peu plus loin, tournant le dos à Serguei, juste à la lisière des bois où il avait dû aller chercher de quoi alimenter le feu.

Les quelques branches qu'il avait collectées gisaient en tas dans la neige, juste sous sa main.

Lui était comme un arbre pétrifié par le gel, mais parcouru de légers tremblements sous l'effet de la bourrasque.

Un énorme grizzly s'approchait du Russe. La gueule noire du monstre, ouverte sur des crocs terrifiants, semblait pouvoir croquer d'un seul coup la tête de sa proie minuscule.

Soudain, le fauve s'arc-bouta sur lui-même, se leva sur ses deux pattes de derrière et poussa en direction de l'homme un rugissement d'une telle puissance qu'il dut s'entendre de l'autre côté de la vallée.

Astrov se recroquevilla sur place, comme si le cri de l'ours lui avait décollé la peau. Sa peur était perceptible même de dos.

Le temps s'arrêta. Pendant d'interminables secondes, l'homme et la bête se firent face, le premier totalement paralysé, à la merci de l'autre.

Serguei progressait pas à pas en direction d'Astrov ; imperceptiblement, pour éviter que le grizzly n'interprète son approche comme une menace.

Si tel était le cas, il les tuerait tous les deux en quelques gifles de ses pattes puissantes, prolongées de griffes longues comme des doigts d'homme et effilées comme des rasoirs…

Soudain, Serguei détecta quelque chose dans l'attitude du Russe et, au mépris de toute prudence, se rua en avant.

Il le bloqua à l'instant précis où Astrov allait reculer et tenter de fuir.

— Si tu bouges, lui souffla-t-il à l'oreille, tu es mort !

Les deux hommes restèrent accrochés l'un à l'autre, statufiés, retenant leur souffle, pendant un temps qui leur sembla durer une éternité.

— Baisse les yeux ! ordonna Serguei.

Astrov obéit avec réticence. Le grizzly était encore dressé, menaçant, et le quitter du regard semblait suicidaire.

Avec des gestes si lents qu'ils en étaient à peine visibles à l'œil nu, Serguei fit glisser sur son épaule la bretelle de son fusil, jusqu'à ce que celui-ci se retrouve dans sa main, la détente sous son index replié.

— Tire ! Tire ! suppliait le Russe à voix basse.

Mais ce n'était pas du tout dans les intentions de Serguei.

À cet instant précis, la situation pouvait aussi bien basculer du bon que du mauvais côté. Et dans ce dernier cas seulement il n'aurait pas d'autre choix que de tirer, mais on arrêtait rarement un tel ours d'une seule balle. Quant à trouver le temps d'en placer une seconde, inutile de dire que c'était une question de fractions de seconde tant la charge était fulgurante.

Le grizzly renifla l'étrange odeur des deux hommes.

Enfin, comme s'il se demandait tout à coup ce qu'il fabriquait dans cette posture, il poussa un grognement bref et se laissa retomber sur ses quatre pattes. Un bruit sourd fit résonner le sol. Il tournicota brièvement sur place, puis, se désintéressant complètement des deux humains, leur tourna le dos et s'enfonça lentement dans la forêt.

Serguei attendit encore un peu avant de relâcher Astrov.

— N'oublie pas le bois, dit-il en se dirigeant vers le campement.

Statufié par la peur de sa vie, le Russe mit quelques minutes avant de pouvoir bouger à nouveau.

Le jeune Évène retourna chercher le mouflon et le trancha en quatre quartiers. Puis il alluma le feu et prépara le repas, sans regarder Astrov, sans lui adresser la parole, et le repoussant sèchement, chaque fois que le pilote faisait mine de vouloir l'aider.

— Qu'est-ce qu'il y a ? finit par demander ce dernier. Qu'est-ce que j'ai fait ? C'est à cause de l'ours ? Mais bon sang, c'est quand même pas ma faute ! Je ne suis pas allé le chercher !

Serguei lui jeta un regard noir, mais ne répondit pas. Le silence se prolongea, finalement rompu par Astrov :

— En tout cas… *spasiba*… Merci de m'avoir sauvé la vie.

L'Évène ne répondit pas davantage, mais finit par ne plus pouvoir se contenir.

— J'ai failli le tuer ! dit-il soudain. À cause de toi, j'ai failli le tuer !

Le Russe mit quelques instants à comprendre :

— Quoi... l'ours ?

— Oui.

Le pilote en resta stupéfait. Puis, brusquement, il éclata de rire.

— Ça, c'est la meilleure ! dit-il. Tu m'en veux parce que tu as failli tuer un ours pour me sauver la vie ! Et ça t'aurait fait mal au cœur, hein ? Oui, je sais, continua Astrov, tu te crois supérieur à moi. N'empêche qu'au moment de choisir entre un homme et un animal, c'est sur lui que tu aurais tiré ! Pas vrai ?... Ose me regarder en face et me dire que ce n'est pas vrai !

Serguei planta son regard dans celui du pilote.

— L'ours est un animal sacré, dit-il. C'est en lui que Bayanay s'incarne. On ne le tue que si on ne peut pas faire autrement. Quand ça arrive, on lui coud les yeux pour qu'il ne voie pas celui qui l'a tué... ou on lui dit que c'est un Russe.

— Ça ne m'étonne pas, ricana Astrov.

— Mais aucun d'entre nous n'oserait manger sa viande, insista Serguei.

L'autre lui jeta un regard en biais.

— Tu n'as pas répondu à ma question, paysan.

Serguei n'y répondit pas.

Pourtant, une fois dans son sac de couchage, il eut du mal à trouver le sommeil.

Il ne l'aurait admis pour rien au monde, mais Astrov avait raison.

S'il avait fallu tuer l'ours pour sauver cet homme qu'il estimait si peu, il l'aurait fait.

D'ailleurs, il avait été à deux doigts de le faire.

À l'instant du choix suprême, il aurait préféré un représentant de sa propre race – son « semblable », comme disait Astrov – à un animal qu'il aimait et respectait par-dessus tout.

La veille encore, il n'aurait jamais cru une chose pareille possible.

Qu'est-ce que cela voulait dire ?

Que les liens du sang étaient plus forts que tout le reste ? Plus forts que les choix d'un homme ? Plus forts, même, que ses sentiments et tout ce qu'il éprouvait ?

Si tel était le cas, que valait sa relation avec ses loups ? Ce lien si précieux, si patiemment construit et si durement conquis, n'était-il qu'un caprice, une humeur passagère ? Une chose que sa propre nature condamnait irrévocablement ?

Il refusait de le croire. Il le refusait de toute son âme.

Mais il ne savait plus si ce serait suffisant.

Quand il réussit enfin à s'endormir, Serguei fit un rêve étrange : alors qu'il dépouillait le grizzly de sa peau, celui-ci, toujours vivant, changeait d'apparence. Peu à peu, il prenait celle d'un homme.

Un homme nu, qui lui ressemblait.

44.

Serguei voyait déjà les tentes, alignées le long d'un cours d'eau gelé – probablement le Dulgalakh ou le Bytantay, sur le versant le plus ensoleillé et le moins venteux d'une vallée, pour ne pas trop faire souffrir la harde. Il imaginait les garçons de son clan, se pourchassant entre les abris et attrapant au lasso celui qui s'était mis un bois de renne sur la tête... Il lui semblait renifler à distance l'odeur de rance qui envahissait les tentes, quand les femmes faisaient frire le gras des mouflons. Il s'imaginait transpirant à grosses gouttes à cause de la chaleur étouffante...

Avoir chaud, enfin... Avoir chaud ne serait-ce qu'une heure, avant de repartir...

Encore un col... une vallée... peut-être un autre col... et ils y seraient.

Le traîneau rafistolé tenait toujours. Tiré par l'infatigable *uchakh*, il laissait dans la neige un double rail parfaitement rectiligne.

De ceux qui conduisaient toujours à destination.

Assagi par l'accident de l'avant-veille, Serguei résistait à l'envie de harceler le renne pour le faire aller plus vite. Astrov ne s'en plaignait pas. Mais au lieu de se murer dans le silence, comme il l'avait fait jusqu'à présent, il s'était mis à parler.

— Il y en a une qui sera contente de me revoir, lança-t-il dans le dos de Serguei, c'est Alexia... Alexia, c'est ma femme... Elle m'aime bien, surtout à cause de l'argent que je rapporte à la maison. Si je meurs, elle sera obligée de retourner faire l'institutrice à Krasnoïarsk, où elle crèvera de faim, vu que le gouvernement n'a plus d'argent pour les payer...

Il se tut. Pendant un moment, on n'entendit plus que le sifflement léger des patins dans la poudreuse, et les gémissements de l'armature quand le traîneau passait sur un relief.

— Et toi, paysan ? reprit Astrov d'une voix étouffée par son masque en fourrure de chien. Tu n'as pas une petite femme qui t'attend quelque part ? Parce que Oksana, à mon avis, tu n'es pas près de la revoir... Alors, j'espère que tu en as une de rechange... Un garçon comme toi, jeune et plein d'énergie ! Tu ne vas pas me dire que tu te contentes de la compagnie des loups et des mouflons.

Serguei ne répondit pas davantage. Mais il ne put s'empêcher de penser à la fille à qui le Russe venait de faire allusion. La fille de l'hélicoptère... Et à Nastazia, bien sûr. Le regret d'un côté, le désespoir de l'autre.

Il aimait Nastazia. Il l'aimait plus que jamais. Et il refusait de se résigner à l'idée de passer le reste de sa vie sans elle.

Mais, à cet instant, rien ne lui permettait de savoir si un jour, entre eux, tout serait de nouveau comme avant, ou s'il l'avait perdue pour toujours.

Il ne s'était jamais senti aussi seul qu'en la compagnie du pilote russe.

— Moi, j'en ai trois, continua celui-ci sans se laisser décourager par le silence de Serguei. Une à Moscou : Alexia ; une à Saint-Pétersbourg : Verushka... et une autre à Berlin : Astrid. Comme je voyage beaucoup entre ces trois villes, c'est pratique... Évidemment, tout ça me coûte un paquet de fric. Heureusement que dans mon job on en gagne pas mal.

Astrov avait fini par s'habituer au silence de l'Évène et se parlait à lui-même, histoire de conjurer le froid et de faire passer les heures un peu plus vite. Serguei, lui, ne l'entendait plus. Ou plutôt, il percevait un murmure, dans son dos, une sorte de ronronnement persistant, comme celui d'un moustique dont on n'arrive pas à se débarrasser...

Soudain, le murmure prit une couleur différente. Plus sombre, plus hachée. Plus lointaine, aussi. Serguei mit quelques secondes à en prendre conscience. Comprenant que quelque chose avait changé, il se retourna.

Astrov ne parlait plus.

Lui aussi s'était retourné.

Le Russe et l'Évène fixèrent intensément une tache noire qui venait d'apparaître au loin, dans le ciel clair.

Un hélicoptère !

— Putain, ils m'ont retrouvé ! Ils m'ont retrouvé ! fit Astrov d'une voix brisée par l'émotion.

Malgré le froid qui paralysait ses membres, il se redressa comme s'il était propulsé par un ressort. Debout sur le traîneau, il se mit à hurler en agitant les bras :

— Par ici !... Hééé !... Par ici !... Hééé, les gars !... Par ici, bordel !...

— Ça sert à rien, comment veux-tu qu'ils t'entendent ? se moqua Serguei.

Mais le Russe ne l'écoutait plus. Il ne voyait et n'entendait que ce point noir qui grossissait dans le ciel.

D'un seul coup, l'appareil cessa de louvoyer et fonça droit sur eux, en perdant rapidement de l'altitude.

Astrov sauta du traîneau et, dans la poudreuse jusqu'à mi-cuisses, se précipita gauchement à la rencontre de l'hélicoptère. Celui-ci se posa, soulevant une tempête blanche qui le rendit presque invisible.

Émergeant de ce blizzard, courbé en deux, les mains devant le visage pour se protéger des projections glacées, le Russe se présenta devant la portière latérale au moment où elle glissa sur son rail.

Il abaissa son masque.

— Pavel ! hurla-t-il pour couvrir le bruit du rotor. C'est moi !

L'autre eut un sourire de triomphe. Il sauta sur le sol neigeux et serra le rescapé dans ses bras.

— Mais pourquoi t'es pas resté sur place ! cria-t-il. J'ai bien trouvé ton mot : « Suivez nos traces » ! Mais tu les as vues, tes traces ? Le vent les a toutes effacées ! Huit jours que je quadrille les montagnes à ta recherche, moi !

— Si j'étais resté sur place, tu aurais retrouvé mon cadavre avec celui des autres !

— Bordel, comment tu as fait ?

— Je te raconterai ça au chaud, devant une vodka !

— Tu as raison. Grimpe, on fout le camp d'ici !

Astrov secoua la tête.

— Attends-moi deux secondes !

Sans écouter les protestations de son collègue, le Russe se jeta dans les tourbillons blancs. Il en émergea pour constater avec stupeur que Serguei avait disparu.

L'Évène avait fait demi-tour – les traces laissées par le traîneau étaient explicites – et il était reparti en sens inverse. Astrov l'aperçut, à un bon kilomètre de distance. Beaucoup trop loin pour qu'il puisse le rattraper à pied.

Il courut jusqu'à l'hélicoptère et se jeta à l'intérieur. Le dénommé Pavel referma la portière et alla se mettre aux commandes.

Astrov s'installa à côté de son collègue. Il enleva son masque couvert de givre et repoussa sa capuche.

— Enfin un peu de chaleur ! soupira-t-il.

Pavel le regarda en biais.

— Tu as une sale gueule. Je vais t'emmener à l'hosto de Yakoutsk.

— Pas tout de suite, répondit Astrov. Il faut d'abord que je fasse mes adieux à mon pote !

— Le type au renne ? Mais je croyais que c'était fait !

— Non... Il était déjà reparti.

— Alors, qu'il aille se faire foutre ! De toute façon, tu ne le reverras jamais, cet Évène.

Astrov empoigna le bras de Pavel.

— Ce gars-là m'a sauvé la vie dix fois par jour, depuis le crash ! Alors, fais ce que je te dis !

— On a tout juste de quoi rentrer !... tenta d'objecter le pilote en montrant la jauge de carburant.

Astrov lui intima l'ordre, accompagné d'un terrible regard :

— Arrête tes conneries ! Ça va prendre cinq minutes ! Il n'est pas question que je foute le camp comme ça, tu m'entends ? Pas question !

— Bon, soupira Pavel, on y va. Mais tu fais vite ! Sinon, on rentre à pied tous les deux !

L'appareil effectua un virage à cent quatre-vingts degrés et se lança à la poursuite de Serguei. Dans la neige étincelante sous le soleil, l'attelage était aussi visible qu'une flambée dans la nuit.

— Pose-toi devant lui ! ordonna Astrov.

L'hélicoptère dépassa Serguei et plongea... Quand il atterrit, Astrov jaillit de son siège et alla fouiller l'arrière de l'appareil. Il en ressortit avec une caisse de vodka.

— Tu as un GPS sur toi ? demanda-t-il à son collègue.

Pavel fit signe que oui.

— Envoie !

— T'es malade, ou quoi ?

— Je t'en paierai un autre. Parole ! Le dernier modèle !

Comprenant qu'il n'avait pas le choix, Pavel tendit son GPS à Astrov.

Celui-ci sauta à terre. La caisse de vodka sous un bras, le GPS dans une main, il fonça jusqu'au traîneau de Serguei.

Qui, cette fois, s'était résigné à l'attendre.

— Qu'est-ce que tu veux ? demanda-t-il en voyant arriver le Russe.

Décontenancé par la question, l'autre resta un instant interdit, tâchant de reprendre sa respiration.

— Je voulais... Je voulais te dire au revoir... Te dire merci... pour tout... Et puis te donner ça...

Il tendit la caisse de vodka et le GPS, sans que Serguei esquisse un geste pour s'en emparer.

— Pourquoi ? demanda simplement l'Évène.

— Comment, « pourquoi » ? Parce que... on ne va pas se quitter comme ça, quoi ! Même si ça n'a pas toujours été facile, entre nous, on est amis, non ? Surtout après ce qu'on vient de vivre ensemble... Et entre amis, les cadeaux, ben... ça se fait.
— « Amis »... répéta Serguei.
— Oui...
— Je ne suis pas ton ami, dit l'Évène. Je t'ai sauvé la vie parce que je le devais, c'est tout.
— Je sais, mais quand même, j'aurais cru que...
— Rien. Tu n'as rien à croire.

Il fouetta son renne, mais l'arrêta presque aussitôt.

— Pour moi et les miens, les mots ne comptent pas, dit-il en se retournant vers le pilote russe. Seuls les actes ont un sens.
— Et alors ?
— Si ce voyage n'a servi qu'à te maintenir en vie, alors, il n'a servi à rien. Seuls tes actes diront s'il t'a appris quelque chose.

Serguei lança son *uchakh* à l'assaut de l'étendue blanche.

Le garçon ne se retourna plus. Astrov le regarda s'éloigner pendant une longue minute.

Serguei ignorait au juste à quel moment il avait décidé de ne pas pousser jusqu'au campement de son clan. Il ne savait qu'une chose : ce choix s'imposait. En quittant Astrov, il avait rompu le dernier lien qui le rattachait aux hommes, et le bonheur qu'il en ressentait suffisait à le conforter dans la certitude d'avoir pris la bonne décision. Bien sûr, Nastazia était toujours dans son cœur. Il ne pouvait pas non plus oublier ses parents, quels que soient leurs désaccords passés, ainsi que ses deux frères...

Une voix rassurante lui disait qu'ils se retrouveraient tous, le moment venu. Mais que ce moment était pour plus tard. Dans l'immédiat, il était à la croisée des chemins. Il n'appartenait plus à sa tribu d'origine, mais à cette immensité qui s'étendait devant lui. À ces milliers de kilomètres de splendeur sauvage, où, quelque part, ses loups l'attendaient.

TROISIÈME PARTIE

LES PIRATES DU BOIS

45.

Serguei avait imaginé son retour au campement sous un soleil éclatant. Pendant l'hiver, il en avait rêvé presque chaque nuit : le ciel bleu, son attelage resplendissant, et lui, fière allure derrière son renne, pendant que ses parents et sa fiancée, des larmes de bonheur dans les yeux, avançaient à sa rencontre…

Chaque matin, il s'était réveillé avec l'amertume laissée par les beaux rêves une fois dissipés.

Et maintenant qu'il s'aventurait dans la région du campement, son rêve virait au cauchemar.

Ce n'était pas la première fois qu'il voyait une pluie pareille. Elles se produisaient même de plus en plus souvent dans la région, depuis quelques années. Personne ne savait pourquoi…

Pire qu'un déluge : des cataractes. Des trombes d'eau dévalant du ciel et noyant le paysage dans un blizzard liquide. Comme dans une tempête de neige, on ne voyait plus la ligne de crête des monts Verkhoïansk, pourtant toute proche. Les tentes du clan, alignées au loin, près d'un petit affluent du fleuve Lena, n'étaient plus que des taches brunes aux contours indéfinis. Le sol détrempé, imbibé jusqu'à la saturation, était devenu un lac sur lequel les gouttes énormes éclataient par millions dans des crépitements de feu d'artifice. Et lui, Serguei, avait l'impression que l'eau avait pénétré sous sa peau et que ses os étaient aussi détrempés que sa vieille parka en cuir de renne.

Son *uchakh* lui-même baissait la tête sous le poids de la pluie qui cascadait sur ses bois veloutés.

Serguei l'encouragea de la voix :

— Allez, encore un effort et tu iras rejoindre tes copains. Tu vas enfin pouvoir te reposer... Tu l'as bien mérité.

Serguei chercha longuement la grande harde ou des traces qui pourraient le conduire à elle dans la région où son clan nomadisait. Il arriva le long de la petite forêt de conifères dans laquelle était construit le grand corral qui servait deux fois par an pour le comptage. Aux nombreuses traces qu'il trouva sur le sol, il comprit que les rennes s'y trouvaient.

« Ils auront profité du mauvais temps pour les rassembler et compter les femelles pleines », pensa-t-il.

Il pénétra dans le bois en s'assurant à plusieurs reprises que personne ne se trouvait sur son chemin et arriva sans encombre devant les barrières de bois.

Dans le corral, les deux mille rennes serrés les uns contre les autres étaient quasiment immobiles, assommés eux aussi par les cataractes du ciel.

Près de la barrière principale, Serguei sauta à terre. Les rennes étaient bien là. Ses bottes s'enfoncèrent dans la boue, presque jusqu'aux chevilles. Il s'assura de nouveau qu'aucun membre de son clan n'était dans les parages... Il n'y avait pas une âme en vue. Au moins, ce temps de chien avait l'avantage de décourager tout le monde de mettre le nez dehors.

Et de toute façon, qui l'aurait reconnu ?

Il avait le visage mangé par une barbe clairsemée, aussi noire que ses cheveux. Ses traits énergiques et réguliers avaient pris une maturité qui – ajoutée à la barbe – le rendait presque méconnaissable. Même son regard avait changé. Il avait perdu l'innocence de l'enfance et brûlait à présent d'une détermination farouche, d'une sombre puissance qu'on ne lisait que dans les yeux des fauves.

Ou dans ceux des loups.

Seul le « tatouage » naturel qu'il portait depuis la naissance, cette tache de rousseur en forme de larme posée à côté de l'œil droit, permettait de l'identifier à coup sûr.

En poussant son brave *uchakh* à l'intérieur de l'enclos, Serguei lui frappa l'encolure avec un « Merci pour tout... » qui aurait déconcerté n'importe quel Évène, pour qui l'expression d'un sentiment à l'égard d'un renne était inimaginable.

Mais ils avaient vécu tant de choses ensemble.

Pénétrant dans le corral et refermant la barrière derrière lui, il passa autour du museau et du cou d'un autre cervidé une corde, retenue par une lanière de cuir nouée à la base des bois. Il fit de même avec un deuxième renne. L'été serait bientôt là et, faute de pouvoir utiliser son traîneau, il aurait besoin d'un « transporteur », en plus de sa propre monture qu'il allait devoir dresser, pour faire de ce *buyun* – ce renne sauvage – un *uchakh* digne de ce nom.

Digne ou non, d'ailleurs, il faudrait qu'il fasse l'affaire. Et tout de suite. Malgré le temps épouvantable, l'un ou l'autre des siens n'allait pas tarder à venir vérifier que tout allait bien du côté de la harde. Et il n'était pas question de se faire surprendre.

À toutes les raisons pour lesquelles il était devenu un paria, il n'avait pas envie d'ajouter « voleur de rennes ».

Au moins, avec ces trombes d'eau, ses bottes ne laisseraient pas de traces. De toute façon, nul ne songerait à le soupçonner de la disparition d'une tête de bétail, lui qu'on n'avait pas revu depuis des lunes.

Il poussa ses deux nouveaux rennes hors du corral, prenant garde à ne pas laisser échapper les autres, et reprit sa route, contournant le campement qu'il devinait installé contre la forêt au bord du lac.

C'était la première fois qu'il revenait dans les parages, depuis qu'il avait été chassé par son père, et il s'étonnait lui-même de ne pas être plus ému. Il avait craint que cette expédition – devenue indispensable depuis que son renne donnait des signes d'épuisement – ne le bouleverse au point, peut-être, de fragiliser sa résolution… Mais non. Il avait gardé la tête froide et il en était satisfait. Ce serait un avantage pour plus tard, quand il reviendrait… et qu'il se retrouverait de nouveau face à face avec les siens.

Il repartit en faisant un grand détour par l'ouest. Il remonterait ensuite vers le nord, en passant entre la Lena et les monts Verkhoïansk. On était début mai. La grande transhumance allait commencer et ceux de son clan conduiraient la harde vers les alpages d'altitude situés directement au nord du campement. Cheminant quant à lui sur une trajectoire parallèle située de l'autre côté de la chaîne montagneuse, il était certain de ne pas rencontrer les membres de son clan. Ni même d'un autre...

Lassé de cette pluie infernale qui semblait ne jamais vouloir cesser, il bivouaqua dès qu'il fut suffisamment loin du campement évène pour que son feu ne risque pas d'être repéré. Afin que celui-ci ne soit pas noyé par les trombes d'eau, Serguei s'enfonça dans une forêt de hêtres et, plutôt que de monter sa tente, fixa une toile entre quatre troncs. Il prit soin d'en accrocher le centre à une branche haute et de le surélever à la manière d'un chapiteau. Il construisit son feu en dessous et l'alluma – non sans mal, car le bois était détrempé.

En cette saison intermédiaire, il y avait encore des jours et des nuits, distincts les uns des autres. Mais la pluie diluvienne n'effaçait pas que les contours des choses : elle gommait l'aube et le crépuscule. Le soir venu, elle plongea le pays évène dans une obscurité que rien ne semblait avoir annoncé.

Serguei se fit cuire un peu de viande – elle n'avait plus besoin d'être décongelée, mais se conservait moins longtemps – et s'endormit dans son sac, sous son abri, en même temps que mouraient les dernières braises.

Il s'éveilla en ayant l'impression de ne pas avoir dormi, à cause du fracas de la pluie sur la toile, qui formait un paysage sonore ininterrompu depuis la veille. Il replia son bivouac sommaire en tâchant de rester le plus longtemps possible à l'abri, et dut faire un gros effort sur lui-même pour se jeter de nouveau sous les trombes glacées.

Les deux rennes « empruntés » à la harde apprenaient vite leur métier d'*uchakh*. Celui que montait Serguei ne cessa au début de faire des zigzags et de s'arrêter pour brouter du lichen. Mais il se disciplina au bout de quelques heures.

Le jeune Évène passa bientôt le col au-delà duquel il commencerait sa remontée vers le nord. En attaquant la descente, il se réjouit de retrouver une forêt de conifères dans laquelle, enfant, il avait beaucoup joué, mais surtout appris à chasser et à poser des collets. Elle recouvrait tout le flanc ouest de cette pointe sud de la chaîne, formant une majestueuse et immense couverture vert sombre qui reliait pratiquement le fleuve Lena au sommet des montagnes.

Il ne décela pas tout de suite ce qu'il y avait d'anormal.

Étant donné la position dominante où il se trouvait maintenant, la forêt aurait dû s'étendre sur sa droite, à perte de vue ou presque.

D'abord, il crut qu'il avait mal calculé sa route. Mais le grand fleuve Lena, lui, était bien là, étirant paresseusement ses boucles et ses îles au cœur de l'immense vallée. Il serpentait à l'infini, morose sous le ciel sombre, dégageant une vapeur stagnante qui bouchait l'horizon.

La forêt, en revanche, avait disparu.

Serguei se creusa la tête pendant quelques secondes pour s'expliquer ce prodige.

Puis il vit les billots.

Une infinité de troncs coupés « à blanc », presque à ras du sol, qui formaient un tapis de bouchons grisâtres recouvrant tout le flanc de la montagne.

Une armée de cadavres végétaux. Des milliers d'arbres assassinés avec une telle brutalité, une telle inconscience, qu'aucun d'eux ne repousserait jamais.

Le grand terrain de jeux de son enfance était devenu un désert. Pire : un cimetière.

Serguei continua à descendre vers la vallée, retenant son renne de la bride et des jambes pour qu'il ne soit pas entraîné par la pente raide. La tête lui tournait. Comment une chose pareille était-elle possible ? Question idiote. Elle l'était : la preuve. La question était plutôt : *qui* avait pu faire une chose pareille ? commettre un tel crime ? Pourquoi ? Comment ?

Était-ce un effet de la confusion mentale qui s'était emparée de lui ? Il lui sembla, tout à coup, que la terre se mettait à trembler. Que l'immense charnier végétal, qui baignait déjà dans le flou à cause des trombes d'eau qui tombaient toujours, bougeait.

Soudain, ce fut une certitude.

Assez loin de lui, sur sa gauche, le flanc de la montagne commençait à glisser.

Puis une couche de boue grisâtre, couvrant toute la surface de l'ancienne forêt, se mit en mouvement.

Fasciné et horrifié à la fois, Serguei suivit des yeux le glissement de terrain qui venait de se déclencher.

Quelques instants plus tard, un roulement monté des entrailles de la terre se mêla aux cataractes du ciel. La couche de boue avait gagné en épaisseur au point de recouvrir les billots de bois. Gonflée par les torrents de pluie, sans plus aucun arbre pour la retenir, elle se mit à dévaler la pente comme une avalanche brune et grise, arrachant sur son passage le peu de végétation subsistant sur la montagne dévastée.

Serguei la vit avec terreur se dérober par le flanc et se précipiter dans un déluge de fin du monde à la rencontre de la rivière qui coulait vers le grand fleuve. Malgré les hallebardes qui s'abattaient toujours sur le paysage, la boue soulevait un nuage gris qui l'accompagnait, comme une couche de nuages bas sur une mer houleuse.

Serguei n'arrivait pas à détacher son regard du spectacle. La tête de côté, il talonna son *uchakh*, tout en tirant l'autre à sa suite. Le cortège déboula dans la vallée, loin derrière le torrent de boue.

Peu à peu, le glissement perdit de l'intensité. La masse de glaise en mouvement diminua, jusqu'à s'arrêter complètement. Comme si la vision de Serguei, après une période de flou, retrouvait sa focale habituelle.

Le flanc de la montagne, là où le terrain avait glissé, n'était plus qu'une pelade grisâtre d'où émergeaient d'innombrables moignons, témoins douloureux de la vie qui avait poussé à cet endroit. Et qui ne repousserait jamais plus.

Entre les contreforts de la chaîne et le fleuve, la plaine était vitrifiée, enterrée pour toujours sous une couche de mort évoquant la lave séchée aux flancs d'un volcan.

Quant à la rivière se déversant dans le grand fleuve Lena qui nourrissait le peuple évène depuis des siècles, elle était devenue grise, presque noire.

Comment les poissons survivraient-ils dans une eau pareille ?

Serguei resta de longues minutes sous le choc. Il avait oublié la pluie qui continuait à tambouriner sur sa capuche et à le tremper jusqu'aux os.

Il avait tout oublié.

Sauf ce qu'il venait de voir.

Dans son esprit encore en proie à la confusion, ces questions de tout à l'heure avaient cédé la place à une seule :

Qui avait pu faire une chose pareille ?

Dans l'indignation et la fureur qui montaient en lui, Serguei se jura qu'il le découvrirait.

46.

Sous la grande tente en nylon, équipée de tout le confort moderne, les hommes discutaient de plus en plus fort, à mesure que s'accumulaient autour d'eux les bouteilles de vodka vides. Ils ne parlaient pas des forêts entières qu'ils avaient détruites, des paysages qu'ils avaient ravagés, encore moins des espèces dont ils avaient anéanti l'habitat ou des ressources qu'ils avaient taries pour toujours. Non. Ils parlaient de filles et d'argent. De filles, en faisant assaut de détails intimes dont la grossièreté choquait Serguei et les faisait hurler de rire. D'argent, en évoquant leurs projets d'achat de 4 × 4, de motoneiges ou de carabines. Chaque fois que l'un d'eux lançait une plaisanterie ou une réflexion graveleuse, les autres éclataient d'un rire épaissi par l'alcool, qu'ils engloutissaient sans faiblir depuis des heures.

Littéralement incrusté dans le sol meuble, à l'extérieur de la tente, Serguei les écoutait en tremblant de rage.

Car non seulement ces hommes étaient responsables du déboisage sauvage qui avait causé le glissement de terrain, quelques jours plus tôt, entre les monts

Verkhoïansk et la Lena ; non seulement ils avaient commis beaucoup d'autres crimes du même genre, un peu partout en Sibérie orientale... mais ils étaient sur le point de s'attaquer à la forêt qui longeait le sud-est des contreforts de la chaîne !

Celle-là même qui avoisinait la région où nomadisait son propre clan ! Celle-là même où les siens puisaient la plus grande partie de leurs ressources en gibier et en bois... en ne prélevant que la stricte quantité nécessaire à leurs besoins.

Il n'avait pas eu trop de mal à les retrouver. Il faut dire que, dans ces régions reculées, loin de toute administration et de tout contrôle, ceux qu'il appelait les « pirates du bois » ne cherchaient même pas à se cacher. Serguei avait repéré la trace des chenilles de leurs abatteuses, des énormes pneus sculptés de leurs débardeuses et de leurs semi-remorques transporteurs, un peu au sud de la zone où avait eu lieu le glissement de terrain. Ces traces menaient toutes au fleuve Lena, comme si les pirates s'y étaient jetés avec leur matériel, une fois leur forfait accompli.

En fait, ils étaient tout simplement arrivés par barges depuis Yakoutsk, et ils étaient repartis par le même chemin. En continuant à suivre le fleuve vers le sud – c'est-à-dire en amont –, Serguei avait retrouvé leurs traces au bout de quarante-huit heures. Cette fois, elles s'éloignaient de la Lena et filaient droit vers l'est... vers son clan.

Encore une journée à dos de renne, et le jeune Évène les aurait rattrapés.

Les pirates avaient remonté leur chantier provisoire en lisière de la forêt, à moins de trois ou quatre jours de marche de l'endroit où se trouvait le campement de Nicolaï et des siens.

Serguei avait laissé ses rennes dans un endroit sûr, derrière une colline suffisamment éloignée de la zone d'abattage pour qu'on ne risque pas de les repérer. Souple et silencieux comme un loup, il n'avait pas eu de mal à se glisser jusqu'à la vaste tente qui servait de salle commune aux coupeurs de bois, et d'appartements privés à leur chef.

Ce dernier se dénommait Stepan. Un Russe, comme Astrov. Entre deux rasades de vodka, il était sorti uriner devant la tente et Serguei l'avait aperçu : un colosse brun dont le visage et les yeux noirs exprimaient la plus parfaite brutalité.

Les autres également étaient russes. Ils étaient une douzaine. Des costauds, eux aussi, mais qui tremblaient devant Stepan. Cela s'entendait au son de leur voix quand ils s'adressaient à lui, et au silence absolu quand c'était lui qui prenait la parole. Ils portaient presque tous une arme de poing glissée dans la ceinture.

Et ce n'était pas pour chasser le mouflon. Ni même le loup. Mais pour décourager quiconque aurait la prétention de les arrêter dans leur « travail ».

Serguei avait entendu parler de ces hommes qui pratiquaient ce qu'on appelait l'*illegal logging* : l'abattage illégal opéré dans les zones éloignées des villes, en dehors de toutes normes officielles, de toutes autorisations gouvernementales. Ils prenaient le bois là où il se trouvait, sans la moindre considération pour les conséquences de cette déforestation sauvage, et le revendaient aux plus offrants.

Il avait entendu dire que ce fléau se répandait depuis quelques années dans toutes les forêts de la Russie et de la Sibérie. Mais jamais il n'aurait cru le voir arriver jusqu'ici !

Il pensait son pays si protégé par son éloignement, si préservé par son inaccessibilité…

Est-ce que plus rien de tout cela n'était vrai, désormais ? Est-ce que les chasseurs occidentaux n'avaient été que l'avant-garde d'une horde qui s'apprêtait à les détruire, lui et les siens ?

Après eux, après les pirates du bois… qui le pays évène verrait-il arriver pour précipiter sa fin ?

Couché contre terre, la tête sur le nylon de la tente, Serguei se laissa quelques instants aller à ces sombres interrogations, mais s'en arracha vite.

Si Bayanay l'avait mis sur la route de ces hommes sans âme, c'était pour qu'il fasse quelque chose. Pour qu'il les arrête, par tous les moyens !

Restait à trouver comment.

Il était seul, ils étaient une douzaine d'individus armés.

Oui, mais ils ignoraient sa présence, ce qui lui conférait un avantage certain.

Faute de pouvoir les affronter directement, il avait peut-être une chance de les stopper, s'il parvenait à rendre leur matériel inutilisable.

Serguei se redressa sans faire un bruit et contourna la tente. Tous les hommes étaient à l'intérieur, se livrant à la joyeuse beuverie qui concluait sans doute chacune de leurs journées. Il examina le chantier et les engins, alignés devant la forêt comme des chiens de l'enfer, prêts à attaquer sur ordre de leur maître.

La tente où ces derniers se trouvaient possédait sur trois faces une fenêtre garnie d'un plastique transparent. L'une d'elles offrait une vue sur les véhicules d'abattage. Pour ne pas risquer d'être repéré, Serguei s'enfonça dans la forêt et parcourut à l'abri de celle-ci la distance le séparant de son objectif.

Une fois sur place, il chercha le moyen de mettre les monstres hors d'état de nuire. En attendant mieux, il commença par crever, à l'aide de son couteau de chasse, les pneus de tous les véhicules qui en possédaient.

Pour les chenillettes, c'était une autre affaire…

Il réfléchit… et trouva presque tout de suite.

Les abatteuses et les porteurs forestiers se composaient d'une cabine pour le machiniste et d'un long bras articulé comme celui d'une grue de chantier. Le bras en question se prolongeait, dans le premier cas, en une tronçonneuse à deux disques ; dans le second, en une pince capable de soulever un arbre abattu pour le déposer sur la plate-forme d'un camion.

Il suffisait de paralyser les bras pour rendre les engins inutilisables.

Serguei grimpa sur les machines et, à l'aide de son couteau, trancha tous les câbles électriques qu'il réussit à dégager. Il s'introduisit dans les cabines et arracha les fils situés sous les commandes. Pour qu'on ne puisse pas les réparer, il en emporta le plus possible et enfourna le tout dans les réservoirs d'essence, après en avoir fait sauter les serrures de la pointe de sa lame. Il ramassa ensuite de grosses quantités de gravillons et de terre sablonneuse, qu'il déversa également dans les réservoirs, jusqu'à ce que ceux-ci débordent du trop-plein.

Il s'arrêta, en sueur, et regarda autour de lui. La nuit était presque entièrement tombée, à présent. Il percevait quelques éclats de voix et de rires en provenance de la tente, mais, à part ça, c'était le silence absolu. Personne ne l'avait repéré. Une sorte d'euphorie vengeresse s'empara de lui à l'idée qu'il avait réussi. À lui seul, il avait vaincu les pirates du bois ! En détruisant leur matériel, il les obligerait à retourner d'où ils étaient venus ! À laisser son pays tranquille !

Il était sur le point de disparaître en s'enfonçant à nouveau dans la forêt, quand son regard s'arrêta sur l'extrémité du bras de l'abatteuse. Il reposait sur le sol, le double disque de sa tronçonneuse légèrement enfoncé dans la terre. En voyant luire dans l'ombre l'instrument qui servait à assassiner ses forêts, Serguei fut pris d'une bouffée de haine et eut envie de le détruire. Mais ce n'était pas avec son couteau...

Il s'empara d'une grosse pierre et la leva à bout de bras avec un gémissement, tant elle était lourde. Puis, de toutes ses forces, il l'abattit sur le rebord dentelé du cercle d'acier.

Le terrible choc métallique qui s'ensuivit lui fit aussitôt regretter son geste.

Au même instant, la lumière violente d'une lampe-torche l'aveugla.

— Tu ne bouges pas d'un poil ! cria une voix à deux mètres de lui. Tu ne fais pas un geste, ou je te fais sauter la tête ! *Paniat ?* Compris ?

Le claquement du chien d'une arme à feu prouva à Serguei que l'homme ne plaisantait pas.

Il obéit et se figea, les bras en l'air.

La lumière s'approcha de sa figure et une main l'obligea violemment à se retourner. Il sentit le canon de l'arme s'enfoncer dans sa nuque.

— Avance ! ordonna la voix.

L'homme poussa Serguei vers la tente principale.

— Stepan ! Youri ! Vlad ! hurla-t-il. Venez voir !

Les autres jaillirent de la tente et arrivèrent en courant. Celui qui tenait Serguei en respect lui braqua sa lampe dans la figure.

— Regardez ce que j'ai trouvé ! Il était en train de casser le matériel !

— Quoi ? s'écria Stepan, fou de rage. Amenez-moi ça à l'intérieur ! Toi, Youri, va faire le tour du matos.

Ils traînèrent Serguei sous la tente et le firent asseoir sur un pliant. Le dominant de toute sa hauteur, Stepan s'approcha de lui. Son haleine empestait la vodka.

— Comment tu t'appelles ?

— Serguei.

— Serguei comment ?

— Serguei, fils de Nicolaï, chef de notre clan.

Stepan le regarda soudain avec une sorte de curiosité mêlée de respect.

— Alors, comme ça, c'est toi qui...

Il sembla brusquement revenir à lui et ne termina pas sa phrase.

— Qu'est-ce que tu fous ici ? demanda-t-il.

— T'empêcher de détruire mes forêts.

La réponse de Serguei le cueillit à froid. Il éclata d'un rire énorme.

— Ah ! ça, c'est la meilleure ! Parce qu'elles t'appartiennent, peut-être ? Et tu comptes faire comment, pour m'en empêcher ?

Serguei n'eut pas besoin de répondre. Le dénommé Youri fit irruption dans la tente à cet instant précis. Il était pâle comme la mort.

— Ce petit salaud a tout bousillé ! dit-il. Tout ! Les câbles conducteurs des machines sont coupés, arrachés, ou ont disparu ! Il a mis de la terre dans les réservoirs ! Même la scie de la tronçonneuse est faussée ! Inutilisable !

Stepan se tourna vers Serguei. Pour la première fois depuis longtemps, le garçon eut peur : l'autre avait des lueurs de meurtre dans les yeux. Le jeune Évène crut que sa dernière heure était venue quand le Russe arracha son arme de sa ceinture et, avec un hurlement de rage, lui planta le canon entre les deux yeux.

Serguei serra fort les paupières en demandant à Bayanay de l'accueillir dans les pâturages de l'autre monde.

Mais la terrible explosion qu'il attendait n'arriva pas. Au lieu de le tuer, Stepan rengaina son arme et, de toutes ses forces, lui envoya son poing en pleine figure.

Serguei fut projeté en arrière. Il lui sembla que sa mâchoire lui rentrait dans le crâne, mais il ne perdit pas connaissance. Pas tout à fait. Affalé sur le sol, il lui resta encore assez de lucidité pour entendre le chef des pirates du bois lancer aux autres :

— Abîmez-le, chacun votre tour ! Mais sans le tuer ! Je veux qu'il sache ce qu'il en coûte de me pourrir la vie ! Et qu'il vive pour le faire savoir !

Deux hommes soulevèrent Serguei et le reposèrent sur son pliant. Un troisième se positionna face à lui avec un petit sourire de satisfaction anticipée. Prenant son élan, il lui administra un formidable coup de poing au creux de l'estomac.

Serguei crut que ses tripes allaient lui sortir par la bouche. Sans lui laisser le temps de se remettre, un autre homme prit la place du précédent et le frappa en plein visage.

Puis un autre...

Au cinquième, Serguei perdit connaissance...

Un croassement le réveilla. Il ouvrit les yeux, mais tout baignait dans un brouillard épais. À mesure que les choses reprenaient forme, il vit qu'un corbeau noir se tenait tout près de lui et le fixait.

Il crut qu'il était mort.

Ainsi, il avait rejoint le monde… l'autre monde !

Il tenta de bouger. Ce geste lui arracha un cri de douleur qui fit s'envoler l'oiseau couleur de nuit.

Apparemment, l'animal était bien réel. Et lui-même était toujours vivant.

L'esprit encore embrumé, Serguei se demanda pourquoi le grand corbeau et ses congénères, le croyant mort, n'avaient pas tenté de le dévorer.

Il se remit debout avec des gémissements plaintifs. Tout son corps était endolori. Et son visage, quand il y porta les mains, lui sembla avoir doublé de volume.

Il ne devait pas être beau à voir.

Mais il était vivant.

Dans un éclair, il revit le masque haineux de Stepan lui braquant son arme en plein front.

À l'ultime seconde, cette brute avait hésité à franchir le point de non-retour en devenant un assassin.

Un vrai miracle, auquel Serguei devait la vie.

Il regarda autour de lui.

Il était toujours à l'endroit où les pirates du bois avaient établi leur campement et leur chantier.

Mais il avait disparu.

De la tente, il ne restait que quelques déchets et d'innombrables bouteilles de vodka vides, éparpillées sur le sol.

Un détail négligeable, eu égard à l'essentiel.

La forêt, elle, était toujours là.

Serguei eut un sourire de satisfaction qui le fit gémir de douleur.

Quand il tenta de faire quelques pas, il grimaça de souffrance.

Mais ses blessures et ses contusions n'avaient pas d'importance. Elles guériraient, il le savait.

L'heure était venue de repartir.

Là-bas, au-delà du grand fleuve Indigirka, ses loups l'attendaient.

47.

Le port de Yakoutsk, sur la Lena, était comme tous les grands ports du monde : un enchevêtrement de grues et d'engins de levage s'agitant comme de gigantesques insectes autour de barges, de péniches et de porte-conteneurs dont certains étaient hauts comme des immeubles. Les cris des dockers se mêlaient au grincement des câbles, les hurlements de moteurs au fracas des caisses atterrissant brutalement sur les quais. Ceux-ci, bordés de bureaux des compagnies de fret, de bâtiments officiels et de cafés-restaurants, rappelaient d'innombrables villes portuaires. À ceci près que le port fluvial de Yakoutsk fonctionnait essentiellement entre la débâcle et l'embâcle de la Lena, quand la chaleur estivale libérait le fleuve et intensifiait les odeurs d'huile chaude, mêlées à celles des alluvions.

Stepan poussa la porte du *Sakha*, un établissement dont il avait fait depuis longtemps son quartier général. Ni la police ni les fonctionnaires du gouvernement local, encore moins les touristes, ne le fréquentaient. Un véritable havre de paix, où il était toujours à peu près certain de rencontrer des amis ; voire, quand il manquait de bras, un ou deux hommes désœuvrés et pas trop regardants sur la légalité du travail, du moment qu'il était bien payé.

Igor, le patron, l'accueillit d'un « Salut, Stepan ! », auquel il répondit par un grognement. Quand le tenancier ajouta : « Comment va le business ? », le coupeur de bois l'envoya paître d'un « Mêle-toi de tes affaires ! » péremptoire.

La petite expédition commando du dénommé Serguei, trois semaines plus tôt, lui avait coûté une véritable fortune. L'équivalent en réparations et achat de matériel neuf de plusieurs centaines de stères de bois vendues sur le marché parallèle !

Il en avait regretté de ne pas lui avoir logé une balle dans la tête, comme il avait failli le faire.

Une chose l'avait retenu au dernier moment : le souvenir d'un récit, entendu ici même, au *Sakha*, selon lequel ce Serguei, un Évène, avait sauvé la vie d'Astrov, un de ses compatriotes russes, un pilote d'hélico avec qui il avait souvent travaillé.

Décidément, ça ne rapportait rien d'être sentimental...

— Stepan !

La voix qui l'arracha à ses réflexions moroses était familière. Elle venait d'un box situé au fond de la salle, dans un coin sombre.

Il lui fallut faire quelques pas avant d'identifier le visage de l'homme avec qui il avait rendez-vous.

— Astrov ! T'es déjà là ?

— Oui. Je suis venu m'en jeter une ou deux en t'attendant, répondit le pilote en levant un verre de vodka.

Stepan constata, en s'asseyant en face de lui, qu'il manquait à Astrov la dernière phalange du médius droit, et qu'il portait une vilaine cicatrice sous l'œil gauche.

— C'est dans ton crash de l'année dernière que tu t'es fait ça ?

— Non, après, sur le chemin du retour. Le froid...

— Ah ! oui, c'est vrai... J'ai entendu parler de ton aventure... et de cet éleveur de rennes qui t'a sauvé la mise.

— C'est peut-être un éleveur de rennes, fit Astrov en s'octroyant une lampée de vodka. N'empêche que sans lui...

Stepan eut un ricanement ironique.

— Je sais. C'est pour ça qu'il est toujours en vie. J'ai failli le tuer, y a pas trois semaines !

— Tu as failli le tuer ?... Pourquoi ?

Stepan s'assura d'un coup d'œil que personne n'écoutait leur conversation. Mais en ce milieu d'après-midi, le *Sakha* était pratiquement désert. Quant à Igor, affairé derrière son bar, chacun savait qu'en dehors des commandes, il n'entendait jamais rien.

— Parce qu'il a débarqué sur un de mes chantiers et m'a bousillé tout le matériel !

Comme s'il trouvait normal le comportement de Serguei, Astrov ne réagit pas.

— C'est tout l'effet que ça te fait ? s'énerva Stepan.

Le pilote eut une moue difficile à déchiffrer.

— Disons plutôt que ça ne m'étonne pas vraiment de lui.

Stepan le regarda sans comprendre.

— Il va falloir que tu le calmes, ton copain, dit-il.

— C'est pas mon copain.

— C'est qui, alors ?

— Ce type... murmura Astrov. Tout ce que je peux dire, c'est que je n'ai jamais rencontré quelqu'un comme lui.

Il y eut un silence de mort. Puis Stepan abattit violemment son verre, dont une partie du contenu se répandit sur la table. Il empoigna l'avant-bras du pilote et se pencha vers lui, des lueurs de haine dans le regard.

— En tout cas, c'est une belle petite ordure ! Tu sais ce qu'il m'a coûté ? Hein ? Tu veux que je te le dise ?

— Ce que je sais, dit Astrov en soutenant son regard, c'est qu'il recommencera. Chaque fois que tu iras déboiser dans la région des monts Verkhoïansk, il recommencera. Il n'a l'air de rien, ce gars-là, mais, crois-moi, il est plus opiniâtre que toutes les brutes que tu embauches.

Stepan recula, regardant Astrov comme s'il le voyait pour la première fois.

— Ma parole, mais... tu es devenu complètement dingue ! Il t'a lavé le ciboulot, en plus de te sauver la vie, ou quoi ?

— Pas lavé le cerveau, non : ouvert les yeux sur certaines choses.

— Ah ! bon, ironisa le coupeur de bois, lesquelles ?

Astrov haussa les épaules.

— Tu devrais laisser tranquilles ces coins-là. C'est chez eux, là-haut. Cette forêt, c'est la leur et la Sibérie est assez grande. Après tout, ce ne sont pas les forêts qui manquent...

Identifiant des lueurs meurtrières dans les yeux de Stepan, Astrov s'interrompit. L'air dégagé, il se laissa aller en arrière et, avec un sourire, avala une autre rasade de vodka.

— Ce que j'en dis, c'est pour toi, fit-il. Uniquement pour toi. Pour t'éviter d'autres problèmes...

Stepan le fixa d'un œil soupçonneux pendant quelques secondes, puis se détendit.

— Ouais... n'empêche que c'est pas un petit Évène de merde qui va faire la loi là-haut.

Astrov se hâta de remplir leurs verres. La bouteille était vide : il fit signe à Igor d'en apporter une autre.

— Celle-là est pour moi, déclara Stepan.

Ils burent en silence pendant un moment.

— De toute façon, dit soudain le « déforestateur », dès que j'ai réuni une autre équipe et rassemblé le matériel, j'y retourne.

— Où ça ?

— Là-haut. À l'endroit même où ton pote Serguei nous a foutu le merdier la dernière fois.

Il jeta au pilote un regard inquisiteur.

— Tu penses que j'ai tort ?

Astrov eut une moue et un geste vague.

— Je ne pense rien du tout. C'est toi le patron.

— Exactement. Et des problèmes, il n'y en aura plus.

— Comment peux-tu en être sûr ?

— Parce que cette fois j'embarque le double de matériel, et surtout, deux fois plus d'hommes ! Une équipe pour abattre et tronçonner, une autre pour surveiller toute la zone ! Et ce coup-ci, ils auront ordre de tirer sur tout ce qui bouge ! Ton pote Serguei n'a pas intérêt à se repointer, s'il tient à sa peau !

— Ce n'est pas mon pote, se défendit Astrov.

Les mots du jeune Évène, à la fin de leur expédition, lui revinrent en mémoire : « Je ne suis pas ton ami... Je t'ai sauvé la vie parce que je le devais, c'est tout. »

— Et tu penses être prêt quand ? insista-t-il. Je te demande ça parce que tu auras peut-être besoin d'un bon pilote d'hélico.

— Si tout va bien, on attaque dans dix jours ! répondit Stepan.

Astrov enregistra l'information avec un visage aussi neutre que possible.

Quand Serguei et lui s'étaient séparés, le jeune Évène n'avait pas seulement évoqué l'amitié qui n'existait pas entre eux. Il avait ajouté :

« Les mots ne comptent pas. Seuls les actes ont de la valeur... »

Ces paroles-là non plus, le pilote russe ne les avait pas oubliées.

Le moment était venu de les mettre en pratique.

48.

Aidé par Wladim et Alexeiev, Nicolaï était en train de séparer les femelles pleines des autres rennes, quand l'hélicoptère apparut au-dessus du col. Les trois hommes, et tous les autres Évènes du clan qui se trouvaient aux abords du corral, cessèrent de travailler et levèrent la tête en même temps.

L'événement était suffisamment inattendu pour retenir l'attention générale. Les rares appareils à s'aventurer jusqu'au pays évène étaient ceux des Japonais qui venaient acheter des bois de renne. Mais les Japonais ne venaient qu'une fois par an. Et ils étaient déjà passés deux mois plus tôt.

Nicolaï abandonna sa tâche et se fraya un passage entre les bêtes.

L'hélicoptère se posa trop près du corral, affolant les cervidés qui se mirent à s'agiter et à se bousculer avec des meuglements de panique.

Furieux, Nicolaï pressa le pas et cria au pilote, quand celui-ci sauta à terre :

— Qu'est-ce que vous faites là ? Vous avez fait peur aux bêtes ! On ne vous a jamais appris ça ?

Une chose était sûre : l'homme, un blond aux yeux bleus et aux traits angulaires, coiffé en brosse, n'était pas japonais. Au lieu d'obéir, il fonça vers le chef évène, d'abord courbé sous les pales de sa machine, puis se redressant avec un sourire.

Que Nicolaï ne lui rendit pas.

Il regarda la main que l'autre lui tendait et la serra à contrecœur.

— Je veux voir Nicolaï, le chef de ce clan, dit le blond.

— Pourquoi ?

— J'ai des choses importantes à lui dire.

— À propos de quoi ?

— De son fils Serguei.

Nicolaï le fixa durement et lâcha :

— Je ne crois pas.

Il se retourna et fit mine de se diriger vers le corral.

Astrov le rattrapa en l'empoignant par un bras. Nicolaï pivota sur lui-même à une vitesse stupéfiante et le Russe se retrouva nez à nez avec lui, la lame d'un couteau appuyée sur sa gorge.

— Personne n'a le droit de me parler de mon fils, ici, et encore moins un gars comme toi ! grinça Nicolaï entre ses dents.

Le regard vissé dans celui du chef de clan, Astrov lui bloqua le poignet d'une main ferme et écarta la lame doucement.

— Tu n'es qu'un imbécile, dit le Russe. Ton fils est un sacré petit gars !

L'Évène eut un hoquet méprisant et désigna l'hélicoptère du menton.

— Et tu imagines que je m'intéresse à l'opinion d'un type dans ton genre ?

— Décidément... dit le pilote en secouant la tête d'un air navré, je comprends que Serguei soit fâché avec un père comme toi.

Fou de rage, Nicolaï leva le poing ; mais Astrov le bloqua une seconde fois.

— J'ai à te parler, dit-il. À toi, et à tous ceux de ton clan. J'ai mis du temps à vous trouver et j'ai dépensé une fortune en carburant. Je ne repartirai pas sans vous avoir dit ce que j'ai à vous dire. Que ça vous plaise ou non. Après, vous ferez ce que vous voudrez.

Il y avait une telle détermination dans le regard bleu acier du Russe que Nicolaï se résigna.

— Fais vite, alors, parce que ça m'étonnerait que tu aies quoi que ce soit à dire qui m'intéresse.

De mémoire de chaman, il y avait très longtemps que le silence n'avait pas été aussi profond, sous la grande tente principale, pendant que quelqu'un parlait. On en avait même négligé d'entretenir le feu, une fois servi le thé noir et très sucré. Anadya l'avait empêché de justesse de s'éteindre, pour ne pas contrarier Tog Muhoni. Depuis le début du récit d'Astrov, elle essuyait le plus discrètement possible les larmes qui ne cessaient de perler à ses magnifiques yeux noirs.

Nicolaï avait la gorge nouée et l'œil humide, lui aussi, malgré les gros efforts qu'il faisait pour masquer son émotion.

Serrés entre leurs parents, Ivan et Mikhaël ouvraient des yeux émerveillés en suivant cette aventure héroïque dont leur frère était la vedette. Wladim et Alexeiev, les yeux ronds, avaient l'air d'entendre évoquer pour la première fois l'homme dont parlait le pilote russe. Andrei le géant, Slava le doyen du clan, même Moujouk le chaman... Tous, jeunes ou vieux, étaient fascinés par le récit qui avait pour héros celui dont on ne prononçait même plus le nom.

Nastazia, elle, s'était d'abord installée au fond de la tente, derrière plusieurs personnes, pour bien montrer que tout ce qui concernait Serguei ne l'intéressait pas. Mais très vite, elle vint se blottir dans les jambes d'Anadya, d'où elle suivit le récit d'Astrov avec la même intensité.

Le pilote russe, lui, s'amusait de la passion quasi palpable que suscitait son récit, et se surprenait à ménager ses effets, comme un conteur professionnel.

Il ne put s'empêcher d'en rajouter un peu en décrivant la manière dont Serguei l'avait arraché à l'hélicoptère en flammes. Mais son compte rendu de leur voyage et de tout ce que le jeune Évène lui avait appris en cours de route avait les accents de la sincérité. Et son auditoire retint sa respiration quand il évoqua l'épisode de l'ours et la façon dont Serguei lui avait une nouvelle fois sauvé la vie.

Astrov marqua une pause, le temps d'avaler une gorgée de thé. Sous la tente, on n'entendait pas un souffle. Il reprit :

— Mais tout ça n'est rien, à côté de son expédition d'il y a trois semaines. Parce que là, seul contre une douzaine de mercenaires armés, il a vraiment risqué sa peau. Et tout ça pour quoi ?... Pour défendre votre forêt, vos terrains de chasse, votre précieuse nature, pendant que vous, vous êtes là à compter votre bétail et à boire votre thé en le traînant dans la boue !

Les hommes du clan se regardèrent sans comprendre.

— Qu'est-ce que c'est que cette histoire ? demanda Nicolaï. De quoi est-ce que tu parles ?

Astrov eut un sourire narquois.

— Même vous, au fin fond de votre trou, vous avez dû entendre parler de ce qui est arrivé il y a trois semaines ? Une équipe d'*illegal loggers*, venue raser une forêt tout près d'ici, a été attaquée. Tout son matériel a été mis hors d'usage ! Les abatteuses, les porteurs, les chenillettes, les débardeuses... tout ! Foutu ! Inutilisable !

— C'est vrai ! s'exclama Wladim. Je l'ai entendu raconter par ceux qui revenaient de Sebyan-Kuyel ! Les coupeurs de bois ont été obligés de tout rembarquer sur les barges et de retourner à Yakoutsk !

— J'ai entendu parler de cette histoire, moi aussi, admit Nicolaï.

— Eh bien, maintenant, tu connais le fin mot de l'histoire, dit Astrov. Ton fils Serguei est passé par là.

Le silence qui retomba pesait des tonnes. On croyait entendre les questions s'entrechoquer sous les crânes.

— Il était seul ? demanda Andrei. Tu es sûr ?

— Oui, répondit Astrov. Je tiens toute l'histoire de la bouche même du chef des *loggers*, un nommé Stepan, pour qui il m'arrive de travailler. Ce type-là n'a pas l'habitude de raconter n'importe quoi, ni de plaisanter. D'ailleurs, lui et ses hommes ont capturé Serguei et lui ont administré une raclée mémorable...

C'en était trop pour Anadya, qui éclata en sanglots. Incapable d'en entendre davantage, elle se leva.

— Tout ça, c'est ta faute ! lança-t-elle à son mari avant de quitter la tente précipitamment.

Chacun évitait de regarder le chef évène, dont la gêne se trahissait par sa manière inhabituelle de triturer sa moustache.

Il fixa silencieusement le poêle, où ne subsistait qu'un léger rougeoiement.

— Il faudrait remettre un peu de bois dans le *skavarada*, dit-il.

Quelqu'un s'empressa.

— Tu sais où il est ? reprit Nicolaï, sans quitter des yeux le foyer à l'intérieur duquel les flammes recommençaient à danser.

— Qui ? Serguei ?

— Oui.

— Tu te remets à pouvoir entendre son nom, maintenant ? demanda perfidement Astrov.

Nicolaï tourna vers lui un regard mauvais.

— Tu n'as pas à me dire comment je dois traiter mon fils ! Compris ?

Pour éviter d'embarrasser davantage Nicolaï devant tout le clan, le Russe ne répondit pas. Mais son sourire narquois était éloquent.

— Non, dit-il, je ne sais pas où il est. Je suppose qu'il est retourné dans la région où je l'ai rencontré pour la première fois, au-delà de l'Indigirka.

— Qu'est-ce qu'il fait là-bas ? demanda le chef évène.

— Il vit. Quoi d'autre ? En tout cas, c'est dommage pour vous qu'il ne soit plus ici.

— Pourquoi ? fit Nicolaï avec une ironie amère. Tu penses que t'avoir sauvé la vie suffit à effacer tout le reste ?

— Je me fous de vos petites histoires ! explosa Astrov. Je ne sais qu'une chose : ton fils est un type formidable ! Un homme, un vrai, comme je n'en ai jamais rencontré ! Et crois-moi : tu aurais bien besoin de l'avoir avec toi !

— Ne me dis pas ce que j'ai à faire ! répéta Nicolaï en criant et en se redressant.

— Assez ! Ça suffit comme ça ! Tais-toi, Nicolaï !

Le chef de clan se tourna avec stupéfaction vers le chaman, dont la petite voix flûtée venait de s'élever avec une force inattendue. Moujouk se mettait rarement en colère. Mais, quand cela lui arrivait, tout le monde se taisait et l'écoutait avec plus de respect encore que d'habitude.

Nicolaï aussi.

— Cet homme a autre chose à nous dire, continua Moujouk. Une chose importante ! Alors, assieds-toi et écoute-le !

Le chef évène obéit au chaman... sans remarquer, heureusement, le petit sourire ironique de Nastazia.

— Dans neuf jours exactement, continua Astrov, Stepan va revenir avec deux fois plus d'hommes et deux fois plus de machines. La forêt ressemblera bientôt à un cimetière.

On aurait dit que Hövki, l'esprit du ciel, venait de s'abattre sur la tente.

— C'est lui qui te l'a dit ? demanda Nicolaï soudainement calmé.

— Oui.

— Il t'a dit à quel endroit il comptait attaquer la forêt ?

— Exactement là où Serguei l'a interrompu la dernière fois : à une heure de vol d'ici, au sud-ouest.

— Une heure de vol... évalua Nicolaï. Ça doit faire deux jours de marche, en allant vite.

— Si tu le dis.

La voix du chaman s'éleva à nouveau :

— Cette fois, nous ne laisserons pas Serguei affronter seul les ennemis de notre terre. Nous serons tous avec lui pour lui prêter main-forte. Qu'en penses-tu, Nicolaï ?

Le chef de clan hésita, puis répondit :

— Je pense comme toi, Moujouk. Cela dit... pour être avec lui, il faudrait d'abord le retrouver. C'est grand, la plaine de l'Indigirka... et c'est loin.

Un sourire rida encore plus le visage plissé du chaman, qui désigna le pilote russe.

— C'est le moment ou jamais de mettre le progrès de notre côté. Avec sa machine volante, notre ami aura vite fait de retrouver Serguei.

Tout le monde se tourna vers Astrov, qui secoua la tête.

— Pas question, dit le pilote. L'hélico appartient à la compagnie et j'ai interdiction absolue de l'utiliser en dehors de mes contrats professionnels. J'ai déjà pris un risque énorme en le... détournant pour venir ici. Je l'ai fait pour Serguei... parce que je lui devais bien ça. Mais je ne le referai pas. C'est un truc à perdre définitivement ma licence.

— Si nous devons aller chercher Serguei au-delà de l'Indigirka à dos de rennes, dit Nicolaï, nous ne serons jamais revenus dans neuf jours. Si tu ne nous aides pas, tout ce que tu viens de nous apprendre n'aura servi à rien. Ce n'était pas la peine de te déplacer.

Astrov joua du bout de sa chaussure avec le rebord d'une des peaux de renne tapissant le sol.

— Tu as raison, dit-il enfin. Mais pour l'hélico, c'est toujours *niet*.

— Alors ?

— Je crois que j'ai trouvé la solution.

49.

Pour Nicolaï, chef de clan évène comme son père avant lui et son grand-père avant lui, les choses avaient toujours été simples et claires. On naissait, on grandissait, on devenait un homme, on élevait des rennes qui fournissaient à peu près tout ce dont on pouvait avoir besoin. On chassait, on pêchait, on se mariait, on faisait des enfants et on mourait, sans se demander si on était heureux ou si on rêvait d'une autre vie. Il n'y en avait pas d'autre, à part celle qui attendait chaque Évène depuis la nuit des temps, auprès des hardes qui couraient dans les alpages de l'autre monde... Un monde identique à celui-ci, où tout recommençait éternellement.

En attendant de le rejoindre, on était un homme parmi les hommes, vivant selon des lois immuables. Chacun avait son rôle à jouer, sa fonction à remplir, selon la place que le destin – ou le clan – lui avait attribuée. Ceux qui s'écartaient du chemin étaient rares. Ceux que leur conduite avait fait rejeter par leur clan l'étaient encore plus. Quant à ceux qui passaient du rang de paria au statut de héros... Nicolaï ne se souvenait pas qu'il en ait jamais existé.

Et que dire d'un homme dont le fils était justement celui-là ?

Quel comportement devait-il adopter quand, après l'avoir renié, il découvrait qu'il avait commis une terrible erreur ?

Quelle attitude devait être la sienne, en tant que chef de clan ?

Nicolaï était incapable de répondre à de telles questions, pour la bonne raison qu'elles ne s'étaient jamais posées, ni à lui ni, pour autant qu'il le sache, à aucun de ses ancêtres.

Il lui semblait que plus rien n'avait de sens ; que la vérité immuable et absolue n'existait plus ; que les choses étaient devenues floues, incertaines, et qu'on ne pouvait plus croire en rien.

Pour ne rien arranger, Anadya ne lui adressait plus la parole depuis les révélations du pilote russe et le récit des exploits où Serguei avait failli perdre la vie.

Tout cela, disait-elle, parce que son propre père l'avait renié.

Elle accomplissait encore ses devoirs de maîtresse de maison en faisant la cuisine pour son mari, mais pour le reste... elle refusait toute discussion et contact physique avec lui.

Nicolaï était non seulement perplexe jusqu'à l'égarement, mais encore de méchante humeur.

Il insulta violemment Wladim, quand le garçon fit par erreur passer un mâle dans le corral des femelles pleines. Et lorsque Alexeiev s'y reprit à trois fois pour attraper au lasso un renne échappé de l'enclos, il le traita de tous les noms de volatiles sibériens.

Les autres hommes travaillaient silencieusement, en évitant de croiser le regard du chef de clan, pour ne pas s'attirer ses foudres. Chacun essuyait la sueur qui ruisselait à son front, et se claquait le visage pour écraser les moustiques qui venaient s'y coller.

Mais vaincre ces hordes microscopiques était un combat perdu d'avance.

Quand un véhicule arriva au campement vers la fin de l'après-midi, à l'heure précise à laquelle s'était posé l'hélicoptère d'Astrov, deux jours plus tôt, nul ne se demanda s'il s'agissait d'une coïncidence.

Il se présenta le soleil dans le dos, et Nicolaï plissa les yeux pour mieux voir se réaliser la promesse que le pilote russe leur avait faite, à lui et à tout le clan : celle de leur envoyer « quelqu'un ».

Il n'avait pas précisé qui.

Le véhicule s'arrêta entre le corral et les premières tentes du campement. C'était un gros 4 × 4 russe dont le bruit avait ameuté la moitié du clan.

Nicolaï se porta le premier à la hauteur de la voiture, au moment où son conducteur en descendait. Il s'attendait à voir un compatriote d'Astrov, un costaud taillé pour les travaux difficiles et les bagarres occasionnelles. Il eut un choc en voyant descendre une fille ravissante qui devait avoir à peu près l'âge de Nastazia. Sur ses longues jambes moulées dans un pantalon de toile, elle avança crânement vers lui. Nicolaï ne put s'empêcher de loucher sur sa poitrine, révélée par un justaucorps de nylon échancré sous sa veste en cuir. Son visage et ses yeux mauves, légèrement bridés, la longue chevelure noire qui lui descendait entre les omoplates l'apparentaient sans aucun doute possible à la grande famille évène.

D'ailleurs, Nicolaï eut l'impression de la connaître, sans arriver à l'identifier.

Son trouble la fit sourire.

— Salut, Nicolaï, dit-elle, il y a longtemps qu'on ne s'est pas vus.

— Parce qu'on s'est déjà vus ?

— Oui. Mais j'ai pas mal changé, depuis... Je suis Oksana, la fille de Latakian et de Pavlina. Ton fils Serguei et moi, on est des amis d'enfance. Aux grands rassemblements de clans, on jouait souvent, tous les deux.

— Et vous avez recommencé il n'y a pas longtemps ! cria soudain une voix derrière Nicolaï.

Nastazia, comme Anadya et beaucoup d'autres, était sortie de sa tente en entendant le bruit du 4 × 4. Elle n'avait jamais vu Oksana, mais son sixième sens féminin l'avait aussitôt identifiée.

— C'est la pute de Yakoutsk ! cria-t-elle en désignant l'arrivante. C'est elle qui a couché avec Serguei ! Nicolaï, renvoie-la d'où elle vient, ou je lui arrache les yeux !

Elle se rua en avant et le chef de clan n'eut que le temps de l'attraper par un bras pour l'empêcher de se jeter, toutes griffes dehors, sur sa rivale.

— On se calme ! ordonna-t-il en la repoussant sèchement.

Anadya prit Nastazia dans ses bras et posa sa joue contre la sienne pour la calmer. Les regards des hommes allaient de la fiancée de Serguei à Oksana... en s'attardant sur cette dernière, dont l'attitude et la tenue, ouvertement provocantes, les fascinaient.

Nicolaï fit quelques pas vers celle que Nastazia avait nommée « la pute de Yakoutsk » et la considéra en secouant la tête.

— Quand je suis allé trouver Kesha, le successeur de ton père, dit-il, il s'est mis en colère quand j'ai prononcé ton nom. Pour eux, tu es morte !

Oksana haussa les épaules.

— Pour moi, ils sont morts aussi. Alors...

— La honte que tu as fait subir à ceux de ton clan rejaillit sur nous tous, insista Nicolaï. Astrov aurait pu trouver quelqu'un d'autre...

Oksana soutint son regard. De toute évidence, elle ne se sentait plus concernée depuis longtemps par ces notions de honte.

Comme si, en quittant son clan alors qu'elle n'était encore qu'une enfant, elle en avait abandonné en même temps toutes les valeurs.

— Il avait trouvé quelqu'un d'autre, dit-elle. Mais c'est moi qui ai insisté pour venir.

— Pourquoi ? Après ce qui s'est passé avec Serguei, tu savais bien que tu ne serais pas la bienvenue.

— Je suis venue pour deux raisons, dit Oksana. La première, c'est que, justement, je sais où vit Serguei... puisque c'est là-bas que je l'ai vu. Et je crois que je saurai le retrouver.

— Et l'autre raison ?

Oksana regarda Nastazia.

— C'est toi, la fiancée de Serguei, n'est-ce pas ?

Outrée que « la pute de Yakoutsk » ose lui adresser la parole, Nastazia ne répondit pas.

— Il faut que je te parle, insista Oksana. J'ai des choses à te dire.

Cette fois, Nastazia explosa :

— J'aimerais mieux tomber dans un lac gelé que de t'écouter ! cria-t-elle avant de s'arracher des bras d'Anadya et de courir se réfugier sous sa tente.

Elle n'y était pas depuis cinq minutes quand la toile s'écarta et qu'Oksana apparut.

— Fous le camp ! cria Nastazia du fond de l'abri où elle s'était recroquevillée.

— Il faut que tu m'écoutes.
— Va-t'en, je te dis !

Ignorant l'injonction, la belle interprète entra et s'installa en face de Nastazia, jambes repliées sur les peaux de renne.

Sur le poêle où un feu ronronnait doucement, la théière émettait des gargouillis d'eau bouillante.

— Je ne te demande pas de m'offrir le thé, fit Oksana d'une voix douce mais ferme, juste de m'écouter.

— Fais vite, alors, très vite !

Nastazia avait parlé moins fort, d'une voix un peu étouffée parce qu'elle lui tournait le dos. Oksana sentit que, déjà, Nastazia se rendait attentive à son discours.

— C'est vrai, dit Oksana, j'ai fait l'amour avec Serguei. Une seule fois... Mais je peux te dire qu'il ne s'est rien passé entre nous.

Nastazia se retourna d'un seul coup, furieuse.

— Qu'est-ce que tu racontes ? Tu te moques de moi ? Il ne s'est rien passé ! Rien passé ? Alors que tu as couché avec lui !

Elle avait crié les derniers mots.

— Je veux dire que c'est comme s'il ne s'était rien passé. C'est arrivé parce que des hommes m'ont payée pour le faire.

— Mais Serguei, lui, personne ne l'a payé !

— Serguei était ivre. Les autres l'avaient fait boire. Il ne savait plus ce qu'il faisait.

Nastazia revit son fiancé, tel qu'elle l'avait surpris sous sa tente, le lendemain. Son air hagard, comme s'il sortait d'un mauvais rêve...

— Je suis désolée, dit Oksana. Je regrette sincèrement ce qui s'est passé. Je voulais te le dire, le dire à Serguei. C'est pour ça que je suis revenue.

Nastazia eut un rictus méprisant.

— Oui, je sais, poursuivit l'interprète, la parole d'une fille comme moi ne vaut rien... Pourtant, tu peux y croire... Il n'y a jamais rien eu entre nous, à part quelques souvenirs d'enfance. Et il ne pourrait jamais rien y avoir, même si tu n'existais pas. Tu sais pourquoi ? Parce que Serguei est trop pur pour une fille comme moi.

Pour la première fois, Nastazia leva les yeux. Elle rencontra ceux d'Oksana et y lut des regrets qui semblaient sincères.

Il y eut un silence pesant, que la fiancée de Serguei fut la première à rompre.

— Tu es chez moi et je ne t'ai même pas offert de thé, dit-elle.

Quand Oksana pénétra sous la grande tente commune, le silence tomba sur les conversations comme un paquet de neige sur un feu de branches.

La jeune femme en profita pour s'adresser au clan :

— Je sais ce que vous pensez de moi, dit-elle, et je sais aussi que tout ce que je pourrais dire ou faire n'y changera rien. Mais je voulais quand même vous dire que grâce à Serguei j'ai compris beaucoup de choses... notamment combien je me suis fait mal à leur contact...

Sans l'écouter davantage, les femmes attrapèrent leurs enfants par la manche et les entraînèrent audehors. Les hommes, avec moins d'empressement et en louchant au passage sur les formes d'Oksana, sortirent un à un. Bientôt, il n'en resta plus qu'un seul : Nicolaï.

— Si tu as appris ça, dit-il, toute cette histoire aura au moins servi à quelque chose...

Oksana s'installa sur un petit tabouret, en prenant soin de garder ses distances par rapport au chef de clan.

— Ça n'a pas eu l'air de les convaincre... dit-elle avec un pâle sourire.

— Tu as peut-être changé, mais, pour eux, tu seras toujours la...

— ... « la pute de Yakoutsk » ?

Gêné, Nicolaï détourna le regard.

— Et pour toi, Nicolaï, insista Oksana, je suis quoi ?

Le chef de clan n'hésita pas longtemps.

— Celle qui va me conduire jusqu'à mon fils.

50.

Les loups modifiaient leur formation de chasse selon les variations du terrain. Serguei, qui les suivait à quelque distance, ne percevait que leur souffle rauque et, par intervalles, le claquement d'une paire de mâchoires se refermant sur un mulot ou une taupe. Un ou deux grognements, quelques coups de dents pour déchirer la minuscule proie, et l'affaire était faite, sans même que Voulka et ses trois louveteaux ralentissent leur allure.

Leur formation en fer à cheval entra dans un marécage en soulevant des éclaboussures sonores. Une volée de canards pluviers s'arracha à la surface limoneuse avec des caquètements paniqués. La plupart s'échappèrent... Ceux qui avaient mis une fraction de seconde de trop à réagir finirent broyés et avalés en quelques coups de glotte.

— Bravo, Kamar ! fit Serguei à voix basse.

Chaque jour, il constatait avec satisfaction que le caractère du plus noir des trois louveteaux s'affirmait. Son tempérament de chef se développait, compensant presque l'absence de Torok.

Serguei n'oublia pas les deux autres. En matière de compliments comme de caresses, il respectait toujours un équilibre exact entre les trois.

— Bien joué, Kitnic ! dit-il. Tu es devenu un vrai chasseur, décidément, comme ton père ! Toi aussi, Amouir !...

Soudain, Voulka s'immobilisa et s'aplatit. Une fraction de seconde plus tard, les trois louveteaux flairèrent à leur tour le gibier que leur mère venait de repérer.

Une perdrix. Un gros lagopède rouge, traînant à l'arrière d'un groupe.

Vu la disposition de celui-ci, la meute ne pouvait espérer attraper que le retardataire. Mais la volaille était grasse et ventrue. Elle ne suffirait pas à compléter le ravitaillement de la journée, mais c'était toujours ça de pris.

Tous les muscles de Voulka se détendirent simultanément et la projetèrent en avant. Elle retomba sur la perdrix avant que celle-ci n'ait eu le temps de réagir, et lui brisa net le cou entre ses mâchoires puissantes.

Les autres volatiles s'envolèrent en piaillant. Sauvés, pour cette fois...

— Eh bien, les jeunes, fit Serguei en rejoignant la meute, votre mère a encore des choses à vous apprendre, on dirait ! Bravo, ma belle ! C'est toujours toi la meilleure !

Son trophée serré entre ses crocs, Voulka tourna vers lui la flamme de ses yeux jaunes. Dans ce regard, il lisait toujours ce même mélange de tendresse et de sauvagerie, de volonté farouche et de courage sans limites. Et, chaque fois, il en était bouleversé jusqu'au fond de l'âme.

En quelques claquements de mâchoires, Kamar, Kitnic et Amouir se partagèrent le volatile.

Se frayant un chemin à travers les gros bouquets d'épineux rachitiques qui parsemaient la taïga, ils parvinrent au sommet de l'escarpement rocheux derrière lequel se trouvait le campement de Serguei. Comme toujours, quand ils arrivaient par là, le garçon et sa meute marquèrent une pause avant d'entamer l'ultime descente. Depuis ce sommet, ils contemplèrent le pays qu'ils avaient fait leur.

Mais, cette fois, quelque chose gâcha le spectacle.

Un gros insecte noir sur quatre roues qui, en rebondissant sur les inégalités du terrain, se dirigeait vers eux à toute vitesse.

Il était encore loin, et Serguei l'aperçut avant d'entendre le ronflement de son moteur.

Il sentit la colère monter en lui comme un incendie.

Décidément, ces hommes étaient de vrais moustiques ! Impossible de s'en débarrasser ! Mais ils étaient bien plus nuisibles que tous les insectes de la création !

Un moment, il avait cru qu'Astrov avait appris quelque chose au cours de leur expédition. Il avait même eu la naïveté de penser qu'à son contact, il aurait peut-être un peu changé !

Pauvre imbécile qu'il était ! Pauvre naïf ! Il aurait dû se douter que les hommes comme Astrov, ou comme les chasseurs occidentaux, ne changent jamais ! Ils étaient de la même race que ces coupeurs de bois qu'il avait affrontés : malfaisants, tous autant qu'ils étaient ! Irrécupérablement néfastes !

À coup sûr, cet engin, c'était Astrov qui amenait une autre équipe de prédateurs équipés de fusils à lunette ! Ici ! Chez lui !

Comment osait-il ? C'était de cette manière qu'il le remerciait de lui avoir sauvé la vie ?

Puisqu'il cherchait la guerre, il l'aurait !

— Partez, mes loups ! cria-t-il à sa meute. Allez-vous-en ! Allez vous cacher le plus loin possible ! Il ne faut surtout pas que ces hommes vous voient !

Voulka et les trois louveteaux le regardèrent avec des yeux emplis d'incompréhension. Joignant le geste à la parole, Seguei les repoussa en désignant le véhicule qui se rapprochait. Soudain, la meute le vit et comprit. Dans un même élan, elle se projeta dans la direction de la zone de chasse où elle avait passé les derniers jours avec Serguei.

— Allez-y ! Courez ! cria celui-ci. On se retrouvera plus tard !

Il s'assura du regard que sa meute ne traînait pas en chemin ou ne faisait pas demi-tour. Puis il dévala la pente comme un fou et courut chercher son fusil, au fond de sa tente.

Quand il en ressortit, le gros 4 × 4 noir n'était plus qu'à une centaine de mètres. Il cahotait sur le terrain rocheux, ses énormes roues labourant le sol et soulevant des gerbes limoneuses. Le véhicule arriva sur lui et dérapa en arrachant le lichen, lorsqu'il freina brusquement pour s'arrêter.

Consumé par une rage qui lui faisait perdre toute raison, Serguei épaula. Son index pressait déjà la queue de détente pour crever l'un des pneus, quand une voix féminine cria :

— Serguei, arrête ! C'est moi !

Ce fut comme une douche froide. Le garçon retrouva ses esprits et reconnut la conductrice.

Oksana !

Elle s'avançait vers lui et Serguei ne put s'empêcher de remarquer qu'elle était toujours aussi attirante, avec sa tenue qui révélait ses formes, ses longs cheveux qui se balançaient autour de son visage... et cette démarche ondulante que n'aurait osée aucune des filles de son clan.

Pourtant, la colère le reprit en voyant celle par qui tout son malheur était arrivé.

— Qu'est-ce que tu fais ici ? cria-t-il. Tu n'as rien à y faire et je ne veux plus te voir !

— Au contraire, fit Oksana sans se démonter, il y a des choses très importantes que tu dois savoir !

Serguei ouvrait la bouche pour lui répondre que, quelles que soient ces choses, il ne voulait pas en entendre parler ; qu'elle reparte sur-le-champ, ou la prochaine balle...

Il ne dit rien de tout cela.

Nicolaï venait de descendre du 4 × 4.

En reconnaissant son père, Serguei sentit les mots se bloquer dans sa gorge.

— Ne sois pas en colère contre elle, Serguei, dit Nicolaï en s'avançant à son tour. Elle n'est pas ton ennemie... ni la nôtre.

Il fit encore quelques pas et ajouta :

— C'est grâce à elle que je suis là.

Nicolaï marcha d'un pas déterminé et se planta devant son fils avec un air grave.

— Le pilote russe est venu... dit-il. Il nous a raconté la manière dont tu l'as sauvé, tout ce qu'il a appris grâce à toi, ton combat contre les hommes venus détruire la forêt.

— Et alors ?

Serguei osa affronter son père du regard.

— Ces hommes, poursuivit Nicolaï, ému, ils vont revenir... dans quatre jours ! Je suis venu te chercher parce que je veux qu'on se batte contre eux ensemble ! Toi, moi et tous les nôtres.

Serguei se figea.

— Toi et moi ? Je croyais que je n'étais plus ton fils ?

Nicolaï soupira lourdement et regarda les lichens qui tapissaient le sol, entre ses pieds.

— Je me suis trompé, Serguei...

Avec un effort palpable, il ajouta comme si on lui arrachait les mots de la bouche :

— Tu me manques.

Le père et le fils se regardèrent longuement et intensément. Puis, soudain, les dernières résistances de Serguei furent vaincues. Les deux hommes tombèrent dans les bras l'un de l'autre, sous le regard d'Oksana, qui se tenait prudemment en retrait. Leur étreinte dura longtemps. Comme si elle devait être aussi forte que tout ce qui les avait séparés.

Serguei désigna la fille d'un signe du menton :

— Pourquoi elle ?

Nicolaï lui expliqua le rôle qu'elle avait joué en tant qu'envoyée d'Astrov et lui fit un compte rendu des informations données par le Russe.

Le chef de clan et l'interprète avaient apporté des provisions pour plusieurs jours. Les deux hommes et la jeune femme les partagèrent autour du feu de Serguei. Seuls au cœur de l'immensité déserte, sous le soleil rasant qui allongeait démesurément les bosquets d'épineux et faisait flamber les montagnes, ils mangèrent en pesant leurs mots. Prenant à son tour la parole, Oksana fit part à Serguei de la conversation qu'elle avait eue avec Nastazia.

— Elle aussi a compris pas mal de choses, dit-elle en guise de conclusion. Elle t'attend.

Serguei enregistra l'information, mais garda pour lui le bonheur qu'il en éprouva. Pas question de montrer ses sentiments à Oksana, pas plus qu'à son père.

Les deux hommes commencèrent à échafauder une stratégie, en fonction de ce qu'ils savaient des plans de Stepan.

— Si on met à peu près autant de temps à rentrer qu'on en a mis pour venir, dit Nicolaï, on sera à la forêt avant eux.

— On a failli ne jamais arriver jusqu'ici, remarqua Oksana avec un petit sourire à l'intention de Serguei. Le 4 × 4 s'est enlisé deux fois jusqu'aux essieux...

— C'est pas comme un renne, fit doctement Nicolaï. On ne peut jamais savoir si on va arriver ou non, avec ces foutues machines. En plus, elles font tellement de bruit qu'on n'entend rien.

Il y eut un temps de réflexion commune.

— Bon, eh bien... on n'a plus qu'à y remonter, dans cette foutue machine, comme tu dis, décréta Serguei.

Il se leva et tendit le bras vers l'est.

— C'est par là.

Serguei, Nicolaï et Oksana échangèrent un ultime regard, comme un pacte silencieux. Puis, du même élan, se dirigèrent vers le véhicule.

Perchés au sommet d'un promontoire rocheux, les loups, qui étaient revenus sur leurs pas, avaient observé toute la scène.

Une fois de plus, ils virent partir le jeune humain qui était devenu l'un des leurs. Non plus à dos de renne, cette fois, mais enfermé dans une étrange boîte roulante comme ils n'en avaient jamais vu...

51.

Serguei acheva d'équilibrer le contenu des deux sacoches suspendues près de la croupe de son *uchakh*, glissa son fusil de gardien de la harde dans son étui, et passa la courroie de celui-ci autour de sa poitrine. Avant de sauter sur le dos de sa monture, il se retourna pour serrer Nastazia dans ses bras. Avec une impudeur aussi rare chez elle que chez n'importe quelle fille évène, elle l'embrassa fougueusement sur les lèvres : une façon de montrer clairement à tout le clan que Serguei avait retrouvé sa place dans son cœur, et que, si elle avait su faire table rase du passé, chacun devait en faire de même.

En collant son corps contre le sien, Serguei sentit à nouveau monter en lui le désir qui les avait unis, la nuit précédente, dans une étreinte violente, passionnée, presque ininterrompue... Comme si cette nuit devait rattraper toutes celles qu'ils avaient passées loin l'un de l'autre...

— Fais attention à toi, je t'en supplie ! murmura Nastazia à son oreille quand ils se séparèrent enfin. Je ne veux pas te perdre une seconde fois.

Le garçon enfourcha son renne et croisa le regard de Wladim, monté lui aussi et prêt à partir. Son ancien ennemi lui retourna un clin d'œil complice, qu'Alexeiev accompagna d'un sourire.

Entre Serguei et les deux garçons, le ciel était redevenu clair.

Aussi clair qu'entre lui et les autres membres du clan.

Aussi clair que celui sous lequel ils se rassemblèrent tous, prêts à s'élancer d'un même assaut, fusil au dos et lasso enroulé autour de la taille.

La caravane se composait essentiellement de rennes, mais quatre ou cinq cavaliers chevauchaient les poneys du clan. Si la situation exigeait un déplacement rapide, ils seraient là. À part les très jeunes – Nicolaï avait dû sévir pour empêcher Mikhaël et Ivan de venir – et les trop vieux, tous les hommes valides faisaient partie de l'expédition.

La caravane s'ébranla. C'était la première fois qu'une cohorte aussi nombreuse quittait un *dyu*, en laissant derrière elle les tentes et les femmes.

La première fois aussi, sans doute, dans toute l'histoire du peuple évène, que celui-ci mobilisait une petite armée.

Serguei se retourna une dernière fois. Nastazia lui fit signe. Sa mère, Anadya, le regardait s'éloigner avec un mélange de fierté et d'inquiétude qui se lisait sur son visage.

Moujouk le chaman, qui, au cours d'un bref rituel, avait assuré à toute la troupe la bienveillance de Bayanay et de Hövki, se tenait un peu en retrait. De ses yeux vides, il suivait le départ de l'équipée, un sourire sur son visage parcheminé.

Quant à Nicolaï, il chevauchait tout près de Serguei sans le regarder, pour éviter de révéler ses sentiments.

Mais il souriait dans sa moustache, qui se relevait par moments sur ses quatre dents en or.

Ce soir, comme il l'avait prévu, on arriverait dans la zone où les pirates du bois allaient reprendre leur chantier.

Avec un jour d'avance sur eux.

Stepan surveilla les hommes en train de monter les tentes et les abris préfabriqués. Comme toujours, il mit personnellement la main au déchargement des camions, à la descente des chenillettes d'abattage et des engins de levage. Il aida à rendre opérationnelles les énormes débardeuses, ces semi-remorques dont la plate-forme, équipée de scies circulaires, pouvait accueillir un arbre entier et le débiter en lamelles dans le sens de la longueur.

L'installation et la mise en route du chantier prirent cinq bonnes heures. Elles avaient commencé à l'aube, dès que le convoi – embarqué la veille à Yakoutsk sur la Lena – était arrivé. Stepan avait tenu à faire le chemin de nuit, pour être sur place aux premières lueurs du jour. Ainsi, il verrait venir de loin le moindre gêneur qui s'aviserait de lui mettre des bâtons dans les roues.

Pour la centième fois de la matinée, il caressa machinalement la crosse du Tokarev qui dépassait de sa ceinture. Une arme fabriquée à des millions d'exemplaires par les Soviétiques, et qu'on se procurerait facilement, moyennant quelques dollars, pour peu qu'on connaisse les bonnes filières.

Stepan en avait distribué un à chacun de ses hommes. Avec ordre de s'en servir sans hésiter.

Le dénommé Serguei lui avait coûté suffisamment cher, la première fois. Il n'y en aurait pas une deuxième...

Soudain, un bruit de moteur s'éleva, qui ne provenait pas d'un des engins du chantier. Dans un réflexe, Stepan dégaina son arme.

Un gros 4 × 4 noir s'approchait. Les *loggers* entourèrent le véhicule avant même qu'il s'arrête. Vingt armes de poing se braquèrent sur le conducteur et retombèrent quand Oksana descendit de l'engin.

— C'est drôle, lança-t-elle, espiègle, les gens sont souvent étonnés de me voir.

— Tu es qui, toi ? interrogea Stepan. Et qu'est-ce que tu viens faire ici ?

— C'est comme ça que tu parles aux femmes ?

Elle marcha droit sur le chef des *loggers*.

— C'est toi, Stepan ?

— Oui. Qu'est-ce que tu me veux ?

Oksana se planta devant lui. De ses poings posés sur ses hanches, elle écarta les pans de sa veste et bomba le torse, faisant ressortir sa poitrine.

Elle eut un petit sourire en voyant une étincelle s'allumer dans l'œil de Stepan.

— C'est ton ami Astrov qui m'envoie, dit-elle. J'ai des informations pour toi.

— De quel genre ?

— Du genre qui ne se partage pas.

Les *loggers* rirent jaune en devinant que la fille allait leur échapper.

— Ils ont compris, eux... remarqua Oksana.

Stepan hésita. En temps normal, il l'aurait attrapée et entraînée sous sa tente sans perdre une seconde de plus. Mais là, devant ses hommes…

Oksana l'acheva d'un clin d'œil enjôleur qui fit tomber ses dernières défenses.

— Viens, se décida-t-il, on va causer. Ouvrez l'œil, vous autres !

Couchés au milieu des arbres, engourdis par une nuit et une matinée d'immobilité complète, Nicolaï et ses hommes se redressèrent, plus silencieux que des fantômes, en frottant leurs membres pour y rétablir la circulation.

Serguei et son père échangèrent un regard, puis un hochement de tête.

C'était le moment.

La forêt s'étendait sur un terrain surélévé par rapport à l'espace découvert occupé par le chantier. En outre, elle formait un vaste arc de cercle, entourant comme une mâchoire les hommes venus la détruire.

Nicolaï, Serguei et les autres étaient devenus les esprits de cette forêt.

Des esprits qui, cette fois, n'allaient pas se laisser faire.

La veille, ils avaient pris position à intervalles réguliers, de façon à occuper toute la longueur de l'arc boisé. Depuis leur situation dominante, ils embrassaient du regard la totalité du chantier, et pas un mouvement des *loggers* ne leur échappait.

Jusque-là, tout s'était déroulé comme prévu.

L'installation des pirates du bois, l'arrivée d'Oksana dans son 4 × 4... et la suite.

À présent, la jeune femme et le chef des *loggers* étaient enfermés sous la tente de ce dernier depuis assez longtemps pour que Stepan ait posé son arme et soit sans défense.

Privés de chef au moment de l'attaque, les autres seraient brièvement désorientés.

Tout se jouerait à cet instant-là...

Maintenant.

Les pirates du bois se trouvaient tous sur une ligne à peu près parallèle à celle des arbres. Certains s'apprêtaient à s'installer aux commandes des engins, d'autres finissaient d'inspecter les machines ; d'autres enfin se contentaient de scruter les alentours, main sur la crosse de leur arme, en s'attardant particulièrement sur la forêt, plus apte à dissimuler un ennemi éventuel.

Ceux-là étaient les plus dangereux.

Serguei attendit qu'ils se retournent. Puis, se redressant et jetant la tête en arrière, il poussa une longue modulation, à la fois plaintive et mélodieuse, qui se répercuta sous les branches et jusque sur le chantier.

Deux hommes appuyés à une chenillette d'abattage se mirent à rire et Serguei entendit distinctement l'un d'eux dire à l'autre :

— J'espère que t'as pas peur des loups ? On dirait qu'il y en a, dans le secteur !

Le rire du *logger* se bloqua dans sa gorge.

La corde d'un lasso venait de l'enfermer et se resserrait déjà autour de sa poitrine. Il tenta maladroitement de dégager ses bras emprisonnés, mais la corde se tendit et il fut projeté au sol.

Celui avec qui il plaisantait un instant plus tôt voulut dégainer son arme. Mais il subit le même sort avant d'avoir pu s'en emparer.

Wladim et Alexeiev tombèrent de tout leur poids sur le premier *logger*. Ils l'empoignèrent chacun par un bras et l'entraînèrent à toute vitesse jusqu'à l'arbre le plus proche. Avant d'avoir eu le temps de réagir, ou même de comprendre ce qui lui arrivait, l'homme fut immobilisé contre le tronc, ficelé par dix rangées de corde serrée à l'étouffer.

Traîné par deux autres garçons du clan, son compagnon se retrouva un instant plus tard ligoté à l'arbre voisin.

Avec des sourires de satisfaction, Wladim et un autre jeune Évène soupesèrent les Tokarev des pirates et les glissèrent à leur propre ceinture.

Ils n'eurent pas le temps de fêter leur petite victoire. Les cris de leurs victimes avaient alerté les autres, qui fonçaient à présent dans leur direction, pistolet au poing. Les premiers coups de feu éclatèrent et une balle siffla à l'oreille de Wladim.

Les détonations suivantes furent noyées dans les salves qui se mirent à exploser partout à la fois, en même temps que s'élevait une immense clameur : celle d'une centaine d'Évènes jaillissant de la forêt comme des diables furieux.

Certains faisaient tournoyer leur lasso. D'autres couraient fusil à l'épaule, tirant sans ralentir en se précipitant sur l'ennemi.

Les pirates du bois tentèrent de faire feu sur cette horde surgie de nulle part. Mais, désarçonnés par la surprise et saisis par un début de panique, ils mirent trop longtemps à ajuster leurs tirs.

Ceux des hommes de Nicolaï, en revanche, étaient d'une précision redoutable. Un premier *logger* s'écroula, touché à la jambe. Deux autres, l'air hagard, tenaient leur main blessée dont une balle venait de faire sauter l'arme. Trois autres se tortillaient au sol, emprisonnés par les boucles d'un lasso.

Mais certains d'entre eux ripostèrent.

Du coin de l'œil, Serguei vit Andrei, le géant, se plier en deux avec une grimace de douleur. Il se précipita sur lui.

— Ce n'est rien, dit l'autre. L'épaule…

— Tu es trop grand, essaya de plaisanter Serguei, c'est pour ça qu'ils t'ont touché !

Serguei replongea dans la bataille, qui se prolongeait maintenant à coups de poing. Les hommes de Stepan, presque tous désarmés, étaient des brutes rompues à la bagarre. Bon nombre d'Évènes furent assommés net, d'autres laissèrent une dent ou deux dans l'empoignade. Le sang gicla de quelques pommettes et plusieurs nez éclatèrent comme des fruits mûrs.

Mais la bataille se termina vite. Submergés par le nombre, luttant sans conviction contre des hommes qui se battaient pour une cause, les pirates du bois comprirent qu'ils n'auraient pas le dessus et finirent par se rendre.

Après tout, ils étaient payés pour couper du bois et surveiller le chantier, pas pour se faire tuer par des fous furieux…

Sous la menace de leurs fusils et des armes qu'ils leur avaient prises, Serguei et les hommes de la petite armée évène conduisirent les pirates jusqu'à la lisière des arbres et les ficelèrent à côté des deux premiers. L'un d'eux, Lupov, qui avait des notions de médecine, examina les blessés et leur fit des pansements rudimentaires.

— Ça ira, diagnostiqua-t-il, sérieux comme un chaman. Ils ne vont pas crever tout de suite.

Couché contre Oksana sur son lit de camp, Stepan croyait devenir fou, tant la jeune femme n'en finissait pas de se faire désirer. Une fois dans l'intimité de son abri, elle était soudain devenue beaucoup plus farouche qu'elle n'en avait l'air au premier abord, et le chef des *loggers* avait toutes les peines du monde à parvenir à ses fins.

Au premier coup de feu, pourtant, il oublia le désir qui lui brûlait le ventre et, abandonnant Oksana, se précipita vers la sortie de sa tente. Au passage, il tendit le bras pour attraper son arme, qu'il avait posée sur une caisse métallique.

Il ne trouva ni la sortie ni l'arme.

Le Tokarev était pointé sur son front et tenu d'une main ferme par un homme de type asiatique dont le visage s'ornait d'une épaisse moustache.

— C'est ça que tu cherchais ?... fit Nicolaï.

Sans le quitter des yeux, le chef évène désigna le compartiment qui faisait office de chambre. Oksana attendait, sagement assise sur le lit de camp.

Nicolaï poussa Stepan à l'extérieur et le conduisit vers le chantier. Le pirate eut la mauvaise surprise de découvrir tous ses hommes attachés aux arbres et tenus en respect.

Quelques instants plus tard, il les rejoignit.

Nicolaï se planta devant lui et désigna Serguei.

— Tu le reconnais, celui-là ?

— Et comment ! fanfaronna Stepan. Au lieu de te foutre une raclée, j'aurais dû te tuer, petite ordure !

Nicolaï lui écrasa la pomme d'Adam sous la crosse de son fusil.

— Celui-là, c'est mon fils ! rugit-il.

— Ça ne m'étonne pas ! articula péniblement Stepan. Et alors ? Tu vas me tuer parce que je l'ai un peu secoué ? Tu vas me flinguer devant tous mes hommes ? Et peut-être les tuer aussi, pour ne pas laisser de témoins ?

Nicolaï le laissa respirer.

— Je ne suis pas un assassin, dit-il.

Il fit un signe de tête à ses hommes. Ausitôt, les « soldats » de la petite armée évène se précipitèrent sur les engins du chantier, ouvrirent tous les réservoirs d'essence et y plongèrent de longs fils cotonneux qu'ils déroulèrent ensuite sur une vingtaine de mètres.

Une distance suffisante pour être à l'abri.

Comprenant ce qu'ils étaient en train de faire, Stepan aboya en direction de Nicolaï :

— Je te préviens que si tu détruis mon matériel, je...

— Tu quoi ? le coupa le chef de clan en se retournant brutalement vers lui. Tu me fais un procès ? Tu portes plainte auprès des autorités ? C'est toi, le criminel ! Toi qu'on devrait jeter en prison, si la justice faisait son travail ! Eh bien, moi, je vais la rendre à sa place ! Non seulement pour te punir, mais aussi pour faire entrer certaines choses dans ton crâne !

— Ah ! bon... fit Stepan, et lesquelles ?

Il essayait de gagner du temps, tout en surveillant d'un air de plus en plus inquiet les mouvements des hommes de Nicolaï.

— Quand tu détruis la forêt, dit celui-ci, tu détruis la terre !... Tu *nous* détruis !... Et je veux dire nous tous ! Toi aussi, espèce d'imbécile. Tu crois gagner de l'argent, alors que tu nous condamnes tous à mort, et toi avec.

Stepan avait perdu toute son arrogance. Non pas à cause du discours de Nicolaï, mais en raison de ce qui se préparait. Son regard affolé allait du chef évène aux membres du clan, qui s'activaient autour des machines.

— Non ! hurla-t-il quand les hommes mirent presque simultanément le feu aux mèches. Vous êtes fous ! Il y en a pour une fortune !

Quelques instants plus tard, une série d'explosions firent trembler la terre, répercutant leurs vibrations jusque dans les arbres et les pieds des hommes. Un mur de feu embrasa la vallée, dégageant une chaleur infernale...

Stepan se laissa pendre au bout de ses liens, prostré.

— Vous êtes une bande de malades ! gémit-il. Je suis foutu.

Nicolaï l'attrapa par les cheveux et lui releva la tête.

— Il y a une chose que les Évènes savent depuis que le monde existe, dit-il, et que je vais t'apprendre : tout ce qui vient de la nature est une source de vie. La *seule* source de vie ! Si on pille la nature ou qu'on la détruit, la source se tarit. Elle se tarit pour tout le monde et elle ne coulera jamais plus ! Jamais plus ! C'est facile à comprendre, non ? Même pour toi !

Stepan, effondré, se contentait de secouer la tête mécaniquement. Nicolaï le contempla en se demandant si ce qu'il venait de lui dire aurait le moindre effet, ou s'il n'avait fait que gaspiller sa salive.

Le clan évène se rassembla. On sortit les rennes et les poneys de la forêt où ils étaient cachés depuis la veille, et on reforma la colonne pour reprendre le chemin du campement.

Nicolaï fit signe à Oksana, qui s'apprêtait à remonter dans son 4 × 4.

— Merci pour ce que tu as fait, dit-il. Ça n'a pas dû être facile.

Elle eut une petite moue amusée.

— Il y a des choses qui ne sont pas trop difficiles pour une fille comme moi... Pour « la pute de Yakoutsk ».

Nicolaï sourit sous sa moustache et désigna les pirates :

— À propos de Yakoutsk... Quand tu y seras... tu leur enverras quelqu'un, pour les récupérer...

— Compte sur moi.

Le véhicule s'éloigna. Nicolaï remarqua que Serguei regardait ailleurs.

— Il faut y aller ! lança-t-il à son père, qui se contenta d'acquiescer d'un signe de tête.

Avant de monter à dos de renne, le chef évène retourna une dernière fois auprès de Stepan. Le meneur des pirates du bois leva vers lui un regard vide, où quelques étincelles de haine dansaient encore.

— Je ne sais pas si tu te rappelleras ce que je t'ai dit, fit Nicolaï, alors je vais te dire autre chose, et ça, je suis sûr que tu ne l'oublieras pas : si jamais tu essaies encore de venir massacrer notre forêt, je te tue ! C'est bien compris ? Je te tue ! Je t'en donne ma parole ! Et ici, crois-moi, personne ne viendra me faire d'histoires pour si peu de chose.

52.

Ni le soleil ni aucun membre du clan évène ne se coucherait cette nuit. Sur le grand feu, au milieu du campement, rôtissait un renne entier qu'Andrei, un bras en écharpe, arrosait régulièrement de sa main valide. Cinq ou six hommes suivaient l'opération sans quitter des yeux la bête dont le fumet les faisait saliver. Les femmes couraient d'un groupe à l'autre en distribuant des bols de jus de viande, des galettes de pain tartinées de crème de lait de renne sucrée ou des gobelets d'alcool de myrtille. Un groupe d'adolescents entourait le jeune Louki, dont les progrès à la guitare s'entendaient malgré les rires sonores et le bruissement des conversations. Celles-ci gagnaient en volume, à mesure que se vidaient les bouteilles qu'Astrov avait apportées en grand nombre.

— Tu as fini par me la donner, ta vodka ! avait remarqué Serguei en l'accueillant.

Il avait rempli à leur intention les deux premiers gobelets et levé le sien en disant à voix basse au Russe :

— C'est ce truc-là qui vous a fait perdre le sens de toutes les valeurs...

— Et toi, la tête, avait sournoisement rappelé Astrov.

— Justement... Tu ne m'auras plus...

Astrov était arrivé à bord du 4 × 4 d'Oksana. Nicolaï les avait invités tous les deux aux réjouissances marquant la victoire du clan sur les pirates du bois.

Les enfants s'étaient pressés autour du véhicule : c'était la première fois que certains d'entre eux voyaient un engin pareil. Astrov avait répondu à une foule de questions sur sa puissance et ses capacités. Oksana avait laissé quelques gamins s'y entasser... après avoir pris soin de retirer la clé de contact.

Serguei fit au pilote russe les honneurs du campement.

— C'est la première fois qu'un étranger participe à une de nos fêtes, dit-il.

Astrov choqua son gobelet contre celui du jeune Évène.

— C'est un honneur. Déjà que je te devais la vie...

— Et moi, je te dois d'avoir retrouvé les miens... On est quittes.

— *Za zdarov'ié...* paysan ! Pardon... Serguei ! rigola le pilote en levant une nouvelle fois son verre.

Les enfants sautaient sur les sièges du 4 × 4. L'un d'eux, installé au volant, faisait mine de piloter en imitant un bruit de moteur, pendant qu'un autre tentait de prendre sa place. Astrov les observa un instant, puis s'intéressa au groupe de jeunes, un peu à l'écart, qui faisait de la musique. Il jeta un œil au chaman, que deux femmes pressaient de questions sur un sujet mystérieux, contempla les hommes qui vidaient consciencieusement leur bol de jus de viande ou leur gobelet d'alcool, tout en parlant chasse ou bétail…

— Tous, dit-il, songeur. Ils étaient tous autour de moi, quand je leur ai raconté tes exploits ! Et crois-moi, on aurait entendu une mouche voler…

Son regard tomba sur Nastazia, qui allait d'un groupe à l'autre, un flacon à la main, remplissant les gobelets. Elle s'était faite encore plus belle que d'habitude, des perles d'ivoire teintées ornant ses nattes et rehaussant ses vêtements de cuir. Serguei remarqua l'œil brillant du Russe.

— Elle non plus, dit celui-ci, elle n'en perdait pas une miette. Sauf qu'elle, elle faisait tout pour que ça ne se voie pas.

Devinant qu'on parlait d'elle, Nastazia s'approcha avec un grand sourire et posa un baiser sur la joue râpeuse d'Astrov.

— Merci, dit-elle en remplissant son gobelet.

Elle désigna Serguei d'un coup d'œil espiègle.

— Pour tout.

Nicolaï venait de sortir de sa tente et, attiré par le fumet de la viande, se dirigeait vers le feu, quand Oksana vint à sa rencontre. Elle avait abandonné son 4 × 4 aux enfants, qu'elle désigna au chef de clan :

— Tu vois… eux ne me jugent pas.

Elle faisait allusion à ces visages qui se fermaient, à ces yeux qui se détournaient, dès qu'ils croisaient les siens.

— Les enfants ne savent rien de ton passé, répondit Nicolaï. D'ailleurs, ils ne sont pas en âge de savoir.

Il croisa le regard d'Anadya, qui les observait d'un air renfrogné. Il lui fit signe d'approcher.

— Oksana nous a rendu un grand service, dit-il. Ce serait gentil que tu lui apportes quelque chose à boire.

— Tu n'as qu'à aller lui chercher toi-même, puisque vous êtes si proches !

Elle tourna les talons, mais Nicolaï la rattrapa par le bras.

— Il n'y a plus aucune raison de lui en vouloir, dit-il, ou alors le pardon n'existe pas ! Et tu devrais montrer l'exemple, Anadya !

Cette dernière se radoucit.

— Excuse-moi, dit-elle à Oksana. Qu'est-ce que tu veux boire ?

— Ce que tu as préparé, répondit la jeune femme. Ça me rappellera de bons souvenirs. Merci.

Anadya s'éloigna.

— Tu vois, sourit faiblement Oksana, il y a des chemins... quand on les prend... on ne peut plus jamais revenir en arrière.

Elle soupira :

— Je ferais mieux de retourner à Yakoutsk.

Nicolaï l'emmena s'asseoir sur les deux petits bancs de bouleau, sortis devant sa tente.

— Tu n'es pas obligée de retourner à Yakoutsk... dit-il. Je voulais te proposer de revenir...

La jeune femme ouvrit des yeux ronds.

— Revenir... où ça ?

— Mais... ici, avec le clan ! Je sais que ce n'est pas le tien, mais maintenant que tu t'es battue avec nous...

— Oh ! battue...

— Maintenant que tu as participé à notre victoire, c'est comme si tu en faisais partie.

Oksana eut un regard vers les hommes et les femmes qui, à présent, s'agglutinaient autour du renne cuit.

— Tu les as vus ? Pas un ne m'adresse la parole. Les femmes voudraient me voir morte... Les hommes ne pensent qu'à coucher avec moi... sans que leur femme le sache, bien sûr... Pour tous, je ne suis qu'une pute. Et je ne serai jamais rien d'autre.

Nicolaï vida son gobelet de vodka et fit une grimace tant le liquide lui brûlait la gorge.

— Il faut du temps pour que les esprits changent, dit-il. Je sais que ce ne sera pas facile. Mais je suis le chef et j'ai le pouvoir de te donner cette deuxième chance. Et, crois-moi, ils finiront tous par te faire bon visage... ou alors, ils auront affaire à moi.

Oksana eut un petit rire léger que Nicolaï entendait pour la première fois.

— Tu es un cœur généreux, finalement, sous tes airs de terreur... Je suis sincèrement touchée de ton offre, mais je la refuse. Tu sais pourquoi ? Parce que la vie que je mène depuis toutes ces années, à Yakoutsk ou ailleurs, m'a gâtée. Changée, si tu préfères. Je me suis habituée à vivre à l'occidentale, avec le confort, l'argent, mais aussi... avec des valeurs différentes. Les vôtres, celles de mon enfance... je ne pourrais plus m'y habituer. Je les ai abandonnées depuis trop longtemps.

Elle ajouta avec un sourire un peu triste :

— Quand je te disais qu'il y a des chemins qui ne vont que dans une seule direction...

Nicolaï réfléchit, comme s'il retournait le problème dans tous les sens. Puis il demanda :

— Tu es heureuse, dans ta nouvelle vie ?

— Ma nouvelle vie... il y a longtemps qu'elle n'est plus nouvelle, soupira Oksana. Je n'en connais pas d'autre... Heureuse ? Je ne sais pas. Je ne me pose jamais la question. Je vis, c'est tout.

Elle porta à ses lèvres le gobelet qu'Anadya venait de lui apporter, puis se tourna vers les membres du clan, qui festoyaient autour du grand feu. Dans cette foule de visages rayonnants, ceux de Serguei et Nastazia, serrés l'un contre l'autre, ressortaient comme deux figures angéliques sur une icône sacrée.

— Tu vois, dit-elle, si je me compare à vous, je ne suis pas heureuse...

— Eh bien, justement, dit Nicolaï, reviens...

Oksana secoua la tête.

— Je ne peux pas, je te l'ai déjà dit... Mais vous, il faut que vous sachiez à quel point ce que vous possédez est précieux.

— Nous n'avons rien.

— Si ! Vous avez une richesse que tout l'argent du monde ne pourra jamais acheter : votre vie... votre art de vivre... toutes ces valeurs que vous possédez encore ! Vous devez vous y accrocher, les défendre de toutes vos forces... Et le moyen, c'est de rester comme vous êtes : libres. Et vous resterez libres en refusant de changer quoi que ce soit à votre façon de vivre.

Nicolaï haussa les épaules.

— Pourquoi est-ce qu'on changerait notre manière de vivre ?

— Parce que le monde moderne, dit Oksana, celui d'où je viens, frappe déjà à votre porte. Et bientôt, il ne prendra plus la peine de frapper. Il y a eu les chasseurs, les coupeurs de forêt... Bientôt viendront les hommes qui tenteront d'acheter votre sous-sol, ceux qui voudront créer des lieux touristiques, des domaines de chasse, des parcs de loisirs.

— Des quoi ?...

La jeune femme désigna la voiture, envahie par les enfants comme un manège dans un parc d'attractions.

— Tu vois cet engin ? C'est le début de l'esclavage. Tant que vous n'utilisez que des rennes, vous êtes libres. Le jour où vous aurez besoin d'essence, vous aurez besoin d'argent, et de tout le reste... et ce sera la fin. Tout ça, je le sais, maintenant qu'il est trop tard pour moi. Vous, vous avez encore une chance... à condition de ne jamais oublier ce que vous êtes, de ne pas vous laisser aveugler par ce qu'on appelle le « progrès » et tous ses prétendus avantages.

Nicolaï contempla le fond de son gobelet vide.

— On est attachés à nos traditions, mais quand même... les 4 × 4, c'est pratique.

Oksana lui attrapa la manche.

— Les hommes qui viendront vous offriront un tas de choses très pratiques, en apparence, et vous voleront votre liberté.

Elle l'obligea à se tourner vers le grand feu de joie.

— Regarde ces visages, dit-elle. Je te jure qu'à Yakoutsk ou ailleurs, on n'en voit pas de pareils. Votre trésor, le secret de votre bonheur, est ici, dans cet art de vivre. N'y renoncez jamais, ou vous deviendrez des hommes gris, perdus, esclaves comme tous les autres.

Nicolaï regarda les membres de son clan, cette grande famille dont il était un peu le père. Puis il leva les yeux vers le ciel encore clair, où le soleil rasant estompait les étoiles.

Se pouvait-il que tout ce qu'il avait toujours connu, et ses ancêtres avant lui, disparaisse un jour ? Se pouvait-il que les instruments que le monde moderne offrait à son peuple soient des armes déguisées, destinées à le détruire ?

Tout cela était confus, difficile à comprendre.

Il se redressa.

— Viens, dit-il à Oksana, viens partager la fête avec nous. C'est pour ça que je t'ai invitée, non ?

Il avança jusqu'au feu et demanda une part de viande et un gobelet de jus de myrtille pour la jeune femme.

— Ce soir, Oksana est notre invitée d'honneur ! annonça-t-il d'une voix forte. Je veux qu'elle profite de notre fête, car elle nous quitte demain !

Les membres du clan regardèrent leurs pieds pour masquer leur soulagement. Anadya et Nastazia, elles, eurent du mal à ne pas sourire de satisfaction. Elles trinquèrent néanmoins, comme Nicolaï le leur demandait. Serguei et Astrov se joignirent au groupe.

Le chef évène se resservit une rasade de vodka, provoquant un froncement de sourcils réprobateur de la part de sa femme. Il l'ignora et se tourna vers la montagne, les forêts, les lacs et les alpages, qui les entouraient comme un nid à la fois immense et fragile.

— À Bayanay, dit-il en levant son gobelet vers le ciel. Qu'il nous protège.

53.

Le grand élan creva de ses bois majestueux la surface lisse du lac où il s'était immergé depuis de longues minutes. Il jeta la tête en l'air avec un hennissement, faisant cascader l'eau de sa ramure où s'accrochaient des pampres de lichen.

— On devrait faire la même chose, dit Nicolaï en écrasant un moustique sur sa joue. C'est le seul moyen d'échapper à ces saletés…

Serguei se contenta de sourire.

Talonnant leurs montures, le chef de clan et le gardien de la harde poussèrent en direction du troupeau les deux *berne* qu'ils avaient retrouvés dans la vallée voisine…

Contrairement aux *hotamangan*, ces rennes qui retournaient systématiquement vers le précédent pâturage, on mettait souvent des jours à retrouver les *berne*, ces bêtes qui se perdaient sans cesse. Et, quand on les retrouvait, il n'en restait la plupart du temps que la carcasse, abandonnée après le festin des loups.

Nicolaï et Serguei étaient partis à l'aube, dès que le garçon, en faisant son comptage quotidien, avait constaté leur disparition.

Nicolaï n'avait rien dit. Il s'était contenté de remplir un sac de provisions, d'enfiler la bandoulière de son fusil et d'enfourcher son *uchakh*. Pas une fois, pendant les heures qu'avaient duré leurs recherches, il n'avait fait de commentaires sur les loups, ces « saletés de bestioles » auxquelles il vouait une haine indéracinable.

Et Serguei s'était bien gardé d'aborder le sujet.

Mais il priait secrètement pour que, par miracle, les rennes égarés aient échappé aux crocs des prédateurs...

Quand les deux cervidés manquants eurent rejoint le troupeau, le père et le fils regagnèrent leur bivouac, installé près du grand lac où la montagne se mettait la tête à l'envers. Nicolaï, qui mâchouillait un bâton de viande séchée, s'attela à la construction du feu. Serguei, lui, entreprit de découper la truite qu'il avait pêchée la veille, à quelques mètres de là.

Son père désirait lui parler. Il le lui avait donné à comprendre, en lui faisant part de sa décision de l'accompagner pour quelques jours dans les alpages d'altitude.

Depuis, Serguei attendait le moment où il se déciderait.

Rien ne pressait.

Les combats étaient derrière eux, la paix était faite, l'harmonie retrouvée.

Entre le père et le fils, les liens, renforcés par les luttes communes, étaient plus forts que jamais.

Serguei laissa son regard errer sur la grande harde. Comme toujours, la plupart des bêtes broutaient tranquillement, agitant la tête sur un rythme immuable. Certaines s'écartaient du troupeau en nettoyant le sol devant elles. D'autres, couchées sur le flanc, se grattaient l'oreille avec le sabot arrière, ou soufflaient violemment par les narines pour en expulser un taon ou un moustique.

Non… rien ne pressait.

Soudain, au-delà des collines, s'éleva le hurlement d'un loup. Avec la distance, il était à peine audible, mais Serguei savait que son père l'avait entendu. Il jeta un regard en coin à Nicolaï, et fut surpris de le voir sourire sous sa moustache.

— Ton autre famille… dit-il.

Serguei sourit à son tour, sans rien dire.

Son secret n'en était plus un. Son père et le reste du clan avaient fini par l'accepter.

C'était ça ou le perdre à jamais. Car Serguei, forcé de choisir entre sa famille et ses loups, aurait choisi les fauves.

— J'ai beaucoup réfléchi, dit le chef de clan. On est obsédés par les loups… On tremble pour le troupeau… À force d'avoir peur, on finit par ne plus vivre.

Croyant comprendre où son père voulait en venir, Serguei le laissa parler.

— Mais ces montagnes, continua Nicolaï, on les a toujours partagées. Ce ne sont pas les loups qui devraient peupler nos cauchemars, mais ceux que les hélicoptères amènent jusqu'ici, ceux qu'on croise en bas, quand on descend vers Machkaa…

Il mordit dans son bâton de viande séchée et avala une grosse bouchée avant de poursuivre :

— Ces hommes qui pensent que la terre leur appartient… Oksana avait raison… Ce sont eux qui finiront par nous détruire.

— Tu exagères ! ne put s'empêcher de répondre Serguei.

— Tu crois ?

Le garçon ne dit rien. Après les combats de ces derniers mois, face à des adversaires inconnus des générations précédentes, il savait trop bien que la menace était réelle.

— Il paraît qu'ils ont encore construit des ponts, des routes, coupé des forêts entières, du côté de Kaboulzac, ajouta Nicolaï. C'est Mouriak qui me l'a dit. Tout a été saccagé. Il ne reste rien... Rien que la terre nue, qui s'en va avec la pluie.

— C'est loin, Kaboulzac, tenta d'objecter Serguei.

— C'est loin... mais, bientôt, ce sera proche.

Plus aucun des deux hommes ne parla.

Il n'y avait rien à ajouter.

Ils mangèrent en regardant leurs montagnes, le berceau de leur peuple, le ventre d'où ils étaient nés. Pour la première fois de leur vie, ils avaient le pressentiment obscur que tout ce qui ordonnait leur existence depuis des siècles, et jusqu'aux équilibres naturels, pouvait avoir une fin.

Et que cette fin était peut-être proche.

Quelque part dans les bois recouvrant la crête avoisinante, le hurlement sauvage résonna une nouvelle fois.

Serguei, dans un réflexe, leva la tête pour mieux l'entendre.

Les réponses aux questions concernant l'avenir étaient insaisissables, comme le vent qui ridait la surface du lac.

Pourtant, il existait encore des certitudes, des raisons d'avoir confiance et d'espérer.

Elles voyageaient de sommet en sommet dans les monts Verkhoïansk, emportées par le chant éternel des loups.

Ruée vers l'or...
en Alaska !

(Pocket n° 12498)

1897. Matt décide de fuir la ferme familiale pour parcourir le monde. Arrivé à San Francisco, il embarque sur un vapeur en direction du Klondike, une rivière d'Alaska. On y a trouvé de l'or, beaucoup d'or... Emporté par la frénésie, Matt affronte les montagnes hostiles et les courants déchaînés pour rejoindre le nouvel eldorado. Peu à peu il est conquis par les paysages du Grand Nord qu'il apprivoise au gré de son aventure. Pourtant, le jour approche où Matt devra choisir entre l'or et ce pays sublime...

Il y a toujours un Pocket à découvrir

Incroyable exploit

(Pocket n° 11013)

Nicolas Vanier a réussi un pari fou : traverser en moins de cent jours le désert blanc du Grand Nord, avec pour seul moyen de locomotion un traîneau tiré par des chiens. Il a parcouru le continent nord-américain de l'Atlantique au Pacifique, et accompli un périple de 8 600 km par des températures atteignant parfois les cinquante-cinq degrés en dessous de zéro. Partagez toutes les étapes de ce voyage extraordinaire, de la préparation à l'arrivée.

Il y a toujours un Pocket à découvrir

Témoignage d'un homme venu du froid

(Pocket n° 13786)

Nicolas Vanier a parcouru le Grand Nord durant trente ans au cours de fabuleux voyages. Il nous raconte ses aventures, incroyables, drôles, émouvantes, en famille ou en équipe, seul ou en compagnie de trappeurs, d'Inuits. Il nous invite à partager ses expériences riches d'enseignements : les face-à-face avec les loups, les visions d'un chaman indien... Et, au fil de ses souvenirs, il nous offre sa vision du monde, des combats qu'il ne faut pas livrer sans discernement, de l'urgence à faire cesser la dégradation de la nature.

Il y a toujours un Pocket à découvrir

Composé par Nord Compo Multimédia
7, rue de Fives, 59650 Villeneuve-d'Ascq

Imprimé en France par

Brodard & Taupin

à La Flèche (Sarthe)
en janvier 2010

POCKET – 12, avenue d'Italie - 75627 Paris cedex 13

N° d'impression : 56103
Dépôt légal : novembre 2009
Suite du premier tirage : janvier 2010
S19482/04